U0845004

致十四岁

写给初中生的100封家书

Zhi Shi Si Sui

赵勇 许椿 主编

附中人系列丛书

山东大学出版社

图书在版编目(CIP)数据

致十四岁:写给初中生的100封家书/赵勇,许椿主编.
—济南:山东大学出版社,2016.4
(附中人系列丛书)
ISBN 978-7-5607-5529-8

Ⅰ.①致… Ⅱ.①赵… ②许… Ⅲ.①书集信－中国
－当代 Ⅳ.①I267.5

中国版本图书馆CIP数据核字(2016)第075741号

责任策划:刘　彤
责任编辑:武迎新
封面设计:牛　钧

出版发行:山东大学出版社
　　社　址　山东省济南市山大南路20号
　　邮　编　250100
　　电　话　市场部(0531)88364466
经　　销:山东省新华书店
印　　刷:济南静雅彩印有限公司
规　　格:720毫米×1000毫米　1/16
　　　　19.5印张　4插页　326千字
版　　次:2016年4月第1版
印　　次:2016年4月第1次印刷
定　　价:38.00元

版权所有,盗印必究
凡购本书,如有缺页、倒页、脱页,由本社营销部负责调换

编委会

主　　编：赵　勇　许　椿

副 主 编：申桂华　董会丽　郑廷伟　甄广军　朱子炎　王爱侠　王　波　张敦迎　王道远　台　东　高　平　李　彦

执行主编：周文清　张欣平

教师编委：史　伟　赵克芳　刘　斐　张　晓　晋婧婧　李建全　韦　薇　史琳杰　吴莹莹

家长编委：李春洁　吴晨阳　王元民　徐　刚　王　方　周　文　顾广梅　师吉云　王连芹　李秀梅　高　瓒　张利宏　李善峰　李爱民　孙淑静　周　莉　丁　莉　江翠娟　王德勇　王淑芳　张　莉　郝俊美　杨丽萍　张红燕　夏　伟　许　椿　张欣平　林　青　韩景慧　尹升华　孙丽君　高凌琴　陈　涤　韦洪雷　王文清　宋秀慧　庞林惠　宋红霞　张　靖　张志敏　张楠平　郑　刚　权　栋　刘　谦　谢锡文　戚　利　端木金凤

序言

亲爱的孩子们：

祝你们十四岁生日快乐！

我是多么高兴，能够和你们在一起，倾听你们年轻生命的拔节之声！我是多么高兴，能够像孟子所说的那样——“得天下之英才而教育之”！

我希望山大附中的教育能够为你们的幸福生活展开更为广阔的空间。我希望你们每一个孩子不仅拥有今天的快乐，更能够拥有一生的幸福。

所以，我有这样的期待——

我想让你们都拥有强健的体魄。因为这是你们正常生活、快乐学习的可靠保证，是你们阳光自信、幸福人生的重要基石。

我想让你们能够拥有敬畏之心。敬畏之心指的是一个人对他人以及自然和社会规律怀有的一种敬重与畏惧态度。

我想让你们能够具有富足、完美的精神世界。一个具有富足和完美精神世界的人，生命才能充盈而有活力，才会拥有浪漫的情怀，才会享受美好的人生，才能够乐于创造自己人生的幸福。

我想让你们具有强烈的责任感和奉献精神，这样你们才懂得感恩父母与社会，并不断为世界创造美好。

我想让你们拥有远大的理想，因为理想可以照亮生命！无论物质上是富裕还是贫穷，理想能够使人一生充实而幸福。

我想让你们能够拥有宽广的爱与同情心。爱与同情心是世界上最伟大、最美丽的东西，是人类最重要的品质。它能让我们欣赏最甜美的笑脸，感受最真挚的情感，拥有最美好的生活。

十四岁，你已经长大！我相信，你是宇宙的唯一，世界会因你而精彩，他人会因你而更加幸福！

2016 年 3 月

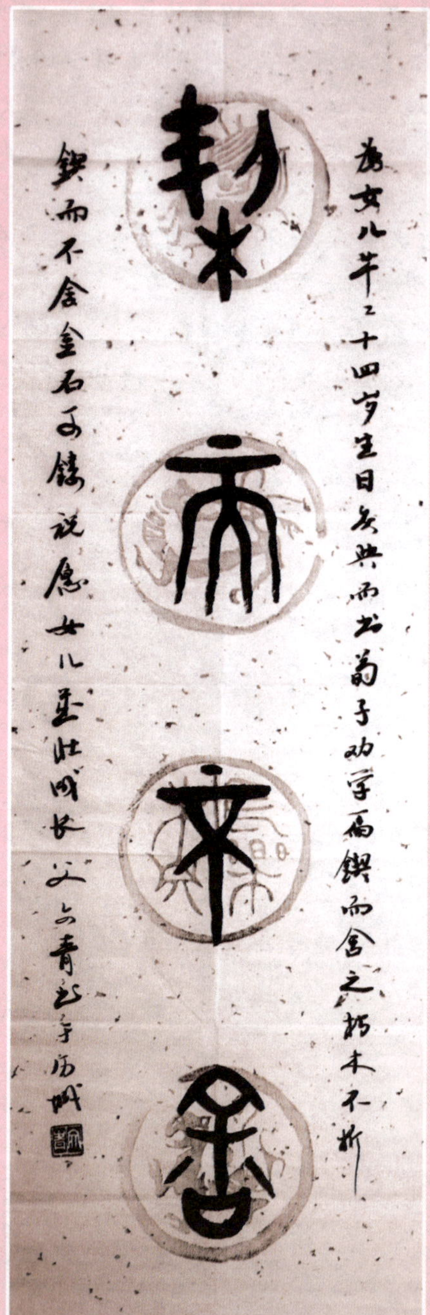

孙文青　二零一三级七班孙柏芊芊的家长

目录

爱的絮语

郑 刚*

让我们骄傲的浙文宝贝儿：

仿佛就在昨天，仿佛恍若隔世，仿佛惊天魔术，在我们还不承认人到中年的时候，你却像能量无限的一粒种子，悄然间长大了。一米七五的个子让你亭亭玉立，从未断档的“三好学生”让你出类拔萃，好口碑的综合表现让你、让我们全家心生骄傲，激情荡漾。

因了你的存在，我们全家从此幸福无边；因了你的存在，我们全家从此温馨无限。

在山大附中十四岁生日庆典的今天，虽然你还不到十四岁，但我和你妈妈想借机由衷地对你说：谢谢你，如此优秀的宝贝儿！谢谢你，我们挚爱的宝贝儿！

2000 年 4 月 21 日，你在我们的忙碌与期盼中如约而至：“哇，双眼皮，大眼睛，胖胖的小脸，尖尖的下巴，白白净净……”你未曾谋面却早已熟悉的一堆亲人，在赞叹中欢迎你的加入。那一刻，你浑身上下湿漉漉的，粉嘟嘟的，胖乎乎的，真是白里透红，与众不同。你睁着一对乌黑的大眼睛转来转去，奇怪地打量着这个陌生的世界。

爸爸妈妈源于爱牵手走进了婚姻的殿堂，花开五载，在幸福的酝酿中，你由爱的源泉走来，小小的生命就这样诞生了。襁褓中的你是爱情相濡以沫的结晶，更是婚姻美满坚实的纤绳。一份朴素而深沉的爱，把我们仨紧紧地连在了一起。

此后的日子里，我们的生活虽清苦却不缺少欢笑，虽清贫却极少有争吵。从八个月大开始，你在苗奶奶和赵爷爷家获得了无限宠爱，学会了用博山话对我们说：“俺爱嫩（你）！”三岁时，你在淄博铁路幼儿园的新年联欢会

---

* 2012 级 2 班郑浙文的家长。

上，一举夺得讲故事比赛的一等奖！四岁时，你能辨识近百个英语单词，每晚给我们上演自编自创的雷人舞蹈！五岁时，你就有自己的很多想法，思想丰富，个性十足。六岁到十岁的小学时代，你参加了济南市、山东省乃至全国的各种各样的比赛，屡获殊荣，屡立奇功，一摞一摞的荣誉证书充分展示了你的才艺和技能，记录了你的付出和坚韧，承载了我和你妈妈的理想和期望。

在我们眼中，你是智商与情商综合双高的孩子，是学习能力、自理能力、交往能力远高于同龄孩子的上帝宠儿。你说话做事心中有数，拿捏有度，有理有据，张弛清楚；你天资聪慧，自强自信，善良有爱，真诚负责，很多优秀品质是一般孩子所不具备的。

但一枚硬币也有另一面，希望你今后能有意识地去改进和完善身上的一些小瑕疵，比如自信却有些自负，自强却有些漂浮，真诚却总想偷懒，负责却不懂宽容。我知道人无完人，但我更期盼你在成长的道路上，因为改变而更精彩。

十四岁恰同学少年，如诗，如画，如歌，如花，如朝阳喷薄，如大海辽阔。未来就握在你的手中，前路期待你自己去开拓。一个人，一片天，一条路，一瞬间。把握好每一个今天，培养好每一个习惯，改善每一个缺点，才能成就你想要的那一个明天。而明天就像一双高跟鞋，穿上舒适与否，只能你自己去决定，只能你自己去作出选择。所以，今天的这封信，我们并不想给你提出多少具体的目标，因为未来的路需要靠你自己去走好每一步。

亲爱的宝贝儿，现阶段对你而言，学习才是正事，良好的学习态度，是你今后做人做事方面童子功的修炼，理应先于娱乐。爸妈希望你一心向学，以学为先，心无旁骛，勤勉好学，全力以赴。希望你用每一节课的用心，换来每一天的安心；用每一天的安心，换来每一年的开心；用每一年的开心，换来一辈子的舒心。你是聪明的，爸妈相信你会作出正确的选择，更相信你会创造很多的快乐，溢满生命的花篮。

而人生会面临很多的选择，每一个岔路口的选择其实没有真正的好与坏，只要把人生看成是自己独一无二的创作，就不会频频回首，就不会患得患失。很庆幸，小升初时你选择了山大附中，可以预见，这里会是你展翅飞翔的起点。但学习不能一蹴而就，任何的懈怠都会成为逆水行舟的现实版注解。人生只售单程票，过去的就过去了，无论曾经多么优秀和辉煌，还是多么颓废与无奈，更重要的是走好后面的路。你不可能再有一个童年，不可能再有一个初中，不可能再有一个十四岁生日庆典，不可能再有从前的快乐、幸福、悲伤和痛苦。生命原来是一场无法回放的绝版电影！昨天，前一秒，通通都不可能再拥有。那么，剩下的，唯有珍惜和感恩——珍惜时间，珍惜友情；感恩老师，感恩父母。一个今天抵得上两个明天。撕一张日历，很简单；把握住一天，却不容易。唯有做好自控与慎独，才能掌控今天和明天。个中滋味，只有你一个人去品尝，只有你一个人去感受。这就是成长的过程，它不是生命的全部，也不是活着的目的，是自我价值、个人追求和幸福指数的内心考量。你是聪明的，早已懂得。

亲爱的宝贝儿，我仿佛看见了今晚的篝火映红了你漂亮的脸蛋，我仿佛听见了今晚的誓言点燃了你内心的澎湃。而青春不仅是轻歌嘹亮，更需誓言荡荡；青春不仅是明眸皓齿，更需真知灼见；青春不仅是单打独斗，更需心胸宽广；青春不仅是舞步飞旋，更需脚踏实地；青春不仅是勇往直前，更需志强意坚；青春不仅是生命绽放，更需继承担当。今天，青春像一张白笺，已经铺展在你的面前，等待你涂抹生命的斑斓；明天，青春像一叶轻舟，已经满帆高悬，期待你开启生命的航船。你是聪明的，我知道，这一切早已按部就班。

亲爱的宝贝儿，只要心是晴朗的，人生就没有雨天！无论何时何地，请记得，在你的身后，还有我们俩，你不是一个人在战斗！

爱你的爸爸

2013 年 10 月 21 日

爱相随

庞 巍*

妞妞：

在今天这个特殊的日子——山大附中 2015 年十四岁生日庆典日，想必你跟爸爸妈妈一样，也是心潮澎湃吧！

---

* 2014 级 14 班罗雅荻的家长。

* 4 *

周三上午，阳光洒满了七中的机房，我找了一个充满阳光的角落坐了下来，来完成今天的这封具有特殊意义的信。跟随着笔尖，影子也欢快地在这色彩斑斓的信笺上跳跃着，一切都是那么平静而美好。

从小，你就知道自己名字的含义。雅荻——高尚雅致，衣食无忧。爸爸妈妈希望你做一只快乐的小马驹，有清凉的溪水可饮，有香甜的荻草可食。

但你可知道，2002 年 3 月，那是一段多么令妈妈担忧的日子！出生前多次 B 超异常，医生居然判断即将出生的你可能畸形。经过一天一夜的阵痛，你终于不负众望，健健康康地出生了，可是才三天的你被抱去进行听力筛选，居然被告知听力可能存在问题。巨大的思想压力不断向妈妈袭来，以至于你一生病，妈妈就会盯着你胡思乱想，是不是这里有问题或者那里不健康？所以，给你起名字的时候，爸爸妈妈对你唯一的心愿就是平安健康——平安一生，属马的你，有水有草，足矣！

逝者如斯夫，不舍昼夜。虽然日子如流水一般潺潺而过，不能回头，却也把我们的日子冲刷成五彩缤纷的鹅卵石，熠熠闪光。

幼儿园大班，为了大众日报社运动会的开幕式，你强忍着身体的不适和晕车，坚持完成了彩排和正式汇演，让李老师为你动容。

奶奶返回老家，还没上小学的你居然把自己存钱罐里的钱全部拿出来给奶奶，把奶奶感动得逢人便夸。

省博归来，丰富的想象力给了你一个美好的梦，你梦见殉马坑里的马都活了，它们想自己的主人了。

升入初中，新同学间的种种磨合也没有难倒你，因为你说，别人恶语相欺，我微笑相待。

“老板恋上鱼”餐厅等座，你跟爸爸悠闲地下着五子棋，暖暖的灯光泻下来，柔和而美丽。

天鹅湖的演出，你把巴掌拍得山响，从不吝啬于对他人的赞美。

今年“五一”的棒球比赛，虽败犹荣，你懂得该如何看待这场看似不公的比赛，如何鼓励队友，如何跟教练沟通。

姥姥腿脚不方便，暑假回家，你各个房间转了转，然后拽着妈妈去超市买回了缺少的家用，姥姥直说你这小脑袋里咋想的。

升入初二，每天的功课，都是独立完成，从不让爸爸妈妈费心。

这两天，你一早一晚细心地照顾着嫁接的西瓜苗，哪怕一点点的变化都会牵动着你的心。“叶子有点蔫儿了，怎么办？”“太好了，它长高啦！”那情形，就跟爸爸妈妈关注着你的成长是一模一样的……

最让妈妈骄傲的，是咱们娘俩的关系。小时候，你问妈妈，闺蜜是什么？得到答案以后，你说，哦，妈妈就是闺蜜啊！所以，只要有时间，你一定会跟妈妈黏在一起，说着开心的话儿，讲着烦恼的事儿。你说，妈妈，你是锅，我就是锅贴！你知道吗？湖南文化行，咱们俩朋友一样地勾肩搭背，让多少家长羡慕不已啊！

在妈妈亲手制作的视频中，我看到了你的成长变化。你，当初幼稚的小胖妞，如今也变成了亭亭的少女。你开始变得有思想，有担当，既独立自主，又宽容友善。不过，我们偶尔也有分歧甚至是冲突，无非就是爸爸妈妈在你平安健康的基础上，又有了更多的期许；无非就是爸爸妈妈在交往能力和学习能力上的观点可能与你的观点相左；无非就是爸爸妈妈叨叨得真的多了一点儿……

一旦考试成绩不理想，你总是说，妈妈，你就是看重分数。而妈妈也想说，孩子，总有一天你也会看重分数。记得你说过，思品老师告诉你们，不要过分地看重成绩，不要片面地理解分数。瞧，老师也说要“看重”，关键是怎么看重。其实，前十名的孩子，甚至前二十名的孩子，相差本来就不多，差就差在一个词——技巧上。你完全可以通过同学之间交流，师生之间交流，课堂思考问题，找到自己的不足，再加上不断地总结和付诸行动，就一定可以提升。从这两次生物考试中，我发现你也在学习如何正确看待分数、对待成绩。你要相信，这个世界永远是公平的，一分耕耘一定就会有一分收获。

学海茫茫，看起来真的不是机械式死记硬背就能够解决问题的。你可能依然会在某次测验中考砸数学，或者写出一篇低分的作文，或者连错五六道有关过去式的英语选择题。但是，怕吗？怯吗？世界上所有的能力中，学习能力是最易培养的——用心就行。只要认真研究和规划，找到漏洞并战胜它，就行了。

十四岁，豆蔻年华，含苞待放，人生最美好的季节。有时候看着你，就禁不住想抚摸你的脸，理理你的头发，亲亲你的小痦子。看着你充满笑容的脸，顿时整个房间都充满阳光。爸爸妈妈怎能不爱你、不疼你，你这个可爱的小东西！原谅爸爸妈妈的唠叨吧，真的是情非得已，情不自禁。对于你，是否爸爸妈妈也是情有可原呢？

惟愿做你永远的朋友，开心了生气了，烦恼了忧伤了，爸爸妈妈愿意倾听你的述说，更愿意做你最柔软的依靠、最坚强的后盾！

* 6 *

随信送你一个礼物，那是你在这个世界上留下的第一个手印和脚印。爸爸妈妈似乎还能闻到当初的奶香，看到当初每一个稚嫩的纹路——这是你生命的开始，你也将用——不，你正在用这双手双脚攀爬自己的人生高度，一步一个脚印，勇往直前！

爱你的妈妈

2015 年 10 月 21 日于十四岁庆典前

当为汝说

韩 波*

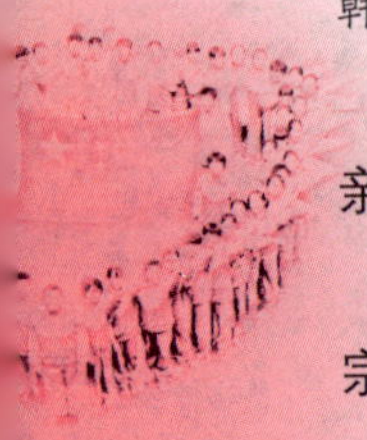

亲爱的女儿：

“如是我闻，当为汝说”，这是佛经中的名句，由梵文而来，我今天不谈禅宗，接地气地翻译便是：我给你说说话吧！

即便没有十四岁生日庆典的要求，我也有给你写信的“恶习”，开学之初啦，成功之后啦，挫折之时啦，重大事件、复杂局面的分析判断啦等等，我都会煞有介事地给你写点东西，或鼓励，或劝诫。总之，既完成了一个做父亲的本分，又满足了我好为人师的喜好。但今天的书写，是份任务，同时又要求感动得你梨花带雨，我怕是完不成这任务了。因为凭你十四年的修行，得我真传，已破解了各路“忽悠”大法，若要整出让你落泪的东西，我得闭门先哭上三天再动笔才行。

以我的喜好，很想为身边之人温情地书写，尤其是亲人，更尤其是故去的亲人。我曾私下列过一些写作题纲，如《我从何而来》《我的祖母》《父亲》《岳母大人》等，更有《与妻书》《婚恋》《初为人父》等，但时至今日，竟无一落笔成文。几年前，写的怀念文章在省内获了个奖，又在有影响的《南方人物》上刊出，算是小试了牛刀，又想起当年的我靠几封情书，便将你妈带入婚姻殿堂，想来虽不称“鸿儒”，亦非“白丁”，给你写封信能有何难？但真要面对

---

* 2013 级 4 班韩子訸的家长。

你如诗的豆蔻年华时，我竟一时不知从何谈起了。

那就从头开始谈吧！哪里是头呢？从你出生开始吧！好！说起出生，就得说怀孕，又想起了我和你妈山大校园的相识，又想起……唉！又没头了！好吧，咱先闸住！按照生命科学的标准，咱从你明确告诉我们你“存在”了开始好吧。

那是2000年的春天，我和你妈带爷爷、奶奶出游。在彩云之南，丽江玉龙雪山下，你飞起“无影脚”踹向你美艳的母亲，她顿时花容失色，随即作呕吐状。老道的奶奶看出此间端倪，喊出声来：“莫非是我求的孙女来了！”是的，女儿是你，你第一次粗暴地告诉我们你已存在了！

从此，我便哼起了歌，像极了流行歌词：你存在我深深的脑海里，我的梦里，我的歌声里……

你好像也在怒吼：是否找个理由随波逐流，或是勇敢前行挣脱牢笼？我该如何存在？

真是生命如歌啊！

就这样欢唱着，到了预产期：2000年11月26日。

为了迎接你的来临，24日我便由青岛回到济南。大敌当前，你却玩起了沉默，异常沉静，没有一丝降临的意思。27日，医生建议增大运动量，遂于晚饭后，搀扶着你妈到大明湖公园散步。我像扶着一只硕大的帝企鹅，开始了长达两小时的漫长环湖行走旅途。可能太过投入，且对你的爽约有些嗔怪，破例改了路线，竟到了湖的北岸北极阁附近。此时已近八时，园中人员渐疏，你妈忽然停了下来，说腹内有剧烈活动，且感体力不支，走不动了。我的老天爷！这可是要命的事！先找一处依靠，安顿下你妈。一位极富经验的专业人士见状惊呼：“别在这里磨蹭了！快去医院！快要临产了！”我顿时惊出一身冷汗！不是举目无亲，也不是走投无路，什么追悔莫及，都没用！我需要急中生智。

我深呼吸，定定神，蹲下身来，对着腹中的你说道：“孩子，别闹啊！这里是大明湖北岸，咱家住南岸，船家早下班了，公园内也没交通工具，我和你妈只能走回去，再快也得一小时，况且你和你妈这种情况，我是不能背也抱不动，我只能牵着你们回家，有什么意见，咱回家去医院再说！”

还真是听话的孩子，很快就停下了折腾。我亦步亦趋、如履薄冰、如临深渊般扶着你妈回到家中，稍作休整，凌晨便赶往医院。

我的心踏实了，你妈妈的苦却来了。你玩性大起，把自己扮成了孙悟空，把你妈当成了铁扇公主，钻进肚里，闹腾了一整天！结果致使你妈性情大改，彻底颠覆了维系三十余年的淑女形象。从 11 月 28 日下午始，随着她痛苦的加剧，对我的各种“人身攻击”也愈演愈烈。她丢弃了播音主持的本业，用纯正娴熟的济南话当众呵斥我：“别说话！我不愿听到你的声音！”“你不能走开，我得看到你……”我温顺地被你妈驱使着，幸福地遵从着。女儿，现在想来，我是在代你受过吧。

你妈真是条汉子，处处透着伟大，她执意忍受巨大的痛苦要自己生。据说，顺产对你大有益处，可增强免疫力。我也鼓励她，说别剖腹产，那样肚子上会留疤，不好看。话虽这么说，我真心想要的是：“母女平安！”

关键的一幕上演了：推进产房，需一位亲属陪在你妈身边，说有利于产妇情绪稳定，便于生产。姨妈们、你妈的闺蜜们甚至连你奶奶都踊跃报名，最后你妈用信任且幽怨的眼光看着我，选了我。我则坚毅地跟着她进了产房做助产师。这就是最大的信任！这待遇，很多爸爸没享受过。我穿上隔离衣帽的时候，特意照了照镜子，不客气地说，威武得像个——屠夫。

2000 年 11 月 28 日 21 时 25 分，你足月顺产，来到这个向往已久的世界。身高 53 厘米，体重 7 斤半，乌黑的头发，黑红的身躯，响亮的啼哭，宣告了一个健康的你。

女儿，我是第一个见到你容颜的亲人，那一刻泪花伴着汗水，成了最幸福的时刻！有什么能比得上一个生命的到来伟大呢！据当事人讲，我当时满脸通红，几乎是喊着奔出，冲着守候在手术室外的亲人嚷道：“我女儿出生了，母女平安！”

是夜，回到病房，你悄悄地躺在妈妈身旁的婴儿车内，无比的安静。你妈妈由于打了一天的消耗战，疲备至极，有些居功自傲地休养着。我则精神抖擞，像打了鸡血，毫无倦意。此夜，我就干了一件大事：凭栏望着你。我想，你一定是感觉到了我的注视，不然你怎会如此安然。有时醒来，换个睡姿，便又睡去；有时会睁开眼，像是望到了我，我便惊喜地起身和你轻声耳语。妈妈在一旁说：“书上讲，她现在看不见你，只是对光有感觉，别自作多情了！”我则全然不信，固执地注视你的纤毫变化，这是多么深情的凝望啊！你无意识且无邪的一笑，深印在我脑海里，你那是真正的一笑而过！

话说“时光如水”，弹指间你已十四岁了。在这期间，江湖上流传着多个你的生长版本，其中有段画外音颇为经典：你妈妈会板起脸，大声厉喝道：“韩波，孩子长这么大，你洗过尿布吗？你给孩子买过衣服吗？你给孩子做过饭吗……”俨然把我刻画成邻街大叔的形象。谁都知道，这是一种温情的调侃，意在争宠夺爱。一家人在玩笑中、胡闹中，把幸福收在心里。

我挺自负，故自封为“中国·贡院墙根好爸爸”。其实，咱俩是一对拍档，没有你的出色表演，我也难获此殊荣。我在获奖感言中说道：“女儿，在此谢谢你！在你来到这个世界之前，我的人生是移动的、漂泊的，只有你这个锚，才让我停了下来。虽然我走过北（俄罗斯）、闯过南（海南岛）、青岛海里坐过船，但你出现了，便将我定格在了济南！因为我爱你，我的家，我的天堂！”（禁不住，唱了两句）

我身上有些神秘气息，至今你也无从得知我的许多过往。太过丰富的工作生活经历和洞察人性的能力，让你觉得我应该回到战争年代当个地下党，干个潜伏之类的革命工作。其实，我很享受这个时代。年轻时从政、经商、求学我都有践行，均取得别人望尘莫及的成绩。只是人到中年，你也到来，便想学魏晋贤达，效陶公归去来兮。但我现在身心不能完全清净，仍不免有铜臭酒气，游走于儒、道、佛，既积极进取，又顺其自然，还能放下一切！你说这样的爹，神秘点不好吗？

然而，没有人能做到完美，也难成圣贤。直到今天，说到你我，我仍然在找寻如何才能做一个更好父亲的途径。

假若一路走来，我能有所领悟，那便是家庭的重要性！我认为如果家庭失败了，所有的成就将黯然失色。当我回望来时的路，我从不贪恋金钱、权势、地位，我脑中充盈的始终是我们共同行走的路程，一家子的悲欢离合。

我会想到你的舞蹈排练演出，想到你的恼怒怨恨，想到每天放学后车上的谈话，想到英伦的独立及法意瑞的依偎……我会想我是否都做得正确，你是否能感受到每一天，我都那么爱你！

我还要继续做你的父亲。假若我能尽全力为你提供尊严与勇气，假若我能向你展示无条件的爱，假若我能帮助你成为自己想成为的人，那么我就成功了，我们也不枉父女一场！

女儿，子訸，十四岁生日快乐！

爱你的父亲

2014年10月24日

爸爸妈妈寄语

颜丙舰　付新丽*

爸爸篇

亲爱的儿子：

培浩吾儿，时逢吾儿一十四岁芳辰，为父甚喜。

弹指一挥，一十四年别过，吾儿由昔日呱呱，已渐成人。个中滋味，萦绕不绝。

为父非有诸葛之才，无以为教，君子之行，匪在言传，而隐于其身。吾颜氏之初，始于至善，起于勤勉。勤以健体，俭以养德。陋巷之德，起于回祖，传于后世，奉为德之圣者。至南北朝，有吾辈先祖之推，著有《颜氏家训》，授后人以不悖，以归心。夫君子何以为贵？非钱财高位所能赋也，贵在心灵澄澈，安静。高山静水方能见飞鸟流云，静然后能观，观然后能醒，醒然后能达。心静而通达，此为贵也。如此方可处逆境而不生乱，处贫困而不生忧，处喧嚣而不生躁动。吾儿安健静和，为父之愿也！

培浩吾儿，为人立本，为父飘零在外，首当立业，方可修身齐家。吾儿年少，当以学业为重。求学者，温故而知新，知新而悟用。概所有考核之题，无非出于所学之科目，要章，要义。题目所见，必有其机隐藏于内，莫能出其所学之术。故课堂之上，必做到心领而神会，所见之题，才可融会而贯通。此其为学之乐也。

培浩吾儿，自汝出生至此，每日牵挂，此人之常情，情深莫过父子。培浩吾儿，虽隔千里，为父思之甚甚，且听母教，切切！

慈父严母，殊途同归，如此耳耳。

再祝吾儿一十四岁芳辰。千里遥醉！

---

* 2014 级 13 班颜培浩的家长。

妈妈篇

亲爱的儿子：

首先祝贺你进入人生的一个重要时期，希望你无论在什么时候都能开开心心、快快乐乐的，希望你无论遇到什么事都明白爸爸妈妈会永远爱你，永远支持你，永远做你坚强的后盾。

近十四年来，妈妈感受着你一天天成长，不知不觉中你已由怀中的婴儿长成一个比妈妈还要高的小小少年了。妈妈很是欣慰，也为你骄傲。

亲爱的儿子，想想你第一次咿呀学语，第一次在床上爬，第一次迈出人生的第一步，第一次识字，第一次捧回奖状……妈妈觉得无比的骄傲；想起你为妈妈撑伞，牵着妈妈过马路，为妈妈做饭，出门帮妈妈拎东西……妈妈感到满满的幸福；想起我们一起去爬山，去淋雨，去划船，去挖野菜，一起去寻找春天和秋天……妈妈心里感到美滋滋的。当然妈妈有时也跟你发脾气，和你争论，让你伤心流泪……亲爱的儿子你不要介意哟，妈妈脾气有点急，大多数是因为学习，少壮不努力，老大徒伤悲，毕竟现在学习才是你最重要的任务。

苏老师说不需要写得那么煽情，让你们读得泪流满面，可是妈妈写着想着都忍不住有种边笑边流泪的感觉，因为心里一直珍藏着和你一起度过的每一天。

亲爱的儿子，过去的时光里你取得了很好的成绩，积极认真地去做每一件事，妈妈很骄傲也很满意，希望你以后能健康快乐、正直善良、积极向上地生活成长——

在生活中能够更加勇敢大胆地表达自己的想法和见解，努力为自己的目标去争取、去努力。开心地去做你喜欢的事，同时也要调整好心态，用积极认真快乐的心去做必须做但不一定喜欢的事。很多时候事物都是在不断变化的，一时的不喜欢可能经过你努力后会变成喜欢愿意做的事。当然难免会遇到不顺的事，这样的事情可以拿来和爸爸妈妈讨论、分析。能够提出问题本身就是一种能力。提出问题，分析问题，解决问题，这样就能做到纲举目张，井然有序。

“不积跬步，无以至千里。”在学习上能多积累，多复习，多动笔，这样才会更扎实地前进。一时的小聪明不能取得持久的成功，一分耕耘一分收获，如果想比别人做得好，就必须付出比别人更多的努力才行……

“十年树木，百年树人。”希望儿子在老师们辛勤的培育下，成长为一棵青松，挺拔，茁壮，独立，自强。

十四岁，人生最美好的青葱岁月，妈妈和爸爸由衷地为你骄傲！

爱你的爸爸妈妈

2015 年 10 月 19 日

爸妈永远的骄傲！

叶茂刚[*]

亲爱的儿子：

每天幸福地听你说了“晚安”，等你睡后，爸爸才可以安心地睡去。十四年来，爸爸妈妈一直生活在感动中。十四年前，我们看着你伴着太阳雨来到人间。知道吗？我的儿子，你刚出生时妈妈差点丢了生命，可第一眼我们看到你，才知道，你是我们见过的最漂亮的孩子，乌黑的头发，白嫩的皮肤。第一眼见到你，我们就深深地爱上了你：你是上天赐给我们的礼物，你是爸爸妈妈的无价之宝！

第五十天你会冲着妈妈有意识地笑了，一百天的晚上你咯咯地笑出了声，你每笑一次，爸爸妈妈、爷爷奶奶都会跟着你一起大笑，你成了我们欢乐的源泉。

渐渐地，你长大了，身体也慢慢好起来。我们感受着你优秀的品质、好学的习惯、超强的独立自主能力、良好的人际交往能力和勇往直前的坚毅性格；我们享受着你的乐观向上、幽默懂事、勤快节俭和瓜熟蒂落的每一次成功。

有的家长苦恼于孩子在这个时候出现了不听话和异常的焦燥不安的言行，而我们的儿子能够理智地分析后告诉我们原因。爸爸性子急，经常对你发

---

* 2012 级 1 班叶圣泽的家长。

脾气，你是那么的担待和宽容，爸爸妈妈真得感谢你，我们超级懂事的儿子。

有的家长担心孩子对男女同学之间的模糊认识玩起了早恋，而我们的儿子能够清清楚楚地告诉我们，这是青少年心理和生理发育的自然反应，我们男同学可以成为朋友，男女同学间也可以有友谊，但绝不是大人眼中的恋爱。

有的家长因为孩子的不爱学习操心，有的家长因为孩子的身体病弱担心，有的家长因为孩子没有自尊自爱自立而忧心……我们的儿子因为读了很多的书，自己独立经历了许许多多的事，因为种种原因得到了许多人的帮助，学到了许多超出了同龄人的知识，因而也从心理到处事上比起许多同龄人“成熟”了许多，懂道理许多。当你在看着科技创新发明的电视节目，看着《意林》和新闻报纸时，我们从内心里佩服你；当你把家中电脑问题一个个解决了，还把深奥的道理用浅显易懂的话给我们讲清楚时，我们从内心里感谢你；当看到你能与老外流畅地交流时，我们相信你去美国学习先进科技的梦想必定会实现；当你独立安全地外出学习，给我们讲笑话，老人、老师、同学和亲友夸奖你时，爸爸妈妈从内心里为你而自豪！只要听说过的棋，你都想方设法地学会了；只要会动的自行车、轮滑、滑板，你都会驾驭了。从上海的世博会到北京的鸟巢、水立方，再到大乳山的滚滚海浪、内蒙古大草原无垠的旷野，你体会了科技力量与大自然力量的无穷无尽；你从六七岁开始的睡前阅读习惯，事实上已经让许许多多、五花八门的知识在你的脑中发酵，我们相信厚积薄发的时刻早晚到来。

经过小学六年的努力，你成功地进入了理想的初中——山大附中。

我的儿子，你知道吗？十三岁以后的你，已经有了许多变化。个头已经超过爸爸妈妈，你接触和学到的许多知识是我们未知的（正像你说的，知识在五年后大部分都会被更新，要不断地学习，放松“一下”就会落后“五下”），你会轻松地骑自行车上学、放学。空间大了，时间紧了，但是事情像是越做越多了；力量大了，脑子更聪明了，反应更快了，却感到困难好像更多了；想得多了，知道得多了，却同时感到困惑好像也多了。下面，我们想用自己的阅历告诉你几个道理，希望能在十四岁这个成长的关键时期帮助到你。

第一，珍惜光阴。人生不能回头，放弃现在的时间空间，它们也会毫不犹豫地弃你而去；能够吃苦的人，吃半辈子苦，不能吃苦的人，吃一辈子苦。

第二，选择很重要。选择是方向性的问题，南辕北辙的故事讲清了这个道理，在方向发生错误后，任何一切的努力都是向糟糕的结局更近了一点。

选择正确的态度会让你感到生活的动力源源不断;选择正确的学习方法会让你学习事半功倍,成绩提高得更快;选择正确的近期和远期目标,不断地完善修订、执行适合自己的计划,会让你现在有意义,将来更有意义。

第三,效率很重要。想问题,做事情,学习知识,在时间和空间很难区别开来的情况下,速度、效率是影响很大的因素,也可以说是决定性的因素。

第四,想象创新很重要。很难想象人类社会如果没有创新会是什么样子。丰富的想象就像翅膀,会让你的生命飞起来。对于人类而言,一个人对这个社会的最大的贡献是创新,创造发明改变了人的生存时间、生存空间,极大地提高了生存质量。人的最终幸福度取决于未来的新的物质上的创新发明和丰富健康的想象思考力。

第五,健康很重要。对于每一个个体而言,健康的身体是人生幸福与否的最起码的条件,是实现做到上边四点的基础和前提。珍惜你的健康的四肢,你的眼睛让人看起来是如此的可爱,你的耳鼻口是如此的重要,你的骨骼、筋脉、血管、皮肉如此完美地组成了一个整体。爱护它们,就是在爱护你自己;把它们置于安全之地,它们就会在安全的环境下与你同生存、共呼吸、共命运;给它们时间、机会锻炼,它们就会让你强大、充满力量。所以,对于我们而言,你身体的健康与思想的健康一样重要。

诸葛亮给他的儿子写过一封信:“夫君子之行,静以修身,俭以养德;非淡泊无以明志,非宁静无以致远。夫学须静也,才须学也;非学无以广才,非志无以成学。淫慢则不能励精,险躁则不能冶性。年与时驰,意与日去,遂成枯落,多不接世。悲守穷庐,将复何及!”从中爸爸妈妈深刻体会到天下父母,从古到今,无不望子成龙、望女成凤。儿子,关于你的孕育、你的出生、你的成长,关于爸爸妈妈对你的爱、对你的期望、对你的祝福,又岂是一封信能容得下的。

我们见证着你的节约、你的孝顺、你的千奇百怪的主意和对我们家庭成员所起到的“润滑油作用”的神奇……你是爸爸妈妈心中永远的骄傲!

儿子,爸爸妈妈很高兴你能在山大附中度过你至关重要的青少年时光。山大附中是如此的优秀、令人向往,先进开放的教育理念,高素质、高水平的教师队伍,还有一批志在四方的同学少年。快乐学习、健康成长、幸福生活,勇往直前的叶圣泽,加油,加油,加油!

深爱着你的爸爸妈妈

2013 年 10 月 19 日晚

播种·收获

刘岱云[*]

儿子：

你好！这是自你出生以来，我第一次郑重其事地写信给你，这得感谢你的学校——山大附中布置给家长的这项“特殊作业”。

提起笔来，千头万绪涌上心头：啊，你已开始迈向十四岁了！

清晰地记得你刚出生时孱弱、萌萌的样子，以及现在让我时常挠头的“半大小子”，可中间的那段时光已些许模糊了……一晃你已经高出了妈妈半头多，以至于你时常一手压在妈妈肩头，调侃地说：“哦，你原来这么矮。”虽然是在你的俯视下，但妈妈心里其实充满了自豪。

学校为你们这些即将十四岁或已经十四岁的学子们，每年费心费力地举办一场十四岁生日集体庆典，肯定是有其深意和希望的。它不仅警醒你们，也在提示我们这些爸爸妈妈们：十四岁了，应该有些改变了。

一、断奶。这是妈妈首先感受到的，无论是生理，还是心理，都应当有意识地甩开爸爸妈妈这根“拐杖”，自己的事情自己办。小到起床、收拾书包，大到洗衣、做饭，凡是自己的事情，要从思想意识中打掉先找爸爸妈妈的念头，逐步学习、学会自己处理自己的事务，就像你笑话幼儿园的孩子由爸爸妈妈喂饭一样，也应为自己的事情还由父母包办而感到羞愧。只有这样，才能为你尽快建立起自己独立的人格而铺平道路。

二、播种。既然你已从一个垂髫稚子长成了豆蔻少年，就应该在这人生中最最阳光灿烂的初春时节，为自己挑选一些喜爱的各类“种子”，选取一块适合的“土壤”进行播种。这样，到了你人生的夏季，才不会无所事事；到了你人生的秋季，才不会碌碌无为！在浩瀚的“种子”世界里，哪些“种子”是必要的呢？在这儿，妈妈以过来人有限的经验，经过慎重筛选，向你推荐了几

---

* 2013级2班卢先一的家长。

颗，作为参考：

1. 健康的体魄——它是所有事情的基石，决定着你“物理”人生的长短；也就是那个1，没有了它，再多的0都没有了意义。你可以为它找寻运动场、游泳馆、公园甚至恶劣天气等“土壤”进行培育。还记得青年毛泽东在湖南第一师范的井边，常年坚持“冷水浴”锻炼的故事吗？“文明其精神，野蛮其体魄”，这是毛主席经常引用的一句名言。他认为，一个人不仅要有高尚的道德、丰富的知识，还要有健康的体魄，唯此才能担当国家和社会的重任。谁拥有了健康的体魄，谁将终生受益。

2. 冒险精神——它是好奇心的延续，它是创新能力的基石，体现出的是勇气和毅力。只要你能想到的、别人提出的有意思的事情，都可以进行尝试，或许会有出其不意的收获。我一直认为这是你从小就比较欠缺的，但今年国庆4天骑行500多公里的自行车之旅，却是一个非常好的开始，你用汗水、泪水书写了你人生经历中的第一个“传奇”，希望你能不断地创造下去。

3. 沟通合作能力——人是群居的社会动物，人生的各个阶段都要与别人共处，因此，沟通合作能力尤为重要。掌握了它，你就不会受“内耗”的侵蚀和折磨，你会享受团结合作带来的效率和快乐，你将不会再是一个“小我”。一个自己不太熟悉的环境、一项复杂的任务或工作、陌生的人群或城市、格格不入的同学或室友，都是它可能藏身的地方，去那儿找寻开启这个宝藏的密码和钥匙吧，它会呈现出一片崭新的天地。

4. 意志力——与它一同出现的词会有“坚韧不拔”“钢铁一般”“坚强”等等，没有了它，任何一件事情、一个愿望都有可能走不到终点。而与它相伴的还会有一些词，如“诱惑”“懒惰”“借口”等，也只有在这些“土壤”里茁壮成长起来的“意志力”，它才能经风雨、历寒霜！你所熟知的“滴水穿石”“铁杵磨针”的故事，不就是它最好的诠释吗？

5. 责任感——一棵树成材，受益于空气、水、阳光、土壤……一个人成才也是这样，受惠于父母、师长、同学、朋友……希望你能成为一个有担当的男子汉，无论是对现在自己的学业，还是将来的工作、家庭、社会，都要有强烈的责任感，因为它会让你正确把握生活的方向。

妈妈非常欣慰的是，你心地善良，充满正义感，且几乎与生俱来，好好地培植它们吧，因为它们是前面那些“种子”们健康生长所必需的空气和阳光！

爸妈始终与你并肩前行！

儿子，加油！

祝：健康快乐！学业有成！

永远爱你的妈妈

2014 年 10 月 23 日

创造自己的幸福

徐 健*

亲爱的宝贝：

你好！十四岁生日庆典这是人生的大事，老师希冀借这个机会让你感受到父母的爱，也让你体味父母的不容易。也许此时，理性点更会让你理解人生。我现在想要告诉你的是：人生中最重要的是创造自己的幸福。

幸福是什么？幸福是目标达成后的满足感；幸福是你做完世界地图后，同学们给的那个“酷”的评价；幸福是适度降低自己的数学学习目标，掌握好老师传授内容，能够从容应对考试的信心；幸福是你意想不到，经过自己努力，期中考试成绩大幅度提升；幸福是在某一个小的方面，我也可以成为班里的“学霸”；幸福也是在做完“印度的服务外包”PPT 后，你老爸的惊讶……幸福是靠自己创造的。

面对未来，创造自己的幸福是人生需要的最重要的技能。当你大学毕业，踏上社会时，会发现，那时的社会也许变化更快，生活节奏更快。面临竞争压力越大，生存压力也会越大，幸福也许是在那个环境中最重要的支点。

创造属于自己幸福的秘诀是设置一个自己能够尽力实现的目标，目标达成中让自己信心满满，让自己更能阳光地面对未来。目标不断地达成，回首一望，也许能让自己惊讶“我自己这样能干”。

人生中也许需要许多技能和知识，创造自己幸福最需要的是学习的能

* 2014 级 3 班徐齐睿的家长。

力。这个学习的能力不仅仅是你能完成现在的学习任务的应试技能，它的范围要更为广泛，这种学习的能力是你善于在新环境下的应对，在遇到困难和挫折时，有能力站起来，这样说可能太抽象。据美国劳工部 2006 年推算，美国公民一生会转换 10.6 次工作，英国的统计推算 15 岁以上英国公民一生大概转换工作 13 次。随着中国时代的变革，中国人一辈子固定一个职业的概率也越来越小，转换工作也许是生活中的常态，怎样面对？只有良好的学习能力能够尽快适应新环境，才有可能在未来不断营造出自己的幸福。

学习的能力是在不断克服困难中培养出来的。我们非常感谢山大附中在教学中培养你们这方面的能力，我们也非常欣喜地看到你在山大附中不断取得的进步。我与你妈妈在你的成长中尽量少干预你的学习，因为我们相信你有能力克服你遇到的问题，我们相信你能够不断进步。

幸福是靠自己创造出来的。在不断解决问题过程中，我们看到你也在不断享受着解决问题的快乐。最后，爸爸妈妈祝愿你能一生幸福快乐！

爱你的爸爸妈妈

2015 年 10 月 29 日

儿子，给我一个拥抱

岳春雯*

亲爱的儿子：

这是妈妈第一次给你写信，写给十四岁的你。

2001 年 12 月 26 日下午 3 点 56 分，在经历了十个小时的阵痛、已经完全具备顺产条件之后，你却和妈妈开了一个玩笑：你在妈妈肚子里不安分地动来动去，使得胎位发生了变化，而且脐带在你的脖子上绕了两圈。妈妈不得不接受手术，遭受了所谓的“二茬罪”之后生下了你。

刚出生的你，七斤九两，是个不折不扣的大胖小子（虽然在以后的日子

---

* 2014 级 3 班魏思翰的家长。

里,你越来越苗条)。那时的你,胖乎乎、肉嘟嘟、粉嫩嫩、沉甸甸的,小手软软的,小脚丫白白的。我常常把这样的你抱在怀里,一连几个小时都不嫌累。你整个身子都在妈妈的怀抱里,在我的怀里哭,在我的怀里笑,在我的怀里咿呀学语,在我的怀里香甜入眠。妈妈的怀抱,是你温暖的港湾。你累了、困了、饿了、病了,都在这港湾里寻找慰藉。这里,为你遮风,为你挡雨。

渐渐地,你长大了,上小学了,妈妈无法再整个把你抱在怀里。但是,妈妈会给你一个拥抱,上学、放学、上班、下班,拥抱是我们亲近的最好方式。每当这时,你总是双手环着我的腰,要不把圆圆的小脑袋靠在我的胸前,任我抚摸你毛茸茸的头发;要不就扬起小脸,满怀期待地望着我,直到我双手捧起你的脸,"叭"地在你脸上亲一口,才心满意足又恋恋不舍地离开。有时候,你也撒娇,缠着让妈妈"抱抱"。每当这时候,妈妈需要深吸一口气,双手插到你的腋下,和你一起喊"一二三!"你就势双腿一跳,妈妈才能把你抱起。你两条腿盘在妈妈身上,像一只巨大的八爪鱼。你的两只胳膊搭在我肩上,脑袋靠在我的肩头,不时把脸在我肩上蹭两下。有时,你会抱住我的头,两手抓住我的两只耳朵,使劲地摇啊摇,直摇得我头晕眼花;有时你又会冷不防地在我脸上"啵"一下,带着黏黏的口水,然后看着自己的杰作,嘿嘿地笑个不停。"哎呀,抱不动了,我的腰疼!"直到这时,你才从我身上慢慢地滑下来,依依不舍地离开。

不知道从哪天开始,你不再依恋妈妈的怀抱,不再渴望妈妈的拥抱。早晨上学,你站在门口,远远地喊一句:"老妈,走了啊!""变天了,多……"我拎着你的外套,从你卧室里跑出来,可门已经"嘭"的一声关上了。下午放学,我在厨房里忙碌,你回到家,边换鞋边大声说:"老妈,我回来了!"话音未落,一头扎进自己的房间,写作业去了。你不再缠着爸爸妈妈带你出去玩,宁愿自己待在家里,即使出门,也是约上朋友和同学。必须和爸爸妈妈一起出去的时候,你不再让妈妈牵着你的手,为此,我失落了好长一段时间。有时候,妈妈会趁你不注意,悄悄挎上你的胳膊,或拉着你的手,你发现后,又装作不经意地挣脱开我的手……也许是昨天,也许是前天,你难得有空,我对你说:"儿子,抱一个吧!"你无可奈何地走过来,懒懒地张开双臂,自然而然地将胳膊搭在我肩上,把我搂在了怀里。我这才发现,不知什么时候,你竟然比我高了!我抬起头,你的脸已经褪去了小时候的粉嫩,变得粗糙了,上面点缀着几颗青春期特有的标志——青春痘;你的唇上有了细细的淡青色的绒毛,头发又黑又厚,散发着些许青春期荷尔蒙的味道;你的手已比我的长一大截，骨节分明，血管明显，因为经常写字，右手中指的第一个关节上有一块微微的突起，上面还沾着蓝色的墨水的痕迹；门口的鞋架上并排放着的我的和你的鞋子，你的鞋子比我的要长三分之一。我茫然了，这是什么时候的事？仿佛一转眼，你就长大了！？你小时候的事，仿佛就发生在昨天啊！昨天，我还在喂你吃饭；昨天，我还在给你洗澡；昨天，你还奶声奶气地对我说："妈妈，哄我睡觉！"然而今天，你就长大了！

就在今年的国庆节，你给了我一个让我现在想起来都激动不已的拥抱。这个国庆节，你完成了人生的第一个壮举：历时 4 天，往返 580 公里，骑行去黄河入海口。当然，你对这个活动是期待已久。自从去年你知道有这个活动后，就跃跃欲试，2600 米跑，5000 米跑，一路过关斩将，终于如愿以偿。而且，令我感到骄傲的是，虽然你有优先选择权，但你选择了一条最为艰苦、最长的路线！出发的那天，风出奇的大，身材单薄的你，骑在车上，渐行渐远。"儿行千里母担忧。"一点不错！当看着你骑出大门的那一刻，我的心就跟随着你。第二天的晚上，当知道你路上摔了一跤之后，我的心就一直悬着。后来，又听说你们吃得也不好，睡睡袋，没法洗澡，我的眼泪就模糊了双眼。我亲爱的儿子，无论多么的不情愿，我希望你都要骑下去！都要奋力前进！

终于迎来了你回来的日子。虽然知道会被你嫌弃，但我还是去买了一束鲜花。一直等了你三个小时。你终于回来了！黑了，单薄的身体比之前更显得瘦弱，风尘仆仆的样子，但是精神真的很好！当老师说"孩子们，给你们的爸爸妈妈一个拥抱吧"的时候，你张开了双臂，扑进了我的怀里！儿子，你知道吗？那一刻，我是多么的幸福！多么的骄傲！多么的自豪！几天来的担心，在你拥抱我的那一刻，全都化为乌有。

儿子，写了这么多，你也看得有些厌烦了吧？我是不是有些太唠叨了？你最不喜欢我唠叨了，对不对？

龙应台说："所谓父女母子一场，只不过意味着，你和他的缘分就是今生今世不断地在目送他的背影渐行渐远。你站在小路的这一端，看着他逐渐消失在小路转弯的地方，而且，他用背影告诉你：不必追。"

好吧，儿子，我不追。

那你再给我一个拥抱，好不好？

爱你的妈妈

2015 年 10 月 29 日

儿子，你准备好了吗？

王春娟*

亲爱的李钊睿：

你好！应老师的要求为你参加十四岁生日庆典写一封信。孩子，你将要告别童年成为大人了吗？看着你从一个小胖胖长成身材修长的帅气的小伙子，我们内心别提多自豪了，想说的话非常多，也希望借此机会开始我们的书信沟通，希望我们彼此的心扉畅通无阻。

一、珍爱生命，学会感恩

时间过得好快！想想2002年4月19日（农历三月初七）你出生那天发生的一切还历历在目，仿佛就在昨天，是的，可能一辈子都不会忘记。一大早我被推进产房，爸爸和奶奶在产房外紧张焦急地等候，爸爸说他的手心里全是汗，事实证明你是个棒小伙，医生给你打了满分10分。你在月子里一点儿也不省心，每当要睡觉的时候就哭个不停，爸爸就抱着你在客厅里从南到北不停地唱歌直到你睡着。你知道你唱歌为什么这么好听了吧？看来是在那时就打下了扎实的童子功！

幼儿园你印象最深刻的是什么？李垠圻的友谊？大王老师和小王老师？我永远忘不了的是那次你放学后跟老师去篮球场唱歌，我找不到你了，好多年里我经常做梦把你给弄丢了。小学里最难忘的是什么？唐老师带领你们游戏，还是孟老师的谆谆教导？也许是崔哲雨的友谊？

你看，一个人，由十月怀胎到长大成人倾注了多少人的心血，生命来之不易，所以今后在任何时候遇到挫折或者失意，都不要轻言放弃生命，困难总会过去的。像奶奶年纪轻轻就失去了丈夫，带着四个未成年的孩子，可真

---

* 2014级7班李钊睿的家长。

是天塌下来了，可是奶奶非常顽强地把四个孩子抚养成人，并且现在生活得很幸福，也被后辈孝顺；史玉柱巨人集团倒闭时负债 2.5 亿元，他没有跳楼，而是积蓄力量，东山再起，后来不仅还清了所有的欠款，还再一次成为中国的成功企业家；还有邓小平三落三起，都坚强地活下来，最终力挽狂澜。再看看那些因为高考失利跳楼、因为失恋轻生的人，他们付出生命是多么不值得，这些困难过后也许是更加精彩的人生，可惜他们享受不到了！无论是普通百姓还是风云人物，在一生中很难一帆风顺，当遇到不公正的待遇或者人生低谷的时候，要有坚强的毅力和百折不挠的勇气去坚持，首先活下来，时间既会治愈创伤也会提供新的机会，一切都不是一成不变的。留得青山在不愁没柴烧，转机往往就在低谷之后。

二、健康阳光，幸福快乐

暑假内蒙之行，你那样幽默风趣、阳光开朗、随和懂事，我很为你骄傲。我们做父母的，最大的愿望就是当你长大成人离开我们后依然能够幸福快乐。这些看似简单，其实做到并不容易。

1. 要有健康的体魄。这是人生所有目标的基础，没有了健康的身体，一切都是空谈。所以，从现在起就要养成早睡早起、坚持锻炼的好习惯，必将受益终生。

2. 要有阳光健康的心理。它的重要性实际上应该在健康的身体之上，因为很多身体的疾病就是心理积攒了太多负面情绪而在身体上反映出来的。当心中有不愉快的情绪时，要及时向家人或者朋友诉说，及时排解，不要不好意思或者怕别人笑话，有问题大家齐心协力解决了，困难也就过去了，你也就成长了，所有的人都是这样长大的。要想心理健康，就要做到宽容、豁达，多数情况下要用善意的角度去看待别人的举动，对于周围更优秀的人，不嫉妒，不猜疑，虚心向他们学习，因为强中更有强中手，你只要尽你自己最大的努力，做好自己问心无愧就行了。很多情况下，不用去比，生活中很多规则确实是设定了排名、设定了比例，这是社会运行需要的，不用去痛恨，而是尽自己最大的努力去做，朝着自己的目标去努力，至于其他的排名和名利，真的可以淡然一些，过自己想过的生活，无论怎样都要对自己充满信心。

3. 决定人生能走多远多高的是人的道德，高尚的人格是获得长久幸福的基础。尊老爱幼、尊敬师长，这是最基本的做人原则，然后是虚心谦逊，与得道多助失道寡助是一样的道理。一个傲慢得看不到别人优点的人，一个与人见面都不知道打招呼的人，一个当面一套背后一套的人，能指望谁给予他帮助呢？一个人学业优秀、事业有成可是杀人犯法去坐牢，成功又体现在哪里呢？所以，勿以善小而不为，勿以恶小而为之。

4. 善于沟通协作。现今这个社会，没有团体力量的支持，将寸步难行。所以，要学会跟周围的人沟通，要耐心倾听老师、同学们的意见和建议，所有愿意给你指出缺点的人，都是关心你的人，所以要虚心接受，这样才能一步步提高。科学实验证明，内心有爱的人，长大了才能做出较出色的成就，因为当他们遇到困难的时候，朋友和亲人们的爱和支援会让他较容易渡过难关，而失道寡助的人，则会陷入孤独和痛苦而一蹶不振。

5. 生活自理能力和动手能力决定了生活的品质。试想，自己会做饭、会洗衣、会整理房间，将来自己生活会犯愁吗？成家之后会为生活琐事吵架吗？会买票会登机会讲流利外语还打怵出门远行吗？一屋不扫何以扫天下，所以要努力养成勤劳的生活习惯，所有的付出都将成为将来自己独立生活的经验和底气。

三、追求生命的高度和自由

一生中最快乐的事情是什么？我认为是选择自己喜欢的事情作为职业以养活自己和家人！要知道，有些人为了维持生计不得不从事自己并不喜欢的工作，可是他没有选择的机会和能力。要想掌握主动权，必须让自己足够强大，才有选择的自由。

如何才能强大？就是用你生命中非常宝贵的时间去读一流的书，让一流的东西融入你的生命，你就成为一流的人！

读书就要读经典，这些经过千百年来大浪淘沙保存下来的书，倾注了作者的心血甚至生命，充满了人性的真善美。这些书不仅仅是文字，而且是对读者生命的一种引领，是能够改变我们生命轨迹的书籍，相当于我们在很短的时间经历了很多人一生中经历的事情，对于价值观的形成有积极的作用。而那些所谓的“畅销书”，不在于文字怎样，而是宣扬的思想有些是不健康的、世俗的甚至是非常糟粕的价值观，所以那些网络小说和“吹牛”小说，不仅没有营养甚至会让人中毒，还浪费了宝贵的时间，对于你们年轻一代的价值观形成也极为不利，应尽快远离！读的经典书籍也要包含多种领域的，要博览群书，人读书越多，内在越丰富，越不容易被外在的环境所困扰，也不容易被孤独寂寞之类的情绪所折服。

在应该奋斗的年龄就要努力奋斗，为自己的一生站上更高的台阶打下坚实的基础。曹老师说得非常好："小时候吃苦，一辈子不吃苦；小时候不吃苦，吃一辈子苦！"你是情商很高的孩子，情商很高的标准之一就是能够审时度势，知道某一时段对自己而言什么是最重要的事情。现阶段对你来讲最重要的事情就是储备知识和能量，在学业上取得优异的成绩。

道理非常明白，那么该如何去做到呢？

一是树立远大的目标，并且相信自己通过努力一定能够达到。拼搏的人生才有意义，才不枉此生。只有站到泰山的顶峰，才能领略一览众山小的气概，这是在山下的人通过想象能实现得了的吗？那么你的人生理想是什么？将来想在哪些方面有所作为？这需要你现在就开始寻找让自己充满激情、重复百遍也不厌倦的事情。你的中期理想是什么？其中很重要的一个问题就是上一所什么样的大学？原来你曾经说过你要去哈佛或者其他外国名校读书，如果能跟全世界的优秀学生一起读书，说明你也是非常优秀。你的近期目标是什么？怎样有意义地度过你的中学时光，成功地迎接中考、高考的检验。

二是制定计划，坚决执行，持之以恒。具体分析，要达到这个目标需要具备哪一些条件，比如成绩怎样、英语达到什么水平、语文需要达到怎样的表达能力，如此等等。最重要的关键的一步就是制定出详细的学习计划，然后坚定不移地执行！说到这一点，你有没有发现，我们总是有很多的设想，比如每天锻炼身体、每天写日记、每天背一篇"新概念"英语、每天读点名著，这一些设想都是对你的成长和学习非常有帮助的，值得欣慰的是你能够坚持每天锻炼身体和每天读点书，其他的则还需要我们督促。做事情要有毅力，持之以恒。

三是要有严谨认真的态度。世界上最怕的就是"认真"两个字，无论是学习还是日常做事，都要仔细认真，不应付、不敷衍，会就是会，不会就要想方设法弄懂，不耻下问是美德，打破砂锅问到底，才能学到真本领。

四是"勤能补拙"。一些知识暂时掌握得不太好，不要气馁，对于不会的方面要多读多练，掌握了之后就会发现其实是如此的简单，一定不要把一些暂时没有掌握的知识当成拦路虎，心生畏惧，甚至怀疑自己在这方面的学习能力。

五是做事情就要做到最好。至少有一项特别突出的能力可以发展为你可以赖以生存的技能。比如：学习够好，可以选择自己理想的学校；二胡够好，可以登台演出或参加乐团；唱歌够好，可以作词作曲演唱；画画够好，能够绘制出非常新颖的作品。总之，无论哪些方面脱颖而出，都需要付出艰辛的努力才能得到！

每个人都希望自己的孩子有出息，将来生活得有尊严无忧愁，我们希望你能够顺应自己的内心生活，积极向上，但不要被别人眼中的成功绑架了真实的自己。无论将来你成就显赫还是平平常常，无论别人喜欢还是厌恶，无论生活富足还是手头拮据，甚至目前无论你的成绩优秀还是一般，我们都一样爱你，我们都会为你认真选择了自己想过的生活而为你骄傲。希望你也一样地爱自己，任何情况下都既不傲慢也不自卑，始终相信自己是一个有价值的人，是一个值得被爱的人！

亲爱的李钊睿，马上就要举行十四岁生日庆典了！意味着你已经长大成人，要担负起肩上承担的重任！你就像雄鹰展翅，去搏击你的长空，真要完全凭借你的本领去闯天下了。儿子，你准备好了吗？

儿子，你勇敢地去闯吧！只要你尽心尽力，在学习和生活中脚踏实地地走好你的每一步，并通过发挥你的聪明才智，为班级、为家庭、为社会贡献了你应尽的力量，你的价值也就体现出来了。当然，也请你记住：家是你永远的港湾，是你的加油站。将来你在外边打拼，无论遇到任何困难，都可以寻求爸妈的帮助，我们一定会为你加油鼓劲、出谋划策！

永远爱你，我们的宝贝！

爱你的妈妈

2015 年 10 月 18 日

成长的旋律

郭海红*

阳阳：

今年10月，你已经是初二的“大学生”，即将迎来自己的十四岁成长节点。很高兴山大附中为你们举办十四岁生日庆典，也促使妈妈再一次回望你成长的点滴。

一、“单调”的童年（小学前）主旋律：玩耍

说真心话，妈妈很怀念你小时候的时光，或许同你对自己童年的眷恋一样。妈妈常常很幼稚地幻想，能重新把可爱得无以伦比的小阳阳抱在怀中，陪你在院子里瞎逛，拿着玩具摆弄，周末去动物园或大明湖，再长一点的假期就去舅姥爷家、青岛的家和福建厦门甚至更远的地方旅游。出远门的时候，尽管很累，但我们玩得无比开心，因为你一点儿也不给我们添麻烦，这给了我们动力也让我们最感欣慰。

转眼一瞬间，阳阳长大了，我的怀抱中没有了儿子的温暖，儿子不再像以前那样对妈妈依恋难舍。尽管有些失落，但妈妈也在很好地学习成长。陪伴你的学习、生活是那样忙碌，也没有时间去“浪费”。只是在每次翻出以前的影像时，会不自觉地坐上“时光机”遐想任性一番。

我知道你也是这样的，偶尔也会充满快乐、充满眷恋地回顾童年时光。我很欣慰地把它解释为：在爸爸妈妈爱护下的阳阳，他的童年是幸福的，是满足的，否则他不会眷恋，我也不会怀想。

---

* 2014级8班张骏阳的家长。

二、"复调"的少年(小学)旋律:钢琴、玩耍、学习

进入了小学,你便是少年了,这期间发生了很多事,充满着喜怒哀乐。从五岁到小学五年级,经过六年多的辛苦付出与坚持,你成为优雅的"钢琴王子"。这不仅仅是一张"十级钢琴证书",它给了你良好的音乐熏陶,带给了你和小琴童们欣赏音乐会的乐趣,增进了我们母子间的交流,也证明了你只要用心去做完全能够做得比别人优秀的事实。

小学的六年不好总结,因为有些复杂,有些跌跌撞撞,不像童年那样有明显的主旋律,我把它比喻成像"复调"的加入吧。那就是学习与生活两个乐器在同时奏响。客观地说,"少年时光"这一首长达六页的曲子,阳阳已经做到基本上把它弹熟,尽管我认为你可以把它弹得更美。

不管怎么说,阳阳在这期间,见识了很多外面的世界,平平安安、健康快乐地完成了幼小衔接、小升初的过渡,没有最好只有更好了。

三、以"单调"为主的"复调"组曲:初中与未知的高中

进入初中,你开始享受学校生活了。你长大了,长高了,懂事了,面庞离妈妈记忆中的宝贝也渐渐有了距离。但是,不管怎么改变,你都是妈妈永远不变的最亲的那个人之一,是我从一个强壮的胚胎一点点孕育而成的希望。只是现在,妈妈给你提个建议,把你的初中生活弹奏得更美一些,让你自己更加游刃有余一些,不再是仅仅停留于熟练的程度。现在的山大附中不是曾经的小学,它是让人憧憬的地方,你周边的同学也很棒,更不用说优秀负责的老师。把自己的初中旋律弹得和谐,你会发现你能更好地融入其中并感受它的美好。

我十分支持你参加各种社团活动,阅读你心仪的书籍,尽情地在操场上挥洒汗水,这些作为优美的"复调"锦上添花。同时你作为一名初中生,学习生活是你的"单调"作品,"单调"在这里不是指重复、没有变化的意思,是指单旋律、单纯的旋律线的意思。学习是一件单纯的事,是你在初、高中阶段的责任。学习成绩的好坏,真的不只是说明了知识储备的多少,更重要的是你对自己的认可,事关你自己责任心的养成,也是你以后在面对困难时的自信和勇气之源。妈妈很高兴看到你的进步,同时期待你对自己有严格的要

求，承担起十四岁的责任。

小时候的你是那么的酷、那么的霸气。爸爸常说，你的那股精神头和机灵劲儿是他没有的，既是他羡慕的，又是他自豪的。妈妈也要说，阳阳的性格是清水出芙蓉、天然去雕饰，是那么趋近人的本性，心地善良，热爱生活。孩子，为了你自己，也是为了爸爸妈妈并不自私的期待，在还来得及的时候，让自己的存在有所成就，更加精彩！

四、写给儿子——世上独一无二的你

你快乐地走过了童年，平安地走进了少年时光，正在充实地走在中学的路上，我坚信你还会灿烂地走向高中，并且祝愿你永远开心幸福地“向着明亮那方”前行。

希望我们的每一步都这样走好，不留遗憾。当你回首往事时，“不会因为碌碌无为、虚度年华而悔恨，也不会因为为人卑鄙、生活庸俗而愧疚……”长长的家信也要收尾了。还是选取妈妈喜欢的那首《写给儿子——世上独一无二的你》里面的几句话：

妈妈可以用生命向你保证：
你一定很有出息。
世上独一无二的你，
将无以伦比，
顶天立地。

我们母子之间从眷恋到依偎到放手与支撑，那是你成长的轨迹，也是妈妈成长的见证。妈妈爱你，从襁褓的婴儿到半大不小的男生，一直到成人的你、老年的你，既然有缘与阳阳成为母子，妈妈愿意陪伴你到永远。

爱你的妈妈

2015 年 10 月 5 日

成长的印记

蒙乐艳[*]

亲爱的嘉会，我的好孩子：

今天，你参加十四岁生日庆典，非常感谢学校和家委会举办这场隆重的活动。这是一个里程碑，你告别了天真烂漫的童年，走进了充满憧憬的青少年时代；这是一个成长的标志，写这封信是给你的庆贺，给你的礼物，也是给父母自己的礼物；这是幸福的回顾，甜蜜又辛辣，是我们家共同成长的印记，不仅是你的成长，也是爸妈的成长，当然还有我们的期望。

再过十二天就是你真正的生日，十四年来每年的这一天都是我们家重要的日子，你是爸爸妈妈在这个世界上最伟大的创造，是爸妈的挚爱至宝，爸妈的心肝宝贝，没有任何事物能比你更重要，你知道吗？你还误会爸妈更倾力于工作，有时会忽略你吗？你的心中还有那么一丝怨恼吗？爸妈错过了你初中的第一场运动会，却在想象运动场上你跳跃的身影；错过了第一次家长进课堂，却在默念我的儿子一定会全神贯注、触类旁通、课堂效率高。这样的错过，我也不甘，也很痛惜，却也没有办法。好在你很懂事很理解，真是好孩子！

今天的你，阳光，帅气，长得如此之高，妈妈都需仰视才能看见你的脸庞。我多想再举你过头、揽你入怀、牵你小手、拍你入睡，给你唱那童年的歌谣！“摇啊摇，摇到外婆桥……”“一个爷爷他姓顾，出门打醋又买布……”“两只小蜜蜂呀，飞在花丛中呀……”这些童年的歌谣你可还曾记得？妈妈和你在一起时最有创作力，五音不全的我也能随时即景为你现编说唱。时光荏苒，日月如梭，仿佛你瞬间便长大了，记忆中的小脚丫、肉嘟嘟的小嘴巴、圆溜溜的小脑瓜、胖乎乎的小脸颊，还正在眼前晃动呢，真快呀！好好珍惜吧，爸妈和你朝夕相处的日子也就这么几年，高中你可能会住校，大学你

---

* 2013 级 13 班朱嘉会的家长。

可能一年才能回家一两次，也许还会出国留学，工作很可能在外地，成家有孩子后你的家庭结构就发生变化了。爸爸妈妈珍惜和你在一起的每一个日日夜夜。或许你也有同感，闲暇的日子里，你更喜欢和爸妈长辈在一起。我曾纳闷你为什么不主动去找小朋友好伙伴们玩？我曾担心你的人际交往，担心你性格孤僻，后来发现这些担心是多余的。你说一周五天都和同学们在一起了，所以周末更喜欢和爸妈在一起；你说你不愿周末去上特长班，担心占用我们共享的时光；你说九岁时我们第一次海南自由行、第一次的三人行是你最难忘的美好旅行……这些陪伴你成长的点点滴滴也都在爸妈心中珍藏。

还记得你的第一张小床吗？一张洁白的钢管床，它并排在爸妈的大床旁边，当你能爬的时候，总是尽力往大床上爬。你咿呀学语的时候嘴里不停地喊着"大、大、大"，这是你发的第一个音节，是说这个世界很大么？还是说你将来能干大事业？能做大事情固然很好，但不能图名求利、贪功求大，爸妈希望你将来能做你喜欢的事情，你认为有意义的工作。兴趣和工作合二为一是最幸福的事情，所以我们希望你现在多体验社会，寻找你的兴趣所在，为你大学时选择专业做准备。多一些青春梦想和憧憬是美好的，多一些特长爱好和兴趣能丰富自身的生活。

你很早就开始看书了，撕不烂的书，呵呵，给你订的第一本期刊你可曾记得？当然，现在你已经自己选择书籍了。你识字很早，阅读速度很快，理解力很高，妈妈给你点赞！阅读是一个人最基本的学习能力，阅读伴随人的一生，活到老学到老。

你是个很坚强又有毅力的孩子，但是爸妈想告诉你，当你有困难、有疑惑、分辨不出对错的时候，请你一定要告诉我们，可不能硬撑或死要面子呦！我们知道你是追求完美的，但你要知道，在这个世界上，不论你优秀与否、成功与否、正确与否、糊涂与否、强壮与否，爸妈都一样地爱你。

儿子，你问过我们的家风是什么。你说呢？妈妈想说"孝亲尊师，敬老爱幼"是做人最基本的原则，你同意吗？你很孝顺，看到你假期中给摔断腿的爷爷接尿，给行动不便的姥姥擦身子，妈妈都很感动。你风趣幽默，总是给大家带来欢笑，这是从爸爸那里继承来的；你尊重老师，总是尽力适应每一位老师；你很善良，每次在街上遇到乞讨的，无论真假，你都会让爸妈慷慨解囊。这是关心是同情，不漠然不冷视，我们社会应该关心弱势群体。

儿子，妈妈一直想做个工作家庭兼顾的好妈妈，但是能力有限；妈妈尽量想心平气和，但却有很多不足。你在长大，自己力所能及的事情尽量自己做，把作息时间调整好，这是生存能力、生活能力，是人生必备的能力。有句话说得好："爱的最高境界不是给予而是引路。"人生爸妈不是为你做得多就是爱你，爸妈帮你养成好习惯，让你自身会做、做好才是正理。在你磨蹭和不响应的情况下，妈妈偶尔也会发牢骚，妈妈向你道歉，今后一定控制好情绪，一定平和温雅，不论对谁。当然，你也要改正缺点呀！对了，我们说好的约定总会有一个履约小仪式——勾起小指，对好大拇哥，盖章生效，一百年不许变！

儿子，你是我们的孩子，但你却不属于我们，你是独立的、自由的，是世间独一无二的。你要长大，要走向社会，你有你的主见、你的选择、你的理想、你的责任、你的使命，爸妈尊重你。我们明白，对你的爱是一场渐行渐远的修行。这就好比我们同在一趟列车上行驶，孩子你上车时并没有任何行李，爸妈要比你先到站下车，而你还要继续前行，继续人生的旅程。共同行进中，爸妈想在你的行囊中留下尽可能多的美好回忆。爸妈担心你的行囊装备是否齐全，担心你是否有足够的生存能力和生活本领，担心你后来的路程是否有称心的伴侣和够铁的哥们可以一路同行，担心这纷纷扰扰的世界你是否辨析得清，现在对你的唠叨都是为了让你增长才干和本领，将来才能够从容应对、生活幸福。

儿子，你现在学习很好。但我们不仅仅只注重成绩。我们都需要明白学习的目的、教育的目的。人格教育和学问修养是贯穿人一生的，人不能随波逐流，不能成为乌合之众，要有独立判断。我们的将来不是专门为了职业为了赚钱谋生，我们要做对社会有用的人，对世界有益的人，自身充实并快乐的人。

当然，把握好现在最重要。要活在当下，生活学习休息都要安排有序、张弛有度、快乐紧凑；要分解目标，分时段完成学习生活计划，做一个全面发展的人。除了注重学习，更要有生活情趣，健康高雅而有修养；有社会责任感、集体荣誉感；有团队精神，要勇于担当。"穷则独善其身，达则兼济天下"，你说得对，先把自己管好、做好了，再为大家做好事。

你是个好孩子、好学生，爸妈尊重你的意见和选择，这学期你卸任班长不参选我们也理解。好好调整自己，早睡早起，好好锻炼身体，养成好习惯，增强自我控制力、执行力，提高时间管理能力、锻炼好身体是当前最要紧的。

还记得妈妈说你就像《魔豆传奇》里的皮皮吗？只要你想做好的事情你一定能够做好。相信你会做好。

爱你的爸爸妈妈

2014年10月26日

成为最好的自己

孟令海*

亲爱的子蕴：

你好！转眼之间，新学期又过去两个月了，今天回头看看，是否感觉时间太快？是否自己拥有却毫不在意的最珍贵的时光，它却在不知不觉中又溜走了？

在这个十四岁生日庆典的日子，爸爸妈妈祝愿你开心度过今后的每一天！

十四岁，花儿一样的年龄，在山大附中开放、向上的氛围中，你们在课堂上专注听讲、积极发言、闪耀着智慧火花；你们在丰富多彩的选修课上拓展知识面；你们在自己组织的知识比赛、辩论赛上侃侃而谈、大展身手；你们在运动会上团结一心、勇于拼搏；你们是走向街头、传播爱的义工；你们是元旦联欢会上的欢乐精灵……你们青春激扬，让爸爸妈妈这些过来人十分羡慕。

十四岁，敢于尝试的年龄，会面临更多的抉择，要学会取和舍。随着功课越来越重，时间越来越紧，更要对自己的时间有个计划，合理安排。每个人零碎的时间都有，饭前、饭后，课前、课后，睡觉前、起床后……这些不起眼的时间，只要自己重视并好好利用，你会发现也没有那么紧张。有些事情需要做一些取舍，否则会互相影响，导致你疲惫不堪。现在放弃，是为了做得更好。人生漫漫，以后还有机会继续，不是吗？

十四岁，每天都有新的变化。成功来自积少成多、集腋成裘。每天坚持

---

* 2013级3班孟子蕴的家长。

一点点儿进步，就一定会给人以惊喜。每一个小小的机会，若用心，就有无限的可能。但切记，只要想法还没有变成行动，一切都毫无意义。所以行动更重要！

十四岁，意味着越来越多的责任，越来越需要站在他人的立场上考虑问题。帮助家里做做家务，主动关心一下别人，端正态度对待自己的学习，抵制住诱惑，少玩或不玩电子游戏等等，这些都是一个大孩子必须要做的。自己的哪些习惯是好的，哪些坏习惯是需要克服的，自己想成为一个怎样的人，对周围的人和事你有着怎样的观点，等等，这些都是需要你逐渐学会判断和独立思考的。我们很高兴，你能和我们分享你的观点；我们也很乐意，就你感兴趣的话题展开讨论。

十四岁，当然也会有烦恼，有委屈，不被理解，甚至误解。有时你也会有抱怨，会感觉不公平。但你一定要明白，这些都是你的一生必须要经历和面对的。烦恼不开心时，可以做些别的事情转移一下自己的注意力，或向自己的好友、父母等倾诉一下，也许很快就忘记了。如果你感觉自己受了委屈，不被他人理解，建议你站在对方的立场上考虑一下，是否真的就是别人误解了你。你也可以尝试着和对方去沟通，也许只是一个简单的沟通，大家的误会马上就消除了。当然有些时候沟通也需要一些方法和技巧，若你拿不定主意时，可以问问老师，或者和我们商量一下，大家的建议会帮助你更好地消除误会。其实，公平只是相对的，往往你认为公平的事情，别人看来却不一定公平。所以，面对不公平时一味抱怨是毫无意义的。只有更加努力和更多付出，才能改变这种“不公平”。

子蕴，我们爱你，就是如你所需。在你成长的道路上，我们也在努力学习做一个好家长，给你所需要的支持。希望你能将自己所看到的、想到的、期待的，及时与老师、朋友、父母沟通交流，我们会给你一些建议，但是更会充分尊重你的意见和选择。凡是决定了的事情，你要自己合理计划，自觉执行。勇敢地去行动吧，不要怕输，无论遇到任何挫折、困难，我们都将陪伴你，是你永远的支持者。

子蕴，我们爱你，就是如你所是。在爸爸妈妈心里，你是独一无二的，如一颗钻石熠熠生辉。你的特点、行动、言语都折射出你的美好，让我们喜悦。即使你的成绩不是完美的，这也不会减损我们对你的爱。

子蕴，当我们翻看你自呱呱坠地以来的照片，心中涌起满满的幸福和感动。有了你，我们对生活也变得更加宽容，对别人更加理解，也更加感恩你的爷爷奶奶、外公外婆。子蕴，这都是你带给我们的成长。谢谢子蕴，你让我们对世间的美好更加敏感，让我们对周边的一切充满感恩。

子蕴，我们也看到了你的努力和进步，我们和你一样相信“没有付出就没有收获”。

十四岁生日庆典，又是一个新的起点，亲爱的子蕴，怀揣着你的梦想去努力拼搏吧！相信这一路一定多姿多彩！我们更相信，你一定会成为最好的自己！

爱你的爸爸妈妈

2014 年 10 月 22 日

对你的爱永无止境

刘俊华*

亲爱的柯桢：

你好！星转斗移，时光荏苒，转眼间已过了十四个春秋，这十四年是幸福的，也是忙碌的。十四年中爸爸妈妈数不清和你说了多少温馨的话语，做了多少趣味的游戏。我们平时和你说这说那，特别是妈妈整天唠唠叨叨，总有想说说不完，说多了又怕你嫌烦的一些话。借学校举办的十四岁生日庆典这个机会，也是在你人生的重要节点，爸爸妈妈再和你道一下心语。细细想来，对于你这样自觉的孩子来说，任何说教都显得苍白无力。其实柯桢，我们很看好你，很相信你，很欣赏你，很佩服你，也很感谢你。你品行善良、纯良大度、勤奋好学、阳光运动，我们无时无刻不看在眼里，喜在心里。是你给咱们的小家带来了欢乐、增加了情趣、平添了温馨、提升了氛围。

从你呱呱坠地，我和你爸心里就乐开了花，我们感到了生活的充实，体会了生命的意义，认知了家庭的责任，尝到了幸福的滋味，你就是爸妈的宝啊……同时我们对你的教育充满了希望，对你的成长也充满了信心。在我

* 2014 级 4 班王柯桢的家长。

们家充满着欢快的笑声和歌声，妈妈时常哼着小曲哄你入睡，爸爸经常拍拍你肉嘟嘟的小脸逗你开心，我们一起玩游戏、捉迷藏、躲猫猫，一起听音乐、唱歌，陪你蹦蹦跳跳。再长大一点就带你到大自然中去呼吸新鲜空气，认知自然魅力，带你到书店一起看书，给你讲故事，每晚“睡前小故事”都是必备项目。忘不了我们一起在唐訾路散步，一起到火车道边晨跑，每天风雨无阻地带你去青少年宫练武术……

你从小天资聪慧，对艺术类科目也是一学就会，学习电子琴时虽然在班里年龄最小，可是你学得最快；声乐学习音调音符也掌握得非常准确，一首歌听上两遍就会，练声也很勤奋。上学后你的表现也更为我们家添彩，几乎每学期都是全优生、特长生、优秀班干部。你的勤学好问常常受到老师的表扬，那时我感到多么的自豪、多么的骄傲，为有你这样优秀的儿子感到无比荣光！尤其是我们来到济南后，你进入了济南最好的学校，很快就适应了济南的教育模式，非但没有感到自卑无助，而是快速地适应了学习环境，结交了许多新朋友。

最难能可贵的是你优秀的品质，你善良、敬老、节约、乐于助人、懂得分享。有哪位同学没有带学具，你会把自己多带的送给他们；年迈的姥姥姥爷来了，你会用你小小的臂膀挽着他们，有好吃的拿给他们；你从不要路边小吃，就算是买些需要的东西你也是捡便宜的要，贵的东西从来不要；在家里洗手水不会轻易倒掉，都是倒在一个桶里留着用来冲马桶；你非常遵守交通规则，妈妈送你去学校，有时为了赶时间会闯着黄灯或红灯，你总是在后边拽着妈妈的衣服大喊：“妈妈你这样走不遵守交通规则，危险！”你和同学在山师操场打篮球，同学的篮球掉到了下水道里，你不管下水道是否有水，是深是浅，二话没说跳到下水道里帮他去捡，为此，我们还发生了一次激烈的争吵。

儿时的许多美好记忆，妈妈认为你比我记得更多、更深刻。爸爸妈妈每天都在享受你带来的温暖与幸福，我们的生活每天都充满了阳光与希望。

可是孩子，在你即将跨步迈入青年行列之际，我们也不得不给你提出一些建议。俗话说“人无完人”，每个人身上或多或少都有些缺点，这就需要你正视面对，及时修正。“勿以恶小而为之，勿以善小而不为”，有时候小毛病会铸成大错误。在你身上我们也发现了许多不足之处：你还需学会独立，学会自己做主。有些事要自己想办法去完成，不要再缠着爸妈要帮助甚至依赖家长，这样你才会有自己的主动权，也会体现出你的“显示度”。当然，你也许会经历失败，但每一次选择都会为成功积累经验。你还需习惯于自觉主动。主动去学习，主动去工作，不要再依靠家长和老师的督促。只有让主动成为习惯，才不会觉得烦和累，才会赢得精神和物质的双丰收。你还需更加细致认真。细节决定成败，有一位教师曾经说过，真正考试时考的不是学生聪明与否，考的是学生的细致程度。每个孩子都是聪明伶俐的，关键是谁认真对待，精益求精，谁就是胜利者，谁就会取得好成绩。你还需要持之以恒。任何事情都贵在坚持，水滴石穿，认准了的事情只有坚持不懈地去做，才能有所收获。

当在不知不觉中我需要“仰望”才能看你，当你脸上的小痘痘此起彼伏，当每晚给你按摩背部揉搓脚底，我知道我们的孩子长大了，个头长高了，心智也开始成熟了，羽翼渐渐丰满了，可以稚拙、懵懂地飞出蜗居，插着梦想的翅膀，翱翔于广阔天地。你将会看到人生风云诡谲、起伏跌宕。但只要你心沉气稳，独立思考，坚定航向，不断探索，你就会遇到惊喜、获取幸福。加油，儿子！爸爸妈妈永远为你的新旅程助力！

在今天这个特殊的日子里，我和爸爸再向你道道心底话与你共勉。身为过来人，我们感受最深的是：十四岁是人生旅程的重要里程碑，是身体和心智开始发育成熟的重要节点，是青春期心态端正、做事沉稳的重要体现时期。从这一时期开始，你一定要树立正气，端正心态，明辨是非，走正路，做好人。

要有责任，敢担当。你是一个男子汉，应懂得担当，更勇于冲锋陷阵、勇挑重任、吃苦在前、懂得谦让。只有承担更多的责任，得到更多的历练，才会取得更大的成就。我们相信你能行！

要勇于攻坚克难，不畏艰辛。人生的道路上不会是一帆风顺，必定是布满荆棘，这就需要你有勇气、有毅力、有能力去克服困难勇往直前。跌倒了，爬起来，掸掸土，继续前行。我们想要让你知道，无论何时，爸妈都是你坚强的后盾，我们也会尽力帮助你、历练你，只有经历过苦难的人才懂得幸福的真谛。正像那次咱们一家三口去登龙洞山，你爸没有选择平坦的已有的道路，而是选择了布满荆棘的小山路，我们在满是山石，斜坡陡到近乎七八十度的山坡上手脚并用地往上爬，直到手上布满了石印，腿上划伤了几道，鞋上扎满荆棘，但爬到山顶的成功感和兴奋劲使我们久久不能忘怀，体会到了探索的力量。我们相信你，你做到了！

要坚信学无止境。山外有山，人外有人，学习是永恒的主题。我和你爸爸都是中专毕业，但是我们没有终止学习的脚步，我们都继续深造，相继取得了大学文凭，你爸还攻读了硕士研究生，并且经过努力还考进省直机关工作。我们都是在农村长大，假如不努力学习，怎么会有如此稳定的工作，也不会有今天这样的幸福生活，你也不会有如此好的学习环境。所以你要把学习当作一种乐趣、一种习惯、一种前行道路上的鞭策。记住：学习和实践始终是提高你生活和生存能力最重要的途径。我们相信你能认识到并做到！

要学会交往，珍惜友情。你的同学、你的朋友将会是你一生的财富！你们结识最久、了解最深、情谊最浓。在你未来的航程中，同学、朋友可能会比父母陪伴你的时间更多，他们给你的鼓励以及安慰更给力、更贴心，所以你要学会多交朋友、交好朋友，这样你的人生才会因此变得更加丰富、更有力量。我们相信你会做得更好！

要阳光向上，幸福分享。生活中有顺境同时也会遇到坎坷，希望你要学会分享，要在分享和分担中感受大家庭的温暖。一份幸福，分享给另外一个人就会变成两份；一份痛苦，请另外一个人来分担就会变成一半。分享和分担才是生活的本质，就像美好的童年一去不返一样，总有一天你要回望你的青春，感叹时光飞逝，所以你要让自己青春无悔，做所有能够做到的有意义的尝试，让你的青春丰富多彩。生命的意义有很多，自己快乐并带给别人快乐是最重要的。我们相信你没问题！

孩子，随着你的成长博学，爸妈能够帮得上你的时候会越来越少，我们逐渐发现无论身高、力量和学识已经被你逐渐超越，这让我们感到很幸福，很骄傲，你的每一点进步都令我们欣喜无比，我们对你的爱永无止境。努力吧，孩子！你已张开羽翼，开始独立飞翔，成功正在向你招手，你的明天必定灿烂辉煌！

爱你的爸爸妈妈

2015 年 10 月 15 日写于济南

给宝贝女儿的一封信

范同德*

佳佳：

真的要感谢学校举办这次活动，让朝夕相处的我们，用书信这种方式来真诚交流。

光阴荏苒，岁月如梭，再过三十天，你就十四周岁。2000 年的 11 月 30 日，你呱呱坠地，从那时起，我和妈妈就认为你是我们最优秀的“作品”。从咿呀学语到独立行走，从幼儿园到小学，直至今天上初中，仿佛就在昨天。十四年一路走来，忆往昔，思绪万千，伏案执笔，感触颇多。

珍惜生命，懂得感恩

一个小生命的诞生是从母亲十月怀胎开始，记得那时妈妈挺着大肚子，还要天天坚持骑自行车上班，直到你出生的前一天。当时我们家住七楼，所以每天回来还要再爬上七楼，其中的辛苦，也只有做母亲的知道。特别是你刚出生的那几天，妈妈下不了床，爸爸一个人既要照顾妈妈又要照顾你，坚持了三天三夜，好像腰都要累折了。妈妈六个月产假结束后，我么们又为找保姆发愁，总怕找不到好的，让我这几个月大的宝贝“吃亏”。好在我孩子运气好，几任保姆都很好，才使得你健康快乐成长。每当我和妈妈都有事情，下班很晚才来接你时，总感觉对不起保姆或老师，当然更感到愧对女儿，让孩子饿到晚上七八点……

十四年的养育，包含了太多的酸甜苦辣，这只是其中的只言片语。今天说这些倒不是要孩子——你来还我们的“账”，我想说的是，作为一个中学生，应该明白一些道理：生命对于每一个人来说只有一次，既是自己的，更是

---

* 2013 级 13 班范佳艺的家长。

父母生命的延续，在一个人成长的道路上少不了“贵人”的扶持。父母养育孩子是责任，孩子要珍惜生命，历练自己，长大成才，反哺父母。所以我想告诉你：遇事多思考，与人相处，做到既不伤害自己，也不伤害别人，也不被别人伤害。当然这里的伤害既包括身体上的，也包括心理上的。因为你的生命，不仅仅是你自己的，还属于父母、家人。作为一个女孩子，在家是子女，在校是学生，在社会是公民，将来还要为人妻、为人母，不管角色如何变换，总之，要懂得换位思考，要懂得包容和谦让他人；不要奢求自己没有的东西，要珍惜自己所拥有的；生活就是一面镜子，你对它微笑，它回馈你的就是快乐；感恩父母，感恩他人，感恩社会，你一辈子的生活才是最幸福的；因为帮助别人，自己也会强大起来；因为感恩他人和社会，你会感到更幸福。

你是父母的骄傲，父母因你而自豪

你不愧是我们最优秀的“作品”，你的到来给我们增添了许多欢乐，还有更多的惊喜。记得三岁时，你通过看动画片，不识字的你竟能一字不差地背出许多唐诗，还能识别出中国地图各省地图轮廓；在幼儿园总能得到“好孩子”的奖状；五岁学国际象棋，不到三个月的时间，就取得济南市幼儿组冠军，后来一发不可收拾，在众多的省市比赛中都名列前茅；上了小学，第一学期就当上了班长，而且年年都能评上“优干”或“三好”；一不小心还升入了山大附中，得到奖学金，等等。这其中的哪一件事都令我们高兴不已。每当周围同龄孩子的家长啧啧称赞时，每当他们投来羡慕的眼光时，就是我们自豪幸福的时刻。还记得小时候我叫你“小灵通”吗？你取得了父母当年没取得的成绩和荣誉，让我们为之感动、骄傲。我们相信在今后的人生道路上，你会创造出更多让我们意想不到的成绩。人生的路还很长，而人一生中在学校学习的时间却很短，中学阶段更是奠定基础和决定未来的关键时期，未来的幸福都把握在你自己的手中，家长和学校只是提供一个平台，成绩代表过去，未来属于自己，钱财再多也会花光，只有知识和本领永远属于自己。坚定信心，有“直挂云帆济沧海”的气魄，就会创造出连自己也不敢相信的奇迹。

不求最好，但要更好，机会总是给有准备的人

你知道你为什么能取得这些成绩和荣誉吗？因为你有好的品格：自律

上进、勤勉认真、敏而好学。面对现在的环境和今后的学习，如何进一步提高自己？我想对你说：

自律上进固然是好的，但不是凡事都争第一。考上大学，你是我的女儿，清扫马路，你也是我的女儿，只要保持高贵的人格，清醒的头脑，积极向上的精神，扫马路也可以扫出一个光明清洁的世界。你们的赵校长曾说："山大附中培养的学生，即使扫了马路，也应是扫马路的头。"从课本学知识，更应该从社会学知识。

勤勉认真。中学阶段是学习基础知识的阶段，所以课程较多，书包很沉，任务很重，竞争压力也很大，这些我们是看在眼里疼在心里，当然我们也曾经历过。因此，一味勤奋"死学"不行，重在得法和效率，才能应对这繁重的学习任务，才能收到事半功倍的效果。而认真不是较真，一定要讲究轻重缓急，切不可舍本逐末、挂一漏万、因小失大，影响总成绩。有些事情还是要采取"一知半解""难得糊涂""不求甚解"的态度，不知你是否明白？就是碰到有些难题或棘手的问题，"山重水复疑无路"时，不一定当时非要一味较真，投入过多时间和精力，搞得一清二楚，可暂时放一下，等老师讲过或学了下面的知识，可能就迎刃而解，疑难问题自然就"柳暗花明又一村"。以我的经验，就英语和语文的阅读理解，常常是在不解的时候，等继续读下去，自然会找到答案；或是先把其他的作业做完，有时间再返回头来仔细研究解决。总之，学习要找到科学的方法，合理安排时间，提高整体学习效率，以保证睡眠时间，有利健康成长。因为学习成绩固然重要，而身体比学习成绩更重要，没有好的身体，就失去了有好成绩的意义。

敏而好学。关于学习，我想借用一些古语和名言，还是很有启迪和裨益的："学而不思则罔，思而不学则殆。"面对众多的科目，特别是地理、历史、生物等，要讲究方法和效率，学习的过程中要不断思考、总结、梳理，从而形成知识体系，提纲挈领，纲举目张，自然便于记忆和复习，这就是所谓"把书由厚读薄"，在此基础上依据这个体系和纲领展开丰富的相关知识点，这就是所谓的"把书由薄读厚"。好的成绩不是一蹴而就的，功夫重在平时。如果把每一次练习和每一天的作业都当成考试来对待，如果是平时练习和作业的质量都很高，那么考试的成绩自然不会差。考试也只是一个检验的手段而已，这就是所谓的"要把平时当考试，那么考试就成了平时"。再就是要注意知识的积累，特别是难点、重点、易错点或盲点，建立改错本、用红笔标注都是很实用的方法，经常去复习一下，日积月累，成绩斐然，这就是所谓的

"细节决定成败",因为学习的过程就是一个消灭你还没有掌握或不会的问题的过程,会的问题多,不会的问题少,那么考试成绩自然会好。

最后我想说:"临渊羡鱼,不如退而结网。"明白了再好的道理,不试图去改变自己,不付诸行动也没用,贵在坚持,机遇总是给有准备的人。知人者智,知己者明;胜人者力,胜己者强。

好,就说这些,祝生日快乐!

爱你的爸爸

2014 年 10 月 24 日

给儿子的一封信

付功明*

亲爱的儿子:

儿子,一转眼,你十四岁了。

古人将人生大致分为九个阶段,说来相当有趣。《礼记·曲礼上》记载:"人生十年曰幼,学。二十曰弱,冠。三十曰壮,有室。四十曰强,而仕。五十曰艾,服官政。六十曰耆,指使。七十曰老,而传。八十、九十曰耄……百年曰期,颐。"

你从小便习古文,大意我不解释,你能理解,我要告诉你的是:按照古人的分法,从今天起,直至举冠成年,你将开启一个崭新的人生阶段,进入由"幼"变"壮"、由"弱"变"强"的关键时期。

面对十四岁,已经逐渐退去稚气,个子如我一般的你,作为父亲,我百感交集。一方面是欣喜:十四岁,看你茁壮成长,为你高兴,看你不断成熟,我很欣慰;一方面是忧虑:十四岁,你将拥有更大的人生舞台,面临更多的困难与挑战,我的儿子,你准备好了吗?

与父亲相比,你是幸福的。我从小便没了父亲,是奶奶含辛茹苦把我抚

* 2013 级 9 班付艺渲的家长。

养成人。回首往事，我的人生并不完美，父爱对我来说是陌生的，正因如此，我也更加理解“父亲”两个字的含义和分量。从你呱呱坠地来到我身边，每次看到你，我就想起自己成长的岁月，总想把我失去的“爱”都找回来，加倍奉献给你，让你快乐，让你幸福，即使自己的生活不如意，甚至处于困苦之中，都想全力为你营造一个完美的世界。儿子，你虽生在深圳，却长在济南。你一出生，我们一家便分隔两地，爸爸从军在外，很少能去看你，妈妈工作忙，一周才能见你一次，大部分时间都是你与奶奶一起生活。你依恋父母，每次都舍不得妈妈走，妈妈为了能去上班，走的时候就骗你玩“捉迷藏”，等你不经意间四处寻找时，便趁机“逃走”，你每周寻找妈妈的哭声伴随了你近一年的时光。我休假去看你们母子，见此情景不禁潸然泪下。我的儿子连见父母都成了奢望！为了让你有一个团圆美满的家，我和你妈妈毅然决定举家迁至济南定居，为此，你妈妈辞去了发展正好的工作，我离开了已经熟悉的老部队。这一切，只是为了能让你有一个完整的“家”。

儿子，你身上有许多闪光的东西。

你最大的特点是生性善良，不自我。这是与生俱来的，从小便如此。你是一个内心纯净、心思细密的孩子，遇事对人总是从好的方面去想，几乎未受社会阴暗污秽的沾染，每次遇到不幸的人、看到感人的电视节目，你都会掉眼泪。有一颗流泪的心，并不是什么难以启齿的缺点，孟子说“得道多助，失道寡助”，其道重在与人为善。在这个稍显浮躁的社会，“善”已经成为最为宝贵的品质。要记住，这个世界是由许多人组成的，没有人可以独立于社会之外。人与人之间每时每刻都在打交道，要想融入人群，和更多的人共事，成就更大的事业，争取到更多人的帮助，前提便是你自己的“善”。

另一个优点是好学上进，不服输。从小你就是一个优秀的孩子，学习的事我们基本没操心，除了选择一个好的平台，提供一个好的环境之外，今天你在学业上取得的成绩，都是你自己努力的结果。“望子成龙”是每位家长的期盼，当别人在我面前说自己孩子贪玩不学习的时候，我的心里很骄傲，也很欣慰。因为在学习上，你是有一股“钻”劲的，我发现，只要有数学题不会、有难题无解，你就到处请教、多方演算，寻求各种解题办法，直至弄通搞懂；读书作文，只要遇到不懂的词句文字，你就四处查阅、认真校对，感觉没有把握决不下笔。学习上这种“不达目的绝不罢休、不搞清楚绝不放弃”的精神，你要继续发扬。

第三个优点是持之以恒，不懈怠。为了把你培养好、教育好，我们给你报了几个课外培训班。从内心来讲，做这些的初衷并不是非要让你在艺术、音乐领域取得多大成就，也不想让这些成为你的负担，“艺多不压身”，只是想让你在繁重的课业之余，掌握一技之长，既提升生活品味又陶冶个人情操，一举多得，何乐而不为？你没有辜负我们的期望，甚至超出了我们的想象。你从二年级开始学书法，至今已经坚持了七年，上课、临帖、练习，鲜有松懈，现在你的作品连很多老书法家看了都夸赞“有功底”；你在乐器演奏上也小有成就，竹笛已经过了九级，有几只曲子演绎得有板有眼，很有韵味。你今天取得的这些硕果，并不是你天生比别人高明多少，全部源自于你勤奋好学、持之以恒、毫不懈怠的精神和行动。

第四个优点是先苦后甜，不享乐。这一点可能你自己也未发现，每次吃饭，你总是先拣不好吃的先吃，剩下好菜最后慢慢享用。说这些你可能笑了，儿子，别小看这一点，这一细节说“小”只是生活习惯问题，说“大”恰恰反映了你对人生的认识和态度。“少小不努力，老大徒伤悲”，一棵小草从萌发到生长，必然要经历风吹日晒、雨雪的洗礼，最后才能迎来开花结果的时刻。人的一生亦是如此，成长中不可避免有挫折困苦，有曲折打击，挺得住、往前走就是我们一生的真实写照。“宝剑锋自磨砺出，梅花香自苦寒来”也是这个道理，懂得“先苦后甜”的人生真谛，是你今后成功的关键。

还有一个优点是朴素勤俭，不挑剔。这主要是在生活上，没有过多苛求，不追求奢靡，适应环境，不攀比。我们是一个普通的家庭，你在这个家庭中长大，没有给你提供丰厚的物质，也没有供你炫耀的资本，你也习惯过这样简单的生活，粗茶淡饭、简衣朴用，你好像从不在意这些，从来是一副满足的样子，没有抱怨过，没有央求过，更没有为此感到丢脸。你对生活的要求不高，从不斤斤计较、挑三拣四，这一点我跟你妈妈看在眼里、感动在心里。

儿子，从自私的角度讲，我希望你永远陪在我身边，但你总会长大，总会去寻找属于自己的舞台，总会去探索尚未涉足的领域。十四岁，以为你已经成人，但是，你想过吗？成人，不仅仅是生理上的成人，它还应有一些具体的内涵。古圣先贤有一些大道理，我也有些人生的体会，借这个机会与你交流，希望你能接受。

第一，要系统学习，重在积累。荀子在《劝学》中说：“不积跬步，无以至千里；不积小流，无以成江海。”学习也是如此，不是一蹴而就的，而是一个长期积累的过程，由少到多，由失败到成功，逐渐聚集，聚沙成塔。古语“积学以储宝，厚积以薄发”，也是说明一个人积累的基础知识越广博深厚，自己的成就也就越大。你阅读名人传记会发现，古今中外很多名人学者，他们成功的秘诀之一，就是在治学中日积月累地掌握对自己有价值的大量资料，而后系统总结整理而成。如你学笛子，如无日积月累的过程，不坚持长期练习基本功，当你演奏比较大的曲子时，你根本就吹不出能让人心情律动的效果，如何在人前展示？如何悦己愉人？如习书，如无日日临习不辍，何能提笔挥洒？

第二，要广泛涉猎，重在兴趣。我曾经读过一本兵书，讲的是为将之道："凡为将者，不通天文，不识地理，不知军情，不晓阴阳，不看阵图，不明兵势，乃庸才也。"这里讲的是"为将"，却可举一反三、推广联想。在知识爆炸的信息社会，作为一个正在成长中的青少年，如果没有广泛的阅历，不具备多维的知识，要想实现你心中所想是很困难的。现在你喜欢数学，便一门心思钻研其中，有时置其他学科于不顾，我看不可取。中国古代文化博大精深、内容深邃、精华甚多，我建议你多学习研究，丰富自己。这点你在小学阶段做得很好，但现在有所懈怠。

第三，要学以致用，重在实践。《颜氏家训》中有"世人多蔽，贵耳贱目，重遥轻近"的话，说的就是一个人若要不被蒙蔽，就要既听且看，远近兼顾。没有调查就没有发言权，学习的目的总要归于实践，在此，我着重建议你向身边人学习，这并不是一家之言、随感而发。两千多年前的孔子就说过："三人行，必有我师焉。择其善者而从之，其不善者而改之。"并以此教育他的学生。我发现，你身边的同学都很优秀，能人、智者、有一技之长者甚众，他们都是你学习的榜样，你要博采众长，为我所用，以利成长。

第四，要胸怀宽广，重在包容。天地广阔，但人心比天地更广阔，真正的男人，首先就要具备宽广的胸怀。胸怀天下，则拥有天下；胸中只有自己，那就只能茕茕孑立、形影相吊了。做人要拿得起，放得下，举重若轻也是一种境界。你爱思考，是好事，却不要总把一些无关紧要、鸡毛蒜皮之事放在脑子里，如再遇一些琐事，切记：做人要豁达，一切如浮云。物极必反，胸怀大志不是眼中无物、脑中无事，而是大事不糊涂、小事不纠缠的人生真谛。

第五，要注意细节，重在养成。古语有云"天下大事，必作于细；天下难事，必作于易"，揭示了细中见精，小中见大，寓伟大于平凡的真理，告诉我们不论做什么工作，都要重视小事，关注细节。儿子，不要小看细节，总觉"成大事者不拘小节"，细节实际上就是一种长期的准备，可以让你获得难得的机遇。无论是个人还是单位，如果能够注重到所处之境、所干之事的关键细节，养成良好的行为习惯，那么水到渠成，就一定能够收获成功。在以后的学习生活中，你一定要养成严谨细致、不畏艰难的好习惯。播下一种习惯，收获一种性格，播下一种性格，收获一种命运，走上“不放细行，终写大德”的人生正道。

第六，要学会担当，重在责任。古人对成人的要求是很高的，“修身、齐家、治国、平天下”，这是古代的仁人志士为自己规定的责任。作为即将成年的你，更要勇于对自己的行为负责，做对得起父母、家庭的事。要敢做有用之材，不自弃，不颓废，积极向上。要担当社会的责任，做有良知、有爱心的人。如此，将来你艰苦贫穷的时候，就能坚持；你殷实富贵的时候，就不骄奢；你落寞失意的时候，才会乐观；你在掌声一片的时候，才会谨慎。

最后，要崇尚俭朴，重在低调。大德至朴，大美至淳。德行是为人之本，是生活之要。何为简朴？就是为人做事简单淳朴、朴实无华。对于我们来说，简朴多为一种本色，如果用来指导实践，就是要为人厚道，说话实在，生活俭朴。在如此纷繁复杂的社会，保持这种简朴，才能约束自己，节用树德。好在你现在做得不错，我也毋庸多言，如遇有人贬损，你要记住：这不是什么“抠门”“小器”，而是彰显了你的一种淳朴、一种力量、一种尊重，更是一种责任。

十四岁，有为青年的人生起点，朝着你自己设定的目标前行吧。无论遇到何种困难，都有我和妈妈一路陪伴。

父亲

2014 年 10 月 23 日

给儿子十四岁集体生日的一封信

王德胜*

亲爱的儿子：

在你们年级集体庆祝十四岁生日的时刻，爸爸妈妈按照学校的要求，给你写一封信，其实这是爸爸亲笔给你写的第二封信。在当今瞬时沟通的时

* 2013 级 1 班王之玎的家长。

代，书面语言的沟通有着别样的意义，但愿你和你的同学们能够深思字里行间父母的大爱，感悟师长们甘愿付出一切的期望。我和你妈妈都认为你们的十四岁庆典活动很有意义，因为在我们的初中时代，没有这样的仪式来庄重地告别自己的少年时代，以全新的信心和勇气走向属于自己的青年时代。

生活在当今快速变化的时代，人们都感慨“时间都去哪儿了”，不知不觉你和你的小伙伴都已经长大了，其实爸爸妈妈心里或许会有些许“矛盾”：既盼着你快快长大成熟，又似乎留恋你的童真和无忧无虑。家庭中因为有了你，生活增加了无尽的情趣欢乐，生命增添了更多的动力活力。而你也因为我们深情、无私的爱健康成长。姥姥、姥爷对你生活无微不至的照顾、奶奶对你的牵挂、天堂里爷爷对你的祝福、两个姨妈全家对你的帮助，特别是你妈妈看到你进步时爽朗愉快的笑声，姥姥关注你时欣喜赞许的目光，爸爸躲在屋里暗自高兴的神态，包括最辛苦的李彦老师与妈妈的短信沟通……一切的一切，都是鼓励你成长和为你成长无私付出的佐证。

人总是要实现人生的一个个转换，从懵懂无知到理智成熟，从单一世界到丰富多彩，从个人努力到责任担当，最终在社会舞台上凸显人生的价值。尽管也会平添烦恼，也会增加压力，但那都是成长的代价。而此次庆典就是你们从少年走向青年、从幼稚走向成熟的重要转换。相信家长们和老师们都会由衷地为你们高兴！

十四岁，象征着独立替代依赖，成熟替代幼稚，理智替代随性，坚强替代脆弱；十四岁，意味着“我的青春我做主”，你们会有更多的选择权，而非总是被选择；十四岁，表现为理智地确立自己的憧憬与志向，学会对生活和未来全方位地规划和行动。正所谓：

风华正值少年时，
青春扬鞭马奋蹄，
仰望星空鹰展翅，
脚踏实地奋斗始。

亲爱的儿子，希望你能够以你们的庆典为契机，认真思考你的十四岁意味着什么。爸爸代表妈妈提出以下建议，以期引起你的思考：

第一，培养和形成良好的习惯。优秀是一种习惯，不论是生活的细节还是学习，只要你能养成一个好的习惯，就一定能铺垫顺利走向未来的基础。比如对于学习，做到认真听讲，系统复习，主动学习，变“要我学”为“我要学”，同时注意反思，不断总结学习中成功的经验和失败的教训。老爸建议你每周都能自己写一篇周记，就像你在暑假时把每天的活动都记下来一样。这篇周记最好写写自己的感想，自己和自己对对话，总结一下一周来的收获。这种记录形成习惯，一定会对你的学习成长大有裨益。

第二，锻炼独立的生活能力。你从小就在我们温暖的大家庭里长大，姥姥和妈妈给予了你无微不至的照顾，甚至生怕你忍受半点委屈，故你独立生活方面缺少了一些锻炼。可你终究要独立走向社会，也总有一天会离开我们去开创你自己的未来。因此，有意识地锻炼自己的自理能力会形成坚强的性格和顽强的意志，而这恰恰是成长的关键。比如，自己的事情尽量自己去干，遇事冷静对待，善于倾听别人的意见，形成自己的主见。

第三，学会感恩感激。感恩是对别人给予的帮助表示感激并及时反馈的自觉意识。一个人懂得感恩，就会具有阳光般的心态，就会珍惜别人为你所做的一切。妈妈、姥姥的辛苦，老师的谆谆教导，特别是班主任李老师对你的期望以及同学们对你的支持，都是对你莫大的帮助。这一点老爸认为你做得不错，还要以实际行动加以强化。

第四，认真规划自己的未来。目标是激励人奋进的动力，古今中外凡是有所作为的人，大都是从小具有远大志向且付诸行动的人。当然目标有近期、中期和远期，千里之行始于足下，任何目标也都是由一个一个小的阶段构成。你不妨尝试着自己规划一些阶段性的小目标，监督自己能否坚持去实现，分析未能实现的原因，修正自己的行动。如此一来，坚持和专注会慢慢成为你性格中的优秀因子，对于你的成长一定会有帮助。

儿子，爸爸似乎还有很多很多的话要跟你讲，我依稀记得李老师在我写的那篇《爸爸的反思》一文中的批语：父爱如山！也许你现在还不能完全理解，但老爸相信，总有一天你会理解爸爸偶尔没有修养的发火和对你的训斥，尽管我也在反思，但请你相信，那也是我望子成龙的潜意识。

谈至此，爸爸还有两个意思想表达：一是你身上的优点也是值得我们自豪的地方。你从小就比较懂事，自己不愿意做的事情有时我们坚持一下你就同意，很照顾大人的情绪；平时很有礼貌，懂得感恩；对待他人心地善良，与人为善，在你口中很少听到你对同学、老师的负面评价；喜欢阅读，知识面较广，记忆力不错；做事认真，态度积极，特别是参加班级和小组活动，富有责任感，并且只要你用心做的事大都能做好，等等。二是关于学习成绩。你们这个阶段，几乎所有的家长都特别看重孩子的学习成绩，因为这可能决定着你们的未来。

但你自己不要有太大的压力，我们从来没有要求你必须考到多少名，只是希望你能把自己的潜力最大限度地发挥出来，只要你认真努力地去学习，不辜负众人的期望，我们相信你一定会越来越优秀，希望你也具备充分的自信。

好了，儿子，回到这封信的主题吧，再次为你们的十四岁生日点赞！作为家长也真诚地感谢你们辛勤的老师，希望你和你的小伙伴们在新的起点上一起去追逐属于你们的梦想！

爸爸并代表妈妈

2014 年 10 月 29 日

给孩子的一封信

孔 萍*

亲爱的明明：

今天是你十四岁生日，爸爸妈妈首先要祝你生日快乐！

爸爸妈妈还要感谢你！感谢十四年来有你陪伴的五千多个日日夜夜。这些美妙的时光，已经变成了我们享用不尽的“财富”！

你长大了，明明！从呱呱坠地、蹒跚学步到现在亭亭玉立的少女，这期间家人为你付出了许多，有过辛苦，也有过无助。记得小时候你不爱睡午觉，夏天的中午，爸爸总是抱着你到楼下的树荫里拍睡了再回家；记得你小时候经常发烧咳嗽，为了挂一位有名的老中医的号，爸爸连续几天都是凌晨去诊所排队；记得在你两岁多的时候，爸爸到北京读研，妈妈一边当班主任，一边照顾你这个调皮的小人儿，晚上给你讲故事，经常讲着讲着就睡着了；记得小时候你像初生牛犊，啥都不怕，走丢了很多次，每次在家人着急担心的时候，你总是出其不意地出现，让我们只顾得说万幸却无暇责怪你；记得爱生病的你，曾经在妈妈办公室的挂衣架上挂吊瓶，曾经一边喝中药一边因为太苦又像喷泉一样吐得满地都是……这些点点滴滴或快乐或伤感的过

---

* 2013 年级 7 班秦海明的家长。

往，都因为伴随着你的成长而变得有意义。

在你的成长过程中，留在我们记忆里更多的还是快乐。你乐观、开朗、善良、有主见、不畏惧、多才多艺，这些好品质让我们的生活充满了阳光，让我们的家庭充满了希望和喜悦，每每回想起那些美妙的日子，笑容总会在脸上荡漾。还记得你和妈妈总是精神抖擞、开开心心一大早就来到甸柳一中的日子吗？还记得和妈妈一起参加学校的升国旗仪式，你小小的个子站在一大群中学生面前大声唱国歌的情景吗？还记得特别爱给自己取名字的阶段那个“奥迪”和“迪奥”的典故吗？还记得不会说“胳膊肘”，却机灵地用“胳膊脖子”这个超形象的比喻来代替的表达吗？还记得在泉城公园喂鸽子，当鸽子飞到你的手里抢食、在你的肩膀上歇脚的时候，你那不知道是欣喜还是害怕的难以描述的表情吗？还记得你把小鸡当宠物，每天放在胳膊上去外面放风，就像那是一只令人无比骄傲的雄鹰一样的神气吗？还记得无论是轮滑、骑自行车，还是单板、游泳，这些运动项目都是经过你坚持不懈的努力，自学成才的吗？还记得你参加社区的唱歌比赛，穿着白纱裙就像个美丽的小公主吗？还记得小小的你就画出了“人的一生”那么深奥的简笔画吗？还记得你的画作获得了全国少儿绘画大奖吗？一张张摆着各种造型，在祖国大好河山的留影记录着你的成长，一幅幅水彩画、线画、国画、工笔、素描，承载着爸爸妈妈满满的喜悦和欣慰……因为有了你，我们的生命变得多彩；因为有了你，我们的人生变得完满；因为有了你，我们的日子不再寂寞；因为有了你，我们的生活充满希望。有你在一起，真好！

如今，你已经长大了，将来，你还要到更广阔的天空去搏击、去历练。我们特别想告诉你，不管你走到哪里，有爸爸妈妈在的地方，永远是你的身心栖息之地，我们的心总是和你在一起！

今天，山大附中为你们举办了盛大的“十四岁生日庆典”，爸爸妈妈也要借这个机会给你提几点希望，将我们几十年人生磨炼所获得的心得与你分享，也算是送给你的精神礼物吧。

第一条就是要自信。自信的人是最美丽的，自信的人才能充分发挥自己的潜能，自信的人才能成功。相比你的同学，其实你的潜力更大。就学习来说，我们觉得你的很多思路、想法都是对的，自信一些，坚持下去，一定可以取得更好的成绩。遇到事情要勇敢地站出来表达自己的观点，遇到疑难要勇敢地说出自己的思路，你一定能赢得老师、同学们的赞赏和认可，也一定会走向成功！

第二条是做事要勤奋。“天才就是1%的灵感加上99%的汗水。”大科学家、大发明家若想做出一些成绩尚且需要勤奋和努力，何况我们呢？亲爱的女儿，爸爸妈妈相信你有巨大的潜力、超强的能力，但这一切都需要通过勤奋才能彰显出来。我们相信，只要你努力，成功一定会属于你。

第三条是要专心。还记得暑假里看的电影《阿甘正传》吗？智商低下的阿甘用他的一生证明了“专注，可以成就别人难以企及的伟业”。专心、专注是成功者必备的品质，做事不专心，一心二用，半途而废，即使再聪明伶俐，也会一事无成。

第四条是要珍惜时间。时间好比河流，只能流去不能回，荒废时间就等于荒废了生命，珍惜时间就等于提高效率。当不起眼的一分一秒从你的指尖溜走的时候，你可曾想到，聚沙成塔，集腋成裘，几分几秒的累积，就能构成历史长河中的伟大时代。所以，爸爸妈妈希望你惜时如金，不要让时间白白浪费，用你的行动赋予时间应有的价值吧！

明明，十四岁是人生最美好日子的开始，接下来将会是更加多彩、更加美好的青春。从现在开始的二十年光阴将决定你人生的高度。希望的号角已经吹响，如画的前景已经在你脚下展开，我们相信，我们的女儿一定是一位美丽的天使，拥有一双隐形的翅膀，一定能展翅高飞！

美好的记忆很多，殷切的希望很多，因为，我们爱你太多太多！！！

爱你的爸爸妈妈

2014年10月21日

给即将十四岁的儿子

耿 莉*

亲爱的儿子：

日子过得真快，一转眼，你已经长大，成了一个比妈妈快要高一头的男

* 2013级8班田川的家长。

子汉，再过几个月你就满十四周岁了。这十几年的时光，因为有了你，妈妈感受到了太多的快乐和幸福。

在生你的产床上第一次见到你时，还觉得有点陌生，这就是我的儿子吗？可是当我把你抱在怀里的那一瞬间，我就知道，你就是妈妈最最亲爱的儿子，妈妈会永远爱你。在我心里，一直都不愿你长大，真希望能一直抱着你，跟你亲密无间。

日子一天天过去，你不断地带给家人那么多的惊喜和快乐。第一天送你去幼儿园，你开开心心地留在阿姨身边玩，我却躲在幼儿园门外大哭一场，好像你从此就迈开了离开妈妈，走向独立的脚步。在幼儿园里，你是老师眼里的“十万个为什么”，老师都有回答不出的时候，但老师问你的问题，你却总能回答上来，虽然有时候牛头不对马嘴，但总有你的理由。结果园长给你起了个外号叫“问不倒”，哈哈，大家都为你骄傲。

上学了，每天清早你都给自己定上很早的闹钟，早早起床吃饭，自己去上学，从小学起就拿着教室钥匙，为同学们开门，为同学们服务。一两天能做到那不稀奇，重要的是这些年你都坚持下来了，真的让妈妈很佩服。儿子，你是个有毅力的孩子。

从幼儿园、小学到中学，妈妈看着你一天天成长起来，学到了越来越多的知识，领略到知识的无穷魅力，学到许多做人的道理，也交到了很多朋友。当妈妈看到你快乐、友善、尊敬长辈、勤俭节约、充满爱心，会体贴人关心人，会在妈妈生病的早上为妈妈做好早饭并端来放在床边，会在受到委屈时替别人着想，妈妈由衷地为你高兴。妈妈相信，我的儿子已越来越成熟，越来越懂事。儿子，在这里妈妈想对你说：“妈妈真的很为你骄傲，为你自豪！”

儿子，你是妈妈的孩子，这种血缘的纽带妈妈非常珍爱，但妈妈更想做你的朋友，做你最亲密、最要好的朋友，一辈子的朋友。儿子，未来的路还很长，也会有艰辛和坎坷，在这里，作为你的妈妈和朋友，与你交流一些想法和看法，希望对你有所启发，也让我们共勉，好吗？

首先，妈妈希望你能做一个有理想的人。你可以是农民，可以是工程师，可以是工人，可以是流浪汉，但你要有自己的理想。在你的童年，我们讲英雄的故事给你听，并不是要你一定成为英雄，而是希望你具有纯正的品格；在你的少年，我们让你接触诗歌、绘画、音乐，是为了让你的心灵填满高尚的情趣。这些高尚的情趣会支撑你的一生，使你在最严酷的冬天也不会忘记玫瑰的芳香。有了理想，才会让人有方向，有前进的动力。通向理想的道路也许不那么平坦，你会结识许多朋友，也会遇到很多困难，但只要你能坚持，努力去争取，就会见到旁人无法遇到的风景和奇迹。

其次，儿子，我希望你是个踏实的人。人生太过短促，而虚无的东西又太多，你很容易眼花缭乱，最终一事无成。记住，每个人的能力有限，我们活在世上能做好一件事足矣。要养成良好的学习习惯、生活习惯、思维习惯等等。愿你做自己的主人，做自己时间和生活的主人，这些都需要有坚强的意志，也需要从一点一滴做起。“播种行为便收获习惯，播种习惯便收获性格，播种性格便收获命运。”儿子，让妈妈陪着你，我们一起坚持。

儿子，还要懂得和珍惜感情，始终保持感恩的心，积极地面对生活。不管老师、同学、家人、朋友，偌大的世界，能有缘结伴而行的又有几个？相交一场实在不容易。生活中能有人伴在你身边，听你倾诉，倾诉给你听，你就应该感激。要好好地爱自己的亲人，爱自己的老师、朋友，爱身边所有的人。对了，儿子，更要爱自己，不爱自己的人，是最不会做人的人。

在具体的事情上，我希望你能多找些时间来读书，读书能丰富人的心灵。不要老是想着别人应该为你做些什么，而要想着怎么去帮助他人。要有勇气正视自己的缺点，你会一年年地长大，会遇到更强、更优秀的人，你会发现自己身上有许多自己所厌恶的缺点，这会使你沮丧和自卑，但你一定要正视它，不要躲避，要一点一点地加以改正，战胜自己比征服他人还要艰巨和有意义。在生活里，电脑和网络不是用来玩的，正像原子弹不是用来听响的一样，游戏只是附带产品，要学会合理地利用电脑、网络这种工具，那里边有无穷无尽的知识和智慧。

时间在不断地流逝，我亲爱的宝贝也在慢慢长大，在未来的日子里，你还会经历好多好多，有喜有忧，有欢笑也有痛苦，希望你能永远保持一个快乐的心境，健康成长。我也会永远握着你的手，同你一起去战胜困难。

对妈妈来说，最幸福的事情就是和你在一起，你给我带来安心、快乐和幸福。儿子，谢谢你陪伴妈妈一同成长！

祝健康快乐！

爱你的妈妈

2014 年 10 月 23 日

给女儿的一封信

王 科*

亲爱的中垒我儿：

上帝给我们一个生命，是为了完成一个使命，且每个人的使命都是一样的，那就是找到自己。

从你降生那一刻至今，已近十四载，父母总在你身边守护。爸爸是一名医生，有幸见证了你的诞生。当时你娇小赤体而来，你是爸爸人生中的第一个孩子，你给我们初为人父母的震憾。因为你的诞生，我和你妈妈从此有了新的称谓——爸爸妈妈。每当我儿生长一岁，我们就多做了一年的爸爸和妈妈，因此，爸爸与你同岁，妈妈与你同岁，我们三人是亲密无间的同学，且是同年同月同日等大的同学。我从那时起开始学习做爸爸，你妈妈从那时起开始学习做妈妈，你，从那时起开始学习做女儿，我们同学三人相伴，算来将近十四年了。我们成绩都是优秀的，妈妈的成绩最优秀，爸爸虽然没有妈妈的成绩好，却也在努力上进，力求上等，我儿也是优秀的，你作为女儿的角色，也在实践为人子的义务和权利。因为权利，我们彼此都有获得关爱的天经地义的要求；因为义务，我们每个人都有获得对方评价的需要。

十四岁的年龄，将要步入青年，从此，我儿将要渐渐学习成人之礼了。既往十数年来，我儿曾在若干作文和生活实践中表达了对父母的认同，从我儿的反馈来看，父母的工作成绩是优秀的。当然，我们也从我儿偶尔的抱怨情绪中知晓了自己的不足，知不足并诚心改正了。为人父母尽量不苛求儿女，爸爸妈妈从未停止修正自己，愿我儿也要学习我们这一双成绩优秀的同学，你的同学，正是你的爸爸和妈妈。

已经将近十四岁的我儿，盘点许多年来，你的权利可曾丢失些许？就是那个作为小孩子的权利，如果我儿自认为已然得到了应得的权利，那就是让

---

* 2014级14班王中垒的家长。

你另外盘点你的义务。人若有心，一切便都在；人若无心，一切都是泡影。宇宙给你一颗心，是为了让你识得这颗心，这颗心在哪里？古往今来只有寥寥数人能识得。但是，我愿我儿能在将来识得这颗心，这是人生的大课题，更是宇宙间最大的课题，识得此心者就是圣贤，未识此心便是凡俗，希望我儿配备这个超脱凡俗的心。今天，爸爸和妈妈给你写一信，表达我们对人心的理解，我儿须恭敬谛听：

心是每一个人认识整个宇宙的工具，也是令每一个人活着的理由，更是万物存在的法则。没有了心，不但每一个人都会消失，万物也会消失，宇宙也会沉寂。因此，人不可无心，万物不可无心，宇宙不可无心。心是宇宙万物人人的根本，用自己的心去体验万物的心，就是做到了将心比心，生活中最普遍的行为都是心的行为。故而不可一日无心，有心即是生机，有心就是学问；心是万物存在的根本因素，永远不可伤害万物的心，若是伤害了万物的心，就是毁坏了万物的生机；不可伤了他人的心，伤害了他人的心，就是相当于毁伤了他人的生命；父母是我儿最亲近的人，不可伤害了父母的心。

更紧要的关键：不可伤了自己的心，自己也是万物的一员，若是伤了自己的心，就是伤害了自己的生命，“身体发肤，受之父母，不敢毁伤”，此之谓也。

心是对宇宙的认识，宇宙之所以常在，是因为宇宙有秩序，而且这个秩序合理合情。我们生活的人间属于宇宙的一部分，人间的秩序也称作为“社会秩序”，社会秩序的最完美法则，称为“礼”。

我儿已近十四岁，身为弟子，正向着成人进渡，执弟子事，习成人之礼，是我儿从此以后的义务，今日写信给我儿，就是要郑重告诉我儿关于礼的细节与梗概。

礼，所以定亲疏，决嫌疑，别同异，明是非也。

礼，首重知根，父母为根！

礼，是人与人交流的妙法。有礼则行，无礼则止。我们的智慧从实践中来，无礼则寸步难行，人不怕愚笨，只怕无礼。

实践是获得真知识的唯一来源，真知识就是所谓的“心”。每一个人都在运动中生活，什么是实践？并非所有的行为都是实践，有礼的行为称作“实践”，无礼的行为不算作实践，那是胡作非为。因此，若要找到自己的心，若要成就真知识，唯有实践一路，若要实践，先要“知礼”。

知礼之前，先要识礼。

礼，就是做事的方法，礼是人的行为准则，若是一个人夏天穿棉衣，冬天穿短袖，那就是无礼了。

凡是可说又可行的，便是礼；红绿灯规则，是礼；同等条件情况下，老人优先，是礼。一个人，无所事事百无聊赖地过一天，便是不履行自己活着的义务，便是无礼。礼，是关于社会秩序的大百科全书，人活一天，就要习礼一天。

每一个人都在求知的途中，并非一定要懂得了道理才去做事。人非生而知之，若是因为不懂道理便拒绝实践，那就是啃老、啃社会的废物了。在没有懂得道理之前仍要虔诚地行动，顺之而行，依礼而行，做起来再说，不要穷究，不要磨磨唧唧。

我儿，将近十四岁的时候，写这封信表达我们的期望。人生是一场精彩的戏，因为戏里有悲喜苦乐，所以才有精彩。每一个人都要经历一番苦难曲折的迷茫路，才能找到人生的真正意义。俗话说："三穷三富活到老。"不经寒霜苦，哪得梅花香！准备好迎接生活困难的挑战。成功，只在我儿战胜重重艰难的那一刻，等你。

礼，是秩序！这是爸爸要强调给你的重要关节。譬如种地，天旱了要浇水，涝了抗涝排水，这是种地的礼，若是天旱的时候去施肥，地涝的时候去修水渠，就是无礼的行为了。

礼，不是花言巧语；礼，不仅仅是端茶送水、跑上跑下的奉迎；礼也不是仅仅称呼"您好""谢谢"之类的客套话。礼就是天地间的一切秩序。我儿谨记！我儿深思！

读万卷书，未必知礼，行万里路，胜过读万卷书，礼在履行中，从生到死，不可懈怠。

礼与理有区别。理，不在书本中，理在自然里，书本里是答案，书本不是实践。理，在行动中自然显现，实践是成功的必需途径，重实践，有所心得，可以与书本印证，但是不可执着书本，没有一成不变的答案，更没有一成不变的知识，尽信书不如无书。

不可轻视政治。政治，是礼的一部分，却不是礼的全部。学习政治的目的是要求我们与时俱进，实践着并且适应着社会的演变。生活是潜移默化变动的，接纳新鲜事物的能力是每个人要培养的，恪守礼则、顺应万变的能力从今日就要开始纳入管理。

我儿，父母虽然没有给你一副英俊的外貌，却给了你一个端正的五官和健全无缺的肢体。其实，最英俊的外表就是五官端正和健康。生病了，就是表明自己有毛病了，心理有了偏差。疾病，是用来提醒我儿的，提醒你要反思、检讨自己的心身健康。爸爸的评价是这样的：健康是我儿的主要财富，许多次我儿战胜了疾病，我儿虽处病苦，仍不辍学业，这是值得赞扬的，继续保持，终有所成！

骄傲是每个人的特点，也是我儿的特点。然而，礼则却要求我们不可有傲慢的念头，不可纵容贪念，求学上进的志向不可废弃，享乐的心思及时制止。亲近高洁的人，远离一切邪恶的事物。我儿要做到亲贤人而远小人，需要你具备明亮的眼睛，非明目不可以识得好与坏，我儿视力近视了，这也是你的一大弱点，也是爸爸妈妈深深自责的事情。我曾告诉你，要用眼睛适应环境，而不是用环境适应眼睛。眼睛是你的身心部分，要用身心适应环境，不可怨环境的优劣。此中深意，我多次讲给你听，我儿须再三思量。

我儿，你尚未成年，却已即将迈入成年的行列。社会虽然尚未赋予你担当许多责任，你却要做到心中明了，不可越礼而行动，不在成年位，不谋成年事，只须立在你的职责和位置，便是尽礼了。孝顺父母的礼，你须将老师作为一生的父母地位看待，师道也是人间最美，与孝道并重。作为学生，视老师等同于父母，出必告，反必面，不但适用于我儿对待父母，也适用于我儿对待你的老师。为人弟子，不敢自专，老师具有知情权，这个知情权是父母委托给你的老师所具备的，我儿须遵行！你在学校的老师都是父母认可的，若无父母的认可，你不可自认老师。记住：老师是你的代理父母，父母授权，是为老师，一日为师，终生是你的父母，这就是师道之礼，我儿谨记！

“慈母手中线，游子身上衣”，要学会爱惜物品，你的一切用品物件都是你的福气，要惜福，不可挥霍浪费。我儿素来俭朴，令父母欣慰，我儿未曾忘记自己是农民的后代，这是值得赞扬的品德。一个人，只要心中不忘根本，亲近农村，亲近农民，亲近自然土壤，这个人就活得踏实，行得稳重。须知：失去了根基的人，会飘飘而升，终不免重重摔地！一粒米，一杯水，都是自然的施舍，更是天地给予的恩惠，要珍惜天地的关爱，离开了天地的眷顾，我们的生命无法延续。我儿要敬畏天地，要把天地视作父母。

我儿是父母的骄子，代表我们的形象，而且爸爸妈妈心甘情愿把你作为我们的代言人。爸爸妈妈为我儿现在的成绩而欣慰，我儿不但为父母争得了脸面，更为我们的家族争得了荣耀，将来必将为我们的大家族——民族争得荣耀。时代赋予我儿一辈担当繁重责任的义务，愿我儿不负此任，愿我儿不辱父母，不辱家族，不辱民族！

路要一步一步地走，饭要一口一口地吃，任何成功都像这个走路和吃饭，欲速则不达，急功近利是成功的大害，踏实稳重，一步一个脚印的进阶是可行的。我儿要坚信，积跬步终能至千里，慢一慢，再慢一慢，百鸟在林，不如一鸟在手。

我儿，在你将业习成人礼的时候，爸爸要教给你一个概念——慎终追远！这四个字是沉甸甸的一部书。今夜，我在《父亲》的音乐声中为你写一信，有万言要告诉你。

父母有无限感慨，感谢你的学校——辅仁学校给了我们这个通信的机会，这是爸爸第一次给你写信，此信语义深远。父亲在给你写信的同时，也想起了我的父亲，你的爷爷，想起了父亲的父亲，你的老爷爷。爸爸今日的成绩，根本来自父母的生我育我，虽然爸爸取得了今日骄人的成绩，但仍愧疚不已，惭愧自己蹉跎了无数时光，辜负了父辈祖辈很多的期望。今日的我们都不再受饥寒困苦，时代给了我儿前所未有的明媚，我儿活在阳光里，应无理由不感到恩情的存在！“感恩”是人的基本礼则，一个人若是懂得了感恩，天地能量将为其人专备，一个人若是不知感恩，天地必将无情抛弃他！

我儿，莫忘了家园，莫忘了家国，家是你儿时的安乐窝，国是家的安乐窝。我儿尚在年少时，尚需家养。父母的任务是养家，我儿的任务就是接受家养，我儿心中不可厌家，“儿不嫌娘丑，狗不嫌家贫”，无论你的家境多么贫穷，你也不可有丝毫厌家的念头，要时时记得：我是中国人，我的根在中国，要热爱自己的家国。中华民族有灿烂的文明营养供你修身，无尽的地产和丰富的精神食粮为你所用，作为中国人要虔诚地学习中国传统文化，不必媚外，不需崇洋，生在中国，就要安在中国。东方生养我儿，我儿务必要知东方文化之恩典，执东方文化礼仪而习之。古云“仓廪实而知礼节”，礼节处处存在。遇到财物，不要随便取得，流自己的汗，吃自己的饭，取财有道，当仁不让。与他人相处，若是意见相左，不要强压制对方，莫要讥讽弱者后进者，我儿若无同情弱者的爱心，将来恐怕要做一回弱者，非此不能亲自体验弱者的痛苦，这一点，我儿三思！分配物品，要懂得谦让，不可独占多得。荣誉都是过眼云，不要执着名与利。自己不明白的事，不要乱作证明，已经很明白的事，不要自夸自己早已知道。言行举止，动一动都有礼的法则，这一点，我儿执行尚到位，再接再厉就更尽善尽美了。这里再重复一下吧：坐不露膝，行不摇肩，立不倚门，笑不喷人。诸条简便易行，坚持却难，我儿三思而遵行，爸爸甚慰！

礼则行为要适合实际，不要标新立异，与人同乐，与人同忧，不可另类。己所欲施之于人，己所不欲勿施于人。在家吃饭，是接受供养，穿衣也是这个理，不要挑挑拣拣，听从安排，欣然接受，心中默念感恩，更要付诸语言行动，要让爸爸妈妈看到你的感恩之心。

细节决定成败，缺点会因为一个人的成功而放大，成功只需要一个优点就可以做到，然而失败可以由任何一个缺点导致。对一个没有任何成就的人来说，缺点或许并不甚重要，但是对一个成功的人而言，小缺点会大大地放大，小缺点足以毁掉所有的成功。因此，严格要求自己，从现在起就严格要求自己，正是为了将来成功以后的预防失败，谁若严格要求自己，谁放大你的小缺点，都是对你的关爱和器重，在苛刻要求你的人的心目中，你一定能成大器，所以他们才这么苛刻你，要感恩所有的批评，尤其是善意的批评！

来日方长，点滴而行，不断纠正自己的不足，积跬步，以致远。“子不语怪力乱神”，此千古圣人真言，我儿要用此生去参悟这句话，相信我儿有力量为父辈祖辈交一份优秀的答卷！

夜很深了，回顾和展望我儿的成长之路，爸爸妈妈甚慰，然而往事不可追，来事不可待，学习只在当下，前事不忘，后事之师，每日三省吾身，便可得入喜悦之门。古来大器皆晚成，未可急功学仲永！——言无不尽！

此信与你，代爸爸妈妈致谢你的老师，顶礼老师：您辛苦了！

父字

2015 年 10 月 20 日夜

给十四岁的你

张楠平 *

亲爱的雨雨：

你好！妈妈好久没有给你写信了。

在这个特殊的日子里，首先祝你和你的同学们十四岁生日快乐！

记得你人生的第一封信就是寄给了我，我是多么荣幸！那是多年前的一个春日，一大早随报纸送来一封贺卡，我很疑惑，在这个习惯电话、短信、网络邮件送祝福的年代，已经多年没收到邮寄的贺卡了。打开一看更让我惊喜不已，竟然是你自制的母亲节贺卡！那浅蓝色的卡纸上，你亲手裁制了镂空的心形，打开是一朵手绘的粉色康乃馨，静静地绽放在扉页，稚嫩的文字写着："亲爱的妈妈，祝您母亲节快乐！你的宝贝雨雨。"我的眼睛瞬间泛起薄薄的雾气。难怪这两天小丫头神神秘秘的，原来是这个小秘密啊！我的女儿好贴心、好温暖！那年你刚刚成为一名小学生……

最近，我们在为你们十四岁生日庆典忙碌着、准备着，虽然工作之余我们还需要做很多事情——录视频、挑照片、写文字，但心里是满满的幸福。

十四年前的一个春日，我们家很幸运地迎来了天使般的你，在这十四年中，带给了我们无数的欢笑与快乐。你知道咱们家里相册特别多，最初几年是胶卷时代，家里平均每月一个胶卷、一本相册地积累着；后来有了数码相机、有了电脑，里面便有了一个专区存放与你有关的影像资料，每年几十个文件夹，一个个整齐地排列，那都是最宝贵的财富！

这两天，我翻箱倒柜地拿出了过去的相册翻看，里面有微笑、有痛哭，有你平时生活成长的瞬间，有你出门旅行的记录，有你从小到大参加各次活动的影像，我的心也随着一张张照片，仿佛回到了那时那刻。

记得第一次出远门，是小学一年级暑假，我们几位妈妈带着你们几个女

---

* 2012 级 1 班刘浩雨的家长。

儿去香港参加舞蹈大赛，现在想来还是满满的兴奋。对于你们来说，迪斯尼的吸引力远远大于大赛的金奖。

难忘迪斯尼那畅快的“飞越太空山”，在无垠的外太空情境里，飞一般地起伏转折。下了船，你直喊手臂疼。噢，是我担心你的安全，紧张到无意识地抓住你的手，很不好意思地弄疼了你。难忘花车大游行，章鱼的大爪洒了我们一身一脸的水，每个人都洋溢着掩饰不住的笑靥。难忘杰克船长的加勒比海盗船，记得你当时被突然冒出来的海盗鬼脸吓哭，我一直安慰你到夜晚的焰火表演。难忘那夜九点，睡美人城堡漫天的焰火，如梦如幻，美得让我们不忍离去。

舞蹈大赛你们轻松获得金奖，我们的港澳之旅欢乐而圆满。一路上你乖巧懂事，一点也不让妈妈操心，从那我就不担心和你单独出门了。

今年暑假的俄罗斯之行，你们是名副其实的“天使艺术团”，担负着中国青少年与俄罗斯朋友文化交流的重任，用咱们中国传统的书法艺术魅力去感染俄罗斯友人。

在莫斯科、圣彼得堡进行了舞蹈才艺展示、书法现场交流，你像一只来自东方的美丽的小孔雀，飞进了每个人的心里。一路上十几个日日夜夜，我们一起相伴。你真的长大了，知道照顾妈妈了。出门难免生活规律被打破，在俄罗斯饮食习惯很不同，你总是每天提醒我多喝果汁吃水果；每次离开酒店前，你会把各处再检查一遍，免得遗落物品。我非常省心，好感动，你不再是只知道等妈妈做这做那的小妞妞了，变成了一个细心、体贴的大姑娘，妈妈好幸福啊！

感谢你这些年带给爸爸妈妈的快乐！感谢你用善良心对待每个人！感谢你用美好的眼睛来看待这个世界！这一切爸爸妈妈都看在眼里，记在心里，我们知道你是最棒的！

希望你能保持这种积极向上的乐观心境，努力锻炼身体，好好学习知识，让自己每一天都过得快乐充实、有意义！你健康快乐的成长是爸爸妈妈最大的心愿！

你一定记住，在今后的生活中，无论你遇到什么风风雨雨，你的背后有我们温暖的家，有我们爱的支持！愿我们永远是最知心的朋友！

雨雨，加油！！！

爱你的爸爸妈妈

2013 年 10 月 26 日

给十四岁的英俊少年

张德英*

亲爱的儿子：

每次叫你“儿子”时，心里总是有一股暖暖的感觉，那是一种亲密无间的感觉，一种想要拥抱你的感觉，一种世界上最幸福、最甜蜜的感觉！

不知不觉，你已经十四岁，我们一家人在一起相濡以沫走过了十四个春秋。十四年里，我们有坎坷，有磨难，有成功，有喜悦，有争吵，有责骂，有欢笑，有快乐。回忆我们在一起的点点滴滴，是那么的率真，那么的投入，那么的无所顾忌，就连我们的争吵打骂都凝聚着甜蜜。是什么让我们这样？是亲情。是世上任何东西都不能比拟和超越的亲情，我们三人走进一家，这是上天给我们今生最好的礼物，最应当珍惜的缘分！

从你生下来，我们就盼望着你快快长大，期望着你健康成长，可是没想到时间竟然那么快，一不留神，儿子你已经十四岁，我和妈妈就又盼望时间过得慢些，让你陪在我们身边的日子多些。可是，宝贝，谁又能阻挡时间的脚步呢？回顾十四年来，儿子你的变化是那么的多、那么的大！

十四年来，你从咿呀学语成长为写作高手。你出生下来，就是动作发育慢，语言能力发育快，刚刚一岁多，你就可以清晰地叫出“爸爸妈妈”“爷爷奶奶”，就可以懵懂地说话。两岁多时，就可以读出爸爸专门给你写的毛笔方块字，每次读出你认识的字，受到长辈的夸奖时，你总是呵呵开心地笑出声，我们的心也被你的笑声融化了。四岁你到济南后，爸爸总是在你睡前给你讲故事，不知多少个夜晚，你都是在童话故事里睡着的。也许是从小的积累，加上你的想象力，你的文笔从小学就崭露头角，你写的并不合辙押韵的诗、词总是含着一些意境。再大些，你的文字就更为成熟了。说句实话，儿子，你的文笔的确让我们折服，你知道，这让我和妈妈多么欣慰啊！

---

* 2013级5班张浩正的家长。

十四年来，你从蹒跚学步成长为运动健将。儿子，你小时候，动作发育慢，胆子也小。开始学走路时，偶尔会摔倒，你也会像其他孩子那样哭着让家长抱起来，我和妈妈就鼓励你自己起来，一开始你会哼哼几句，看我们不再管你，你就自己慢慢爬起。上周，我和妈妈去参加你们的运动会，看到你参加项目时的表现，我们很高兴、很开心。虽然你没有取得优异的成绩，但看到一个健康开朗活泼的小伙子正茁壮成长，我和妈妈从心里乐开了花。

十四年来，你从丑小鸭成长为俊俏少年。记得你刚出生时，妈妈剖腹产把你生下来，大夫把你抱出来让我看时，我真的吓了一跳，很少见过初生儿的我感觉我的儿子怎么那么丑啊！嘴两边深深的两个褶皱，五官没有长开的样子。但爸爸还是很高兴，因为你是我的儿子。没想到，十四年后，你已经成长为英俊少年，172 厘米，和妈妈一样高了。

十四年来，你从被家长照顾成为可以照顾长辈的少年。小时候，你吃的最多的应该是鸡蛋羹了，你属于比较好喂的孩子，说着玩着就吃饱了。小时候，担心你吃饭被卡住，你吃的饭基本上被奶奶或妈妈先咀嚼一遍，现在想想是不是有些……呵呵，但是，我听说这种中国式传统的喂饭方法，还有许多好处呢。可是，时光一晃，你都可以照顾爸爸妈妈了，知道关心我们了，知道管着爸爸不要多喝酒了，抢着帮助妈妈提东西了，知道把好东西让给家长吃了，知道容忍爸爸妈妈发火了。回到老家，也知道关心爷爷奶奶了，这些我们都看在眼里，甜在心里。

十四年来，你从听家长话的乖宝贝成长为有自己主见的少年。记得你小时候，爸爸喜欢逗你，总是让你帮我拿这拿那，你总是高高兴兴地帮忙。转眼，你十四岁了，开始有自己的主见了，穿衣服有自己的审美观了。学会骑自行车后，可以不顾爸妈的嘱咐和担心，和同学骑行数公里去找小学同学。对待事物也有自己的思想了，可以发表一些让爸爸妈妈也觉得惊讶的见解。对待父母，不再是往日的乖乖男了，偶尔也会对爸妈吼上几句。是啊，你在逐渐地长大，成熟，你也在不断超越昨日之我，你的成长，爸妈能感受得到。

十四年来，你已经成长为一个多才多艺的少年了。爸爸妈妈特意培养你各方面的特长，想让你琴、棋、书、画样样精通，现在除了书法，其他虽然不是很精，但都有涉足。行万里路，读万卷书，也是培养人的情操的重要途径，所以爸爸和妈妈每年要带你去一个地方，感受各地不同的文化气息、不同的风土人情。几年来，你去过海边，去过首都北京，去过南京、上海，去过南方古镇，去过内蒙、山西，去过西安、开封、郑州，去过四川、西藏。虽然你没有写游记，但是我想你也开阔了眼界，增长了见识。明年，爸爸还想让你走出国门去看看。儿子，你比爸爸幸福多了，爸爸 10 岁才第一次到济南，所以老爸希望你走得更远、飞得更高！

当然，十四年来，我们一家三口也有坎坷，也有烦恼，也有争吵，但那些也是我们幸福生活的一部分。正是有那些，我们的生活才变得丰富多彩；正是有那些，我们的人生才称之为真正的人生。这些以前有，以后也会有，你要记住，这就是生活，真实的生活。

儿子，过了十四岁，你就走向青年了，就逐渐从男孩走向男人了，我和妈妈愿陪你走好今后的每一步路，直到永远。爸爸妈妈对你的未来充满了期望。

第一，爸妈期望你拥有健康的体魄。儿子，你出生以来，爸爸妈妈最大的愿望就是期望你健康快乐，期望你营养充足，像大树一样茁壮成长。爸妈不让你喝饮料，也是怕饮料影响你的健康，相信儿子你能理解。你从小运动相对较少，所以你的身体还不够结实，当你去打篮球和参加网球辅导班时，我和妈妈都很高兴，希望你能坚持下来，这不仅可以把你的小身体锻炼得更加结实，而且对人的一生来说，有一两个体育爱好，这将受益终生。

第二，爸妈期望你拥有健全的人格。有了健康的身体，还要有一个健全的人格，这包括你的品质、性格、脾气、爱好等等，从目前你的发展看，爸妈对你这一点是非常放心的。你品质优秀，对人友善，乐于助人，与同学朋友相处融洽；你乐观开朗，心胸开阔，不拘小节，被批评后，转眼就能调整好心态，这一点我和妈妈都很欣赏；你脾气很好，虽然偶尔会发点火，爸妈知道那是青春期的表现，爸妈也知道你发完火后，心里往往觉得愧疚，其实你已经很有君子风度了；你爱好广泛，尤其是你的音乐积淀，你的优美嗓音，连爸妈都佩服你。如果说还需要进步的地方，我想了想，就是自信、毅力和坚强还稍微欠缺一些。如果在学习上和生活中再多一些男人的自信和刚毅，就更加有男子汉的味道了。儿子，照这个样子发展下去，你长大以后，绝对是个有谦谦君子之风的优秀男人，我和妈妈都看好你哦！

第三，爸妈期望你拥有良好的习惯。人本身就是一个有规律的生物，良好的学习和生活习惯会让你受益终生，也是一个人能够成功的基石。你在这方面，有些已经坚持得不错了。比如，每天坚持听英语，每天坚持收拾好学习用具，安心读书，练习写作，每天坚持刷牙洗脚等等。如果儿子能再养成一些好的习惯，你的生活将更加有序。比如，坚持学习有计划，坚持整理错题并定期回顾复习，坚持定期锻炼身体，坚持抽时间弹琴，坚持不乱丢垃圾，坚持吃饭不挑食，坚持洗手洗澡后擦干再做别的事情，坚持用筷子而不是用手吃饭等等，这些虽然看似小事，其实这是一个人素质的体现，一个人风度的体现，一个人成熟的体现。爸妈愿意和你一起坚持良好的习惯，来书写我们有序而健康的生活，好吗？

第四，爸妈期望你拥有优异的成绩。儿子，到现在为止，爸妈有点不放心的就是你的成绩。说实话，爸爸妈妈也不想让你有太大的压力，想让你有一个宽松的生活环境，想让你自由自在地发展。可是，中国的教育制度和人口太多的现状决定了你注定在初中高中期间不会太轻松，你注定要和其他同龄人进行竞争，这样，你才能在社会上立足，有一个美好的未来。中国就是一个竞争的社会，怎么办呢？爸妈也没期望你有多大的抱负，只希望你将来生活压力别太大，平平安安、快快乐乐地生活，能实现你自身的价值就可以了。爸爸说过，你是一块金子，是一棵大树，爸妈从来都相信你的能力，相信你的实力，你要逐渐地让金子发光，让大树挺立，太晚了就会影响你的未来，这你也是知道的。最近，你学习逐渐走上轨道，也很带劲，希望儿子继续努力，每次都有一个小的超越，那样你很快就会大放异彩的！爸妈相信你，你要加油哦！

第五，爸妈期望你拥有男人的担当。一个男人，除了拥有健康的体魄和健全的人格，最重要的是要有担当，要有责任感。现在谈及这些，也许早一些，但是爸爸还是想跟你聊聊。十四岁过后，就算青年了，估计你们中优秀的孩子也该加入共产主义青年团了。担当是什么呢？爸爸觉得包括家庭的担当、社会的担当。家庭的担当是什么呢？你长大之后，会娶妻生子，你得照顾他们，爸妈也会成为老年人，你得照顾我们，甚至你还得照顾你的爷爷奶奶，你还得和你的妻子照顾她的家人，这些对你来说就是家庭的担当，这就需要你得有这个能力。社会的担当是什么呢？你们这一代人，正赶上社会改革的大潮，正赶上社会不断走上法治轨道的时代，一个优秀的男人，还需要考虑为社会做些什么，要有社会责任感。且不说国家兴亡，匹夫有责，单就人的生存意义来说，如果有可能，爸爸也希望你能有大的抱负、大的作为，成为一个成功的男人、一个社会精英，为社会做一些力所能及的贡献，那样，爸妈就更加高兴了！

儿子，爸妈还有好多好多期望和祝福要对你说，可是这哪里说得完、写得完呢？爸妈对你的爱是无法用语言来表达的，也许等你为人父之后，才能理解得更深刻。儿子，你和爸妈在一起相守的日子其实很短暂，等你上了大学，成家立业之后，就会有自己的家庭、自己的生活、自己的世界了，爸妈非常非常珍惜我们在一起的日子，非常非常愿意为你的成长付出我们的一切。

唯愿我们在一起的日子幸福快乐，唯愿我们的宝贝健康成长，唯愿我们的儿子在花开的季节努力绽放，唯愿我们的儿子长成参天大树！

最爱你的爸爸妈妈

2014 年 10 月 20 日

给十四岁孩子的一封信

韩 成*

我的宝贝女儿笑笑：

感谢学校和老师的提醒，看到你阳光灿烂的笑脸，才蓦然意识到还有一个半月的时间，你将迎来十四岁的生日，在这里，爸爸衷心预祝你生日快乐！时间过得真的好快，还没来得及向童年告别，青春的脚步就已经跌跌撞撞地走近了。此时此刻，爸爸突然间有好多话要对你说，同时还掺杂着很多的纠结和不舍。你已十四岁了？我不敢相信，太快了，曾嗷嗷待哺的小宝宝，转眼变成了比妈妈还要高的婷婷少女。

回首十四年的时光，恍如昨日，历历在目。因为你的降临，使我们这个平凡的家庭变得不平凡；因为你的到来，使我们的生活变得更加精彩，充满活力。我没有像其他爸爸那样十四年全程陪伴在你身边，见证你的成长，记录你的点点滴滴，这是我感到愧疚的，但请你相信，爸爸仍然是最疼爱最牵挂你的人。

十四年来，爸爸妈妈为你付出了很多，而你也真的表现得很优秀、很出色，给我们带来许许多多的快乐，让我们感到欣慰。当你学习进步、绘画得

* 2013 级 11 班韩青璇的家长。

奖、钢琴考级过关等每一个喜讯传来，我们都兴奋不已，为你鼓掌。当你情绪失落，遭遇挫折的时候，爸爸妈妈会和你一起分担，为你加油。爸爸妈妈知道你负担太重，在各种学习过程中，确实很辛苦，早出晚归，周末也不能睡懒觉，牺牲了许多自由活动的时间。也许是我们望女成凤太迫切，有时还不够耐心，对你发脾气，说一些伤你自尊的话。事后爸爸妈妈也很后悔，也在反思，尝试着有所改变，给你一定的空间和自由，毕竟你已即将步入第十四个年轮。

亲爱的女儿，十四岁既是浪漫的开始，也是艰辛岁月的起步；既是学习的黄金时期，也是易受干扰的时刻；既是极易接受新事物的年龄，也是由于人生阅历知识不足，容易良莠不分的时候；既是用学到的东西指导自己人生的实践者，也是容易抱定书本不放松，唯书唯理论唯新潮的固执者。十四岁，人生便踏上了青春的脚步。

亲爱的女儿，过了十四岁，你就不再是任性的小孩了，你的人生将从此拐弯，从幼稚走向成熟，从被主导走向主导。你将告别儿童时代，跨入青年的行列，你将步入一生中最精彩最绚丽的生命之旅。此时此刻，爸爸想给你一些忠告，希望你在扬帆启航的道路上，能正确把握好方向。

亲爱的女儿，首先要学会感恩，感谢父母给予你生命，感谢老师传授你知识，感谢朋友给予你友情，感谢困难教给你坚强。只有懂得感恩，才能得到更多的关爱，你才会觉得世间多么恩慈，世界多么美好。告别十四岁的少年时代，往往容易把自己当大人看，这个时候老师、父母的话极易听不进去，特别是教导你们做人、做事、成长、成材的话，事实上这些都是关爱，是人生中花钱都买不到的无价之宝。孩子，不要嫌弃这些唠叨，也不要为此烦恼，你要知道，在这个世上，最关爱你的是老师，最疼爱你的是爸爸妈妈和长辈，没有一个老师不希望自己的学生成材，没有一个爸爸妈妈不希望自己的孩子成人。

亲爱的女儿，人生莫过自立，而要做到自立，首先是要有能够自立的才能，那就是更多地拥有知识和智慧。知识的积累是能力的基础，要想更多地拥有知识和智慧，天下没有任何捷径可走，唯一的出路就是学习，学政治，学文化，学做人，学科技，学一切健康有益的东西。关于学习，孩子，我不在乎你考多少分，但爸爸希望你能有一个良好的学习习惯、良好的行为习惯，这不仅是你取得好成绩的基础，更是一生受用不尽的财富。我不希望你处处出人头地，但我希望你做事要认真仔细，要有持之以恒的精神。我们可以做得不好，也输得起，但我们必须努力去做，用心去做。爸爸希望你在今后的学习生活中再勇敢些，敢于说出自己的想法，错了可以改，但不说就连改的机会都没有。

亲爱的女儿，十四岁，带来的不仅是自由和责任，还会有最令人讨厌的烦恼。自己为复杂的问题拿主意，主意的正确与否在于你对利与害、是与非的判断能力，在你无法作出决断的时候，我们希望你能坦率地向爸爸妈妈说出你的难题、你的困惑，不论是什么问题，只要你信任我们，我们只会帮助你而不会指责你。你要记住，我们是你最亲最近的人，不仅是你的父母，也是你最值得信赖的朋友，我们之间没有所谓的“代沟”，有的只是亲情基础上又多了一份友情。孩子，要学会多与人沟通，学会多思考，与父母沟通会加深亲情，与老师沟通能明晓事理，与朋友沟通能加深友谊，与外界沟通会更好地了解社会，良好的沟通能消除心中的郁结，良好的沟通会使你感到生活的美好。学会思考会使你成为一个富有思想的人，而且会很好地指导你的行动，让你慢慢懂得生活中的哲学，分清生活中的真、假、善、恶、美、丑，辨析社会中的是是非非。

亲爱的女儿，爸爸希望你是踏实的人，有责任感的人，不要轻视身边的人，不要投机取巧，不要苛求自己做做不到的事，用一颗善人善己之心去对待身边的人和事。要有坚韧的毅力和持之以恒的精神，不向困难低头，遇事要胜不骄，败不馁，要有一种健康平和的心态。只有这样才能从容地面对纷繁复杂的世界。你会一年年地长大，渐渐会遇到比你强比你优秀的人，你会发现自己身上有许多没有意识到的缺点，会使你沮丧和自卑，但你一定要正视它，不要躲避，要一点一点加以改正，战胜自己比征服他人更艰难。你要学会去寻找那些属于你自己的，那为你自己赢得周围尊重的东西，并且通过自己的努力去拥有它。不要只想着别人为你做什么，而是想着自己能为别人做什么，心怀宽容和爱心，没有责任感的人难以成大事，也不会拥有真正的朋友，更难以被社会所认同。

亲爱的女儿，你能健康地生活着，快乐地成长着，这是我们最大的希望和心愿。生命在于运动，你要积极地参与，要知道健康的体魄才是生存的根本，才是实现人生奋斗目标的保证。孩子，你现在正是长身体的时候，一定要好好吃饭，好好锻炼，好好学习，让自己健健康康、茁茁壮壮的，读书学习会让心灵强壮，健康成长对你而言也是一种责任，长大不容易，你的成长注入了太多人的心血。

亲爱的女儿，最后我想对你说，你即将度过人生中的第一个十四年，人生还能有几个十四年呢？爸爸始终相信我的女儿是最棒的！只要勤奋努力，你一定是最优秀的一个，不要把自己的实力掩藏，只有暴露出来别人才能看到。学习是学生的天职，努力才会有收获。你想让青春无悔吗？那就再加把劲吧！

问候你们所有的老师，为他们付出的辛劳，致以崇高的敬意。

问候你们所有的同学及家长，祝愿所有的孩子快乐、健康！

永远爱你的爸爸妈妈

2014 年 10 月 20 日夜

给十四岁花季的你

杨丽萍*

亲爱的女儿：

时光荏苒。

“妈妈，妈妈！”“妈妈，黄瓜为什么不叫绿瓜？”“妈妈，我长大了要当医生，当老师，还要当国家总理！”“我怎么去美国呢，是不是要在地上钻个洞？”……这一声声呼唤和稚嫩的童言就像在昨天，还依稀萦绕在耳畔，你却已出落成亭亭玉立的少女。

十四岁的花季，十四岁的你，生日快乐！

亲爱的孩子，这匆匆走过的十四年，我们一起成长，一起收获。

自从妈妈得知你在我身体中孕育的那一刻起，我们就满怀期盼你的到来。为了让你能健健康康地降临，我每天都让自己有最好的胃口，保证足够的营养。到了妊娠后期，我的体重已飙升至 163 斤！哈哈，完全是个大胖子，而诞下的你是非常标准的 6.5 斤。你一来到这个世界，就睁着两只圆溜溜的大眼睛，似乎在寻找，迫不及待地要想看见什么……我永远铭记这一刻：

---

* 2013 级 4 班张虹宇的家长。

2000 年 10 月 9 日 15 点 25 分。

记得你三岁的那个冬天，因为太姥姥过世，我们回家奔丧，因为临近春节，我们便把你留在奶奶家。待我春节再回家看你时，就见你倚在门框上，凌乱的小辫子，被北风吹得干裂的脸颊，瞪着一双大眼睛，半天了，叫不出一声妈妈，妈妈顿时泪奔……那是我们分开最长的一段时间。从那时起，我就暗下决心，一定要自己带你，哪怕再难，都不能改变。

还清楚地记得：蹒跚学步的你，摔倒了再爬起来，那么勇敢；在游泳池里畅游的你，快乐得像小鱼儿游来游去；在广场上轮滑的你，摔得那么让人心疼，小小的你却一声不吭，爬起来继续前行，直至你能游刃有余地驾控你的双足；在舞蹈教室里翩翩起舞的你，随着老师的示范和音乐的节奏，用心表达着一个小小舞者的神韵；在钢琴前的你，那么执着认真地舞弄着指尖上的舞蹈；在绘画教室里专注的你，用手中的彩笔，从勾勒出只有你自己能看懂的“印象”画作到栩栩如生的一幅幅作品的诞生，安静而美好；在舞台上落落大方的你，一次次，尽情而又自然地展示你的歌喉和舞姿；在国旗下演讲的你，声音洪亮而有力；在澳大利亚，你用你的舞姿和歌声传递着作为一个中国人的民族自豪；在日本，你和你的小伙伴们载歌载舞，尽显中国少年之风范……还有从苗校长手中接过“阅读小明星”奖杯的你，一定是非常自豪！一个有灵气的你！

小时候，你生病了，妈妈一个人带你去医院。我一手举着吊瓶，一手拉着你，把你安顿下后，再去拿剩余的药。你安静地对护士阿姨说：“阿姨，轻轻。”一个懂事而坚强的你！

那一年冬天，妈妈发高烧卧床不起，小小的你，放学回家后，给妈妈端来温水，拿来体温计，然后乖巧地到妈妈房间做功课，等爸爸回家。小学的一次家长会上，秦老师让每一个孩子给爸爸妈妈写句话，你写的是：“妈妈，谢谢你在我生病的时候照顾我，在我心情不好的时候耐心地跟我交流。”每当妈妈晚间去办公室给你打印卷子的时候，你会叮嘱妈妈路上要小心。你养的小动物生病了，你会想尽办法给予救治，并记下题为《殁》的小文来怀念她……一个懂得感恩有爱的你！

小学的时候，放学后你常常还要跟同学们练田径，累并坚持着；练了十余年舞蹈的你，每次上课回来都是汗流浃背，你总是能坚持不懈地继续着你的舞蹈梦……一个坚强有毅力的你！

小学四年级暑假，你离开爸爸妈妈，独自一人拖着个大行李箱参加为期一周的夏令营活动，之后每年一次；继而参加学校的出国游学营队，走出国门，得以有机会放眼世界！一个独立自主的你！

身体和灵魂要有一个在路上。你利用一个暑假读了15本书，喜欢去图书馆和书店。一个爱阅读的你！

把自己心爱的书籍借给小朋友和同学；小妹妹来做客，你把你最喜爱的绘本拿给她分享，给她阅读……一个善于分享的你！

“你女儿非常可爱、漂亮、稳重，与人交往能力也强……”来自实验中学的一位老师，在你给她借手机跟妈妈联系后，给妈妈发来了这样的短信。来自陌生人的赞美，比多少溢美之词都让妈妈觉得骄傲！

十四岁的少女，我为你自豪！

十四岁为豆蔻年华（“豆蔻年华”源于唐代诗人杜牧的《赠别》诗。他用早春二月枝头含苞待放的豆蔻花来比拟体态轻盈、芳龄十三四的少女，这一千古妙喻一直流传至今）。世界的窗口开始在你眼前呈现，你的思想已经开始慢慢从懵懂逐渐走向成熟，开始根据自己掌握的知识形成自己独特的思维见解和处事能力，也开始了有意识且独立地尝试做一些事情。但因为知识面和阅历的原因，你会在学习和生活中遭遇挫折，甚至碰壁，但是，孩子，没关系，这些经历都是你人生中的财富，都是你成长所必须经历的过程，妈妈会在一旁，为你加油，时刻陪伴你。

十四岁，是将要绽放的青春年华。在这个年龄，要努力去做一些必须要做的事情，让自己的青春无悔。这时的你，具有人生中的黄金记忆力，所以一定要多阅读，多记忆，多思考。任何形式和内容的学习都将有助于你智力的快速提高和全方位发展。学习是学生首当其冲的任务，这当然包括你在学校的功课学习和课外班的学习，这是你通往进一步接受教育的敲门砖。当你在学习中遇到挫折的时候，我愿意跟你一起面对，一起努力！

兴趣是最好的老师。你所认识的一位阿姨，她热爱音乐，坚持每天刻苦练声，用心地琢磨，那么的投入和专注。因为爱在其中，进步非常大。如果阿姨在她十四岁的时候能有如此之兴趣和坚守，我想，她一定会成为著名的音乐家。但人往往就是这样，走过了一段路甚至很长的一段路后，才能找到自己真正的兴趣所在，要是能把时间提前到十四岁，那社会上岂不是会涌现出一大批人才?! 孩子，如果你发现了自己在某一方面的兴趣，那么希望你能坚持不懈，尝试着往纵深发展。任何有意义的课内和课外的学习，都是你发现自己兴趣的突破口。天赋+兴趣+用心+毅力，就是成功。

妈妈希望你现在要努力培养自己的自我管理能力，管理时间，管理情绪，这一习惯的养成将使你终生受益。要让自己每天都开开心心的，好多事完全可以不在乎。要知道，不专注于自我之事而过于在意他人，必然会生出许多烦恼。最先道歉的人最勇敢，最先原谅的人最豁达，最先释怀的人最幸福。妈妈要你做一个勇敢、坚强、幸福之人！心有多大，舞台就有多大！

龙应台的那段话，还是想送给你："孩子，我要求你读书用功，不是因为我要你跟别人比成绩，而是因为，我希望你将来会拥有选择的权利，选择有意义、有时间的工作，而不是被迫谋生。当你的工作在你心中有意义，你就有成就感。当你的工作给你时间，不剥夺你的生活，你就有尊严。成就感和尊严，给你快乐。"

十四岁的花季，愿你绽放得更加绚烂多彩！

爱你的妈妈

2014 年 10 月 15 日

给十四岁女儿的信

朱云三　戴理岩*

亲爱的可桐：

在开始给你写这封信的时候，爸爸妈妈依旧想习惯性地喊你"宝宝"，想了好半天之后，觉得你现在已经长大了，不再是绕在爸爸妈妈膝前咿呀学语的小宝宝，应该有自己独立生活的权利了，所以，尽管心里极不情愿，还是决定从今天开始喊你"可桐"。当然，称呼只是一个象征，无论叫你什么，都改变不了你永远是爸爸妈妈心头肉、掌上宝的事实。爸爸妈妈会永远爱你，有增无减！

几天以来，应该在这封十四岁生日庆典上写给你的信里说些什么，成了一件颇让我们踌躇的事情，心中不断地打草稿，全然没有了往日"妙手偶得"

---

* 2013 级 2 班朱可桐的家长。

的轻松。思来想去，受“三句话不离本行”的启发，爸爸作为一名法官，最终还是决定以法律的视角为出发点给你说几句话。

十四岁意味着你要开始树立规则意识。世界是由亿万千百个和你一样有血有肉的人组成的。每个人都有自己的想法，都有按照自己的想法去做事的天性，这本来没有什么是非对错。但是，也正是因为这个世界是由亿万千百个和你一样有血有肉的人组成的，一个人不能为了满足自己而伤害别人。这就是我们生活的社会要有规则的原因。如果没有交通规则，我们在马路上行走的时候，就需要时刻提防着与其他行人或者车辆撞在一起，这样我们就会失去行走的轻松；如果没有排队的规则，我们在商场购物的时候，就会冒着被拥挤踩踏的危险，失去了购物的惬意。

规则必须被遵守，违反了规则就应当承担责任。在十四岁之前，你在法律上被认定为没有承担责任的能力，不需要为你犯下的错误亲自承担责任。十四岁以后，社会开始逐渐让你对自己的所作所为承担责任。不同的错误，需要承担不同的责任，错误越严重，责任越沉重的道理是万古不变的。随地吐痰会被罚款，盗窃会被监禁，杀人会付出生命的代价。爸爸妈妈希望我们的可桐从现在开始能明白“三思而后行”的事理，做任何决定之前，一定要想一想这么做是不是符合学校、社会和国家的规则，在任何时候都不要有“犯错不被发现”的侥幸心理。永远记住，遵守规则的人，永远不会被羞辱！

十四岁的你要开始尝试着用善良的心去接纳世界。大千世界，无奇不有。尽管我们的社会有各种各样的规则，但是违反规则的人和事却从来就没有绝迹过。我们在赞美好人好事的时候，永远都不要居高临下地鄙视那些违反规则的人。因为我们不敢确定如果自己处在犯错误的人当时的环境和条件下，我们会不会作出正确的选择。如果不能，我们就没有理由去鄙视那些犯错误的人，因为我们只是幸运地没有遭遇到魔鬼的考验而已。

十四岁的你要学会感恩。亲爱的可桐，你出生的时候，爸爸没能陪伴在妈妈的身边，但是爸爸回家第一次把你抱在怀里，看着你清澈的眼睛，纯稚的笑脸，握着你粉嫩嫩小手的时候，爸爸的心都化了。那一刻爸爸内心里除了对生命的新奇之外，还充满了感恩。在生命的传承中，爸爸感恩爷爷奶奶的养育，感恩妈妈哺育你的辛苦。时至今天，你成长的每一天，从来没有离开过众多亲人的呵护、师长的教诲，还有玩伴、同学的陪同。因此，你需要有一颗感恩的心。

感恩，首先要爱护自己，平平安安地过好每一天。没有理由相信一个不爱惜自己的人会感恩别人。

感恩,需要知道满足。爱,从来不是没有原因的。永远不要把别人对你的爱当作理所当然。要学会将心比心,用爱去回馈爱。

亲爱的可桐,给你说了这么多,提了这么多要求,并不是爸爸妈妈要求你从此就完美无缺,因为有的要求也是爸爸妈妈对自己的要求。我们只是觉得,十四岁的你,已经可以和爸爸妈妈一起共同体验生活的甘苦,欣赏人生的彩虹。

祝亲爱的女儿健康快乐每一天!

爱你的爸爸

2014 年 10 月宝贝十四岁生日庆典前

给吾儿的一封信

孙德清*

晨烨吾儿:

国庆节前接到老师通知,要求家长们在孩子十四岁生日来临之际,给孩子写一封信,进行亲子教育。接到老师的通知后,我的心情久久不能平静,往事如电影般帧帧在脑海中浮现,至今仍历历在目。确实,有些话压在心底,一直没有合适的机会与你沟通。借此机会梳理一下你的成长历程、伴随你成长过程中我们的感受以及我个人的一些反思,希望你能通读此信,理解老师和家长的良苦用心,感受到父母对你的深爱,为今后的人生确定奋斗的目标。

一、襁褓之中腹泻事件

其实你从小就是一个不让人“省心”的孩子。记得你刚出生两个月就开

* 2014 级 9 班孙晨烨的家长。

始腹泻，一天有数次之多，做各种检查却不知原因，访多位名医而不得法。对我而言，初为人父的喜悦尚在心中徜徉，焦虑、担心甚至苦闷又接踵而来。本是襁褓之中的婴儿，却因为数次打“头皮针”而头上“斑斑块块”，让人不忍直视。俗话说“不吃黄连，不知啥叫苦”，可是你才两个多月就已经尝过黄连的苦味了。事情的转机出现在 2002 年“五一”期间。我和你妈妈带你到济南市儿童医院就诊，该院石主任认为你是生理性腹泻，原因在于对母乳中乳糖不耐受，建议更换不含乳糖的奶粉。真是神奇，更换奶粉后，第二天你就不再腹泻了。我一扫很长时间以来阴霾的心情，那种欣喜若狂的感觉无以言表，真有一种壮怀激烈、迎天长啸的激动，而那年的“五一”节也成为我有生以来最不能忘怀的一个节日。

二、初入幼儿园的经历

2004 年 9 月，你初入幼儿园。不巧的是，在你入园的同时，你妈妈要到上海进行为期一个月的培训。因此，相对于别的小朋友来说，你不仅要去适应一个陌生的环境，而且要面对平生第一次长时间离开妈妈的考验。

可能是刚入幼儿园的不适应，加上每天见不着妈妈心情的失落，总之，入园后不久你就开始感冒发烧、咳嗽不止，并且病情时好时坏。真是“屋漏偏逢连夜雨，船迟又遇打头风”。说也奇怪，妈妈学习回来的当天，本来还在医院打“点滴”的你，一见到妈妈，一扫往日无精打采的状态，立刻精神焕发、兴高采烈。更为神奇的是，第二天就不再发烧了，并且此后好长时间未再生病。母爱的力量真是伟大啊！

经过了初入幼儿园的波折后，在老师的关爱下，你跌跌撞撞却也健健康康地成长着，并且不断地带给我们一些惊喜。

三、小学阶段落选班干部事件

经过幼儿园的“洗礼”后，你顺利地升入了小学。在老师的指导下，你茁壮地成长着，并且表现一直很平稳。曾见你刚入学时的新奇、见到高年级学生值勤时的羡慕、刚戴上红领巾时的激动、当上班干部时的欣喜以及拿到奖状时的骄傲，也曾见你完不成作业时的焦灼、做错题时的懊恼、考试成绩不理想时的郁闷以及家长额外给你布置作业时的无奈，更常见你与同学们融洽相处、团结友爱甚至嬉笑打闹时的开心。总之，在我们眼里，你像一个永远长不大的孩子，却又在悄然地成长着……

小学四年级的时候，发生了一件对你来说具有特殊意义的事情。记得暑假刚开学的那段时间，你一反常态，每天早晨上学时都磨磨蹭蹭不愿去，不是借口肚子疼就是说身体不舒服，学习也明显不在状态，成绩直线下降。我一度以为你生病了，结果妈妈咨询班主任方知本学期你竞选班干部落选了，原来是自尊心作祟让你不愿上学。了解事情的真相以后，妈妈开始做你的思想工作，班主任王老师也一直鼓励你，并且要求你每天晚上将作业情况短信汇报给她。摒弃那虚伪的自尊心、解除思想包袱后，我们又看到了从前的你，开始融入到同学当中去，学习也认真了，成绩很快提上来。

"塞翁失马，焉知非福"，本来因为班干部落选而不愿上学、影响成绩是一个"不幸事件"，但是这件事反过来又教育了你，让你明白一些道理：一则，无论处于什么职位，你都必须踏踏实实地做好自己的本职工作，有付出才有收获，否则，就有可能被淘汰。二则，在哪里跌倒了就要从哪里爬起来。遇到挫折我们不能自暴自弃，而是应该分析原因、查找不足、拟定对策、知难而进。三则，除了身体健康外，我们还要拥有健康的心理。人人都有自尊，我们往往要为尊严而努力，却不能被所谓的"自尊"所束缚，过于注重自尊反而是一种心理不健康的表现。我们要相信，经过自己的努力而取得成功，你自然就获得了尊严，那才是你所拥有的自尊。相信你在这件事情上受到了教育、得到了锻炼，更希望你能以此为戒，在今后的学习和生活中做好自己的本职工作。

四、初次独立参加夏令营

2011 年暑假时，正是我们医院"评三甲"的冲刺阶段。那段时间我和你妈妈经常加班，无暇照顾你，偶然间听说孔屏老师要在淄博举办为期三周的青少年行知夏令营，遂给你报名，于是你参加了平生第一次全封闭夏令营。

接下来的那段时间对你来说可能是一种历练，但对我们而言则是一种煎熬。进入营地后，你们就封闭起来、"与世隔绝"了。老师只有在晚上才会把当天的活动情况及营地学员的表现通过 QQ 群告知家长，那几乎是我们获知你们"在里面"情况的唯一途径。我们每天都在繁忙的工作结束后通过老师的 QQ 空间寻找你的"蛛丝马迹"，一旦发现你的照片，都会激动不已。

辛酸伴随着激动、内疚伴随着高兴、惆怅伴随着欣慰，各种感情掺杂在一起，对我们来说未尝不是一种考验。

记得刚入营地的第一周，每次看到你的照片，不是愁眉苦脸就是面无表情。一周以后，再看到你的照片时，表情明显开朗了许多，说明你已经开始适应营地生活了。入营后第三周，更大的挑战来了——二十公里夜行军！下半夜的天空下起了濛濛细雨，给你们的夜行军增加了不少困难。经过六个多小时的长途跋涉，黎明时你们才拖着疲乏的身子返回营地。事后你提及此事，说那天晚上又累、又困、又饿、又冷，路上啃了半个馒头充饥，听得你妈妈阵阵心酸。值得欣慰的是，这么艰难的夜行军你都挺过来了！相信这次历练对你来说是一份宝贵的财富。

夏令营结束了，见到你那又黑又瘦的样子，看到你小腿上斑斑块块的蚊虫叮咬痕迹，还有你后背上密密麻麻的痱子及硬痂，听到你描述在宿舍的趣事——“空闲时就逮蚊子，放在灯泡上烧烤，听那噼噼啪啪的声音”时，你妈妈哭了，而我的内心也是一阵阵酸楚——第一次离开父母的孩子，经过三个周的封闭培训，成长是迅速的！

此后，你陆续参加过新加坡游学、澳大利亚游学、阿斯顿英语192小时封闭夏令营以及学校组织的军训活动，都表现出与其他同学不一样的成熟与自信。俗话说“经历是宝贵的财富”，相信第一次独立参加夏令营对你来说不是一次痛苦的经历，而是一笔宝贵的财富。

五、升入初中的新变化

时光荏苒，不觉间小学时代已经结束，你已经步入初中的学习殿堂，进入了山大附中。山大附中不愧为济南市首屈一指的初级中学，入学伊始，我们就感受到其与众不同之处。首先，山大附中的学习“达人”太多，无处不显示出竞争力；其次，山大附中注重学生的综合素质教育及综合能力培养，无疑对学生提出了更高的要求；此外，山大附中的老师们非常敬业，对学生认真负责，无形中增加了学生的压力及动力。好在经过小学阶段的锻炼，你很快就融入到学校生活中去了。

一个学期过后，虽然你的学习成绩尚待进一步提高，而你却带给了我们许多惊喜：积极参加班级活动及社团活动（虽然竞聘入社团未成功）、加入班级合唱组织（这是我们没有想到的）、多次组织小组成员举办活动或小学同学聚会(虽然以游乐为主)。这说明你有一定的组织能力了。更让人意外的是,你自己在落选生物课代表后,居然能够主动竞聘英语课代表,并且能够入选,可见,经过在山大附中一年的锻炼,你的综合能力已得到了明显的提升。总之,山大附中严格的管理、严谨的作风、严明的纪律是你们学习上不断进步的保证,而其开明的态度、开放的思路、开拓的精神则是你们综合素质提升的基石。这是我们家长所感受到的,也是你们所体会到的,希望这种学习及管理的理念能让你受益终生。

初一暑假期间,你参加了为期十二天的美国加州夏令营。初二开学伊始,老师要求你们进行项目汇报,我特地参加了你们的汇报会。你们小组其他成员汇报了本次夏令营相关活动情况,而你和张家瑞同学则重点介绍了美国篮球运动以及中美青少年对待篮球运动某些观念的差异。应该说,这是近年来我首次看到你在老师和同学面前的表现,虽然略显紧张,但是那洋洋洒洒的汇报明显地透露出你的自信。在那一刻,我突然间意识到,你真的已经长大了!你已经有了自己独立的思想及处事方式,再也不是那个懵懵懂懂、事事听从家长安排的孩子了。我为你的成长、你的进步而倍感高兴!

六、反　思

时光如白驹过隙,转眼间你已经从一个襁褓中的婴儿成长为一名初中生了。回想起你成长的点点滴滴,往事仍历历在目。每次回首往事,内心总有一种愧疚的感觉:一方面因为我和你妈妈工作很忙,对你的照顾较少;另一方面,我们对你的期望值较高、要求较严,可能会对你造成一定的压力。这段时间以来,我一直思考一个问题:为什么在别人眼里,你是一个懂事、有主见、举止得体的孩子,而在父母眼里,你却表现得内向、不自信、倔强甚至是逆反呢?是不是我们的教育方法有问题呢?经过反思,我觉得自己的教育方式确实存在不妥之处,主要表现在:(1)对你要求过高。(2)对你鼓励较少。(3)彼此间沟通较少。(4)家长作风较浓。上述做法可能会对你的自信心、主动表达能力造成不良影响,并且可能造成你的逆反心理,这是我以后需要改进的。感谢学校举办的这次活动,让我们家长以信件的形式与孩子主动交流,这个机会对我来说尤为可贵。这么多年来,虽然有许多话一直在心头徜徉,但从未向你表露过。而你呢,随着年龄的增长,有了自己的空间,也慢慢地将自己封闭起来了。每个人心里都有一把锁,唯有自己才是那个拿钥匙的人。希望这封信能够作为我们交流的纽带，让我们彼此敞开心扉。

遥望窗外，我浮想联翩：某一天，你是否还会像一个咿呀学语的孩子一样，把心事与我们诉说呢？某一天，我们是否能像朋友一样，把酒言欢、畅所欲言呢？某一天，当我们老去时，你是否也会像家长一样，对我们“谆谆教诲”呢？我期待着……

七、家长寄语

十四岁，是一个承上启下的年龄，意味着你已经告别了少年时代，步入了青春的殿堂。青年，是一个奔放的、活力四射的年龄，是一个独立的、思想自由的年龄，是一个拼搏的、勇于担当的年龄，但同时也是一个多变的、前途叵测的年龄。如果你能把握住人生的正确方向，不畏险阻、激流勇进，必能达到理想的彼岸。相反，如果你迷失了自我，不思进取、安逸享受，迟早会被生活所抛弃。

你是一个忠厚老实、善良孝顺的孩子，希望你永远不要泯灭自己善良的本性。你是一个有主见却不善于表达的孩子，希望你的自信心能够更强一些，主动表达自己的思想，与老师、同学、家长多交流，要有一种“天下虽大，舍我其谁”的豪迈，一种“会当凌绝顶，一览众山小”的气势！

你是一个自尊心较强的孩子，要知道，自尊心是把“双刃”剑：一方面，自尊是自己挣的，而不是别人给的，没有自尊的人往往也得不到别人的尊重。另一方面，自尊心过强，要么为顾及“脸面”，做事畏手畏脚、患得患失而遗失先机，一事无成；要么为争取所谓的“脸面”而不择手段、不计后果而剑走偏锋，适得其反。希望你能正确对待自己的自尊心，不要过于计较“面子”问题，为其所累，甚至为其所伤。

你是一个性格倔强的孩子，我希望你办事时能够坚持原则、始终如一，遇到困难时，能够坚守信念、坚持不懈。然而，我不希望你是一个“认死理”“爱钻牛角尖”“不撞南墙不回头”的人。正确的事情我们要坚持，但有时候当我们陷入困境时，不妨换个角度看问题或者多听听别人的意见，也许就峰回路转、豁然开朗呢。因此，我希望你能坚持自己的优点、正视自己的不足、辩证地看待自己性格的某些两面性，不断进步。

还记得你第一次参加夏令营时，孔屏老师问我们家长：“假如你永远见不着自己的孩子了，你会希望他如何呢？”大部分家长几乎选择了同样的回答——健康、快乐。是的，在生离死别之际，我们对自己的孩子没有过多的苛求，只希望他做一个简单的、健康的、快乐的、自由的人。然而，我们毕竟不是孤立的个人，而是社会的一分子，我希望你是一个身心健康的人、一个自由快乐的人，同时也希望你能够适应社会、融入社会，通过自己的努力实现自己的理想、彰显自我价值！

人生没有彩排，场场都是直播；生活可以回顾，永远不能回放。正如保尔·柯察金的名言："人最宝贵的是生命，生命对于每个人只有一次。人的一生应当这样度过：当他回忆往事的时候，他不会因为虚度年华而悔恨，也不会因为碌碌无为而羞愧。"伴随着青春的步伐，希望你能领悟到生活的真谛，正确地审视自己，做一个健康、快乐、有责任感、有担当、对社会有用的人！

父字

于 2015 年 10 月 20 日

给雪洁的一封信

杨一伟*

亲爱的女儿：

许久以来，一直想给你写一封信，正好，借附中这次活动的机会，圆了我这个梦。

十四年前，你呱呱落地，在医生阿姨的专业护理下，妈妈顺利生产。你，非常健康，得了满分十分。你的到来，给家人带来了无尽的欢乐。那年春节，爸爸写了副春联，兴奋之情溢于言表——杨拂冰凌飘雪花，雪带温馨进吾家。

感谢雪洁到我家！我们将共同携手迎接生命中的每一个精彩。

随着你慢慢长大，你超出常人的聪慧愈发显现出来——一两岁时，在妈

* 2013 级 5 班杨雪洁的家长。

妈的教育下，就认识了许多字。不仅学中文，妈妈还手把手教会了你很多英语单词。

你对音乐的痴迷，与生俱来，每当听到歌曲“妈妈你别说我小……”你就伤心得哭成泪人一般；在姥姥、奶奶怀抱里哭闹时，只要一放音乐，你的哭声就戛然而止，伴随着音乐翩翩起舞。看到如此聪明的你，爸爸妈妈喜上眉梢，你是上帝赐给我们最好的礼物。

在幼儿时光中，几乎每个周末，爸爸妈妈会带你去植物园、动物园或广场。依旧记得全家逛动物园时，你骑在爸爸肩上看长颈鹿、大象、老虎的场景。

为了让你从小就受到文化气息的熏陶，山东大学、山东艺术学院、北京大学、中国音乐学院都留下了你的欢声笑语。从那时起，你就开始读书、识字，书香浸润的幼年，让你受到了良好的启蒙教育；齐鲁儒家文化，荡涤了你纯净的心灵，你清澈的目光，一如你纯净的心灵。

幼儿园里，你的智慧得到了老师们的认可。你是班上年龄较小的孩子，但你与人相处、做游戏头头是道；排练舞蹈不怕辛苦；声乐全市技能大赛获一等奖；你演唱的《家乡》，令人终生难忘。

三个月时，给你买了电子琴，两岁添置钢琴，四岁开始琴童生涯，十一岁钢琴过了十级。直到今天，你十年如一日地依旧在弹，实属难能可贵，这不是每个人都能做到的！

六岁时，你凭自己的优秀表现赢得了老师的认可，踏进了本来不属于你的小学校门。六年的时光中，你从一个懵懵懂懂的娃娃，变成了活泼可爱的少年。校园里，你踢过足球、参加过合唱队，周末时，与同学们一起踏青、郊游、去海底世界。

你特别喜欢户外活动，山青世界、红叶谷留下了你许多足迹，那次你在二十多米高空中，在钢丝绳上行走的场景至今还令爸爸心有余悸。

你对运动有着特殊的爱好，篮球、足球、羽毛球，你都喜欢。户外活动和体育锻炼，把你的生活装扮得五彩缤纷。

行万里路，胜读万卷书。你去过烟台、泰安、大连、北京、南京、杭州、上海、福州、厦门、桂林、新加坡、韩国等，这种经历给你留下了许多美好的记忆。

你不怕吃苦，主动接受挑战，多次参加军训、疯狂英语夏令营，这种吃苦耐劳的精神是你宝贵的财富。

你很有孝心，对奶奶爷爷、姥姥姥爷格外孝顺，每每假期到来，都跟着父母去看望老人。

你很有毅力，除了钢琴弹了十年，英语也一直没有中断，算起来也该九年了，这种持之以恒、坚持不懈，是你获得好成绩的基石。

从四年级开始，你就自己上下学了，十五公里的路程，二十多站的公交车，你一个人走。父母之所以这么放心，是因为你一向严格遵守交通规则，从未闯过红灯，即使周围的人都闯红灯走了，你依旧等绿灯。

小学中，你学会了反思，最难能可贵的是，你能虚心接受别人的意见和建议，主动改正自身的缺点或不足。俗话说，“金无足赤，人无完人”，我们每个人都要思过。思过忏悔，方能进步。

升入初中，在这个新的大家庭里，你说你的很多同学都很优秀，他们身上闪烁着耀眼的光芒，他们认真学习的态度、正确的学习方法、博览群书的爱好以及远大的抱负和理想，都是你学习的榜样，你的这种自省和谦卑，正是你积极向上、不断进步的动力。

最后，爸爸借这个机会给你提几点希望：

你是一个充满正能量的孩子，富有正义感，这是值得褒奖的。不过做事的时候，要考虑全面，我们这个社会是多元的，任何问题都没有一个唯一的简单的答案，看待一个问题不应该非黑即白，而是有很多方法和角度。当你意识到这点的时候，你就会成为一个很好的问题解决者。这就是“批判的思维”——你的一生都会需要的最重要的思考方式，这也意味着你还需要包容和支持不同于你的其他观点，这不仅仅是包容，而是一种批判式思考。

在人的一生中，我们将会遇到各种事，有欢乐的、有悲伤的，有顺境、有逆境，有坦途也会有坎坷。你要珍惜在你生命中的一切美好的事和情感。努力珍惜每一个关爱你的家人、师长、同学和朋友，努力珍惜你生命中一切的人与事。随着岁月的流逝，你从可爱的婴儿到亭亭玉立的少女，从慢慢学会自主的青年期，继而走向独立的生活，这一切都是生命的旅途。我们要珍惜生命中的每一个阶段，让生活更丰富，让生命更精彩。当然，最重要的是要爱自己，包括自己的身体和生命。中国有句古语，说“身体发肤，受之父母，不敢毁伤，孝之始也”。父母最爱的就是你，所以照顾好自己就是孝顺父母最好的方法。

度过了天真的童年与快乐的少年时代，爸爸希望你迈好走向青春的第一步。当青春的生命征程开始的时候，就像一艘轮船离港远航。在航行中，既有风平浪静，也有狂风暴雨，要顺利到达预定的彼岸，只有始终保持正确的航向。爸爸希望你树立和明确自己人生的目标：勤奋好学、独立思考，知书达理、自强自立。踏踏实实地走好人生的每一步，健康快乐地度过生命的每一天。

孩子，你有一颗善良的心，你对小昆虫、小动物，对弱者有着很深的同情心，这一点非常重要，善良是你的美德，是你良好的品质，是你今后能够幸福的源泉，永远不要失去。

你能主动学习《圣经》，了解《古兰经》，了解佛家、儒家、道家理念，并在曲阜全身心投入国学学习，说明你骨子里有着与生俱来的善，有着温和的本质，有着宽厚、仁慈的大同理念。这些，是你内在的宝贵的财富，你要让这些星星之火，激发出你的潜能来，将你的同情心、善心变成大爱，让你的恩泽惠及更多人。世界上还有很多的人需要帮助，我们不能只帮助看得见的和身边的，我国西部、非洲还有许多人需要帮助，你的爱不能只集中在一个点，而应该是一个面。要做到这一点，你现在就要储备足够的知识能量，锻炼各种沟通能力，面对困难，不回避，不退缩，通过远大的理想，产生强烈的学习欲望，成年后，你就会有足够的能量，实现关爱他人、关爱生命的愿望，否则，徒有善心救济不了芸芸众生。

孩子，你很大方，也不自私，没有小女生的斤斤计较，这一点非常好，爸爸希望你要继续努力，不生小气、豁达、宽容。同时，加强责任感的培养，自己的事情自己做，别人的事情也乐于助人为乐。没有责任感的人难以成就大事，也不会拥有真正的朋友，更难以被社会所认同。责任感体现在家庭、学校、社会生活中的方方面面，可以从生活的点点滴滴开始。

除此之外，还要多多学会与人沟通，与父母沟通会加深亲情，与老师沟通会明晓事理，与同学沟通会增进友谊，与外界沟通会更好地了解社会。良好的沟通能使你消除心中的郁结，良好的沟通会使你感受到生活的美好。

另外，你是一个守信用的孩子，不过爸爸要告诫你，你可以要求自己守信，但不能要求别人守信，你可以要求自己对人好，但不能期待人家对你好。你怎样对人，并不代表人家就会怎样对你，如果看不透这一点，你只会徒添不必要的烦恼。

在家里，爸爸常常与你谈古论今，在思想碰撞出的火花里，你的很多知识令爸爸惊讶，不少观点富有哲理，在守望着你长大的日日夜夜里，与你一起生活带来的启迪、挑战和思考，仿佛使我重新更清醒地经历了一遍童年，这是你带给爸爸妈妈独一无二的收获和快乐。

感谢上苍赐你予我们！感谢雪洁选择爸妈！！！祝宝贝健康快乐！

爱你的爸爸妈妈

2014 年 10 月 24 日

给阳光下的四叶草

吴亚宁*

亲爱的小童：

这算是妈妈第一次正式给你写信吧！借学校的十四岁生日庆典活动，我也很高兴能够在这个很有意义的日子里，和你以书信的形式聊聊天。

聊什么呢？这么正式的日子，似乎不太等同于平日里咱娘俩相互依偎，缩在一个被窝里海阔天空，叽叽喳喳地闲聊。每次你“妈妈长，妈妈短”一整天，看着你香甜地进入梦乡，我也终于松口气——“哎呀妈呀，这小妮儿终于睡着了，我可算‘下班’了！”哈哈！那今天我们就聊点正式的话题。

现在，你身为一名初中生，学习该是最大的话题。可说到学习，妈妈又觉得没什么太多可说的，因为你很自觉。很多妈妈的朋友及同学，都十分羡慕我有一个这么自觉懂事求上进的女儿。别的父母都还在偷偷监视自己孩子学习状态，生怕孩子不守着自己就会偷偷玩游戏之类的时候，而我和你爸爸却从来没有这样的顾虑。课内课外的作业，你都能安排得井井有条。你应该还记得你小时候，我们每周积攒小粘贴“发工资”的日子吧。现在，没有了小粘贴，没有了奖金，你依旧认真完成各项作业，知道学习是自己的责任，这点是妈妈最感到欣慰的！

进入山大附中已有一年多的时间了，在这一年里，看着你的成长，感受你的进步，我和你爸之前对你择校时的纠结与顾虑已经全部消除了。择校

* 2013 级 8 班钟昕童的家长。

前一年，我们共同付出：你参加一对一学习的辛苦与压力，我为你学习状态的不稳定及择校可能产生的种种问题的彻夜煎熬，现在看来，这已衍变为一种成长经历。以后的日子里，也许还会有很多这样的“辛苦”，但妈妈相信，这些最终都将会是你未来成功路上的小乐符。初二了，现在担心的反倒是你的睡眠时间太少了，似乎我们应该需要再调整下方案，也好让复习更加有效果。人生就如同储蓄，而健康的身体就是储蓄数值中最前的1，而之后的收获，如学习、工作、能力、金钱等等，才是1后面的0，每个人身体健康，是我们全家人的心愿！

最近这段时间，我在整理你从小到现在的照片，看着照片中我们的欢颜，也回味起经历的酸甜苦辣，不觉感叹，时光飞逝啊！照片中，你生病了，需要喝中药，小小的你偎在妈妈怀里，只要打开《天线宝宝》为你分神，你就欣然接受各种苦味中药，喝药从不像其他小朋友那样撕心裂肺的；该换牙了，带你去牙科门诊，准备处理掉那颗已经东倒西歪、左摇右晃就是不断根的小乳牙，知道你害怕，路上给你买了个芭比娃娃，抱着娃娃，你开心地拔掉了第一颗乳牙，咬着白花花的药棉，还作胜利状；还有你将自己养的小孔雀鱼，第一次摆在洪楼广场上叫卖，从开始不好意思喊出声，到最后自创的那句“快来买小鱼哦，买一瓶小鱼送一包鱼食哦！”成功卖出了三瓶，还送给路边乞讨人一元钱；还有我们每年趁着假期，忙里偷闲的国内外旅游，还有你参加的各种“演出”，山山水水，各种舞台，都留下了美好的回忆。照片里，你一天天地长大，只是“我们老俩”一天天地变老了。

今天，坐在你的书桌边给你起草这封信，环境不错哦！期间，爸爸给妈妈端来热茶，不忘留下一句：“这封信也有我的功劳哦！”呵呵，一个家庭里，父亲一般都是不太善表达，你的老爸也是。其实很多时候，老爸都是在默默付出。从小到大，陪你探索陪你玩，都是爸爸最开心的任务。照片中，好多你骑在老爸脖子上的镜头，真切感到父亲是孩子的大山，老爸希望你从小就能站得高看得远。爸爸不止一次地和我说，我们两个是他最亲的亲人，所以有时咱娘俩发生不可避免的战争时，他都默默担当起各种“出气筒”的角色，这也是老爸对你爱的表达吧！

跑远了，跑远了，再回来。接着说说未来吧，呵呵！

前几天还和爸爸闲聊，说起你将来做什么好呢？有一份自己喜欢的工作是件幸福的事。长大后，希望你能独立、有思想、健康阳光，有一份自己喜欢又能体现自我价值的工作，是我和你爸最大的期望了！有时我脑海边也会浮现一幅画面——“将来你能成为一名高校的教授也不错哦！最好是美术类的，带着学生们游山玩水地写生，还是受人尊敬的人民教师，平日里画画创作还可以修身养性……”哈哈，越想越美。当然，不管将来你成为什么样的有用人才，都离不开现在的好好学习。相信你随着年龄的增长和学业的一步步修成，会有自己越来越清晰的理想目标！

抬头看到窗外，你养的小丝瓜，藤蔓缠绕着窗户栏杆，已经是秋天了，一朵骄艳的黄花却正努力向阳地绽放。妈妈也十分有信心地相信你，能够在自己的每个时期，都有属于自己的向阳绽放！宝贝儿，好好努力吧！“我们老俩”会一直陪着你！

最后，依旧是以那句从小就一直不变的祝福作为结尾吧：

希望我们的小童，快乐！自信！受欢迎！

爱你的老妈老爸

2014 年 10 月 28 日

给勇敢的男子汉

左汉锋*

亲爱的儿子：

时间过得真快，距上次给你写信已有三年之久了，记得那是你参加学校组织的南部山区野营活动，离开爸妈的身边，我们心里挂念着你。转眼间你长得比妈妈还高了，逐渐变得懂事和独立，已成为一名中学生了，有自己的主见和想法了。

新学期开始了，学校组织骑行活动，你事先没有征求我们的建议，执意报名参加黄河之旅。我们心里隐隐为你担心，因为你并不能娴熟地骑行。但看着你自信的表情，我们也只好表示支持，也希望通过这次活动锻炼你的毅志和耐力。出发那天，看着你骑行上路的那一刻，我极度地担心，担心你

---

* 2014 级 2 班左乔木的家长。

成为队伍的负担，拖累了老师和同学，担心你完不成这次骑行任务，担心你路上会不会保护自己。4 天的时间里没有你的一点消息，我们的心一直悬着，真有点盼着活动能早点结束。骑行归来那天下午，你妈妈紧张地盯着校门口，看着你进入校门的那一刻，我们的心才放下来。妈妈上前给你一个拥抱，表示对你的赞赏。那一刻，我们意识到，儿子长大了，能独立克服困难了，成了一个勇敢的男子汉了。

小时候，你是一个安静的孩子，从小就爱在家里摆弄玩具，还不时自言自语，自得其乐。摆弄累了，搬个板凳，翘着二郎腿坐在阳台上，那惬意、享受阳光的一幕，让爸妈真的高兴。现在你上初中了，学习功课也多了，我们很少有机会再看到这样的情景了，爸爸知道你有自己的梦想，而且在为梦想不断努力。爸爸真希望再有机会和你一起享受着阳光，陪你聊聊你喜欢的足球和历史。

小时候，每逢周末，妈妈必定带你到书店去，买回一大堆图书，家里的书橱中装满了书。你酷爱读书，通过读书，你了解的知识有些我们也不了解。通过读书，你喜欢上了写作，如小说、诗、散文，改编一下历史小说。还记得你写的第一首诗歌吗？小学三年级一首《秋的脚步》，你一气呵成，文采飞扬，真的把我们惊呆了。上初中了，也许是学业功课多的缘故，你为了写好一篇文章，每天晚上都酝酿到很晚，有时心情略显急躁，文章质量保证不了，而且很在意别人对你文章的评价。儿子，在这里爸爸想对你说，对于写作，爸爸从来都是支持的，只是做每一件事情，都不能急于求成，写作也是如此，要多留意观察生活中的点点滴滴，多阅读，多推敲，做到语句通顺、行文流畅，文章脉络清晰，表达出自己的想法和思想。爸妈希望你通过写作，能真正让自己沉下心来，做好每一件事情。同时要多和同学老师交流心得，善于吸取别人的评价和意见，只有这样才能促进自己不断提高写作水平。

儿子，你有没有意识到，你是一位很遵守纪律和守时的孩子，这一点尤其让我们欣慰。和同学约定一个活动，你总能准时参加；答应别人的事情，从来不推脱。但时间总是有限的，如何学会在有限的时间内合理地安排每一件事情，你还要多努力。你喜欢足球运动，足球是一项集体活动，能体现集体力量和荣誉，但参加从事这项活动应有节制，因为在足球运动上占用了太多的时间，势必用在学习上的时间就减少了，长期下去会影响学习成绩。我们希望你给自己安排一个充实而又有意义的学习和运动的计划。

儿子，你荣誉感和自尊心很强。这一点在参加校运动会上体现得淋漓尽致。为了在运动会上取得好名次，你每天晚上都自觉锻炼体能，爸妈看在眼里，很为你高兴。这学期学科自测，有几次取得了好成绩，你开心地把成绩告诉了我们。面对成绩不理想时，你有时会找出各种理由替自己推脱，情绪略显低落，不愿意告诉我们。你要记住，做每一件事，追求每一个目标时，都不可能一帆风顺。当遇到困难和难题时，要有毅力和恒心，要想办法去征服它们。在征服困难后，你能体会到一种成就感和自豪感。

儿子，现在你已经长大了，爸妈可能还把你当成未长大的孩子，每天都会在你身边唠唠叨叨，你感到心里很烦，我们也意识到了。我们会努力更正自己的做法，更多地留给你自由发挥的空间。但是长辈叮咛是对你的关心，我们关注你成为一个心智健全的人，对社会有用的人。你也要学会辨识和接受长辈的建议，毕竟我们也是从孩子成长到现在，也经历过你现在的阶段，遇到过同样的困难和挫折，所以希望可以让你在成长过程中少走弯路。

眼见着你一天天长高、长大，已经从一个少年成为一个青年，爸爸打心底感到兴奋、激动。如今你逐渐要脱离父母的庇护，独立做一些事情，我们感到既失落又高兴。你像一只雄鹰，羽翼正在丰满，即将展翅高飞，寻找属于自己的广阔天空。但是爸爸想对你说，未来的天地很广阔，有阳光，有彩虹，同样也有黑夜，有急风暴雨，所以你需要有坚强的信念和无所畏惧的精神，才能真正在未来的天空中，飞得更高，飞得更远。

在这里爸爸给你几点建议，希望你长大后能撑起自己的一片天地。

第一，要懂得爱，有爱心。在家里尊敬长辈，体会他们的用心；在学校，要尊敬老师，尊重同学；在社会中，能尊老爱幼，力所能及地帮助每一个需要帮助的人。这样你才会感到无时无处不在的快乐。

第二，要学会坚强。这一点很重要，无论遇到多大的困难，都要有足够强大的承受能力，不要在困难面前退缩，要有战胜困难的勇气。我们知道你初中入学成绩很好，你自己也感到自豪，一年多的学习，接触的知识多了，你还没有在成绩中缓过神，相比之下，退步了，自己面对难题也不自信了。你要知道做任何事情失败都是难免的，学习也一样，但只要能吸取教训，总结经验，通过自己的刻苦努力，成绩就会逐步提高。爸妈关注你的学习，有时也会指出你的不足，希望你能听进去，记在心里，在挫折面前勇敢地站起来，你有这个能力，加油！

第三，做事要踏实，不要浮躁。无论什么事情，或大或小，或难或易，都要认真对待。学习也是一样，如学习数学，一个概念、定义、定理，都要认真理解，熟记于心，深刻体会它们的含义，日积月累，就会成为自己的东西。反之，学习一个知识点，如果是为了应付，似懂非懂，同类的题稍作变化，你就可能束手无策了，这说明，你还没有真正地理解与掌握。有付出就有回报，希望你能脚踏实地地掌握每一个知识点。

第四，要勤于动手动脑，不能纸上谈兵。学习要养成一个好的习惯，老辈人说得好"好脑筋不如烂笔头"，就是要求学习中多动手，解决一道数学题，将脑海中的构思用笔在纸张上展现出来，纸张上的展现能帮助你寻找解题思路。记一个单词，会读、会写、知意才是完整的。你的缺点是不愿动手，所以解题的思路有时不清晰，造成纸面上看着乱糟糟的。希望你纠正自己的缺点。

第五，要善于总结经验、规律。自然界中任何事情都有规律可循，学习也是一样。比如数学的学习，一天学下来，做了很多题，你总结出什么了吗？收获是什么？学到哪些？不能为单纯地做题而做题，要学会在做题中总结经验，找出规律，那样学习就会起到事半功倍的效果。

第六，拓宽自己的知识面。知识的海洋是无穷尽的，无论是人文科学，还是、自然科学，要通过阅读书籍，陶冶自己的情操，提高自己的内涵和修养。通过涉猎多种知识，你会觉得大千世界多姿多彩，给自己带来快乐。

第七，要讲卫生。个人卫生和环境卫生同样的重要。

第八，要注意安全，出门在外要遵守交通秩序，不争不抢。要学会自身保护，避免受到伤害。要多参加体育活动，使自身健康成长。

爸爸是不是又唠叨了？对你的要求和建议可能还不只这些，最终的目的是想让你通过自己的努力，成为一名对社会有用的人，成为一个健康快乐的人，成为一个有理想和目标的人。不多说了，我们期待着你每一天的进步。

爱你的爸爸

2015 年 10 月 18 日

给雨彤的一封信

隋树波[*]

雨彤：你好！

时间过得真快，我们的雨彤即将步入十四岁的年龄。爸爸妈妈伴随着你成长的过程，看着你逐渐长大，更加懂事，学到了更多的知识，不断地在成长进步，很高兴和你共享成长的快乐。十四岁是一个人从少年到青年的过渡时期，接触的世界越来越大，遇到的问题比以前更多，也是一个人的认知能力逐步形成和成熟的过程。所以，今天给你写这封信，与你分享我们的人生经验，希望对你今后的学习和成长有所启发和帮助。

谈谈理想。理想没有高低贵贱的区别，有的人有远大的理想，有的人有小的抱负，理想没有具体的形式、时间和空间的限制，只要是健康向上的理想，它就是美好的。每个人都应该有自己的理想，无论是近的理想还是远的理想、大的理想还是小的理想，理想就是自己的目标和努力的方向。一个人的理想应该如何去接近或者达成呢？光靠想是不行的，我的理解是靠积累。也就是说，只有做好当下的事情，一步一个脚印地积累，理想目标才可能更加接近或者实现。如果好高骛远，理想就成了空中楼阁和水中的月亮，最终是幻想和空想。理想和信心、毅力是密不可分的，除了个别的天才，绝大多数人还是要靠努力才能接近或者达到理想，即使是天才，有过目不忘的本领，但如果不去读书，天才也可能成为庸才。

谈谈方法。我们都知道有一句话叫“条条大路通罗马”，意思是说，选择不同的途径，都可以达到最终的结果。但到达罗马的这个结果，不同的人走的路有长有短，付出的努力有大有小，甚至区别很大。有的人走了一天，有的人走了一个星期，这里面就有一个选择方法的问题。每个人都有不同的天赋和条件，对新事物的理解认知能力也不尽相同。所以，对待一门课程也

---

* 2014 级 4 班隋雨彤的家长。

好，对待一项爱好也好，要选择一个适合自己并且效率最高的方法，才能有最好的效果。对于学习来说，我推崇的方法是合理分配时间，认为自己已经领会和掌握知识点的科目，就把它放到一边，腾出精力用到没有掌握的其他科目上去。如果对于一个问题自己暂时无法理解，也不要过多纠结，先去做其他的作业，反过来再去理解或者请教他人，可能效果更好。当时实在不会的问题，要记录下来，第二天再去解决也未尝不可，但千万不要累积，否则问题越来越多，时间长了就不知如何下手了。选择方法的目的是为了提高效率，有限的时间掌握更多的东西，或者节约了时间去干自己喜欢的其他事情。

谈谈运动。爸爸喜欢看体育节目，欣赏运动带来的美感。运动能塑造一个人健康的体魄，锻炼思维的敏捷性和行动的协调性，让人散发勃勃的生机和昂扬的斗志。运动能让人保持健康，精力充沛，远离病痛，增强抵御疾病侵蚀的能力。当然，要根据自己的身体条件，选择适合自己的运动方式，形成锻炼的好习惯，如果能够持之以恒，身体素质就会越来越好。老话常讲，要劳逸结合，就是说学习读书要和运动锻炼结合好。有时学习累了或者遇到问题了，可能锻炼一会儿，换换脑筋，更有利于学习和解决难题。

谈谈内涵。初中时代，是塑造自己个性的重要时期，开始对很多事物慢慢形成自己的见解，逐步对美丑是非有了辨别能力，建立起自己的思维模式。我想要交流的是，要培养自己健康和积极向上的品质，做一个有涵养、内心强大、知行合一的人。我们家是一个传统家庭，你爷爷从军队转业后到了学校，在部队的环境中养成了吃苦耐劳、性格坚毅的品质，你奶奶勤劳节俭，一直为这个家庭操劳为儿女付出。我从他们身上学习到很多优秀的东西，希望你能把我们家优秀的家风和传统继承下去。

谈谈代沟。自从你小学六年级开始，我逐步体会到什么是代沟，简单地说，就是有时我们不能理解你的想法，你也不能理解我们的想法。其实，爸爸妈妈希望能和你多沟通交流，有时我们的方式不好，没有平心静气，从理解的角度上去沟通，因为我们认为，我们毕竟走过你这个人生阶段，什么事都明白，我们说的都是对的，没有人比我们更希望你好，没有从你的角度上去理解和处理问题。这里面有个换位思考的问题。我们今后也尝试从你的角度去理解，共同去努力克服代沟问题，充分发扬民主。

谈谈安全。社会是个万花筒，什么样的人都有。虽然好人多，坏人很少，但作为一个初中学生，毕竟是在校园时代，从身体能力、判断能力和对不安全情况的处理能力上都有欠缺，所以还要有所防备，心里一定要有安全这根弦。你慢慢长大，不知不觉已不愿意跟我们一起出去玩了，逐步愿意和同学一起，也在逐步接触一些新鲜事物，这也是正常现象，但我们还是想要告诉你以下情况一定要牢记：不要单独去人少的地方；出门记得带手机，让大人知道你去哪儿和时间安排；晚上不要单独外出；遇到陌生人搭讪，不要搭理，要尽快往人多的地方走；走路不要打闹，过马路一定要看车和红绿灯；去陌生的地方，一定要看看是不是安全，有没有不三不四的人；遇到紧急情况，要看自己有没有能力处理，千万不要轻易尝试；手机、QQ、微信上陌生人的电话和短信不要理睬。还有很多不懂的情况，一定要征求大人意见，我和妈妈永远是你最坚实的后盾。

谈谈心态。成长的过程，要有阳光心态，要快乐学习，培养有益自己的兴趣和爱好。学习虽然比较辛苦，但没有捷径，努力了就不后悔，一时的挫折不代表失败。人生没有常胜将军，不一定非得有什么高大上的成绩，面临一些烦恼，遇到一些问题，要学会调节自己的心态。成功固然可喜，但小的挫折也无伤大雅，失败是成功之母，树立一个良好的心态，不要被困难压倒。人还要有志气，要有不服输的精神和永不言败的斗志。比起战争年代革命前辈打江山、建立新中国所遇到的艰难困苦，我们现在所遇到的困难都不值一提。每个人都有很大的潜力，你也一样，一旦克服一个困难或者征服一道难题，所取得的收获感会让你建立起越来越强大的信心，长此以往，你就会成为一个内心强大不被困难所压倒的人，这也是你今后应对各种难题最重要的品质，也是爸爸所期望的。

谈谈爱好。学生时代，学习读书是最重要的任务，但不代表这是唯一的任务。我最欣赏的是，学习为主，但各种爱好和兴趣要全面发展。当然，我不会强迫你去学不喜欢的东西。希望你培养自己的兴趣爱好，有喜欢的特长，小时候还可以让你学，但你现在大了，有自己的想法，鼓励你选择自己喜欢的学。我还得提出两个前提：一个是要以学习为主，兴趣爱好要有度，不能影响学业。二是健康和积极向上的兴趣爱好我支持，低级趣味的东西我坚决反对，每天抱着手机和 iPad 我也坚决反对。培养好的兴趣爱好，可以让情飞扬、志高昂、人灵秀，拥有不好的兴趣爱好，可以让人颓废和产生负面情绪，相信你会正确地选择自己的发展方向。

今天信里和你谈了我对理想、方法、运动、内涵、代沟、安全、心态和爱好的理解，与你共勉，期待着你的成长和进步。十四岁的年龄，正是人生最好的阶段，接受新知识和新事物的能力最强。希望你健康成长，快乐学习，更好地塑造自己，我们会永远爱你，永远支持你！

爸爸

2015年10月18日

给自己飞翔的力量

张欣平*

亲爱的果宝贝：

十四年来，爸爸妈妈始终坚信，你是上天给予我们的最好奖赏。

为了靠近你，我们愿意，以最虔诚的心态，祈祷上苍优待。

为了拥有你，我们愿意，以这一生的辛劳，报答这个世界。

至今仍记得，怀胎十月既满怀喜悦又惴惴不安的期待，犹记得，你呱呱坠地时难以言表的激动。我们的生活，因你，而与众不同。

宝贝，岁月流逝，犹如流星追月，看不见摸不着的时光里，无数的欢声笑语、患得患失、小心谨慎，都伴着你的健康成长，伴着每一个日落星沉，在我们的心中起起伏伏。

你小时候的模样，在我们无数次的重复中，既模糊又清晰。四个月喊了第一声“爸爸”，六个月开始叫“妈妈”，一岁生日时已经能说出很多日常用语，两岁四个月作了人生第一首诗：“飞机拉出长长线，天上飞过真好看。”此时回味起来，我们依然认为，你是我们最大的人生惊喜。

小时候的调皮顽劣也是历历在目，在家出不去，出去回不来，不爱穿鞋子，不爱穿袜子，直到上小学还会兜里揣着袜子回家。从学走路那天起就另辟蹊径，不走宽阔好路，单爱路边奇石，不过身段灵巧敏捷，甚少摔跤。爱稀奇，热探险，喜欢爬假山，不惧过山车。性格活泼开朗，为人大方有气量，不畏权威，敢于担当。还曾经在幼儿园运动会上为被人嘲笑的小朋友挺身而

* 2013级7班孙鉴茹的家长。

出、仗义执言。在你的身上，我们看到了无数的闪光点。

上学了，入少先队了，升中学了，加入共青团了，在一次次餐桌上、书桌旁、枕头边的絮絮叨叨中，我们见证着你的成长。

宝贝，自你出生至今的五千多个日夜，这种种的经历，成就了我们丰富多彩的人生旅程。

宝贝，没有什么可以比拟我们对你的爱，也没有什么可以取代你带给我们的欢乐与幸福。你的笑、你的哭，对你的怜爱、宠溺、有时的谴责呵斥，宝贝，都深留在我们的记忆中。

十四岁，古称“豆蔻年华”，意为少女芳华初长成。自此，你将逐渐步入最美丽的少女时代，也自此，你将更加独立自强、傲然绽放。

宝贝，我们所有的期待，都只愿你更快乐、更幸福，只愿你心怀梦想，展翅飞翔。世界之大，任你随心遨游。世界之广，愿你不虚此生。

人的一生，既短暂如惊鸿一瞥，又可绵长如江水不绝。宝贝，好好把握，你珍贵的生命。

宝贝，我们所做的一切，都只为把你扶上肩头、再送一程；我们所有的愿望，都只为明天的你，如朝霞，和煦温暖、灿烂多姿。

如今的你，正处在努力学习、充实自己的阶段。面向未来，任何梦想的实现都要归于现在的努力。

几百人共同度过的生日庆典，这一生恐怕也为数不多。在最好的年华里，学校老师和家长以这样的方式为你们加油，表达的是最美好的期盼。作为爸爸妈妈，我们还有几句话，想要对你说。

你的梦想，曾经是做个老师、生物学家、法官，还曾因为喜欢狗狗，梦想着开一个宠物医院。现在的你，喜欢希腊文化和历史，对于希腊神话的人物和故事如数家珍。

宝贝，你的人生之路才刚刚开启，求学之路也还漫长。怀揣梦想，你还需要助你飞翔的力量。

飞翔需要方向。有方向才有目标。无论你的梦想为何，唯有坚持和不懈的前行，才能抵达目标。既要胸怀广阔，眼界高远，把个人的梦想与这个伟大的时代紧密结合，又要脚踏实地，不断调整每个阶段的具体目标，一步一个脚印地走好每一步。

飞翔需要动力。有动力才能长久。人的一生不会一路坦途，在你的求学之路上，在未来的生活中，可能会面临各种各样的困难。这些困难或通过自己的努力能够解决，或需要别人的帮助才能解决，或是要通过时间的磨炼才能解决。无论怎样，需要你永葆一颗积极乐观向上的心，面对挫折，要满怀信心，含笑应对。

飞翔需要耐性。欲立者必先耐得住寂寞。十几年的校园生活，适应时代发展的终生学习，都需要耐得住性子，忍得了寂寞。就像果实的生长，需要经历冬的蛰伏、春的萌发、夏的历练，才有了秋天的累累硕果。

飞翔需要伙伴。独木难成林。在人生的每个阶段，都需要朋友的关怀和帮助。这需要你学会结交朋友，以真诚的相处、坦荡的相待、知心的相交，善待身边的朋友。要结交新朋友，不忘老朋友，和你的朋友们一起携手前行。

怀揣梦想，不忘初心！唯愿你在人生的每一个阶段，都能追随内心，顺利度过。

爱你的爸爸妈妈

2014 年 10 月 15 日

孩子，爸妈陪你长大

王 涛*

亲爱的阿睿：

这是爸爸第一次给你写信。随着科技的发达，人们交流方式日益多样化，写信已经成为过去时了。再说，你也没有出过远门，我们也不用给你写信，有些话咱们面对面沟通就行。因此，今天写信，尤其是给你写信，我感到很新鲜。这可是十四年来我第一次给你写信，你一定要耐着性子看完哦，不要把内容过滤掉。

写什么呢？自从接到这个神圣而光荣的任务后，我一直在想这个问题，还是说些心里话更好些。你在爸爸心目中是个什么样的人？你身上有哪些

---

* 2014 级 14 班王宗睿的家长。

优点,有哪些缺点?你下一步该做些什么?我想就回答这些问题吧。

你在爸爸心中是个什么样的人呢?当然是个好人了,这个“好”体现在品德好、性格好、身体好、学习好等方面。

先说品德好。你很善良,我认为衡量一个人的标准很重要的就是善良与否,一个正常的人、一个好人的心是向善的,心是坦诚的,包括乐于助人、主动想着别人、很有礼貌、懂得谦让等,你就是这样一个人。每当你看到别人有困难时,会主动地去帮助他们。比如:公交车上有老人上车时,你会主动给他们让座;当你碰到邻居阿姨或叔叔时,即使不熟悉也会主动打招呼;当你捡到别人丢失的东西时,会主动还给失主。还有,你从小就养成了不乱扔垃圾、爱护环境的好习惯,擦鼻涕后的卫生纸你会先放到口袋里,一直找到垃圾桶才扔掉。你还有一个很突出的好品质,就是勤俭节约,从来不挑吃挑穿。到超市购物,你总是挑选搞活动降价的物品;穿衣方面,你从来不追求名牌,不攀比,很多时候都是穿表哥穿小的旧衣服,而你从无怨言。在物质生活极其丰富的今天,你仍能做到勤俭节约,真的是难能可贵。

接着说你的性格好。你属于外向型的孩子,爱笑是你的一大特点,整天笑呵呵的,所以,你从不缺朋友,小学的、初中的、经济学院的,一到周末或节假日,总是有人来找你玩,说明你的人缘好,不是吗?人在社会上是需要朋友的,需要朋友互相帮助、互相扶持、排解苦闷。因此,儿子,你有那么多的朋友,我为你感到高兴和自豪。

再说你的身体好。上小学以前,你的体质较差,经常感冒发烧,三天两头去医院。但自从上了小学,你的身体渐渐好起来了,整个小学阶段,你几乎做到了全勤。你喜欢参加各种各样的活动,从乒乓球到滑板再到篮球,都是你喜欢的体育项目。尤其是篮球,你现在越来越爱上了篮球并成了高手,连爸爸也不是你的对手。进入初中后,你的身高突飞猛进地增长,转眼间,你已超过妈妈,成为小小男子汉了。

最后说你的学习好。说到学习好,爸爸怎么感觉有点底气不足呢。好与不好,要看与谁比较,单就你的学习成绩而言,抛开其他因素不讲,你在班里中上游也算可以了。但是与整个学校其他优秀学生相比,你还是有比较大的差距。你在学习上有很多优点:一是能按时按量完成老师布置的作业,从来都不偷懒。二是效率高,你一般在学校利用自习或是下课时间去写作业,大多作业在学校就能完成,回家再利用一个小时左右就写完了。三是坚持上辅导班，现在好多同学都在校外报了学习班，不过有的同学要么不情愿去上课，要么不完成作业，而你上辅导班时总能坚持按时去上课，作业也能认真按时去做。因此，你在学习上算是“比上不足，比下有余”吧，如果你在学习上再用功些，你的成绩提升空间会更大。

“金无足赤，人无完人”，人不可能100%都是好的，也有不好的一面，你也不例外。在爸爸的眼里，你是个好人，优点占了大部分，但也有一些缺点，但只要你努力，就会克服掉。一是脾气有点急，有不如意时会大声吵嚷，需要改进。二是有时不遵守诺言，比如玩游戏，“等一会儿”“立刻”“马上”“三分钟，就三分钟”……这些词经常会出现在你的口中，但就是不关闭游戏。三是尊重父母方面需要改进，有时对父母会说些不太尊敬的话。四是不善于倾听别人的建议，有点自以为是。随着年龄的增长，以上几个缺点，相信你会明辨是非并改正过来的。

儿子，你现在还是个孩子，还不理解做父母的良苦用心。实际上，爸妈和天下其他父母一样，我们的爱是无私的。记得你小时候经常生病，父母有时束手无策，感到无能为力，有一次爸爸看着病怏怏的你竟然哭了，那是爸爸第一次在你面前哭；小升初的时候，你妈妈除了自己繁重的工作外，还是经常辅导你的功课；每年寒暑假或节假日，我们都会陪你出去旅游，让你增长见识、开阔视野；爸爸尽量减少应酬陪你共进晚餐；班级里有什么活动了，爸妈尽可能参加；你生病了，父母会陪在你身边……这些都是爱的表现，希望你能体会到。

儿子，写到这里，就是最后一部分了，希望你不要厌烦，慢慢把它看完。下一步，爸爸希望你将来做个什么样的人呢？具体该怎么做呢？听我给你说说吧。

首先是要有好的品质。拥有善良的本性、诚实的品格、乐观的心态、向上的情操、健康的心理、辨别是非的能力；懂得什么是美的、什么是丑的，什么该做、什么不该做；男子汉要顶天立地，言行一致，信守诺言，一诺千金，不能信口雌黄，口无遮拦；要主动承担些家务，这既是锻炼你自己的生活自理能力，也是在学会承担责任；要懂得感恩，别人对你的帮助，要永远记得，对父母对长辈对老师对同学要感谢他们为你所做的一切，尤其是妈妈，她是这个家的顶梁柱，这个家不倒，必然有她支撑着。儿子，我和你都要感谢她，当然你也要感谢我哦。

其次是要明白自己的任务。爸妈的任务是“挣钱养家，照顾好你”，这一点我们做到了。而你当前的任务是什么呢？学生时代，当以学习为重，其他的吃、喝、玩等都是为它服务的。为什么学习这么重要？因为在中国很多时候都是需要经过考试选拔的，例如小学升初中、初中升高中、高中升大学，考公务员……要想胜出就必须好好学习。同时，现在社会竞争非常激烈，学生时代不好好学习，将来的就业不会很满意，也不会有好的生活。“少壮不努力，老大徒伤悲。”你目前还没有真正意识到学习是你自己的事情，你应该学习主动些，在按时按量完成作业之后，主动复习巩固所学课程内容，功夫用在平时，这样可避免考试之前加班突击复习。

再次是要善于听从别人的建议。这是少走弯路的捷径，尤其是父母、老师等大人都是经过了小学、初中、高中、大学的洗礼，在人生、学习、生活中都积累了丰富的经验，你要善于倾听吸纳他们的想法和建议。比如，学习习惯、学习方法、书写方法等，父母都给了你不少意见，真的都是为了你好，希望你不要排斥，要认真吸收。

最后是要注意多读书。汉语是中国的语言，语文是学习汉语的课程，涉猎很广，字词、阅读理解、作文……无一不与阅读有关。身为中国人不了解中国语言和文化，是很悲哀的。通过广泛阅读各种书籍，你可以学习中国传统文化知识，了解中国历史的发展过程，积累丰富多彩的语句，丰富传统文化内涵。此外，现在的语文试题，客观类的题目越来越少，更多的是你对文章字词和内容的理解和把握。因此，你一定要善于挤时间去读书，多读书，这样才能开阔你的视野，你的语文成绩才会提高。

儿子，我们相信，只要你发扬优良品质，积极改正缺点，刻苦学习，你一定会成长为健康阳光、积极向上的优秀的人，你的人生定会精彩无比。加油吧，儿子，爸妈会陪伴你左右！

爱你的爸爸

2015 年 10 月 7 日

孩子，妈妈想对你说……

谷瑞丽*

儿子：

你马上就十四岁了。在充满希望的田野上，你犹如一棵健硕的红高粱，长势喜人，妈妈甚感欣慰。

在这个值得纪念的日子里，在你的成长道路上，妈妈有很多话想对你说。

首先想对你说声“对不起”。在你成长的十四年岁月里，妈妈犯过不少的“急”。比如：看你在班里表现不积极，妈妈着急；看你的成绩不稳定，妈妈着急……妈妈虽然是希望你的人生能多一些精彩的细节，留待以后慢慢回味，但是妈妈更应该对你多一些耐心、多一些鼓励。真的，相比妈妈当年的水平，你已经远远超过了妈妈。所以，借今天的机会，妈妈想表达：孩子，你是妈妈的骄傲！

妈妈还想告诉你，书籍是你的第二位母亲。孩子，你是生机蓬勃的芽，妈妈就是那个干瘪了的胚。我知道，目前你在很多领域都超过了妈妈。书籍常常被视为人们的良师益友，我更愿意把她看作孩儿断奶之后人生成长中的第二位母亲，是人们前进道路上永远断不了的精神营养源泉。孩子，如果你是那棵健硕的红高粱，书籍就是你脚下肥沃的黑土地。妈妈希望你能够喜欢上读书，读各种书籍，开卷有益。许多大家及成功人士都告诉我们：中学阶段能够与书籍结为亲密朋友，你的人生就不会迷失方向。美学大师朱光潜先生就曾经告诫中学生朋友：“尤其要紧的是养成读书的习惯。你如果没有一种健康的爱好，没有一种在闲暇时可以寄托你心神的东西，将来离开学校去做事，说不定要被恶习惯引诱。”当今青少年成长道路上最大的敌人是网络游戏，过度地迷恋网络游戏会让你脚下成长的土地板结。妈妈经

* 2013级8班齐大成的家长。

常对课堂上仍沉迷于网络的大学生说："如果你们是我的孩子，你们这样浪费青春，慢待学识，我会很心疼的。"网络虽然能给人带来大量的信息，但是，只有读书才能让人深刻，只有读书才能让人举止高雅、修养得体。

孩子，妈妈还想给你一个拥抱。妈妈想把自己的能量传递给你，想让你知道，在今后的人生道路上，不管你遇到风还是雨，妈妈都在这里。妈妈还想得到你的温暖，想感受到来自你的力量和坚强。孩子，你已经比妈妈高了，妈妈犹如午后的太阳，在走人生的下坡路了，在你面前，妈妈是需要保护的弱女子。和儿子在一起，妈妈感受到的是安全感，是心里的踏实。还记得吧，儿子？你一句"没事的，别哭了"，让妈妈成了最幸福的泪人儿。

妈妈知道，红高粱的成长需要阳光，需要雨露，需要风儿，需要土壤……妈妈愿做阳光，给你指引方向；愿做雨露，给你滋润心房；愿做风儿，给你吹来芳香；愿做土壤，给你吸取营养。只是但愿，妈妈的爱不会把你灼伤！

爱你的妈妈

2014 年 10 月 23 日

孩子，你是独一无二的

王宏玲*

亲爱的女儿：

第一次以写信的方式与你交流，突然之间竟有种莫名的情愫在感染着我，情不自禁地泪流满面……从你出生到现在，有很多甜蜜温馨的记忆，一直珍藏在妈妈的内心深处。每每想起，总有幸福的微笑洋溢在嘴角，只是妈妈很少对你说起，你也许并未察觉。如今，你就要十四岁了，就要点燃十四岁生日的蜡烛，就借这个机会跟你一吐为快吧！想说的话很多，但是脑海中有个声音一直在回荡——孩子，你在爸爸妈妈眼里是最优秀、最棒的，你是独一无二的！你是我们的骄傲！

---

* 2013 级 6 班李昀璟的家长。

恍惚中，耳边传来你刚来到这个陌生世界的第一声啼哭，眼前浮现你在妈妈怀抱带着得意的笑的胖嘟嘟的小脸，还有叫第一声“妈妈”时嘟起的小嘴，迈出人生第一步时踉踉跄跄的模样。爸爸妈妈有一次故意躲开你的视线，你孤助无援地寻找爸妈的身影，最后终于找到，委屈得放声大哭，投入妈妈怀抱的那份安全感（我和爸爸是多么的幸福，在你幼小的心灵里，我们就是你的全部，多么简单而踏实的幸福）……你每天都在长大，每天都会不断地给我们惊喜……

你一岁多了，奶奶在楼下看着你玩。妈妈下班回到小区，你搜寻到妈妈的身影后，不顾一切地“百米冲刺”般跌跌撞撞地奔到妈妈的怀抱，用你那稚嫩的声音不断地喊着：“妈妈，妈妈！”我工作一天的疲劳早就跑到九霄云外了，满心满眼都洋溢着幸福。

你三岁多了，上幼儿园的第一天，第一次离开父母的呵护，步入你人生的另一个阶段。当妈妈转身离去的那一瞬间，你放声大哭，整个幼儿园里就只能听见你的哭声，妈妈的心都快被你哭碎了，真想转身再把你抱回身边。但这是你人生必须经历的，妈妈还是毅然地狠心地离开了幼儿园，任你号啕大哭。幼儿园里，你的表现越来越棒，越来越优秀，总是给爸爸妈妈捧回各类奖状和小红花。大班时，20 以内的加减法，你总是拿第一名。妈妈为你的进步感到欣慰。你是带着哭声走进幼儿园，带着自信的微笑离开幼儿园。

你六岁了，该上小学了。六年的小学生活，有欢笑，也有泪水，但更多的是收获成功的喜悦。你是个懂事、坚强、有毅力、有目标的好孩子。每次考试成绩都名列前茅，每个学期都能拿到“学习之星”，各类的奖项你都拿遍了。四年级时区里语文抽查考试，你拿了区里唯一的作文满分，你的语文老师脸上乐开了花，妈妈也是打心眼里为你骄傲，而你却平静地说只是你的选材好而已，妈妈更为你的淡然感到欣慰；每个周三中午，学校的大喇叭里都会传来你悠扬悦耳的声音，那是你在播音室里主持播音；六年级时你实力爆发——班里五子棋大赛冠军，人文地理知识大赛第一名，运动会上呼啦圈比赛第一名，凭借你的实力还被评为济南市的三好学生。爸爸妈妈看着你的奖状竟然有些欣喜若狂、手舞足蹈，你又是很平静地说只是你比较幸运而已，其实优秀的同学很多。爸爸妈妈更为你心中的那份平实感到安慰。你每天都充满了激情，身上有使不完的劲，爸爸妈妈看到你每天都健康快乐自信地成长，真的感到很欣慰。

凭着你顽强的毅力、刻苦的学习精神，你升入了自己梦寐以求的初中——山大附中。接到山大附中录取电话的时候,妈妈感到惊喜的同时,也为你感到欣慰——你的努力终于有了回报,真是功夫不负有心人。我想在山大附中这样一个富有创造力的大家庭里,你可以充分施展你的兴趣爱好,你附中的学习生活定是阳光明媚、充满欢歌笑语的。

然而,现实是残酷的。虽然事先都已经做好了心理准备,知道附中的竞争压力很大,但是只有切身融入到了这个集体,才能真真切切地感受到竞争的惨烈。你军训结束,当妈妈兴高采烈地跟你问这问那的时候,你却心事重重地对我说:“附中真是压力大啊,我们班同学都太强,都是大学霸!小学时都是学习委员、班长,还都荣获过各种奖项,出国参加过很多活动……”我突然之间也感觉到了前所未有的压力,在这样一个强者如云的环境里,在这样一群实力超强的孩子中间,要想出类拔萃真的是不容易啊!

我只能硬着头皮安慰你:“别跟别人比,跟自己比,只要自己每天都在进步,都在努力,尽力了,也就问心无愧了。”

每一次的测验,你再也不是像小学那样跟我汇报,再也不像小学那样的自信乐观。小学里终日围绕着你的掌声与鲜花不见了,在一群大学霸中间,你渐渐地开始不自信,开始困惑,开始迷惘。期中考试,成绩不是很理想,分数自己都无法接受。不仅是你自己无法理解了,我在你面前也表现得有些急躁。好在我们及时地调整心态。“塞翁失马,焉知非福?”知道自己学习上并不是战无不胜、攻无不克的,这也是件好事。妈妈也暗下决心,要和你一起成长,摆正心态,以新的姿态迎接后面的学习和生活,力争能够做到内心足够强大。

后面又经历了多次的大型考试,真是喜忧参半啊。但是,我们经历了无数次的摔打,无数次的历练,心态已经成熟了许多,已经能做到“胜不骄,败不馁”,不管什么样的结果都能够淡然处之。我们一起总结经验教训,争取在学习方法、学习态度、心态等等方面作出调整,以新的姿态迎接初二乃至初三的学习。

另外,从你参加ACTS数学竞赛的经历——初赛的侥幸,到复赛的彷徨,再到全国总决赛拿到金奖,我们总结出了千万不要轻易言弃,只要有一丝希望,就要坚持到底!人最大的敌人不是强大的竞争对手,而是自己。千万不要还没上“战场”就被敌人吓退缩了。坚持!坚持!再坚持!不管什么时候都不要给自己留下后悔的理由。成绩不管是好是坏,都是暂时的,谁笑到最后谁笑得最好。

今后的路还很长，面临的人生考试不计其数，希望你能有强大的内心去面对人生的挑战，活出真实的自己！孩子，你属于那种愈战愈勇型的，妈妈相信你！

对了，跟你说点关于你爸爸的“秘密”。嘘！千万别对你爸爸说，因为他不让我跟你说的。自从你进入青春期以后，有些逆反，有时还跟爸爸作对。你爸爸也总把你当成小孩子，还像对待小姑娘那样疼爱你，你觉得自己都是大姑娘了，面对爸爸亲昵的举动总是表现出很反感、很不耐烦的样子。其实，你爸爸也挺不容易的，面对自己手心里的宝对自己的疏远，竟然不知所措，觉得很失落。其实他对你的疼爱不比妈妈的少，只是他爱得更加深沉、更加含蓄——父爱如山！

还记得那次吗？你们爷俩因为观点不一致，吵了几句，你气得没吃饭，关上自己的房间门就不出来了。你爸表面上说“爱吃不吃，不吃就饿着”，其实他心疼坏了，一个劲鼓动我给你端点吃的。他还搬了咱们家最高的那个凳子，站在你房门外面，翘脚从你门上面的玻璃窗偷偷地看看你。看到这一幕，我在觉得好笑的同时，也感到一丝心酸，同时，也被他浓浓的父爱所感动。

孩子，以后对爸爸温柔一点、亲近一点，尽量满足他做父亲的小小的虚荣心。同时，在物理、英语的学习上，要多跟爸爸沟通、交流，心平气和地跟他说一些学习上的困惑和迷茫，争取成绩有所提高。要知道，在这个世界上，爸爸妈妈是生你养你的人，也是最疼你最爱你的人。爸爸妈妈不要求你出类拔萃，凡事做到最完美，只要求你做个人格健全、身体健康、充满感恩、快快乐乐、善良、自信、豁达的人。就像你得了奖学金，首先想着给爷爷奶奶、爸爸妈妈买什么礼物，爸爸妈妈不在乎你买什么礼物，更在乎的是你的那份心思，那颗知道感恩的心。

你要记住妈妈经常对你说的话：“女孩子可以不是最优秀，可以不是最漂亮的，但是一定要自强自立，一定要高傲地活着，一定要善良，一定要微笑着面对这个世界！女孩会因为自强不息赢得尊重，女孩会因为善意的微笑温暖别人、感染身边的人！”

妈妈很喜欢你走出校门时那自信的、温暖的微笑，那就是对妈妈最好的回报、最大的安慰。但是，孩子，有了委屈，也不要强颜欢笑，不要把苦闷都憋在心里，啰啰嗦嗦地唠叨出来，痛痛快快地哭出来，妈妈的肩膀永远是你停靠的港湾。孩子，不管爸爸妈妈平时怎么责备你，也不管你今后的成绩怎么样，你在爸爸妈妈眼里永远是最优秀的，是最棒的、最美的！你永远是一个骄傲的小公主——你是独一无二的，是上天赐给我们最好的礼物！

依然愿意上学、放学路上与你同行；依然愿意为你祈祷，让欢笑伴着泪水；依然愿意陪着你，做你最知心的朋友；依然希望你还是爸爸妈妈的贴身小棉袄。在今后的岁月里，希望妈妈仰视的不仅是你的身高，还有你高尚的人格……

妈妈亲笔

2014年10月20日

孩子，我想对你说

刘　芳*

亲爱的儿子：

请允许妈妈还是这样称呼你吧，实在不知道这样亲昵的称呼我还可以用多少年。你的十四岁生日不知不觉地悄然而至，妈妈祝你生日快乐！十四年前，可爱的你顺产来到我的身边，时光流逝之快，那个曾经在妈妈怀中咿呀学语的婴儿，那个牵着妈妈的手蹒跚学路的孩童，转眼已经出落成帅帅酷酷的半大小伙子了！看着青春阳光的你，妈妈的心里总是美美的。

其实平时，我们俩既是母子，也是朋友。咱俩谈的内容挺多的，从学习、生活到你我的思想变化，无话不谈。进入青春期后，你好像一下子长大了，总是在告诉我应该怎样做，不应该怎样做，好像你是大人一样，妈妈只是希望你以后可否对我温柔一些呢？写下这个题目，妈妈还是很想和你说点什么，说说妈妈的心里话。

孩子，我想对你说，转眼你十四岁了，再过四年就成年了。时光飞逝，如白驹过隙，过得可真快啊！回想我们一起走过的路，真是幸福又甜蜜。

上幼儿园时，看着你被老师领进教室，虽然脸上挂着泪水，在进屋前居

---

* 2014级4班汪洋逸的家长。

然还能对我露出灿烂的笑容，我永远记得你那个让我着迷的可爱样子。

小学一年级，我坐在床边当学生，听你在临时讲台上教给我当天学的课程。还记得那个用来讲课的简易小白板，还记得那稚嫩的拼音图形。小学四年级，你被评为大队委员，我被评为“模范家长”。

进入初中后，记得在每个寒暑假，我们一起去散步，一起去补习班；记得我们一起跳绳跳台阶，汗水湿透了你的头发；记得我们坐在石凳上，你背古诗文给我听，琅琅的读书声仍回响在耳边；记得每学期那一张张的学习活动计划表，你记录了每天的内容，还贴了一张张漂亮的粘贴。

春去秋来，时光就在寒暑交替中匆匆逝去了，日子就在那张张计划表上悄然飞走了……十四年，如今，你已经成为一个初二的学生了。亲爱的儿子，妈妈真的很想对你说：“孩子，你长大了！”你有自己的思想，有自己的好友，也有坚定的理想和目标，你的独立性渐渐增强，终有一天，你会独立，现在正是你锻炼的好时机。孩子，妈妈再爱你，也不会伴随你一生一世，你一定要学会好好生存的本事。

孩子，我想对你说，身体是革命的本钱。你必须每天锻炼，争取取得自己想要的中考体育成绩，妈妈会陪你一起锻炼。

孩子，我想对你说，要放大理想，放大格局，明确你的目标，坚定方向，一步步脚踏实地往前走，不要为一些琐事感到烦恼，遇到困难和挫折是正常的。当你把目光放远的时候，你就会知道，有些事情是可以不在意的。自从这学期开学以来，你变得积极向上，有很多想法，也有许多梦想，我相信你，只要你持之以恒，一定会取得成功的。

孩子，我想对你说，你现在真的在进步。知道自己适用的学习方法，拥有良好的学习习惯和学习态度，还有广泛的爱好。但是，只有“做好现在，做好自己”，才能做到“学习轻松，轻松学习”。现在你多少有点压力，妈妈觉得只要你一如平常，坚定不移，那就一定没问题。

孩子，我想对你说，你要把压力变为动力，不管怎么说，初二也是最关键的一年，计划和方法还是必不可少的。

孩子，我想对你说，暑假里，你做得不错，自主自发自动学习，但要注意戒骄戒躁。上课要认认真真听讲，不要错过老师在课堂上的每一分钟，听课是一种最好的学习方式，利用好课堂时间，你将发现，课下会轻松许多。

孩子，我想对你说，凡事皆有因果，天下没有白吃的午餐，世上也没有白吃的苦，过程完美，结果自然完美。“不积跬步，无以至千里。”从今天开始，一定好好配合老师，制定切实可行的学习计划，按部就班地认真执行，自然而然的，你想要的就离你不远了。对待学习要一如既往，坚持不懈。孩子，凡事多听班主任老师和各任课老师的，要好好地爱你的老师，他们为你们付出得太多了，像父母一样爱护着你、包容着你，比我更了解你。

孩子，我想对你说，要与同学快乐相处。友谊是一种不可多得的财富，你将从中获得许多快乐，好好珍惜和同学们相处的时光吧！

孩子，此时此刻，我想对你说的太多太多，总之一句话，愿你快乐、愿你幸福！愿你健康、愿你平安！

永远爱你的妈妈

2015 年 10 月 2 日

和你一起成长真好

张兴华*

我亲爱的女儿：

生日快乐！今天是你十四岁的生日，你一定非常的高兴和激动，你的人生即将开始另一个最美好的阶段，妈妈相信你一定会有一个美好而难忘的青春记忆，正如你已经拥有了一个美好而充实的童年和少年回忆！

也许你不知道，妈妈一直在感谢上苍将你赐给我们，你是那么的善良、诚实、勇敢、坚强，又是那么的充满爱心。小小的你对世界充满好奇和热爱，你有远大而崇高的理想——成为一名优秀的歌星。你渴望爱，更了解付出爱能给他人和自己带来幸福。孩子，妈妈是那样爱你，甚至比爱自己的生命还要疼爱。

十四年前的那时那刻，妈妈还清楚地记得，仿佛就在眼前。进入了时光隧道，才由衷地感慨：时光飞逝，日月如梭！十四年来，我们仨一起经历了很多很多：有欢乐、有失落、有烦恼、有期待，闹着、笑着、忙着，日子就在指缝中

---

* 2013 级 2 班刘昱彤的家长。

悄悄溜走……匆匆太匆匆！如今，我回首走过的路，由衷地想对你说："孩子，非常感谢你！感谢你一路默默陪伴，感谢你教我成长！育儿十四年，是我不断成长、不断成熟的十四年，你让我明白了很多人生哲理，你让我更加坚强、勇敢，你让我更加成熟、睿智，你让我更加充实、快乐！我只想说两个字，那就是"幸福"！

在我人生的记忆中，最幸福的时刻就是第一眼见到你，你是我和你爸爸人生的奇迹。你的第一声啼哭，你吃的第一口奶，你的第一次微笑，你长的第一颗牙齿，你发出的第一声"爸爸妈妈"，你蹒跚走出的第一步路……所有关于你的第一次都曾给我们带来了极大的快乐和幸福，令我们终生难忘。孩子，你在成长的过程中，总是带给我们说不尽的快乐、数不清的惊喜。不知不觉中，你的笑容越来越美了；不知不觉中，你银铃般的笑声充满了房间的每个角落；不知不觉中，你稚嫩的"爸爸妈妈"成了我们工作一天后最期盼的声音；不知不觉中，你迈出了人生的第一步，开始了探索人生的旅途；不知不觉中，你长出了我们期盼已久的小白牙……不知不觉中，你长大了……

拥有你，是我们最大的幸福，多少次守在你的床前，只为看睡梦中的你天使般圣洁的脸；多少次远远呼唤你，只为看着你欢呼着扑进妈妈的怀里；多少次紧紧拥抱你，你的依偎让妈妈每每想跪拜上苍的恩宠；多少次与你追逐游戏，你的笑声是生活中给妈妈最好的奖励……孩子，在爸爸妈妈的心中，你是唯一的、无可替代的宝贝。

你渐渐长大之后，你的每一次进步和收获都让我们无比的自豪：你弹奏的钢琴，你画的图画，你唱的歌曲，你主持的节目，你溜冰时小心翼翼的身影，你在大海里鱼一样徜徉的身姿，你在游乐场勇敢地挑战一个又一个高难度的项目……所有这一切，都让你变得更加自信、勇敢！在过去的十四年岁月中，也许对你来说，也会有痛苦和烦恼——小升初的压力，与同学相处的龃龉，考试前的紧张，等等，但我很欣慰的是：你是一个强者，在和你自己斗争的过程中，你已经越来越成功了，你一次又一次地克服了自己身上的弱点，越来越接近自己的最好，而做到你自己的最好应该是你人生中最重要的目标，你一定行！爸爸妈妈完全相信你，相信你的人生一定会比爸爸妈妈的更为精彩。

愿你能成为一个热爱生活、珍惜生命的人。生命真的是非常奇妙和宝贵的，每个人的生命都来之不易，每个人都应该珍惜时间去体验美丽的人生。我认为，人生的目的就是在生命结束的时候没有遗憾和后悔。妈妈希望你能有一个精彩的、没有遗憾和后悔的人生。

愿你能成为一个认真努力的人。对妈妈来说，你的认真努力的人生态度远远比你的分数更为重要。只要你尽力地做事，你就是妈妈心中的成功者，不论你的分数高低；相反，如果你做事不认真努力，分数再高，妈妈也不会对你满意，而不努力的人生一定不会是一个成功的人生。对妈妈来说，一个努力向上的人生态度是我最看重的，一个做事努力的人一定会是一个自强自立的人。

愿你能做一个善良和有爱心的人。每个人都渴望被爱，每个人都希望拥有别人的爱，善良的有爱心的人最容易获得别人的爱。给别人多一点爱，能够帮助别人，能给别人带来快乐，这反过来又会让你自己快乐，心中有爱又能更多地获得别人的爱，会让你的生活变得更快乐幸福。切记“勿以恶小而为之，勿以善小而不为”。

愿你能成为一个乐观面对挫折和困难的人。人生不可能一帆风顺，不论是在精神上、物质上还是感情上都会遇到很多的挫折和困难，而这些困难和挫折在发生的当时可能让你觉得很难承受，非常痛苦，但所有的困难和挫折都会过去，过去之后，你会发现它原来并没有那么可怕和严重，而这些经历会给你的人生带来更多的经验，是人生最宝贵的财富，而且快乐和幸福也是和痛苦与困难相对应而存在的，不了解痛苦的滋味，很难享受到幸福的感觉。

愿你能成为一个富有的人。在物质上，要拥有可以实现自己想要的生活就足够富有了；在精神上，要有信仰，有理想，有追求，才算是一个富有的人；在知识上，要多读书，要一直读书，有机会要不断地深造；在感情上，不仅要拥有别人对你的爱，更要将你的爱传递给更多的人；在时间上，拥有足够的可自由支配的时间。人生的富有在妈妈看来包括这几个方面，只有在这几个方面都富有，才算是一个真正富有的人。

女儿，我知道我有很多做得不好的地方。当我希望你按照我的意愿去做的时候，当我开始唠叨你诸多不是的时候，当我开始长篇大论讲述人生道理的时候，我看到了你的抵触，看到了你心不在焉，看到了你不以为然。女儿，妈妈也许修炼不够，可能给你带来一些压力、一些困惑、一些无助和烦恼，希望你能原谅并体谅妈妈，明了妈妈的心思。

孩子，妈妈还要告诉你，妈妈和你一起成长的感觉真好！关于怎样做好妈妈，做好你的妈妈，是我终其一生的事业。也许，我们母女之间会有一些小纷争，但是妈妈都是想好好地爱你，呵护你更加快乐健康积极向上地成长。理解万岁，让我们彼此理解，共同成长，快乐生活每一天！

今天，就说这么多，再次祝福我的宝贝女儿，生日快乐！

爱你的妈妈

2014 年 10 月 31 日

书于昱彤十四岁生日

积跬步，以至千里

刘 洪*

亲爱的女儿：

时光如白驹过隙，仿佛是转眼间，你马上就要十四岁了，已如亭亭玉立的小荷般青春靓丽。但是我们依然清楚地记得你刚刚从产房抱出来时那副惹人疼爱的模样，好像就在昨天。

也许你并不知道，妈妈为了保护肚里的你，两次住院三个月，十月怀胎，有七八个月的时间妈妈是在床上度过的，到了临近生产的时候，不过一米六的妈妈体重达到了九十公斤。

但是，所有的这一切苦痛，在你呱呱坠地的一霎那，瞬间转换成了满满的幸福。你那一头浓密而又柔软的黑发、圆圆的脸庞、响亮而又高亢的哭声，让我们如痴如醉。你的出生，让我们成了世界上最幸福的人。

当时家境并不富裕的我们，特地为你购买了摄像机，并用它记录下了你的一颦一笑、一举一动，记录下了你成长过程中的一点一滴。

爸爸妈妈要上班，照看幼小的你的任务交给了爷爷奶奶。女儿，你可知道，你第一声稚声稚气的“奶奶”，让五十多岁的老人泪流满面啊！那个时候，我们最期盼的事情就是下班后急匆匆地冲回家，听你那一声声稚嫩的“爸爸妈妈”，那美妙动听的天籁之音，每每让我们陶醉不已。

---

* 2014 级 4 班刘津瑜的家长。

要送你去幼儿园了，爸爸妈妈心中有万分不舍。要和女儿分开一天的时间，对初为父母的我们是多么的煎熬。有多少次，中午下班后，我们偷偷地跑到幼儿园，趴在你班级的窗外，悄悄地陪伴你。渐渐地，你熟悉了幼儿园的集体生活，于是，那美妙的童声、曼妙的舞姿开启了我们家的欢乐之河。

我们依然清楚地记得，你带给我们的第一个惊喜。那是你三岁的时候，从睡梦中醒来的你，发现爸爸妈妈不在身边，惊恐的你居然拿起了电话，拨响了爸爸的手机。我们不知道，三岁的你是如何记住这长长的号码的。电话接通之后，爸爸的心里除了惊诧之外，更多的是莫名的激动。有女聪慧如你，是做父母多大的福分啊！

从你四岁开始，爸爸妈妈就开始带你领略这广袤美丽的世界。我们希望你读千卷书，但我们更愿意陪你走万里路。我们想把这山河、这风景、这历史、这人情统统装进你的脑海里，成为你一生的积蓄。从海南到内蒙，从港澳台到新马泰，从南疆到北国，从海滨到草原，从境内到海外，足迹丰富了你的阅历，风景涵养了你的内心。当看到你变得越来越沉静、越来越睿智的时候，那种成功的喜悦常常让我们欢乐开怀。

上小学了，短短时间内你所表现出来的适应能力、你的积极向上、你的好学好强，让我们既高兴欣慰又骄傲自豪。那一份份优秀的成绩单，既是对你努力的肯定，也是对我们最大的褒奖。特别是那一张张红艳艳的特优生证书，写满了你的成绩，温暖了我们的生活。

女儿，自从有了你，我们的生活中就充满了快乐和欣喜。最让我们欢欣鼓舞的是你凭借自己的努力考取了济南著名的山大附中，两年来，这一直是我们津津乐道的荣耀。

女儿，不知道你是否埋怨我们，为什么要让你去学习音乐、舞蹈还有参加各种培训班。你要知道，所有这一切，目的只有一个，那就是让你变得更加有气质。气质是女孩子最好的名片，它会让你以后的生活色彩斑斓而又诗情画意。

女儿，随着你渐渐长大，我们也慢慢变老。终有一天，我们将不再能为你遮风挡雨，每念于此，爸爸妈妈都忧心忡忡。没有了大树的庇护，我们的雏鹰能一飞冲天吗？所以，我们督促你刻苦学习、认真做事、踏实做人，言语未免严厉，要求失于苛责，你要明白，那是源于我们深深的爱恋和殷切的期望，那是为了让你更早地羽翼丰满，更多地认识并自信地面对这个光怪陆离的世界。

十四岁，是美丽人生的开始。女儿，作为父母，我们有一些发自肺腑的建议送给你：

你要快乐。快乐是幸福之源，是人生之本。山有峰、有谷，人也有顺境、逆境，这是自然规律，人不可逆。但是快乐的心态却是一切的动力源，始终拥有快乐，你将会不断开创灿若朝阳的明天。

你要健康。健康是事业之根，是快乐之因。有健康，你可以上九天揽月，可下五洋捉鳖。失去了它，一切都是水中花镜中月，虽美丽却遥不可及。

你要努力。这是个日新月异的时代，科技从来没有像今天这样发挥出如此巨大的威力。不努力学习的人，将被时代抛弃；不努力进取的人，将被后人踩踏而过。考高分、读名校，并不是终极目的，重要的是要掌握超强的学习能力，能时刻站立潮头，为人先，为时代先，唯有如此，方能始终立于不败之地。

你要宽容。这是个风云变幻的时代，总有一些不和谐的音符，总有一些丑陋的阴暗面。因此，要学会宽容，用博大的胸怀、高尚的人格来面对这个世界。但宽容不是懦弱，不是任人欺凌。国弱无外交，人弱无尊严，自身强大之后的宽容才是真正的宽容。

你要善良。人之初，性本善，不忘初心，以善心待人，善良是人性中最闪亮的光辉。你会发现，做一个善良的人远比做一个麻木的人快乐得多。同样，善良也不是软弱，没有原则、不分对象的善良只不过是愚昧迂腐的化名。“勿以善小而不为，勿以恶小而为之”应该是你秉持终生的信条。

女儿，这封信写得太迟，有太多的话想告诉你，有太多的嘱托想告诫你，纸短情长，未来的路还是要靠你自己去走，所以你要尽快学会独立、学会学习、学会坚强。我们会慢慢变老并终究会离开你，但人生有涯，爱却无涯，无论你走得多远，我们的爱会永远伴随着你。

我们没有更多的馈赠，但唯有爱，是你取之不尽用之不竭的财富！

爱你的爸爸妈妈

2015 年 10 月 18 日

寄语花季，追逐梦想

钟丽娟*

亲爱的潇潇：

此刻你已经甜甜地入睡了。看着你，想着你，幸福和满足就洋溢在心里。从你出生，妈妈就开始记录你的成长点滴。你从小表现机敏，表达能力很好。两岁时就爱背诗，一首《望庐山瀑布》，你只听爸爸念了几天，就能从头到尾背下来。在幼儿园你上课表现积极，连外教在路上遇见都能叫出你的名字。七岁始，带你旅游，足迹踏遍半个中国，让你实践读万卷书，行万里路。在精心培育和无限关爱中，你健康快乐地一天天长大。如今，你已是初二学生了，在这样一个花季，爸爸妈妈给你写这封信，写下我们的感想和期望，伴你一起成长。

热爱学习

从小学至今，你都能够认真对待学习，成绩总是名列前茅。对此，我们特别欣慰和满意。进入山大附中后，你每次都获校长奖学金，这是附中对你的奖励，同时也是鼓励。爸爸妈妈希望你始终保持这样一种昂扬向上的学习态度。态度决定高度，高度决定人生质量。

学习有苦也有乐，但吃苦方能得到乐。爱因斯坦说，世上有三种人：一种是为了生存，第二种是为了兴趣，第三种是为了探寻真理。世上如果只有这三种人，爸爸妈妈希望，你能超越第一种，这样你才能更自由、更快乐。就像台湾作家龙应台对儿子所说："孩子，我要求你读书用功，不是因为我要你跟别人比成绩，而是因为，我希望你将来会拥有选择的权利，选择有意义、有时间的工作，而不是被迫谋生。"虽然谋生也是一种生活，并且是大多数人的

* 2014 级 1 班张一潇的家长。

生活，但却不是理想的生活。爸爸妈妈希望你，能够为自己争得选择的权利。

学习是一种态度，成绩则代表了实力。在成绩上，你有能力再前进一步。每次考试，总有遗憾，特别是数学和英语，总有不该错的错了。分析原因，你知道是知识不扎实。知识点都在课本上，除了多看书多练习，没有捷径可走，不要让漏洞越积越多。记住并按照老师的要求去做，那都是宝贵的经验。好好利用错题本，常复习，勤思考。对待学习精益求精，竭尽全力，做最好的自己，爸爸妈妈会陪你一起努力。

明确目标

人之所以为人，是因为人会有规划、有目标。有人说过，没规划的人生叫拼图，有规划的人生才叫蓝图；没目标的人生叫流浪，有目标的人生才叫航行。仔细想想，是不是很有道理？

你长这么大，求学明确的第一个目标是山大附中，事实证明，这是极为明智的选择。名校有最好的资源：一流的老师，优质的生源，齐备的教学设施，完美的课程设计……在这里，你得到了济南最好的初中教育，学习与能力全面发展。

你所在的小组连续被评为优秀小组，你被评为最佳师友。升入初二，你成为班长。班长需要更为全面的素质，不仅要处事公平、乐于奉献，还要在学习上首屈一指。爸爸妈妈相信，你不会辜负老师和同学们的信任。看到你由衷地热爱你的学校和老师，热爱附中的学习和生活，妈妈想到了一句话：良禽择木而栖。

山大附中是你成长中的一站，她每天都在为你更好的未来输入动力。现在需要确立下一个奋斗目标，那就是考进像山大附中一样优秀的高中。你要有此目标和决心。虽然世界顶尖人物中出身普通学校的不乏其人，比如马云，但从概率而言，好学校还是更有利于人的眼界与发展。

一所好学校，能帮助你培养广阔的视野，心系天下的情怀，塑造你丰富的知识体系、健康的身心以及积极向上的人生态度，这些都是创造美好未来的品质和能力。爸爸妈妈盼望你，能一路走进好的学校，并为此不怕困难、不惜汗水。

珍惜时间

世界上，对人最公平的就是时间了，每个人的一天，都是不多不少的二十四小时。很多东西可以用钱买到，但是时间不能。时间只往前走，浪费了就再也不能回来。也正因为如此，时间才显出它的弥足珍贵。

不同的时间分配方式，会得到不同的人生命运。咱们曾一起看过美国总统奥巴马的演讲视频。他小时候，因为条件所限，无法接受正规的教育，妈妈就每天亲自给他上课，每周一到周五的凌晨四点半开始。可以想象，凌晨四点半起来学习，需要多大的决心和毅力。咱们也一起看过新东方创始人俞敏洪的演讲，他平均每日三餐加起来不超过半个小时。这些人无疑都是聪明人，但他们更是勤奋的人。

爸爸跟你讲过的一万小时定律，它是美国作家格拉德威尔的研究结论，就是不管你做什么事情，只要坚持一万小时，基本上都可以成为该领域的专家。一万小时定律也有人称之为“十年法则”，在不同的领域被反复验证。我们都知道，达·芬奇学习画画是从练习画鸡蛋开始的，但我们不知道的是，他究竟练习了多少年。经年累月的枯燥重复，使他打下了扎实的基本功，这才有了世人看到的非凡成就。你所喜爱的《明朝那些事儿》的作者当年明月从五岁就开始看历史，十一岁前读过七遍《上下五千年》，然后开始看《二十四史》《资治通鉴》……这正印证了中国那句古话：十年磨一剑。只有不懈的训练、学习和积累，才会有后来的水滴石穿。想想你从五岁多开始学习小提琴，练习和耐心的投入都远远不够。你坚持最好的是读书，这也和你喜爱读书有关。看到你一有时间就手不释卷，妈妈隐约看到了一万小时定律。

当前，上学和作业几乎占用了你全部的可支配时间。每天的时间是一定的，我们能做的就是提高效率。有些时间可以省，比如吃饭速度再快一点，作业效率再高一点。有些时间还不能省，比如睡眠，每天六点半前起床，争取十点半前睡下；比如读书，每周要留出足够的阅读时间，这是提升综合素质的重要途径。时间应有规划并严格遵守，养成珍惜时间、有条不紊的好习惯。

创造幸福

二十年前,妈妈第一次去奶奶家,就见客厅里挂着一幅字“家和万事兴”。二十年来,爸爸妈妈实践并见证着这句话。不管爷爷奶奶、姥姥姥爷家,还是我们三个人的小家,都是其乐融融、蒸蒸日上。生活在这样一个相亲相爱的大家庭里,你衣食无忧,快乐成长,生活里从来不缺少爱。

记得你小时候,自己写了个小卡片“我很幸福”贴在梳妆台上。妈妈看后感到很欣慰。随着你长大,你会发现,幸福包含的内容越来越多:身体健康、家庭和睦、生活充实、事业有成……而这一切,都离不开自己的创造和把握。

你升入初中后,妈妈每天接送你,爸爸基本每天下班回家做饭迎接你。你努力学习,爸爸妈妈认真工作。我们都尽自己所能做好分内事。闲暇时,我们一起聊天,一起背诗词,我们听你吹瓷笛,看你读乐词……我们享受并珍惜和你在一起的每一天。爸爸妈妈相信,这份温馨和幸福会一直陪伴着你。

作为女孩,你可知道中国女性有个“四自”精神,就是自尊、自信、自立、自强。这是全国妇联提出的,并写进了我国法律。自尊,就是尊重自己的人格,维护自己的尊严;自尊也包含了自爱,就是要爱护自己,珍惜身体,尊重生命;自信,就是相信自己的力量,对自己有信心;自立,就是要有独立意识,不依附不盲从;自强,就是奋发进取、百折不挠。

世界上令人敬佩的女性很多。韩国总统朴槿惠,在家庭遭遇巨大变故后,坚忍不拔,成为韩国大众的偶像;百岁作家杨绛,一生跌宕沉浮,却乐观淡泊,受到举国敬重。爸爸妈妈希望你,以名人名家为榜样,热爱生活,自强不息,努力学习,走出精彩的人生路!

妈妈执笔于2015年国庆假期

爸爸订正抄录于2015年10月12日

家，因你而精彩

石锡书*

亲爱的元元：

我亲爱的宝贝，挥手谈笑间你将满十四周岁，从一个咿呀学语的婴儿，成长为一位妙龄少女。在你十四岁庆典之际，爸爸妈妈祝你十四岁生日快乐！借庆典之际，我们在慢慢地回忆你的成长瞬间，细细地品味其中的乐趣，我猛然发现你带给我们的都是幸福与快乐，或许其中的一点点辛苦与烦恼，我们都认为是一种别样的幸福与满足！人们常说父母是孩子的第一任老师，孩子会在父母的教诲下成长。而我们却认为孩子是父母的老师，孩子会促使父母不断地“成长”与进步。

你使我们真正理解了什么是“家”。家就是一种期待，一份牵挂，一抹思念。而期待是我们家的主题，你妈妈怀你的时候，我们每天都期待你来到这个世界。2001 年 3 月 30 日下午 3 点 45 分，那是一个令人终生难忘的时刻，因为你的降生使得我们从概念上的家成为真正充满爱的家。接着我们就期待你什么时候会爬，什么时候会走，什么时候能上幼儿园，什么时候能上小学，什么时候能上初中，什么时候能上高中，以后还会有更多的期待，啥时能上大学，上哪所大学，毕业后干什么工作，什么时候能结婚，等等。这种期待慢慢地成为我们家生活的主题，突然发现我们的生活就是为了完成这一个个的期待，然后再不断地产生新的期待。对我们来说，这种期待真的是一种责任，一种幸福，一份担当。

家是一份无私的牵挂，是一抹甜美的思念。从你出生开始，爸爸妈妈和你已经完全融为了一体，偶尔的分离都是一种痛苦的折磨。记得你一岁半的时候，爸爸为了自己的事业，忍痛割爱离你而去，独自去外地求学了。爸爸在学校里最思念的就是你，经常在梦里与你相见，有时竟然在夜里笑醒了，有时也因为担心而被噩梦惊醒，不断地呼喊你的名字，那一幕幕的情景爸爸终生难忘。我深深感觉到对孩子的牵挂真的是一种幸福，也深深理解

---

* 2013 级 1 班石纪元的家长。

了我的爸爸妈妈对我的思念。你上小学四年级时，爸爸为了自己的事业又一次要远行，这次路途更远，要到大洋彼岸的美国。爸爸不想孤单，所以下定决心带着你一起去，不要怪爸爸的自私，把你带在身边，而把你妈妈一人舍在家里，把孤独留给了她。在美国的那段时光，最幸福快乐的时刻不是我们一起去旅行，而是你每周通过视频与你妈妈聊天的时间。你跟你妈妈每次都有说不完的话、交流不完的信息。而我们两个谈论最多的也是你妈妈，她在家干啥了，单位有什么变化，家里养的花长得好吗。当我俩回国，你妈妈到北京机场迎接我们，期盼快快见到你妈妈的心情特别奇妙，当我们三人又重新相聚时，真的从内心感到一种异样的幸福。你上初中了，去了潍坊一周，还有一次跟妈妈一起去了西安，爸爸突然感觉家里少了你，好像一切都是那么无聊。这一份份的牵挂，一抹抹的思念，正是家的必备元素。

家是一份无尽的唠叨。我小的时候特别讨厌我妈妈的唠叨，那时特别盼望啥时能摆脱那没完没了的唠叨。但是随着你的成长，我发现我们都变成了唠叨婆。“元元，你做完作业了吗？读书了吗？课文预习了吗？”“元元，外边冷，多穿点衣服！”“元元，你带水了吗？多喝点水啊！”每天不唠叨好像都不能算一天。当我真正摆脱我妈妈的唠叨时，感觉生活好像少了一些色彩，有时我故意打电话听听她的唠叨，当然现在我再也没有机会听到我妈妈的唠叨了，因为她已经去了另一个世界。当你有一天挣脱我们的唠叨，可能也会感觉到有一丝丝的遗憾吧。

爸爸妈妈希望家能给你送去温暖，带来自豪。爸爸妈妈永远无私地爱着你，你长大后，总有一天会离开家，不管到哪里，不管遇到什么困难，记住家永远是你的后盾，爸爸妈妈永远支持你。你为我们家赢得了荣誉，爸爸妈妈为你感到无上的自豪。家里墙上挂的奖牌，抽屉里珍藏的证书，那是我们家最珍贵的财富，给我们带来了无尽的满足与快乐。每枚奖牌、每份证书都凝结着你的付出与汗水，同时也凝结着我们幸福的泪水与收获。特别是在美国 Berkeley 小学你获得的那枚五千米长跑金牌尤为珍贵，你作为来自中国的唯一一名女子选手，勇敢地完成了长跑比赛，结合你在当地小学的优异表现，真的为中国人争了光。爸爸是山东大学的一名教师，但不是著名的学者，妈妈是山东大学第二医院的一名护士，也远不是著名的专家，但是我们仍然希望你为有我们这样的父母而感到自豪。我们一直在自己的工作岗位上，默默地耕耘着，为教育事业，为医疗事业无私地奉献着自己的青春。我们希望你在同学朋友面前能够自豪地介绍：“这就是我爸爸，这是我妈妈。”

爸爸妈妈希望你能从家里吸取营养，永远有一颗宽厚仁慈的心。我们家的氛围是轻松愉快的，欢乐是我们家永恒不变的主题，特别是你那美妙动听的歌声，更是为我们家增添了轻松愉快的乐符。在爸爸妈妈的心目中，你做什么事好像都是合理的，你的任何想法都是那么奇妙。即使偶尔你犯点小错，我们也认为可能由于我们的原因造成的。对待你现在的同学、老师、朋友，你以后的同事，都要有一颗仁慈的心。要善于发现周围人的优点，并不断向他们学习，正如孔子所言，“三人行，必有我师焉”。当身边的人需要帮助时，及时伸出你温暖的手。宽厚仁慈的心不仅能帮助你赢得朋友，带来快乐，而且能为你带来家庭的幸福、事业的成功。

元元，家是温暖的、充满爱的港湾，当你处于困境时，别忘了来避风；家是加油站、充电桩，当你劳累疲惫时，别忘了回来补充能量；家是飞机场、火车站，当你从这儿腾飞时，别忘了返航。人们常把父母比作放风筝的人，而孩子就是那飞在天上的风筝。父母一直紧紧地拽着线，生怕一撒手风筝就飞走了。爸爸妈妈真的不想做那个拽线的放风筝者，你就自由地飞翔吧！爸爸妈妈感谢你促使我们不断地进步与成长，感谢你带给我们的幸福与快乐，感谢你留给我们的甜美的牵挂与思念！

再次祝你十四岁生日快乐！

爱你的爸爸

2014 年 10 月 25 日

家有小女初长成

李爱民*

亲爱的如心宝贝：

你好！在家长会上听到你们要举办十四岁生日庆典的消息，妈妈和你一样兴奋和激动。

当晚，我就开始忙不迭地在电脑上汇集照片，以供你从中挑选生日庆典

* 2014 级 12 班张如心的家长。

上要用的婴幼儿、童年、少年时期的几张照片。我一张张翻看着，满月前、百日、六个月、一周岁、两岁、三岁、四岁……十四岁，一张张照片出现在屏幕上，一段段往昔岁月扑面而来，连同岁月深处的那一组组、一串串尚未走远的情节。沉淀的记忆一次次被激活，一切尚清晰如昨。怎叫人不感慨时光之飞逝——当年搂抱在怀中的那个香香软软的小宝贝，如今已长成亭亭玉立的少女！

可我，怎么老感觉过往的岁月就在附近徘徊着，尚未走远呢？依然记得你吃饱奶之后在梦乡中回报我的甜甜的笑——那一瞬间，我的心一下子被幸福与甜蜜塞得满满的！爸妈给你取名“如心”，简单而又平凡的两个字里寄寓了我们满满的爱！

亲爱的如心，你是个很有语言天赋的女孩，妈妈经常和你一块朗读诗歌，那一串串优美的字词时常让两颗心一起沉醉于文字的芬芳。你很喜欢唱歌，由于自小学习二胡，你的乐感很好，妈妈特别爱听你的歌声，有时我们还一起唱，唱高兴了，还一起录制下来。听你开心地唱歌，爸妈的内心会溢满喜悦。这是多么美好的相依相伴的时光啊！我们见证着你成长的点点滴滴，这个过程于我们而言，是幸福甜蜜的。

而今，时光已将一个十四岁的大姑娘推至我们面前，于你的言谈举止间，我们知晓了成长的内涵。十四岁，意味着你已经长大，不再是躺在妈妈怀里撒娇的小女孩；十四岁，意味着你已经开始拥有自己独特的人格魅力，在掌握知识的同时，增长了很多智慧，对世事也有了自己独特的思考方式；十四岁，意味着你需要承担更多的责任了，你要比以前更加懂事明理，明辨是非善恶的能力也在逐渐增强。在你即将十四岁的时候，在这个有着特殊意义的人生转折点，爸爸妈妈有许许多多的话要同你说，千言万语浓缩成以下几段话，放进你的心里：

关于学习。爸妈不苛求你学习成绩多么优秀，我们从来不看重你考试的分数，从不在学习成绩上给你施加压力，因为我们都是做过教师的人，我们深知有些东西比分数重要得多！我们不拿你和其他任何孩子作横向比较，世间的你是独一无二的，你只要成为最好的你自己就可以了。

关于追求。爱美之心人皆有之，更何况女孩子？但对外在美的追求毕竟是有限的、浅层次的、乏底蕴的，而内在美的追求却可以是无止境的，若孜孜以求，便可抵达更高远的境界。因此，我们希望你做一个喜欢阅读的人，阅读可以使人明理、增智，阅读可以让你的心灵得到滋养并日渐强大起来。终生以书为友吧，我的孩子，让你的人生之路在满途书香中越走越宽广。

关于奋斗。你是个勤奋努力的孩子，你不乏奋斗的精神，但你要深知奋斗是需要目标和方法的，目标明确，方法对了，你的努力才会有实效。奋斗还需要你有百折不挠的坚韧，一遇到困难就退缩，成功将无从谈起。人的一生是不可能一帆风顺的，经历风雨，方见彩虹！

关于幸福。对幸福的理解因人而异，相对于物质给人带来的幸福体验而言，精神给予人的幸福体验要多得多，而且更深厚、更久远。拥有很多财富的人并不一定幸福，只有当你成为一个宽容、真诚、善良、简单、富有爱心的人时，你才会时常拥有幸福的感觉。如果你想做一个幸福的人，就从现在开始，去培养上面提及的优秀品质吧！

亲爱的孩子，爸妈既是你最亲密的长辈，更是你知心的朋友！从你很小的时候，我们就把你当“小大人”对待，让你在家里享有充分的“民主权”。我们从不以家长身份强制你做任何事情，充分尊重你的决定或选择，更不想拿些条条框框束缚你的手脚。只要大方向没错，那就“天高任鸟飞”！我们希望你能永远把我们当作朋友，当作可以敞开心扉的朋友，跟我们聊聊学习，聊聊交友，聊聊困惑，聊聊收获。

在十四岁生日庆典即将来临之际，爸妈祝愿如心在老师们的辛勤教导下、在同学好友的陪伴下，幸福快乐地成长！知识、能力固然很重要，但拥有高尚品德却是最最重要的。爸妈希望你成为品德高尚的人、善良的人；成为拥有爱心的人，懂得感恩的人，成为有理想、有追求、积极、乐观、向上的人。

永远深爱着你的爸爸妈妈

2015 年 10 月 23 日

脚踏实地·放飞梦想

夏 伟　康素雯*

亲爱的儿子：

十四年前，你无法选择，我和你妈妈也无法猜想究竟是一个什么样的你来到我们身边。当然，我和你妈妈十分期待，充满欣喜地欢迎你这个小天使降临到我们这个家里。你出生的时候很乖，也不哭，后来听妈妈说，在手术室里还是挨了一巴掌才听见你来到世界响亮的宣告。实话说，刚出生时你可没现在这么帅，老爸的第一印象感觉甚至是丑，但你越长越讨人喜欢。一转眼，国庆节期间你就满十四周岁了，在学校为你们初二的孩子集体举行十四岁生日庆典之际，爸爸想和你聊一聊下面的话题：

珍惜时间，马上行动

你小时候唱的歌爸爸还记得："时光、时光像飞鸟，滴答滴答向前轻下行跑……""星星眨着眼，月儿画问号，彗星拖着长长的尾巴彩虹来架桥，时光在飞逝，生命知多少，风儿吹起朵朵浪花太阳开口笑，只要你爱想爱问爱动脑，天地间奇妙的问题你就全明了……"朱自清的《匆匆》你幼儿园就会背，后来你们又学习了林清玄的《和时间赛跑》。当时我想你应该没有什么更深的体会，但十四年过后，你是不是对"珍惜时间"有更深的感悟了呢？转眼间爸爸已经过了不惑之年，人的一生其实也很短暂，不要等待，不能拖拉，不容磨蹭，抓住现在。你现在这个年龄正是最好的年华，记忆力也处于巅峰，那天我问你老爸给你写过几封信了，我自己确实记不起来了，你准确地回答，写过三封信了，都是什么时候写的，还有一些笔误及笑话之类。所以，你一定要趁这个年龄多吸收一些国学文化的营养。

---

* 2013 级 6 班夏靖轩的家长。

老爸在这里想特别给你交流一下“不要等待”。我们很多人都产生过“等我有时间，会怎么怎么样”的想法，你在想读一本书、做一件事或参加一项活动等的时候，是不是也有类似的“等我有时间……”这样的念头？只要“一等”，那就会一直等，等到所有的行动还停留在原点。爸爸给你强调过很多次，只要想到了，就马上行动，只要行动了，就一定有收获。

好多次生日礼物，都是你自己选，爸爸很久都没有给你送了。你很喜欢手表，这次老爸带给你一个“坐表”的信物，这是一个韩国朋友送给爸爸的，可以显示出全球任何时区的时间，爸爸一直收藏着，现在送给你，希望你“放眼全球，珍惜时间”。

活在当下，精彩人生

在你十四年的生活中，爸爸妈妈没有强加给你额外的学习班、辅导班，没有参加诸如练琴、练画画、练书法等活动。还记得爸爸陪你参加《小主人报》选拔，你通过自己在考试中的优异表现获得免费参加培训的资格，在那里有了两年的学习锻炼；练习悠悠球差不多有十年；参加了吉它、乒乓球、武术等基本训练。参加这些活动，回过头看，不仅丰富了你的生活，也产生了很积极的意义。通过参加这些活动，你付出了时间和努力，沉淀下来就完全变成了你自己的素养，有了你自己的烙印。你现在做的每一件事，对将来都会产生影响，我们的今天由过去决定，我们的明天由今天决定。

乔布斯在斯坦福大学的演讲中分享了他的个人经历，他追随着他的好奇与直觉，还有部分他先前从事过的工作，成就了他无比珍贵的经历。“很多经历无法预先串联起来，只有在未来回顾时，才会明白那些点点滴滴是如何串在一起的。”(you can't connect the dots looking forward; you can only connect them looking backwards.)

儿子，把握当下，追逐你的梦想。所有的沉淀、积累、果实都必须是积极投身于其中，要靠自己争取才能获得。

在今后的学习及生活中，爸爸妈妈希望你以更加积极向上的状态，尽早发现、培养自己的兴趣所在，真正动起来，沉淀和积累更多的素养，自然就会充满健康的正能量，将现在的点点滴滴串成将来美好甜美的果实。

课堂学习，努力掌控

人不断成长，一辈子都是离不开学习的。像手机、网络等东西，你们也是通过学习掌握的，只不过因为你们感兴趣，学得特别快，很多都无师自通了。也有一些没有学历的人，如国美的老板黄光裕，后来都是加强了自主学习，才不断成功的。

这里爸爸要特别跟你讨论一下课堂学习。课堂学习在你现在看来可能是一件枯燥的事，但人生有不同的阶段，不同的阶段就要做好不同的事。对学习有兴趣更好，如果达不到，千万不要当成负担，把学习作为自己青少年阶段必须承担的责任，一直保持一个积极主动的状态，只有这样，才不会处于被动挨打、疲于应付的状态。如果因某次考试成绩不好，只是持续三分钟的焦躁、沮丧，暗下决心要全力以赴，但第二天起床后仍然一如既往，不去找问题，不去找方法，不去真正行动起来，就不会有任何改变。如果努力仅仅是说说，下的狠心无法坚持，可能还会面临更多的沮丧。强者越挫越勇，弱者逢败弥伤。把那种痛细细咀嚼体会，勇敢面对，积极改变，这种困难就一定是短暂的。爸爸公司生产产品一个很重要的思想是“能控制才能生产”，如果控制不了，就容易出次品、废品。我感觉你在某个阶段对某个学科不太有把握，实际是没有真正找到适合自己的学习方法，如果你入了门，“能控制、能驾驭”，那就一切尽在掌握。不要总去想象一个好的结果，不同程度的努力，就必定会有不同程度的成绩。有真正努力的过程，好的结果自然而然，水到渠成。

安生立命，磨炼意志

爸爸从小就叮嘱你的一句话，想必你一直记得：懂礼貌，养成好习惯。这个时代让你们接受家庭的爱、社会的爱都是那么理所当然、心安理得，可事实上有很大的不同。除了爸妈，没有人有必须对你好的责任和义务，要用一种感恩的心体会别人给我们的帮助，要用一种敬畏的心明辨是非。一个乐观、坚强、懂礼貌、有好习惯的孩子无论在哪里都会受到欢迎，因为你首先自己是勇于付出和担当，带给你周围的人们以爱和阳光，大家也会以相同的方式反馈给你更多的爱。很多时候，要想长成一棵能为更多人遮风挡雨的大树，就是要多一些自我的奉献和个人的牺牲。对那些现阶段你认为不好或不能接受的一些人或事，也要多一些宽容，不同的时候，不同的立场，看法也很不一样。

爸爸喜欢带你爬山，还记得爬华山被老爸逼着手脚并用边哭边爬的情景吗？一个人能走多远，靠的不是双脚，而是志向大小；一个人能登多高，靠的不是身躯，而是意志。杨绛老先生有一句话："如要锻炼一个能做大事的人，必定要叫他吃苦受累，百不称心，才能养成坚韧的性格。一个人经过不同程度的锻炼，就获得不同程度的修养，不同程度的效益。好比香料，捣得愈碎，磨得愈细，香得愈浓烈。"儿子，这一生中你将会遇到无数的困难，每一次困难对你都是一种磨炼。人生若从成败的角度看，是很漫长的，一时的成不一定是成，一时的败也不一定是败。我们昨天还登录淘宝买东西，马云的大学是在杭州师范学院上的，从高考来讲，他是失败的，至少不是特别成功。但现在他建立了"阿里巴巴"这个最大的电商平台，算是取得了巨大的成功。咱爷俩讨论过的"乐极生悲""否极泰来"，都需要我们能有一些淡然。在无数的失败、挫折中锻炼自己的心智，"think different"，看到大家都能看到的，想到大家想不到的，尽可能地去发现。凡不能挫败你的，必能使你变得更强。真正强大的，在于你的内心。

龙应台在《目送》里体会到的"有些路啊，只能一个人走，父母子女一场，只不过意味着，你和他的缘分就是今生今世不断地在看着他的背影渐行渐远"。在你学走路的时候，跌倒了总是看着你自己爬起来。爸爸今天给你讲的这些，只有你自己去真正认识到，体会到，引起你的共鸣，成为你自己思想的一部分，遇到困难积极面对，才能对你的成长有所帮助。写到这里，爸爸还想特别叮嘱你的是要加强体育锻炼，很喜欢看到你和同学们在一起生龙活虎地运动，很希望看到你练就一副健硕的身体。

儿子，十四年来，你有时候也让你妈妈恨得牙痒，但你带给我们更多的还是欢乐，你的每一点成长都让我们感动。学吉他都讲究"谱"，希望你"做人靠谱、做事有谱"，希望你一生健康、快乐！

What will your verse be?

I hope

I believe

I will accompany with you!

爱你的爸爸妈妈

2014 年 10 月 26 日

快乐成长，幸福相伴

齐忠民　王　方*

亲爱的儿子：

当你读这封信的时候，正在参加学校为你们准备的十四岁生日集体庆典吧。时间过得真快，你已经十四岁了！如果说一个人的生命中总会有几个特殊的日子值得记忆，那么今天对你来说，何尝不是一个值得庆贺的日子呢！

收到于老师十四岁生日集体庆典的通知，我和妈妈想了很多，也一起回忆起你小时候的许多事。那些可爱的往事啊，给我们心里留下了许多温暖的回忆。回首过去，我们不得不承认，因为有你，我们的生活变得更加有意义。伴你成长的过程，我们不仅感受着一份幸福温暖的情意，也获得了许多的人生启示。或者说，你的存在，也在丰富着我们的人生。

等待你到来的那些日子，甜蜜而又充满焦虑，焦虑而又充满期待，那种初为人父母的复杂而又悬心的滋味，真是难以忘怀。我们为此买了很多书学习育儿经验，你妈妈每周去医院产检，验证你是否健康成长，曾经年轻的我们开始学着用爱和责任期待一份美丽的相遇。记得你在妈妈肚子里待到第八个月的时候，就已经显示出一个活跃而执着的小伙子特性了。你常常会高高地撅起小屁股，在妈妈肚子上耸起一座山，矗立好久好久；你也会偶尔来个伸展运动，活动活动蜷曲久了的腿脚，一连四五十下都不停止。你妈妈都焦虑了，这孩子难道不舒服了吗？怎么可以踢得这么久呢？精力这么旺盛，这是一个什么样的小孩呀？是啊，儿子，后来一直没有问过你，当时练的是什么运动呢？

记得小学的时候，我们陪你参加央视《动感特区》活动，在雨林谷与5个家庭比赛，爸爸妈妈们负责雨中抛球，孩子们负责给妈妈打伞。别的孩子大都沉浸在兴奋的比赛中，忘记了手中的伞。而你，却始终把伞高高举在妈妈

---

* 2014级5班齐效乾的家长。

的头上。看着你双手奋力高举着，小小的身体随着妈妈的移动而移动，自己却被雨水淋湿了，衣服贴在后背上，水珠子顺着脸颊向下流，嘴里还不停地呼喊："妈妈，注意，这边！"那一刻，作为父母，我们的心里是多么感动啊！你是一个有责任心的小家伙，不沉浸在自我的世界中，有责任、有担当，这正是爸爸妈妈希望你成为的人！

在爸爸妈妈心里，你似乎是在不知不觉中突然就长大了呢，以至于我们还没有做好思想准备，就要看着你告别童年走向自己的青春年华。

你有一个大脾气妈妈和一位要求严格的爸爸，所以在你成长的过程中，我们的严格要求总是多于溺爱，儿子，你感到过委屈吗？

我和妈妈有个原则就是，要尽可能地锻炼你自己解决问题的能力。所以，你从小不会用任性耍赖去面对你的困难。儿子，你意识到这恰恰是你的一笔财富吗？很小的时候我们就不用担心你因找不到我们而焦急不安，你总会有办法借到电话及时与我们联系；独自在家你能解决温饱问题，西红柿炒蛋是你的拿手菜；一个人回老家，你一定会按计划完成自己的任务，没有别人监督靠的是你的自律。现在看起来，你是不是也能感觉到，小时候经历的所有的锻炼成长，对你，都是有意义的？

特别感动的是去年暑假，我和妈妈都出差，你坚持要独立生活一周试一试。不仅三餐按时，学习按计划，而且每天坚持了早起和晨练，还约小伙伴打篮球。儿子，你知道吗？你小小的身体里已经有了一种力量，这是非常宝贵的自律独立的精神。没有我们在身边的时候，我们反而有机会怀着惊喜看到它。也是在这些时候，我感到儿子真是长大了！

你还是个对目标很执着的孩子，这让爸爸妈妈既高兴，又有些担心。小时候，爸妈带你去生态园游玩，那里丰富的植物让你一下子打开了视野，你是那么的兴奋！回来以后，你说将来长大了，要建一个高科技的生态园。我们都觉得不错，也都当作小孩子的玩笑话。没有想到，几年过去了，这一颗小小的种子，竟然在你的心里悄悄成长。你喜欢观察植物，一年四季都有你的记挂。春来秋往，花开花落，你都在悄悄地记录着。爸爸妈妈也没有想到，你的心里竟然记下了那么多植物的小秘密。

你会区分松树的不同种类，你能根据树皮说出杨树的不同类别和特征，你会认真地给我们分析毛白杨存在的理由，你还能知道先叶后花植物开花的时间和节奏。我们也不知道你是通过什么学会了这些，但是你让我们看到了兴趣的美妙力量。

孩子，看到你能为自己喜欢的事执着用心，我们是很高兴的。要知道，很多人志趣的选择都是从兴趣开始的。做自己喜欢的事，是一种幸福。爸爸妈妈希望你保留自己的兴趣，也希望你不要只执着于一件事。未来的世界丰富多彩，还有许多未知的领域。要多读书，打开自己的视野，在广泛地了解涉猎之后你会对自己的兴趣有更多更好的想法。

儿子，知道吗？在我们心里你是一个非常优秀的孩子，你身上有许多我们当年达不到的才情和品质。你淳朴、热情、直率，有一颗蓬勃向上的心。我和妈妈曾经多次讨论过，你待人处事里有一股天真，又不仅仅是天真，准确地说是一种善良的真诚和直率。你非常有正义感，慎独自律，认为正确的事能坚持原则，小小的身体里有一股强大的力量。

你小学的班主任曾经给我讲过你的许多事，他很看好你，以至于毕业以后我们还常常笑着分析你班级管理的原则性。因为你的原则，我和妈妈都会非常注意自己的行为。过马路一定要看指示灯，不要做没有素质的中国人；遇到街头乞讨的老人不忘献一份爱心；工作上要积极努力，做事要有积极上进的态度……从这一点上说，你和父母其实是在互相成就。

亲爱的儿子，回首往事，你的成长是我和妈妈总也说不够的话题。我们希望，童年在你的身上留下的美好印记，能成为你未来的翅膀。

——今天是你的生日庆典，儿子。你好似一只羽翼渐丰的小鸟，插上了梦想的翅膀，将翱翔于广阔天地。我们告诫你：未来你将会看到奇妙变幻的人生真谛，也可能会遇到起伏跌宕的风云诡异，但只要你独立思考，坚定航向，你就会不断地遇到惊喜、获取幸福！

——今天是你的生日庆典，儿子。希望你永怀感恩之心，珍视你身边的人。他们中的许多人像我和妈妈一样，一直默默地关心着你、牵挂着你。亲情、友情、爱情，都是平凡谦卑的情怀，却是你离不开的精神动力，不管你飞到哪里，只要眼里有人，心里有爱，你的旅程就不会孤单。

——今天是你的生日庆典，儿子。希望你不失蓬勃向上的进取心，有责任、敢担当，不放弃、有韧劲！这些优秀的品质，是你作为男人不可缺少的名片。

——今天是你的生日庆典，儿子。我还希望你将来在提高智商的同时，培养自己的情商，学习用智慧和幽默的方式处理生活上的小事，成就别人，温暖自己。

——今天是你的生日庆典，儿子。还希望你一定要多读书。多读书滋养心灵，开阔自己的视野，开放自己的胸怀，博观约取，厚积薄发。

亲爱的儿子，你愿意为未来做准备吗？

除了嘱托，亲爱的儿子，爸妈的心底对你其实还有一份感谢。

父母与子女也是一种缘。感谢上苍把你带到我们身边，感谢你陪伴我们走过的这些美好的日子。你的童年给我们留下的是美好温馨的天伦之乐和取之不尽的精神财富！

你咿呀的童音是最牵动着我们神经的音乐；你嫩嫩小脸的香味是我们迷恋的幸福的味道；你为爸爸留的那块中秋月饼让我欣慰不已；妈妈生病时你放在她额上的小手也让我们怦然心动……因为有了你，爸爸妈妈的生活才有了滋味！

儿子，如今你已经成为十四岁的少年，渐渐开始自己的独立旅程。请记住：你将越来越属于自己！你一定会比我们飞得更高更远，你匆匆的脚步也终将会离开我们的怀抱，去闯自己的天地，爸爸妈妈越来越跟不上你的节奏喽！

但是，儿子，要记住：

不要因为留恋而阻碍你的飞翔，你飞得越高越远，爸爸妈妈心里才更欣慰。我们俩永远是你的港湾，即使你飞远了，我们依然会牵挂着你的每一点变化，期待着你回家的脚步。

我们还要等着和儿子一起共享人生的美好呢！是不是？

祝儿子快乐成长、幸福相伴！

爱你的爸爸妈妈

2015 年 10 月 15 日

快乐着你的成长

刘兴凤*

亲爱的儿子：

你好！今天对你来说，是一个特殊的日子，也是一个真正值得祝贺的日

* 2014 级 6 班段昀昊的家长。

子，爸爸妈妈首先祝贺你“从今天开始，长大了”！

今天，你告别了童年，开始了青春的征程；今天，你就像一只羽翼渐丰的小鸟，展开稚嫩的翅膀，懵懂地飞出小窝，学着自己独立地飞翔，飞向你心中的梦想。你将会看到并亲身感受人生真谛、世事变幻、起伏跌宕。在你为梦想拼搏的途中，有时会一马平川，有时也会遇到惊涛骇浪，但只要你独立思考，坚定航向，勇于拼搏，就会不断地遇到惊喜、收获成功。加油，儿子！

你就这样长大了……

也许爸爸妈妈从此之后就变成了你生命中的配角……

爸妈有太多不舍，总想一直牵着你的手就这样一路走下去。然而，你的未来是你的，我们总得慢慢放手，让你自己去展翅翱翔，实现你心中的梦想！

还记得十四年前在商河县医院里，医生把小小的你抱给我看的那一刻，你的第一声啼哭带给我的激动与感动。“这就是我生命的延续！我的儿子，妈妈爱你！”

还记得你小时候睡前哭闹，晚上总是哭到十一二点，妈妈抱着你在那空旷的屋子里来回地走着，边用手轻轻地拍你边唱《妈妈的吻》时的心疼与无奈。

还记得在你四岁那年冬天，妈妈发高烧躺在床上，你用稚嫩的小手颤颤巍巍地为我端来一盆温热的洗脚水：“妈妈，洗脚！”那稚嫩的声音啊，就是治好我病的最好的药。那搭在你小小的肩头上的大毛巾，那因端不动盆而洒了一路的水，都让我感到：此生有子如你，足矣！

还记得你第一天上小学时我们的激动。那天下午妈妈把你送到洪楼小学校园，我们激动而热切地在分班的大红纸上找你的名字，从此，你成为一名真正的小学生。我不放心地看你走进教室，你却回头向我摆摆手：“放心吧，妈，回去吧！”儿子懂事了！从此，你就是校园里的小精灵，时不时地拿回一张张奖状——读书小能手、计算能手、数学创新奖等等。还记得咱们一家三口一起为你的读书演讲做准备，你一遍遍的练习至今仍在我耳边回荡：“我读书，我快乐……”最终你竟然取得了一等奖！

几年来，你快乐地读书，快乐地成长。

更让我们惊喜的是，国庆期间为期 4 天 450 公里的自行车之旅，你的付出、你的坚持、你的收获，无不说明你是最棒的！

一路走来，一路欢歌，一路收获。你收获了成长中的快乐，爸爸妈妈收获了看着你快乐成长的幸福！

今天，你告别了童年，步入了青少年，开始了青春的征程。十四岁是一个青春绽放的年纪，也是一个应该担起责任的年纪。树立自己的理想，怀着对祖国真挚的爱，勇敢拼搏，尽情绽放自我吧！

今天，爸爸妈妈要给你一些谏言，为你新的旅程助力。

一要珍惜友情。

环顾你的周围，今天和你一起参加这个庆典的同学将会是你一生的财富！在你未来的征程中，同学、朋友可能会比父母陪伴你的时间更多，他们给你的鼓励和帮助可能有时候比父母更给力、更贴心。所以，你首先要学会多交朋友、交好朋友，这样成长路上你才不会感觉孤单，人生也才会因此变得更丰富。

二要学会自立、自强。

要学会劳动和热爱劳动，勤于动脑，勤于动手，自己的事情自己做，学会合理地安排自己的生活。克服依赖思想，有明确的发展目标。一个人只有自立自强，才能面对困难，乐观向上；才能志存高远，为着远大的理想和目标执着追求。

“天才在于积累，聪明在于勤奋”（华罗庚）“业精于勤，荒于嬉；行成于思，毁于随”（韩愈）“世上无难事，只要肯攀登”（毛泽东）等名句无不说明“勤”的重要性。爸爸妈妈希望你充分认识到在这个“知识就是力量”的时代里，抓紧时间努力学习各种知识，充实、武装自己，才能有能力实现心中的梦想！我们相信成功永远属于那些持之以恒和做好准备的人。

从现在开始，爸爸妈妈将会对你慢慢放手，你的事情将由你自己独立承担。你要明白，爸爸妈妈能帮得了你一时，却帮不了你一世，你总得学会自己去做，总得独自去面对，去闯荡。你也肯定不希望自己是寄生虫，而愿做天空自由翱翔的雄鹰，那就从现在开始自立、自强吧！“滴自己的汗，吃自己的饭，自己的事情自己干，靠人靠天靠祖宗，不算真好汉！”（陶行知）只要你坚持，一定会做得很好。

三要勇于担当，不畏艰难，奋力向前。

从童年步入青年，这是你人生真正的开始。跌倒时，你要忍受痛苦，爬起来，掸掸土，继续前行。每个人一生中都会跌倒很多次，不管有多痛，爬起来并尽力走得更快的人才会走得更远，才能领略到沿途更美的风景。

我们相信，你会努力让自己成为一个顶天立地的男子汉！

四要珍惜时间，丰富青春。

就像美好的童年一去不返一样，总有一天，你会感叹时光飞逝，我们希望，当你回顾青春时，无悔！那么现在，我们建议你大胆去做所有能够做到的有意义的事——汲取知识、发展个人爱好、参与各种集体活动等等，只要能够让你的青春丰富多彩，能让你得到历练，你都应该去尝试，不断地去充实自己，努力让自己的青春丰富多彩！

亲爱的儿子，爸妈最想跟你说的还是感谢。

感谢上帝将你赐予我们，你的快乐就是我们最大的快乐。因为有你，爸爸妈妈的生活才更加幸福、更有意义。

如今，你将长成一个青年，开始自己的青春旅程。随着你的成长，爸妈能够帮得上你的时候会越来越少，你会发现，过去无所不能的老爸老妈已经渐渐被你超越。是的，爸妈很平凡，甚至很平庸，但是，我们对你的爱永无止境，爸爸妈妈的怀抱永远是你的避风港。无论何时，当你苦了，累了，一定要记得回来，我们永远和你在一起！

十四岁，一个走向成熟的年纪，有了担当和责任感，用自己的双肩扛起一片天空；十四岁，一个放飞梦想的年纪，带着父母的爱，装着自己心中的责任勇敢地去闯、去拼吧！用辛勤的汗水使自己的青春更加光彩夺目！

祝我们的儿子快乐成长、成长快乐！也祝愿儿子用坚定的拼搏打下一片璀璨的天空！

爱你的爸爸妈妈

2015 年 10 月 16 日

满怀信心，认真生活

周新宇*

亲爱的苗苗：

爸妈爱你，不仅仅因为你是我们唯一的女儿，还因为这么些年来，你带

---

* 2014 级 7 班周碧杉的家长。

给我们的快乐，带给爷爷奶奶、姥姥以及其他家人的快乐。

随着年龄慢慢长大，你可能会认为爸妈思想落伍了，有时候也不愿听我们唠叨。有这么个机会跟你仔细聊聊，感觉还挺难得的，那就从你出生说起吧。

一、迎接你的到来

爸妈出生在上个世纪"文化大革命"的疯狂年代里，一个与现在截然不同的年代。那时爸妈都在农村，生活艰苦，吃的穿的都很简单，一年也吃不到几次肉，面包火腿更是从来没听说过。

感谢你的爷爷和你早已过世的姥爷，爸妈各自的家庭都搬到了县城里，生活也慢慢好起来，但要想改变自己的命运，对小地方的人来说，唯一的途径就是读书考大学。爸妈的智商不算高，但努力程度还可以，所以在上世纪80年代末分别考取了省内著名的山东师范大学。

大学毕业后，妈妈去了肥城矿务局做了中学老师，爸爸去了淄博的山东理工大学也做了老师，生活还是挺拮据，而且有可能要在那些地方终老一生，爸妈也可能就互相见不到面了。然而，命运对我们还是不错的，上世纪90年代末，爸妈分别从外地考入了更加著名的山东大学，都在外国语学院读研究生。在那里，爸妈相遇并相爱，历经近三十年在人生道路上的苦苦挣扎，爸妈终于在济南携手建立了一个温暖的家，而你就是我们这个温暖家庭的结晶。感恩于上天的赐福，我们拥有一个健康的你，还有身体尚好的三位老人。

二、你的幼年

无论如何，你的幼年是幸福的、快乐的。

爸爸在读大学时，有一帮特别要好的朋友，他们给爸爸的昵称，就做了你的小名，因此你的幼年不孤单，有很多小伙伴一起玩耍，也有一帮叔叔阿姨细心呵护，平时有奶奶和姥姥的看护，假期周末有爸爸妈妈的陪伴，大明湖、五龙潭就是你玩耍的乐园。

小时候，你常发烧，我们常常在半夜里，带了小被子、水杯，开车去省立医院。如今你长大了，不那么爱生病了，可我们却偶尔还会想起那时陪你在医院打针的情景。所以，你成长的历程，对我们父母来说，的确是有苦有乐，这得谢谢你哟！

你上幼儿园时，妈妈要考博士，后来又去英国学习一年，爸爸工作忙，就忍痛把你交给潍坊老家的爷爷奶奶。在你幼小的心灵里，这可能算得上是一种创伤，人生八苦中的“爱别离”苦。实际上，妈妈最舍不得你，所以从英国回来后，她就天天瞅着你，再去美国时也捎着你，直到你觉得妈妈都有点烦了。

三、上学时代

爸爸喜欢数字7，认为7就是大自然的密码。一周有7天，彩虹有7种颜色，音阶有7个，世界有7大洲，而你也是7月出生。宝宝在妈妈肚子里时，每7天一个变化，等出生后，每7年也是一个大的变化，所以14岁就算成人了。

感谢妈妈年轻时的辛苦奋斗，让我们得以在著名的山东大学安家，并能让你上济南市很好的小学和初中。想到这，爸爸得说说你，不要惹妈妈生气，妈妈很辛苦，在家里她很勤劳，在学校里，她特别受学生的爱戴。爸妈在外面的付出，不仅能获得必需的物质生活条件，也能获得社会的认可、别人的尊重和祝福，这是我们幸福生活的源泉。物质上的财富是基础，而决定一个家庭是否幸福的关键是精神上的富有。

小学的学习压力较小，到了初中一下子紧张起来，爸妈也得跟着改变。我们既希望你学习能名列前茅，又希望你身体健康，不要透支，这是个两难的选择。我们知道你在努力往爸妈希望的方向走，而且努力得很辛苦，我们的分歧也不大。接下来的日子，会是你的青春期，都说青春期是逆反心理旺盛的时期，我们希望你能平稳度过。

四、爸妈对你的期待

做一个快乐真诚、奉献社会的普通公民吧！

这是爸妈在发给孙老师的家庭照片上的留言，想必你在教室的屏幕上也看到了。人生的命运难以捉摸，叱咤风云固然风光，但非常人所能企及。更有些成人是以把灵魂出卖给魔鬼为代价，换得一时的出人头地，这不是我们希望的。“小确幸”的人生是我们希望你将来能拥有的，有个快乐祥和的家庭，有一批走在人生正道上的朋友。

命运的事情，三十岁之前，你是在按照父母给你创造的环境生活；三十岁之后，你是自己生活的主宰，命运由你自己创造。无论你是一不小心出了名，还是一直过着默默无闻的平凡生活，爸妈都一样地爱你。只要活着，做能带给别人快乐的事情，我们的人生就有意义，对社会就有价值。那些只为自己活着，甚至不惜损害社会利益的人，很快就会被社会抛弃。要知道，即便你认为很平常的健康、衣食无忧，对这个地球上的一半人来说，也是奢侈的，所以要感恩生命中的一切，感恩父母长辈的呵护，感恩天地自然的馈赠，感恩老师同学的陪伴。

我们相信你一定会有一个快乐的人生！

爱你的爸妈

2015 年 10 月 23 日

明确理想，奋勇拼搏

姜远苏*

佳佳：

借着这次十四岁生日庆典活动，想跟你说的实在太多。

你此时此刻是什么样的心情呢？好奇？淡定？无所谓还是厌烦？抑或都有？

无论怎样，咱们先一起回顾一下你从出生至今的成长历程，说一下我们心目中现在的你，并提出对你的期待。真心希望你能尽早静下心来规划自己的未来，找准自己的目标和理想并付诸行动。

我们虽然没能做到将你的一点一滴随时记录下来，但回想起来，你的喜怒哀乐、一言一行也都历历在目。咱们一起度过的这些美好的时光，你给我们带来了太多的喜悦、幸福和欢笑，我们在你身上也倾注了满满的牵挂和希

---

* 2014 级 6 班许思嘉的家长。

望，当然其中也有不少的冲突和争吵……

在妈妈眼里，小时候的你绝对是与众不同、出类拔萃的。

打小你吃饭就很好。你从来没有依靠过奶粉，从半岁开始加辅食直到你能完全自己吃饭，我们并没有特意给你准备山珍海味，但尽量注意营养搭配均衡，为你长身体提供了比较科学的饮食。

你很文静，有礼貌，要面子，在外面从不调皮捣蛋，自控能力较强。上幼儿园之前，爷爷奶奶不是带你去趵突泉、大明湖、五龙潭，就是在院子里和好多小朋友一起玩，你从不惹事，是个人见人夸的好孩子。即使打预防针，疼得都掉眼泪了你也不哭喊，打完了边擦眼泪边还忘不了说“谢谢阿姨”，多么乖的宝宝呀！

上幼儿园了，别的小朋友都哭闹，你却不哭不闹，很受老师喜欢。在幼儿园里，你虽然是属于年龄偏小的孩子，但你各方面表现都很积极，还额外学习了舞蹈、陶艺、围棋、英语等等，都表现出超众的天赋和能力。

上小学了，你基本能够按照老师的要求做好自己该干的事情。这期间，你学过乒乓球、围棋、拉丁舞、击剑、钢琴，从精力和兴趣综合考虑，最终坚持时间较长的是击剑。你在击剑上表现出比同龄孩子更好的天赋，加上兴趣，你在杭州的全国大赛中取得好成绩，尤其是团体赛中表现出色，带领全队反败为胜，给教练和队友留下了难忘的印象，给剑馆争得了荣誉，相信对你自己而言也一定是印象非常深刻的。在获得荣誉的同时，收获的还有自信、干劲以及独立性，毕竟这次比赛是你第一次在没有父母陪同的情况下单独完成的，虽然花费不少，但是看到你从中得到的锻炼，看到你的浓厚兴趣，我们觉得很值得。

慢慢地，你的独立性越来越强，已经能够自己独立坐班车上学。你文静有礼貌，比较懂事，作业从来不用督促，基本上在学校就能写完。你是个有正义感、遵守社会公德的好孩子。还记得坐在妈妈电动车后座上，妈妈若是随地吐痰，你定会立马提出批评。坦白说，妈妈很是以你为自豪的。

小学五年级，为了给你更广的锻炼和见识，咱们一起在美国度过了一年，相信你在学习生活等各方面都留下了难忘的印象。这一年，你成长了很多，绝不仅仅是在身体和身高上。我们确实发现你在许多方面都有很好的天赋，但是自我约束力不强，喜欢玩电脑游戏，学习需要督促，时间观念差，办事拖拉。不过这期间你还是很懂事的，在妈妈生妹妹住院期间，你能自己照顾好自己，自己洗袜子洗内裤，真的很棒了。

妈妈知道，直到现在，你总觉得是妹妹抢走了你的许多东西，包括爸爸妈妈对你的爱。其实不是的，真的不是，我们对你的爱一点也没少，只不过确实因为精力有限陪你的时间少了点儿，不过这并不代表对你的爱就少了。慢慢你会明白，有个妹妹是多么好的事情，比起其他独生子女来说，有个兄弟姐妹太难得了，有了事情可以互相商量、共同面对。现在，你可能还没有这个感觉，没关系，慢慢来，妈妈相信你一定会理解。

虽然没有在国内上小学五年级，但直升六年级的你同样表现得很优秀。现在作为山大附中一员，大家都很优秀，也许你在某些方面表现得不是那么突出了，但是我们始终相信你在同龄孩子中，甚至于在同龄的山大附中孩子中，你的天资仍是不错的，身体条件、智力条件等各方面仍旧是出类拔萃的，你有许多连妈妈都很佩服的优点：一是讲诚信，讲社会公德，能够说到做到，哪怕需要自己费很多精力；二是有恒心、有毅力，当然前提条件是对自己认准了的事情，比如篮球训练；三是特别在意个人形象，包括外貌形象、言谈举止等等。

但是，不可否认，进入初中后，你也有一些令我们头疼的方面：一是作息习惯不够好，不能自觉按时睡觉按时起床；二是饮食习惯不太好，越来越挑食，不能做到均衡营养不挑食；三是学习习惯有待改进，不能主动学习，不讲求学习质量和学习效率；四是生活习惯也需提高，不能把讲卫生落实到日常生活的每个环节，不能主动承担力所能及的家务。这些问题我已经说过很多遍了，希望能真正引起你的重视。当然，你现在存在的问题并不仅仅是你一个人的责任，毕竟我们也是第一次做父母，没有经验，也确实有做得不好的地方，我们可以心平气和地探讨，共同提高。

下面谈谈我们的期望：

一是希望你尽早确定理想目标，明确自己喜欢的方向和专业，培养兴趣，并从现在开始为之不懈努力奋斗。

二是希望你常怀感恩之心，对待家人和朋友，甚至对素不相识的人。想想爷爷接送你上学好多年，为了买你喜欢吃的馅饼，坐公交车来回两个小时，还算着时间怕凉了；想想奶奶从小为你洗尿布，一把屎一把尿地把你拉扯大；想想爸爸虽然和你交流不多，但辛苦挣钱养家，并且在许多大事上都支持你；想想姥姥姥爷每次都绞尽脑汁地多做几个你喜欢吃的饭菜；妈妈就不必说了吧。总之，大家为你付出太多，也真心希望你越来越好。

三是要有健全的人格，多结交几个交情过硬的朋友。除亲情之外，友情同样重要。待他人要善于求同存异，多看别人的优点，取长补短。希望别人对自己好，自己首先就要对别人好。遇事能让就让，有难可帮就帮。赠人玫瑰，手有余香。

四是饮食要科学，作息要规律。饮食要科学，不能总吃外面不卫生的食物，也不能饥一顿饱一顿，这样才能使身体保持良好状态，才能有个好身体。作息要规律，需要定时起床、定时学习、定时休息，这样才能保证学习效率高，做事效率高。

五是要有效管理时间。时间最公平，每个人的一天都是二十四小时。但是在同样的时间里，有的人干的事情多，效率高，效果好，而有的人却相反，差别在于时间利用的效率上。浪费了的时间是补不回来的，不要总觉得自己还年轻，干什么事都觉得还早。另外，网络很便利，网络也很误事，作为学生，还是尽可能把时间花在更有意义的事情上。

六是要主动高效地学习。学生的天职就是学习，你现在不仅要学习新的知识，还要学习科学高效的学习方法。只有积极主动地学习，学习效率提高了，才能真正做到出类拔萃。知识决定一个人的气质、趣味、眼界、欣赏水平和价值观等等，也关系到个人的收入，这些都直接影响到自己的生活质量。一个人如果不想过低三下四的生活，就必须有能让自己抬头挺胸的资本。

七是要内外兼修，不要追求仅仅是花瓶式的漂亮。爱美之心，人皆有之，女孩子爱美没错，但是不能在这方面花的时间太多，毕竟学生期间学习是最重要的。还要注意，言谈举止，会传递一个人的风度；待人接物，可透露一个人的修养。内外兼修很重要，要知道，知识是最好的化妆品，良好的素养会让人更有魅力，这是一种岁月都无法剥夺的魅力。

最后，希望今天的书信交流能够对你有所启发。想想人的一生有几个十四年呢，是时候明确你的人生理想和奋斗目标并拿出具体实现计划的时候了。加油吧，孩子，鼓足干劲！拼搏吧，我们是你坚强的后盾。孩子，无论何时何地，都要积极乐观，你若一生安好，我们便拥有一世的晴天！

爱你的爸爸妈妈

2015 年 10 月 20 日

难忘的青春岁月

徐 刚 马秀灵*

亲爱的宝贝女儿：

当你看到这封信的时候，意味着你们的十四岁生日庆典开始了，你像其他同学一样在父母的精心呵护下，告别了童年，迎来了青少年时期，首先恭喜你长大了。

回首过去的岁月，历历在目。忘不了2002年夏天，你在中心医院嘹亮的哭声，吹响了你来到这个世界的号角，给我们平静的家庭增添了很多的快乐，同时，我们感到了做父母的责任。

岁月如歌，不知不觉你就长大了，慢慢地会说话了，会走了，上学了。回忆小学的日子，很精彩也很难忘。你的精彩是上课敢发言，记忆力好，刚上一年级背《弟子规》，随后学校从六个班选出背得好的学生编排节目，你就是其中一员，爸妈很为你骄傲。很难忘记有一次你的数学考砸了，把自己关到屋里，一会儿出来说都过去了，成绩代表着过去的事了，总结经验，继续努力。看到你那么快就调整好了自己的心态，爸妈由衷地替你高兴。

虽然我们不担心你将来上大学，相信你一定会考上大学，但是你真的要努力，要养成好的学习习惯，做好预习、复习，认真对待错题，不断地修正提升自己，提高学习成绩，超越过去的自己。这样你才能够享受学习的快乐。

你是一个非常聪明可爱的好孩子，因为记忆力超群，所以记住了就不想努力了，如果你能够正确运用记忆曲线，记得再牢固一些，再扎实一些，你的人生会更加辉煌精彩。

乐乐，你有音乐舞蹈天赋，所以爸爸妈妈一直支持你学习提升，看着你投入地练习，越来越好，取得了一个个优异的成绩，爸爸妈妈由衷地高兴。

你骨子里特别活跃，有一定的组织能力。很感谢你的善良交往，让我们

---

* 2014级5班徐洋的家长。

有幸认识了段蕾、冀璇、王睿淑、鞠依婷等优秀小朋友及他们的父母，从他们那里学到了很多知识。看你们在一起相处得开心快乐，我们当父母的也由衷地高兴。

孩子，有目标的生活和被动的等待是有很大的区别的。凡事预则立，不预则废，不知道你还记得进学生会的情形吗？你说你们学生会填单子了，但是他们把你给漏下了，你利用课间去找他们，积极主动地与他们沟通协调，最终你如愿以偿地进入了学生会。但是如果你不去找呢？可能你就无缘自己的梦想了。所以你的命运一定是你做主的，同样学习也是你自己的事情，老师和家长只是帮助你越来越好。

还记得你们初一的军训吗？虽然苦点累点，但是它促使你们成长；还记得植树吗？你们在成长，小树也在成长，成长的路上或许有挫折困难，但同时也会收获成功的喜悦；还记得游山大吗？很多经历留在了你们美好的成长记忆里；还记得青少年素质教育中心吗？在那里，你们收获了很多，有团队，有创新，有快乐，有做饭的喜悦，有烟熏的眼泪，有与父母一起成长的喜悦；还记得元旦汇演吗？当你们在台上出现时，爸爸和台下的同学们一样，为你们欢呼喝彩，你们精湛的舞姿，展示着青春的活力，绽放着人生的精彩；还记得每年的运动会吗？你们拼搏的身影，被家长摄影师一次次地按动快门，留下一个个精彩的瞬间。

这就是成长，这就是青春！

乐乐，你是一个乐观开朗、纯真善良、有主见有能力的好孩子，你的梦想是当个像薛璐老师那样的好老师，或者大学英语老师，有时也想成为一个艺术家，或者优秀的律师和法官。梦想的实现，都离不开脚踏实地的奋斗、勤奋认真的学习。所以说，脚踏实地，好好学习，梦想定会成真。

爸爸给你起名叫“乐乐”，是希望你能快乐每一天。乐乐，希望你做最好的自己，每天进步一点点，每天收获一点点；希望你虚怀若谷，海纳百川，博学多才，成长为一个优秀的人才，一个对国家有用的人才。

我们无比地坚信，你的人生一定会很精彩，一定会超越自己，实现梦想！

永远爱你的爸爸妈妈

2015 年 10 月 18 日

你成长，我们快乐

彭京亮　黄 艳*

亲爱的女儿：

你已经十四周岁了，但爸爸妈妈还是第一次正式地给你写信。爸爸妈妈平时工作和生活都比较忙，在这个特别的时刻，让我们静下心来，和你一起回顾一下你成长路上的点点滴滴。

你是爸爸妈妈在美国读书的时候出生的。你的到来给我们带来无比的幸福和欢乐，你成长过程中的每一点小小进步，对于爸爸妈妈来讲都是那么重要！

从婴幼儿时期开始，你就是一个聪明、活泼、可爱的孩子。小时候，你刚刚学会了翻身，爸爸妈妈想要你学会爬行，就让你趴在床上，在你前面放一个你喜欢的玩具，让你去够。开始的时候，你虽然不会爬，但你很聪明：身体左翻、右翻，每次翻滚都前进一点，就这样一点点地接近目标，直到抓到玩具为止。在你大约一岁的时候，爸爸妈妈第一次带你去 Disneyland 游玩。在 Disneyland，你和小熊 Winnie the Pooh 拍了一张合影。当妈妈抱着你，和 Winnie 站到一起的时候，你看着小熊，感到很高兴，嘴巴里还"咯咯"地笑着，用手去摸小熊的脸。后来，你进入了幼儿园，开始学习写字了。比较有趣的是，你写的字母常常是反的。我们想，肯定你的对称感特别强，你可以把正写的字母，在大脑里转换成对称的镜像，然后反着写出来。从幼儿园开始，你就特别喜欢画画。记得你经常画一些小人，还总喜欢说你画的那些小人都是"Bad Guy"。

后来，你进入小学读书了。第一天上学的时候，你背着书包，爸爸妈妈送你到路口，School Bus 来了，你快快乐乐地上了车。看着你快快乐乐地上学去，爸爸妈妈也很快乐，希望学习知识对于你来讲，永远是这样一件快快

---

* 2014 级 10 班彭秋荻的家长。

乐乐的事情。在学校里，除了学习知识，你也有了很多小伙伴。你的性格很开朗，他们都很喜欢和你一起玩。爸爸妈妈喜欢这样的你，快乐、阳光、友好，除了学习知识，也有一个很好的性格。

你从小就比较活泼好动。记得你刚刚开始学会走路的时候，总是踮起脚尖一路小跑，爸爸妈妈必须也得跟着小跑才能追得上你。上了幼儿园之后，你很喜欢和小朋友们一起，在草地上，手脚着地，像小狗一样奔跑。看着你们，像一只只可爱的小狗，在草地上撒欢儿，爸爸妈妈觉得好快乐。还有，在 Playground 里玩的时候，你特别喜欢爬杆，身手特别矫健，就像一只敏捷的小猴子。有你这样的孩子，爸爸妈妈觉得很开心，我们希望你永远这样健康、活泼。

后来，由于爸爸妈妈回国工作，我们全家就回到了中国。回国之后，你从小学一直到现在，中间经历了很多事情，爸爸妈妈想跟你一起来回顾和思考一下。

在美国的时候，你已经开始学习弹钢琴了，回国之后，爸爸妈妈想要你继续学习钢琴。我们一开始找的山大艺术学院的一位老师做你的钢琴老师。这位老师的要求特别严格，对于指法等各方面都有严格的要求。这跟美国对于儿童的钢琴教育风格不太一样。在美国，一开始是鼓励兴趣为主，而在中国，钢琴课老师一开始就对于技法要求特别严格。所以，你感觉不好适应，上课时经常被老师说得流泪，对于钢琴课逐渐产生了很强的排斥情绪，最终钢琴课还是没能坚持下去。总的来讲，我也倾向于美国儿童钢琴课的授课风格。你不喜欢国内的钢琴课，有自己的感觉，有自己的表达，也不能说是一件坏事。但有时候，也需要调整自己，适应环境。很多时候，环境无法改变，但是自己可以调整和改变。如果可以从周围的环境中学习和充实自己，自己做一些调整是值得的。

在和爸爸妈妈的近期交流中，你说到，自己感觉小时候浪费了很多时光。我们知道，你内心是积极上进的，对此我们感到很欣慰。不过，爸爸妈妈觉得，孩童时代需要有更多的欢乐，需要有更多的自由自在。所以，小学期间，爸爸妈妈没有在学习上给你压力。所以，你不需要感觉浪费了太多时间。对于课外兴趣来讲，你最喜欢的画画，因为没有接受太多的培训，或许有些遗憾。但实际上，事事都是两面的，培训多是在技法上作指导，而过早地接受太多的技法训练可能会过早地限制你的思想和创意。所以，爸爸妈妈觉得，你没有在个性上受到太多限制，这样很好。你不需要感觉自己曾浪费了光阴。

不过，人不能总是活在孩提时代，总是要逐渐成长和成熟。每个人都不是一个独立的个体，不能绝对地自由自在地游离于这个社会之外。你现在已经是一名中学生，需要开始对很多事情作出有意识的认真思考，特别需要开始思考你将来的个人发展，并且做出具体的行动。对于你将来的学业和事业，爸爸妈妈希望你做到的是：执着、自律、个性、适应。

第一，做事要执着，对于自己感兴趣的有益的事情，要坚持去做，不要轻言放弃。比如，你特别喜欢绘画，就坚持去学习和提高。将来，在学习绘画的过程中，你肯定会遇到不少困难和挫折，我们想，既然是你的兴趣所在，就不要轻易动摇和退缩。

第二，要自律。你也知道，自己在学习中存在的一个缺点：做事效率比较低，学习的过程中很容易分心，而且时常会管不住自己。爸爸妈妈希望你认认真真地克服这一缺点。因为人的精力是有限的，如果自律性比较差，将来在学业或者事业上很难达到一个比较高的高度。

第三，很重要的一点，爸爸妈妈希望你保持个性。我们感觉，国内的教育有时候太过于注重分数而没有充分鼓励个性的发展。这样，培养出来的人才对于知识掌握得比较扎实，但创新能力可能会稍有欠缺。当然，学好知识是很重要的，但我们也希望你在内心还是要保持自己的个性。

第四，我们希望你有较好的适应性。因为人总是要在社会中生存，周围所处的环境并不总是如你想象中的那么理想，如果环境不能适应我们，那我们就必须要学会适应环境。

目前来看，你的课业成绩不是太理想。在课业学习上，虽然爸爸妈妈不会对于你的分数作过分的强求，但扎扎实实地掌握课堂知识，会对于你将来的发展打下很好的基础。虽然目前你的学习习惯中存在一些问题，但我们相信你的能力，只要注意调整自己，你学业上一定会有更大的进步！咱们中国有句古话：少壮不努力，老大徒伤悲。这句话说得很有道理，希望这句话能成为你的座右铭，时时激励着你前行。

爸爸妈妈觉得，你是一个责任心很强、很善良的孩子。比如，对于小组的集体作业，你总是认认真真地做出很多贡献；对于班干部的职责，你也认真地去履行。在你的能力和精力允许的范围之内，爸爸妈妈支持你对于工作和职责的努力付出。另外，我们发现，你进入中学之后，变得越来越懂事；我们发现，你对弟弟越来越好，会帮助爸妈照顾弟弟，会主动帮弟弟做很多事情，有好吃的东西也总是首先想着留给弟弟；我们发现，在日常生活中，你也很关心爸爸和妈妈，让爸爸妈妈感到很温暖。

其实，回想一下，爸爸妈妈在有些地方做得不够好。比如：有时发脾气，有时说话态度比较粗暴……爸妈做得不好的地方，请你谅解！希望我们以后多交流，希望我们彼此都努力做得更好。

亲爱的女儿，你是爸爸妈妈的骄傲，是爸爸妈妈幸福的源泉！你的快乐就是爸爸妈妈的快乐，你的进步也是爸爸妈妈的进步。在今后的日子里，让我们一起快快乐乐地学习、生活，不断地进步！

爱你的爸爸妈妈

2015 年 10 月 1 日

你是我们今生最大的幸福

袁　昕*

宝贝：

你好，自你出生以来，爸爸妈妈一直与你朝夕相处，从未分开过，也就没有机会给你写信。今天，在你十四岁生日庆典之际，爸爸妈妈给你写这封信，主要是为了记录你的成长，同时也记录我们对你的期望。

不知是哪辈子修来的福分，我们得到了你。2002 年 7 月 23 日的凌晨 1 点 36分，妈妈生下了你。妈妈温柔地搂着你，心里想：你是我们今生最大的幸福！

欢迎你，我亲爱的宝贝！你给我们的生命注入了新的无限的热情与动力，你为我们的生活溶进了巨大的幸福与欢欣。谢谢你，我亲爱的宝贝！你给予我们的这一切，连空气中也浮现着温馨与丝丝甜蜜。

你出生以后我们甜蜜的两人世界就变成了幸福的三口之家，但我们很快适应了有你的生活，因为你是我们的延续，是我们的希望。你从小独立性

---

* 2014 级 4 班徐畅的家长。

强，不哭不闹，学本领也非常快，生活中的很多小技能几乎不用教两遍。你拥有良好的语言和音乐天赋，说话逻辑性强，表达清楚，唱歌音准掌握得很好，歌声动听。当然你也有一些小小的缺点，比如有时候有些小任性、小腼腆，但正是所有的优点和缺点才构成我们最宝贵的女儿。

我们似乎都忘记，你何时不再撒娇、不再要我们抱在怀里了；我们似乎也已忘记，你不再需要我们俯下身子牵你小手前行了。但是，我们会永远记得，记得你出生时的模样：浓密的头发，长长的睫毛，清亮的眼睛。仿佛就是一眨眼的工夫，你已经从出生时身长54厘米、体重6斤9两的小不点，长成今天身高173厘米、体重90斤的亭亭玉立的大姑娘了。回想你成长的光阴里那些有趣的故事，我们深深地怀恋你曾带给我们的快乐和感动。谢谢宝贝，正因为有了你，我们才觉得这个世界充满了生机、希望和力量。随着你慢慢长大，逐渐褪去年少的天真、青涩，增添了些许人生成长的烦恼，无论我们多么想留住曾经无忧无虑、天真无邪的你，你还是不可避免地要长大，要面对越来越复杂的环境和不可预知的未来，也会经历一些小烦恼和挫折，甚至要面对失败。但你要记住：爸爸妈妈的爱不会消失，会永远伴随你成长，我们永远是你爱的港湾。

在你十四岁生日庆典之际，爸爸妈妈为你送上我们的祝愿和叮咛：

一是要有自信。记住你是这个世界上独一无二、与众不同的，你有足够强大的小宇宙，你有权让自己的思想主宰自己的成长。从你小学的优异成绩到升入济南市最好的初中——山大附中，足以证明你是个优秀的学生。当你以积极的心态，充满自信，快乐地生活，你周围的环境就会给予你支持和帮助，我们相信将来你能以自己的实力证明你是优秀的。

二是要有爱心。我们一直自豪于你是个有爱心的孩子。雅安捐款、救助失学女童，你都曾贡献出自己的一份力量。虽然你已经明白做这些事情的意义，但我们忍不住还是要说，作为社会的一份子，你要勇于承担社会责任。当你可以帮助别人的时候，不要吝啬你的爱心，不要轻易丢掉最朴素的真、善、美。世界将因你的举手之劳，而变得更加美好。

三是要多读书。多读书能够开拓视野、增加阅历、提高修养。我们相信以你喜欢读书的特质，必将影响你未来的志向。我们希望你能利用好自己的业余时间，多读书、读好书，为自己的内涵不断注入新的活力。知识是最好的化妆品，良好的素养会让人充满魅力，这是岁月无法剥夺的吸引力。

四是要有爱好。你钢琴十级，会转六阶魔方，也接受过羽毛球、画画、游泳等技能的训练，虽然造诣不深，但它们提高了你的能力，充实了你的生活，远比电子游戏更能使你的生活多彩有趣。我们希望你能涉猎更广，不断丰满自己的羽翼，终有一天会助你飞得更高、更远、更稳健！

五是要珍惜时间。时间是最公平的，每个人的一天都是二十四小时。时光最易得，但也最不为人所珍惜。生活中常常听人说，“要把时间补回来”。时间是补不回来的，浪费了就浪费了。不要总觉得自己年龄还小，干什么事都还早、还来得及。你现在的时间往往会无谓地消耗在网络上，网络很便利，很诱人，但是也很误事。电脑、手机让你时刻与外界保持联系，也让你时刻受到外界的干扰。不妨在适当的时候，关闭网络，把时间花在更有意义的事情上。

面对已经进入青春期的你，爸爸妈妈此刻最想说的是：我们并不苛求你是完美的或者将来一定做出什么成就，我们最大的愿望是你能过得快乐。感谢老天给了我们一个健康聪明的你，我们会用一生的时间来爱你——我们的宝贝！

爱你的爸爸妈妈

2015 年 10 月 16 日

你是最棒的！

陈　芳*

亲爱的儿子：

今天，妈妈怀着无比激动的心情给你写信！几天来，妈妈时常沉浸在回忆当中。与你发生的点点滴滴一幕幕地浮现在眼前。你这个可爱的小人啊，怎么忽的一下长大了！

2002 年 4 月 9 日凌晨 2 点 40 分，是爸爸妈妈最幸福、最期盼的时刻！感谢上帝在这一刻为我们送来了这世上最可爱的小天使！伴着哭声，你明

---

* 2014 级 2 班崔家瑞的家长。

亮的小眼睛像小黑豆子似的，叽里咕噜乱转，四处打量着。哟！我的宝宝是在探索世界啊！这孩子有着多么强烈的求知欲啊！从此，我们有了宝贝了！一直到今天，爸爸妈妈真心感谢你——我们的孩子！伴着我们一起度过了那么多幸福快乐的、焦急牵挂的、困惑期盼的、进步骄傲的日日夜夜！孩子啊，你在我们眼前，在我们的心里一天天长大了！

回忆往事，最让妈妈感到自责和愧疚的是你小时候的健康问题。妈妈没有把你带好，整个幼儿期间总是生病，发烧、咳嗽常常十天半月不见好，于是打针、喝中药成了常事。但是，你却表现得那样的坚强和勇敢！幼小的你总是把那么苦的中药一口口喝完，所以，我说孩子，你是一个非常非常坚强、勇敢的男子汉！在你的人生中不管再遇到什么困难，你都完全可以克服！

苦难的日子终于过去。经过锻炼，你的身体渐渐强健起来。我们先开始游泳。那时已是9月份，你在水里待不一会儿就冻得直打哆嗦。但是，我们仍然坚持到了10月份。进入冬天，我们又开始打乒乓球，教练批评你的时候，你是那么努力地改正。汗如雨下地练习，从不叫苦。渐渐地，这项运动已经成了你的一项爱好。年龄大一点的时候，你又爱上了踢足球。夏天的晚上，你会和许多不认识的孩子打成一片，为自己又找到了一项快乐的运动。快小学毕业时，我们又去练武术。别人休息的时候，你还在压腿，做动作，汗流浃背。

在你踏入初中的第一个元旦晚会上，你和师兄妹们代表班级参加了武术表演。你们的节目让全校师生眼界大开，获得了如雷般的掌声。在为班级争得荣誉的同时，也展示了自己的才能。妈妈在此为你点赞！孩子，这是你辛勤的汗水凝聚的结果啊！

就在今年国庆节，你又参加了学校里的自行车骑行活动。那可是参加5000米长跑选拔的前50名才获取的活动啊，你竟然一口气跑了5400米还最后冲刺！计时的老师吃惊地问你“跑疯了吗？”哈哈，这让爸爸也感到自愧不如啊！就这样，一直骑小车子的你一下换上变速大车子和同学4天里骑行500多公里，胜利地完成了任务。孩子，你说你是不是越来越强大了！

抗生素——拜拜！苦药——拜拜！我们的孩子付出辛勤的努力，凭着顽强的毅力战胜了一次次疾病，走向健康，走向胜利！

亲爱的孩子，你知道吗？你不但从小就坚强、勇敢，你还是一个勤俭节约、体谅父母、有责任感的好孩子！你从不乱花钱。小学门口有好几个小卖部，许多孩子带钱去买吃的、买玩具，你却经得住诱惑。即使外出参加集体活动，爸妈给带上的零钱也几乎如数再带回来。再看看我们的穿着，除了校服，哪一件不是表哥穿小了留下来再给我们穿？你从不计较，不攀比别人的名牌。但是，如此知道节俭的你对待妈妈却是那样大方。你常说："妈妈，你打扮打扮，留长发，烫成卷，化化妆，穿上裙子，戴个手镯……"儿子啊，妈知道，那是你对妈妈的爱和关心的表达！我应该好好享受这份爱才对啊！

至于那小熊存钱罐，如今又已装得快塞不下了，沉甸甸地摆在书橱里！每看到桌上有一角、伍角、一元的小零钱，你都高兴地把它们装进去。装满小熊好像给你带来一种成就感，可你又何时自己动用过呢？我们家截止到现在一共买过两次房子，每次买房子，你都和小大人似的积极参与，你认为那是你为这个家庭应尽的责任和义务！看啊，到哪里找这样懂事的孩子！

孩子，你知道吗？你还有着强烈的求知欲、丰富的想象力和超强的创造力呢！在你刚一出生降落人间时，就用那探索的小眼睛去积极地洞察这个世界的奥秘了。这注定你天生会拥有智慧的人生！

十个月时，妈妈开始为你订阅《幼儿画报》《婴儿世界》《启蒙》等系列图画书。至今，这些书报妈妈还保留了大部分，不舍得送人。那里面承载着太多我们美好的回忆。在你一岁多的时候，我就教你使用小剪刀了。我们剪呀、折呀，你很快又爱上折纸。你常展示自己的原创："妈妈，这是大象，那是把枪……"儿子，你真的好棒啊！你的作品妈妈可是给你收了好几大兜子呢！

看吧，孩子，坚强、勇敢、勤俭，有责任感，有求知欲、想象力、创造力，哪一样不是成功人士所具备的优秀品质呢？你爱好广泛：游泳、乒乓球、足球、武术、象棋、书法、读书……这些也都是你已经学习具备的本领啊！

在你成长的道路上，你一次次去打拼学习，艰辛付出，磨炼意志，不怕吃苦，勤于思考，收获了一份份的成功与喜悦！

然而小学后，爸爸妈妈没有及时调整培养你进一步学习的侧重点，仍然把锻炼身体考虑在先。没有培养起你良好的学习、作息习惯，在你课程学习上给予必要的指导，投入必要的时间陪伴你，没有在小学打下坚实的基础。进入初中，致使我们面临了严峻的、新的挑战，造成了你在初中学习上很大的不适应，增加了无形的压力。而且，妈妈不知从何时起竟时常对你发脾气，特别是在你成绩不理想时。记得你小时侯，无论你犯下什么错，做得多不好，妈妈总能理解你、原谅你、鼓励你、从不责怪你，能站在你的角度考虑问题，最后你总能成功地完成任务。那时侯，妈妈的心和你的是相通的。天哪！当妈妈忽然意识到这一点，感到自己是多么的无知和可怕！竟一次次地伤害着你。对不起，我的孩子，妈妈在这里向你道歉！而你却从没怨过我们，你知道爸妈是依然爱你的。孩子，爸妈已经知道，不能再用那种粗暴的、低级的方式教育你，我们要总结经验教训，与你站在同一战线上共同进步！

说起学习这件事情，并不是总是充满着快乐，但是不管怎样，为了美好的未来，必须学好各科文化知识。向着这个目标，作为父母能做到的：一是努力工作，为你提供必要的经济支持。二是保证合理饮食，增强营养，做好后勤服务保障工作。三是以身作则，为你创造良好的家庭学习环境。虚心地配合老师，听取老师的指导和建议，争做学习型父母。

至于在各科具体知识的学习中，爸妈无法给予你更专业的指导。总结适合自己的学习方法，构建系统的知识框架很重要。那么孩子，除了爸妈，你不是孤军作战，不要忘了，还有亲爱的老师啊！老师是你学习上最权威、最专业的传授者与引领者。老师也是你学习中最有益的、最给力的、对你了如指掌、能够提供具体帮助的、难得的知心朋友。老师就是你的阳光雨露，你要敞开心扉接受老师对你无私的滋润与灌溉，虚心地接受老师的指导与批评，认真听老师的话，紧跟老师的脚步，孩子，你就会逐渐进入状态，就能像战胜疾病那样打好现在的攻坚战。孩子，你就是一块宝藏，等待你自己去开发、实现它的价值。

孩子，只要我们发扬了已经具备的优秀品质，只要我们虚心改善了所存在的不足，即使现在你暂时没有开出鲜艳的花朵，爸爸妈妈仍坚信，日后你定会长成一棵参天大树！

孩子，给你写信是件非常幸福的事情。我絮絮叨叨竟然不想停下来，难得有这样的机会让我们进行心与心的交流。孩子，让我们彼此加强沟通，加深理解，共同进步吧！

加油！儿子！

永远爱你、支持你的妈妈

2015 年 10 月 16 日夜

亲爱的儿子

郑述颜　陈玉莲*

儿子，你好！

今天学校为你们举行隆重而有意义的十四岁生日集体庆典。爸爸妈妈衷心地对你表示祝贺！祝你，祝你们生日快乐！

十四岁是人生中重要的标志，标志着你由一个昔日可爱的小男孩长成一个高大坚强的男子汉了。尤其是你升入山大附中的这一年多的时间里，我们觉得你长大了，成熟了。因为你，我们的世界更加灿烂有生机。你的每一点进步都是爸爸妈妈心中永远的骄傲。

十四年一路走来，儿子给我们带来了很多的欢乐。自从你升入中学后，你开始为了学习而有压力，偶尔也会看到你不开心，有时甚至我们还会责怪你。因为每个做父母的都会对孩子充满无限的期望。你小的时候，我们期望你快点长大；长大了，我们又期望你学习好、懂事些。谢谢你，儿子，我们的期望，你都给了我们回报，我们很知足、很幸福。在我们心目中，你一直都是懂事上进的好孩子。

你今后的人生道路还很长，未来的天地很宽广，那里有阳光，有彩虹，同样有黑夜，也有暴风雨。为了明天更广阔的天地，你今天就要坚强、自信，尤其是从现在到你年满十八岁的四年，是你人生中最关键的时期，是积蓄知识、夯实人生基础的时候，它决定着你的人生走向，你一定要牢牢把握住。为此，我们给你提几点希望和建议：

第一，要坚强，要自信。你要相信自己，有付出必有收获，勤奋拼搏就会有收获。我们希望你有铁一般的意志，做一个坚强耐挫的人，无论面对什么样的挫折，绝不气馁，永不言弃。学会感恩，做一个拥有爱心的人；学会宽容，做一个乐观豁达的人；学会规划，做一个要求上进的人。要知道，在你生

* 2013 级 3 班郑继泽的家长。

活中的每时每刻都有我们的关心、关注和陪伴。我们相信你会用勤奋、好学、上进，描绘出自己人生精彩的画卷。

第二，多读书，读好书。从书中学到知识和做人的道理，健全自己的人格。我们希望你珍惜光阴，修好学业。现在你的主要工作就是读好书，我们就是努力工作，为你创造一个尽可能好的读书环境。只有你书读好了，将来自己的命运才可以由自己掌握。现在你已经是一名光荣的共青团员了，已不再是个小孩了，我们相信你会做好自己的事情。当然，我们也会尊重你，给你自己成长的空间，让你做自己成长的主人。人生有的东西错过了，还可以补救，唯独读书的光阴失去了就没办法追回。人的知识是一点一滴地积累，一个知识点一个知识点地堆加，知识渊博了，才能成为有用的人才，才能实现自身的价值。

第三，好习惯，要坚持。无论是学习习惯，还是生活习惯，在你这个年龄正是最关键的形成期，你现在就要从生活中的一点一滴开始注意，比如自己房间的打扫、床铺的整理、衣服的摆挂等，只要你坚持下来就会发现其实这并不难，并体会到其中的快乐。

第四，巧方法，善沟通。进入青春期以后，你对事物的看法越来越有自己的见解了，这是我们欣慰的事情，说明你长大了。但由于阅历浅，有些想法难免有不妥当和不够成熟的地方，我们希望你平时能多与我们沟通，多向老师请教，多与同学交流。沟通会为你营造一个良好的生活、学习氛围。

第五，勤锻炼，强体魄。只有一个好的身体，才能有充沛的精力保证自己的学习。现在正是生长发育的关键时期，希望你坚持锻炼，运动、看书、听音乐……只要是健康有益的，我们都会大力支持。

第六，有目标，有追求。人的生活是要有目标的，不能像大海中一条没有指南针的船，没有了方向它就无法靠岸，无法到达目的地。人是要有所作为的，只要确立了自己的目标，就要坚定地向它迈进，最终实现自己的人生目标。你的成长，预示着你有更多的自主和自由，同时你也要承担起沉甸甸的责任，这种责任包括对社会的责任、对父母家庭的责任、对老师同学的责任，更重要的是对自己的责任。在每做一件事情之前学会问一下自己：这是对自己负责任的做法吗？该不该做，可不可以做？培养判断力和控制力，让自己走得更快、更稳。

当你和爸爸比身高的时候，我们意识到你真的长大了，我们不能再用小孩的标准来衡量你，我们要做平等相待的朋友，要成为无话不谈的知己。因为爸爸经常出差，少有时间和你在一起。和你在一起的时候，有时和你沟通的方法和技巧也有问题。爸爸太喜欢教育人，有时导致你不高兴，不愿和我们多说话，好像我们有代沟了。儿子，是这样的吗？爸爸以后会努力改正，也希望儿子能坦率地向我们说出你成长的烦恼，说出你遇到的难题。帮助儿子健康成长，是我们义不容辞的责任，要记住，我们不仅是你的父母，也是你最值得信赖的永远的朋友。希望你能够体会到我们对你无尽的爱，也希望你努力学习，以优异的成绩来报答所有关心你、支持你的人们对你的爱。

这是我们第一次用写信的方式和你交流，希望我们说的这些会对你有所启发。也借这次十四岁生日集体庆典来表达我们美好的祝愿，愿快乐伴你成熟，健康伴你成长，幸福伴你一生。祝你生日快乐！

永远爱你的爸爸妈妈

2014 年 10 月 30 日

亲爱的女儿

肖 钢[*]

乐知，亲爱的女儿：

今天是一个值得纪念和欢庆的日子，爸爸妈妈由衷地祝贺你参加十四岁生日庆典，在这个热烈和欢乐的气氛中，尽情享受来自老师、同学、朋友给予你的快乐和祝愿吧！

此时此刻，爸爸妈妈也沉浸其中，因为这是我们儿时所不曾拥有过的关注、呵护和厚爱。我和妈妈认为转学对你来说就是一种转机，因为教育不仅是对知识的追求，更多的是对文化的传承，是人生塑造的奠基，山大辅仁学校恰恰正在做着这样伟大的教育工作。学校一年一度的十四岁生日集体庆典，从教育大理念来说是一个局部，但对女儿来说则是理想起飞的甲板。人生的很多第一次是无法复制的，就如十四岁生日集体庆典注定要成为女儿

---

* 2013 级 13 班肖乐知的家长。

一生的记忆，我想首先要做的就是怀揣感恩之心，向关心你的老师表示深深的谢意！

亲爱的女儿，当爸爸妈妈慨叹“时间都去哪儿了”的时候，其实时间就伴着你在一天天地成长。从小到大，你带给了爸爸妈妈无尽的快乐和幸福，我们就像翻看照片和日记一样，在追寻着你长大的每一个瞬间、每一个记忆，所以我们经常会不自觉地说到你小时候的故事。你会问：这是一种什么心理呢？这是一种爱的回味、爱的重温、爱的成长。更是因为这份爱，我们一家人要共同走过这个更加多彩的季节，共同面对前进路上的困难，共同品尝胜利的果实，共同庆贺你的每一个小小的进步，共同为你点亮人生的精彩。

十四岁是一个承上启下的关键时期，人生的理想也在这个时候萌芽、发展和壮大。什么是理想呢？理想不是高大上的豪言壮语，理想是对自己未来美好生活的憧憬，是实现心中目标的积极暗示。“我行，我能行，我绝对行”是自信和能力的彰显，是勇于超越的决心。好的习惯是一切开始的基础，女儿可能听说过这么一句话：“播下一个行动，你将收获一种习惯；播下一种习惯，你将收获一种性格；播下一种性格，你将收获一种命运。”有的人天赋并不好，但他成功了，有的人天赋聪慧，但一事无成。原因就在于前者抓住了实现理想的根本——认真、坚持、执着。

认真——是穷尽事物原理（规律、定义、概念）的猛追猛打，是举一反三的深入探究，是不放过一丝疑问的严谨态度。它摒弃浮光掠影、浅尝辄止、蜻蜓点水的不好习惯。认真是一种积极的态度！

坚持——是遇到困难时的挺住，是良好学习习惯的不可更改，是咬咬牙就能迈过去的韧劲。它摒弃三分钟热度、自己原谅自己、半途而废的羸弱心理。坚持是一种好的品格！

执着——是对目标的紧紧跟随，是对梦想的不懈追求，是虚心学习不打折扣的进取之心。它摒弃自我否定、没有信心、容易动摇的逃避情绪。执着是成功的基石！

十四岁将开启女儿成长中更加精彩的篇章，因为在爸爸妈妈眼里，我们的女儿一直是一个聪慧善良、尊敬长辈、关心他人、好学上进的姑娘。中学生活的丰富多彩必定为你提供更为广阔的发展空间，好好锻炼自己，汲取有益经验，丰富生活体验，从现在开始规划美好未来，以实际行动向着梦想前进！加油！

祝愿女儿天天开心快乐！

爸爸妈妈永远爱你！

爸爸亲笔

2014 年 10 月 23 日

青春是一本太仓促的书

李秀举*

> 遂翻开那发黄的扉页，命运将它装订得极为拙劣。含着泪，我一读再读，却不得不承认，青春，是本太仓促的书。
>
> ——席慕蓉《青春》

亲爱的儿子，看着你一点点成长，我和爸爸由衷地高兴。更可喜的是，你的成长不仅体现在身体上，更体现在生活、学校、做人的各个方面。

你懂事了，常常在学习之余主动帮助妈妈打扫卫生，看见你扫地拖地的认真劲，妈妈万分高兴；你彬彬有礼，每当楼下的奶奶们夸你有礼貌时，妈妈心里比吃蜜还甜；你学习主动，很少让我和你爸操心。

你成绩优秀，但绝不说明你是个书呆子。相反，你的生活如此丰富，让爸爸妈妈从心里叹服。每天写完作业，无论时间早晚，你或弹奏一首自己喜欢的优美的钢琴曲，或弹奏几下自己心爱的吉他，或踢几脚足球，或来一阵蹦跳运动，这些都是多么有益的活动！每逢周末，你除了完成如山的作业，还要参加吉他学习，你总能挤出时间至少跑两次书店，看看又有了哪些你喜欢的书。孩子，你上进心强，从不虚度自己的光阴，你总能把自己有限的业余时间打理得充实而井井有条，现在这个浮华的社会，有几人能做到这点？

最值得一提的是你对阅读的痴迷，你每天总有时间阅读，不论作业多少，阅读已成为你生活的习惯和必需。从书中，你获取的不仅是广博的知

---

* 2013 级 6 班于童梁的家长。

识，更是丰富的思想，人类的智慧。妈妈可以毫不夸张地说，你读书的广博，就连一个中文系的本科生也是远远达不到的，这是妈妈最自豪的事情之一！妈妈是个低调的人，但每当和别人谈起你，妈妈总是津津乐道你对阅读的狂热，你对书籍的痴迷，你知识面的广博。孩子，在现在这个快餐文化肆虐的时代，能够静心守住一张干净的书桌，你就有了世界上最高尚的朋友，你就永远不会孤独空虚，你就是世界上最充实最富有的人。孩子，希望你在浮躁的现实世界中，永远坚守住内心的宁静，热爱书籍，涵养性情，厚积德能，成为有修养、有品位的人。

还有你的独立能力和责任心同样让爸妈自豪。你每天早出晚归，坚持不用爸爸接送；你每天起早贪黑，执意不租房子为的是让妈妈上班不要远上加远。小小年纪，你已经懂得体谅父母的艰辛，已经学会为父母承担。敢于担当，心胸开阔，这是一个男子汉身上多么可贵的品质！

孩子，你天资聪慧，头脑敏捷，自强自信，真诚善良，富有爱心，责任心强。上天把最好的天分赋予你，这是你的福分，也是父母的福分。孩子，希望你能善待、珍惜，在人生的宽广大道上，勇往直前，永不停步。

孩子，希望你是一个脚踏实地的人。每个人的能力有限，我们活在世上，能脚踏实地地做好该干的事情足矣。不要轻视平凡的人，不要投机取巧，不要非议自己做不到的事情。你长大以后会知道，脚踏实地地做好一件事情太难，但决不要放弃，成功就是简单事情的不断重复，要永远踏实沉静，尽最大努力，做最好的自己，持之以恒，切忌浮躁！

孩子，希望你是懂得感恩的人。感恩每一个朝阳再起，感恩每一次花开花落，感恩你的老师，感恩你的同学，感恩你的祖辈父辈，感恩自己拥有的一切，甚至感恩和你不期而遇的每一个陌生人。不要总想着别人为我做了什么，要多反思自己为别人做了什么。要懂得"给，永远比拿愉快"，要明白"赠人玫瑰，手有余香"。如果你喜欢上了一个女孩，请你一定要温柔地善待她，不管结局如何，都要感谢她给了你一份青春的记忆。我们要理解他人，因为我们需要他人的理解。善待旅途上遇见的所有人，找出人们身上的闪光点。

孩子，希望你是一个有勇气正视自己的缺点和不足的人。虽然你很优秀，但"山外有山，楼外有楼"，你会一年年长大，你会渐渐遇到比你强、比你更加优秀的人，你会发现自己身上有很多令父母、令老师同学甚至令自己所厌恶的缺点，这有时会使你沮丧和自卑。但你一定要正视它，不要逃避，要"三省吾身"，"见贤思齐"，要拿出勇气一点一点地加以改正和克服。战胜自己比征服他人还要艰巨和有意义。古人说得好："知人者智，知己者明；胜人者力，胜己者强。"

孩子，希望你是一个高尚、正直、勇敢而独立的人。世俗许多东西虽耀眼，却无光泽、价值。希望你能拥有纯正的品格，内心充满高尚的情趣。孩子，人生没有返程票，力争走好人生的每一步。我能够给你生命，却无法代你生活；我能够传授给你知识，却无法保证你学业优秀；我能够给你指明方向，却无法领你到达目的地；我可以教你树立远大的目标，却无法帮你实现它；我希望你开心、幸福，却无法保证你能时时快乐……我的孩子，我只能这样来爱你，然后看着你，一步一步走属于你自己的路……

孩子，青春仓促，人生短暂，把握好自己！前行的路上有我们相伴，永远紧握你的手。

老妈

2014 年 10 月 18 日

清源自高远，筝飞一线牵

姚 振[*]

心爱的女儿：

首先祝你十四岁生日快乐！

今年的生日和以往的生日一样都是庆祝你在每年的这个日子出生，庆祝你每一年都有飞快的进步，庆祝你给我们带来的快乐，预祝你更上一层楼。但今年的生日也有别于你过去的诸多生日：十四岁标志着青春期的到来。

"郑重提示：从十四周岁起，你如果犯罪就要负一部分法律责任了。包含全部民事责任、部分行政责任、部分刑事责任、部分司法责任。"

听到这里，你或许会说："真扫兴，别人的爸爸妈妈都在鼓励庆祝孩子的

---

* 2013 级 11 班姚源筝的家长。

生日，你却给我生日致辞的开端就上纲上线。”呵呵，这就是你的爸爸：话不好却存满期望和鼓励！

你不记得：从你出生到咿呀学语，你接受到的教育信息就是“快乐成长，养好习惯”，主要反映在爸爸妈妈时刻在给你制造一种你能感受到的快乐信息，能让你有兴趣关注的一些耳闻目染的场景，能让你时刻咧嘴大笑的动作演绎，它们对你养成快乐的性格有很大的帮助。从你开始学习说话，我们就纠正你的发音。我对你妈说过：“要让她说话清晰，不含糊；不要将她当成孩童对话，就像对大人一样讲话，让她习惯成自然。”你妈妈做到了，你也做到了！

你记得：我从小就培养你的世界观。从你有认知，就叫你认识所有见到的东西，把整个墙壁贴满了花花绿绿的彩印画，屋子里放满了玩具。再后来你可以慢慢动手写写画画了，给你准备的纸笔你不用，就爱拿着各种笔专往墙壁上画，慢慢时间一长，咱家的屋里墙壁就像装修了一米左右的彩色墙裙，家具上就像绘制了彩秀。你妈妈笑着说：“她在给咱家做装修方案呢！”但是世界观也就在那个时期成了你记忆中的一个哲学名词，随着年龄的增长，你的视野逐渐扩大，看的书也越来越多，你的世界观也应该越来越清晰了。

你记得：是与非、对与错、真与假从开始提起到现在，应该是你记忆中最深刻的部分。因为强化这个道理在你身上的实施，你挨过训，也挨过打，你曾经为此而痛哭流涕。但是我们欣慰地看到，你已经有了明辨是非对错的能力，已经有了辨别真假的技巧。但是这种能力和你的学历一样，仅在初中阶段，你还要继续提高。

你记得：“控制力”这个词每每说得最多的时候就是假期结束开学的时候。因为假期里欢快玩耍的惯性往往让你的刹车失效。从小学开始每一年都有两次大的刹车期。你妈妈在用劲地踩你的刹车，我就在边上大声地喊“要加大控制”。再后来我把控制力的概念引申到了你的各个方面，“学如逆水行舟，不进则退”在这个阶段也得到了很好的贯彻。直到你真正有了控制力，这时候，你小学毕业了！初中一年多来，你的控制力得到了良好的锻炼，你基本可以收放自如、快慢由心了。但是爸爸告诉你：你现在只是辆自行车，好控制。你要把自己当成小轿车呢？高铁呢？你的控制力还不够！仍旧需要掌着“是非”的舵，苦练自己的刹车“控制力”，让它在正确的道路上疾驰。

十四岁的生日，给你——我的孩子带来的是鼓励、是憧憬、是希望。对我们来讲，则是光荣和责任。我们为你感到骄傲和自豪，我们要做你的副舵手，帮你排除前方的路障和阻碍，让你在理想的大道上畅通无阻！

最后，请我亲爱的孩子别忘了，当你像美丽的风筝一样高飞时，我们还有一根你永远扯不断的线拽着你，不让你脱离我们的视线。这根线，就是我们血肉组成的亲情！

十四岁生日快乐！爸爸妈妈的宝贝女儿——姚源筝！

爱你的爸爸

2014年10月18日

让我们一起成长

王　莉*

宋宋：

你好！

首先，祝贺你十四岁了，你已脱离儿童时期，正式进入青少年时期。这是人生中值得纪念的日子，是人生的一个里程碑。

妈妈有千言万语想跟你说，但提笔时，才发现不知应从哪儿说起。说多了，怕你烦；说少了，又怕你走错路，走弯路，不能理解我们的用意，“可怜天下父母心”。

那么，让我来给你讲几个故事吧。

有一支探险队要进行沙漠探险，这是一次非常危险的旅行，因为好多探险队都未能回来。

探险队进入沙漠后，总会看到别的探险队员留下的遗骸，队长要求队员们将他们就地掩埋、立碑、默哀。随着队伍的行进，环境的恶劣，队员们都很疲劳了，都不愿做这件和探险无关的事情了。但队长要求必须做，这是对亡

---

* 2014年4班宋佳微的家长。

者的尊敬。

有一天,狂风大作,飞沙走石,当一切停下来时,探险队迷路了,真是叫天天不应,叫地地不灵。但是,探险队还是走出了沙漠。为什么呢?聪明的你肯定猜到了答案。

是的,那些碑石救了他们,他们顺着碑石走出了沙漠。我想,探险队员们立碑时,不会想到碑石会救他们。

你现在的学习就是碑石。

当我们做一件事情时,不要抱着“今天播种,明天收获”的想法。而应该踏踏实实、认认真真地去做,要相信“付出总会有收获”,“机会总是给有准备的人”。

请你现在认真、欢喜地对待你的学习吧。也许,它给你的惊喜和回报就在明天。

我知道,你是矛盾的。一方面,羡慕学霸们,渴望自己也如此优秀;另一方面,又不想太累,不想付出太多。可是,世界是公平的,天上不会掉馅饼。

经过研究,学习的好坏,智力因素只占20%,非智力因素占80%。而在信心、意志、习惯、兴趣、性格这些非智力因素中,习惯又占有重要位置。

十三岁的科技大学学生周峰,成功的秘诀就是从小养成良好的学习习惯:

一是量化的学习习惯。

他认识汉字、记英语单词,都是每天10个,即使走亲戚串门也从不间断。一年下来,3000多个汉字、3000多个英语单词都记住了。

二是定时学习的习惯。

该学习的时候学习,该玩的时候玩。周峰自觉性极强,不需要别人提醒,比如听英语广播,他会准时打开收音机。

三是专心致志的学习习惯。

他学习起来全神贯注,思想不开小差。周峰觉得:牛顿的第一运动定律也适用于人的心理,即物体在没有外力作用的情况下,总保持匀速运动或静止的状态。

习惯是一种力,是一种能量。它看不见,摸不着,但它能使事物变得省力,变得容易。

针对现在的你,制定合理的计划是首先要做的事情。如:家庭作业的合理安排。应先把做哪科作业,大约用多长时间写在计划本上,然后再做作业。在做作业的时间段内，不能随意走动，就像上课一样严格要求自己。又如：英语单词的记忆。每天背几个？英语课文，每天背诵、默写哪段？生物、地理每天看哪页？“小水滴”的画哪天做合适？等等。就看你的行动了。

如果你需要我的帮助，请你告诉我，我很愿意帮助你。

最后，再与你分享一个真实的故事。

1974 年，洗车行里开来了一辆劳斯莱斯，有一个擦车小弟非常欣喜地摸了下方向盘，被客人发现了，客人扇了他一巴掌，告诉他，你这辈子都不可能买得起这种车。后来，这个擦车小弟买了六辆劳斯莱斯。擦车小弟叫周润发。

你永远不知道自己努力过后是什么样子。

让我们现在马上努力、行动吧！加油！

爱你的妈妈

2015 年 10 月 20 日

让我陪你长大

吴晨阳[*]

亲爱的孩子：

你好。一直想着给你写一封信，一直想找个充裕的时间，静下心来给你写封长长的信……

时间真快啊，转眼之间，你已经是十四岁的少年，马上就要成长为青年人了。十四岁正是做梦的年纪，我知道你的内心深处有很多美好的梦想。你的羽毛正在丰满，就像那只准备翱翔于天空的小鹰一样，对蔚蓝的天空充满了渴望。

爸爸妈妈此时心里既欣喜又激动，昔日在父母怀里撒娇，在地上耍赖，幼弱可爱的小男孩，如今却要一心挣脱父母的庇护，变成一个高大坚强的男

---

* 2014 级 2 班李昊原的家长。

子汉，这是一件多么叫人兴奋的事啊！

你是上天给我们最好的礼物，我们当年怀着多么幸福和期待的心情迎接着你的到来，你给我们带来了欢乐和希望，给我们带来幸福。

我们把所有的爱都给了你，从小我们就领着你领略各地的风土人情、名山大川，希望你读万卷书，行万里路，领略不同的风景。

未来是美好的，只要你有坚强的信念和无所畏惧的精神，就能在未来的天空中，飞得更高，飞得更远。

理想是丰满的，现实是骨感的。孩子，成长不仅仅是幸福的，同时也伴随着泪水。记得刚上初一的时候，在小学一向阳光的你，面对着初中繁重的功课，变得无所适从，成绩也不理想。那时，你的心情不好，每天总是郁郁寡欢，变得不再自信。你曾经无可奈何地拿着成绩单，心灰意冷地对我说："哎，我已经很努力了，怎么还是这样？"

其实，那个时候，我也很纠结，想责备你，却克制住了，用"蜗牛慢慢爬"的典故安慰着自己，也安慰着你。但我们都知道，这是个真实的谎言，你绝对不是一只弱小的蜗牛，更不是一只温顺的羔羊。你是一只翱翔于蓝天的雄鹰，是一只驰骋在草原的狮子，你身上流淌着祖先顽强拼搏、永不言弃的血液，你不会就此沉沦的。

孩子，你有着最优秀的智慧，你有着健康的身体，暂时成绩不如意，是因为你还没有适应初中学习的节奏，还没有掌握初中学习的方法。初中的学习和小学的学习不一样，它有自身的规律，只有掌握学习的规律，才能事半功倍。另外，你在时间的利用率上和在学习的主动性上也有待提高，在学习上花费的时间和精力也不够。

那时候，我真担心你会一蹶不振、自暴自弃，放弃对未来的追求，但你的顽强超出了我的预计。

有一次，你拿着成绩单，强作笑颜地安慰着我："妈妈，没关系，你放心吧，这只不过是个意外，下次我会努力考得很好的。"你说这句话的时候，我看见眼泪已在你眼眶里打转了，但你强忍着没有哭出来，我知道你的内心很痛苦。在那个瞬间，我突然发现你不再是什么都不知道的毛孩子，已经变成了懂事的少年了。我还能说什么？一切语言都是多余的。我知道，即使是这样不理想的分数，也花费了你大量的时间，付出很多努力才取得的。

那天，我反思自己的教育存在着很多问题，忽视了很多细节的培养，没有跟上初中学习的节奏，也没有掌握初中学习的正确方法。亡羊补牢，为时不晚。从那以后，我开始大量阅读古今中外的教育著作，留意优秀家长的教育经验，用爱心和耐心陪你一起成长，和你一起探索最佳的学习之路，一起分析学习中面临的问题，找出薄弱之处，及时纠正，设法弥补。

孩子，让我感到放心的是，你一直在努力，虽然成绩总是达不到预想的高度，但你却丝毫没有放松，没有放弃。跌倒了，爬起来，擦干泪水汗水，继续出发，一次次地努力，永不言弃。孩子，人生是一场长跑，只要坚持，最终一定会成功。我们欣慰地看着你在成长，虽然经历了很多挫败，但乐观依旧，你真了不起，是个当之无愧的男子汉！

时光如流水，转眼之间，你已经上了初二。初二是中学生活中的转折，也是初中生活的分水岭，我发现此时的你越来越懂事了。如今的你已经适应了学校的学习，成绩也有了起色。你经常拿着不错的成绩回家和我们一起分享，心情也很愉快。我发现你自信了许多，但你并没有停止前进的脚步，学习更加努力了，我知道你已经在艰苦的学习中寻找到了乐趣，心中有了更高远的目标。

孩子，你知道吗？妈妈很佩服你的毅力和勇气，记得上初一的时候，你要挑战自己，报名参加了男子 1500 米长跑，你从来都没有跑过这么长的距离，我非常担心你跑不下来。在你起跑的时候，我看见你拼命地追赶那些实力远远超过你的种子选手，丝毫没有害怕的意思。在中途，体力消耗巨大的时候，你尽管大汗淋漓、气喘吁吁，却咬牙坚持着，到了冲刺的时候，你竟然超越了几个选手，最终成功地跑完了全程。同学们像欢迎英雄那样给你最热烈的欢呼，你终于成功地挑战了叫你最感头疼的长跑，孩子，你真了不起！

都说女孩子是妈妈的贴身小棉袄，男孩子又何尝不是？虽然我们是两代人，但我们也是最好的朋友。我知道，虽然你是我的孩子，在我的身边，但却不属于我，你有自己的思想，你的世界是我无法企及的，我只能尽量地了解。孩子，我欣慰地看到，你心灵的大门一直向我打开着，我们之间无话不谈。

每天晚餐，是我们家最开心的时光，你总是滔滔不绝地讲班里发生的事；每天晚上，我们都在谈心，大多数时间是你说我听，虽然有很多想法是天真幼稚甚至可笑的，但我依旧听得津津有味。我惊讶于十四岁男孩子的世界竟然如此丰富多彩，充满了梦幻的色彩。我很享受这种充满着童真母爱氛围的家庭生活，所以无论工作多忙，我都会陪伴在你的身边，和你一起成长。

感谢你给了我人生中的第二个十四岁，感谢你带给我无数个开心幸福的日子，原来养育孩子是如此的开心。

孩子，让我陪你长大，是为了让你拥有更美好的未来，过上属于你的理想的生活。我对你的未来有很多预期，希望你长得高大英俊，会打篮球，弹一手好钢琴，遇见很多知己，经历更好的生活，有几个品行美好的知心朋友，他们可以相伴你走过人生风雨路。

孩子，让我陪你长大。你的身上有很多美好的品质，好学上进，这是你成功的保障。你在我的心目中是完美的，所以我不仅仅要你取得好成绩，还希望你能德智体全面发展，有个好的身体，迎接越来越紧张的学习生活。希望你永远保持纯真，做个有责任感、懂得感恩、懂得珍惜、正直善良的人。

孩子，让我陪你长大。你要记住，我们的家永远是你最温暖的港湾，永远是你力量的源泉。我们希望你的人生充满着欢笑和喜悦，充满着快乐和幸福。

爱你的爸爸妈妈

2015 年 10 月 18 日

让"朋友"伴你成长

张志民　刘　静*

亲爱的儿子：

你马上就快满十四周岁了，我们就坐在你书房的隔壁，给你写这封信。

你出生在十四年前的"小雪"那天，让我们荣升为"父母"。从此，我们的心中有了无数的牵挂，同时也被无边的快乐、惊喜、感动和幸福填得满满的。谢谢你，亲爱的宝贝！

仿佛就在上个月，你还举着一个指头，认真地告诉别人你一岁了；似乎

---

* 2013 级 7 班张蕴川的家长。

就在上周，你还在点着头，跟着爸爸练习说“鸽子、渴了、喝水”；好像就在昨天，妈妈接你去得晚了，你正在幼儿园给剩下的几个小朋友读故事；恍惚间，眼前又闪动着你放学后玩得忘乎所以、满头大汗的样子，在班车启动前一分钟背着书包气喘吁吁地赶过来……一天一天，你在我们身边咿呀学语、蹒跚学步、好奇地探索，居然已经十四年！

我们还依稀记得，你牵着爸爸的手去宠物店看小狗的样子，可是，我们又分明刚刚迎接了你和同学们骑行500多公里的凯旋。以前，早晨要让妈妈叫好几遍还赖着不起床，可是今天，你醒得比我们还早，轻手轻脚地起来温习功课。以前，你总是缠着爸爸妈妈问这问那，现在，你往往在沉思中被爸爸妈妈关切的寻问而打断。

我们分明感到，你的世界越来越大，爸爸妈妈正在褪去“万事通”的光环。

儿子啊，“青春”就在前边等你，却让我们留在原地。你渐渐脱离我们的怀抱，还将继续向着更远更开阔的方向前进。我们真是又高兴，又有点惆怅。就像那年断奶的时候，你第二天就适应了奶粉，妈妈却失落了好一阵子。

儿子啊，总有一天，我们会跟不上你的脚步。趁现在，我们将自己的几个相识多年的“朋友”引荐给你，让他们伴你在成长的路上前行。

第一个朋友叫“真诚”。你们很早就认识了，你只是不知道他的名字。以德报德，以直报怨；真诚面对世界，真诚面对自己。相信真诚已经印在了你的性格里。孩子，有真诚在，就没有委屈、没有后悔。

第二个朋友叫“自律”。孩子，你跟他还不太熟，他看起来可能有点严肃，但他真的像个“奶爸”一样负责。孩子，自律就是自爱。你真正理解了爱自己，就能学会爱他人、爱生命。你只有做到了自觉、自律，才会有能力爱自己、爱家人、爱社会、爱国家。

第三个朋友叫“谦和”。孩子，“争”是一种能力，“让”却是一种风度。当然，如果不具备“争”的能力，“让”有可能是一种屈辱。我们向来不担心你奋力争先的冲劲，但必须要提醒你，有一天你会理解“夫唯不争，天下莫能与之争”。有了谦逊、礼让，前行的路上，才会有更多的朋友。

第四个……

忽听到你在敲门叫“妈妈”，我们一下惊醒过来，一看表快十点了。妈妈就喊：“哎呀，宝贝该睡了！”我们注意到，这个“宝贝”还是坦然地接受了，于是就决定先写到这里，有些话过些日子再和你谈也不迟。

最后，祝你十四岁生日快乐！

爱你的爸爸和妈妈

2014 年 10 月 21 日

十四岁的青春宣言

单提平*

文泓：

你好！

时光飞逝，在不知不觉中，你十四岁的生日到来了。这意味着你又成长了一岁，又在青春的舞台上前进了一步。我们应该让这个生日过得有特色，让它成为你美好的青春记忆中的一部分。为此，爸爸妈妈很高兴能在你十四岁生日的时候，给你写一封信，与你交流。

十四岁，正是有着无限憧憬和无限活力的美好年华，也是你逐渐形成自己的价值观，愿意凡事都应该有自己的主见的时候。爸爸妈妈会越来越尊重你的感受和意见，尊重你的选择和安排。不过，有许多经验之谈我们觉得有必要和你多多沟通交流，以利于你更加健康快乐地成长。

在此，我们想着重谈三个方面的问题：

第一，理想问题。也就是怎样调整好自己的心态，让崇高的理想和扎实的努力牢牢结合在一起。在初中迅速成长的这几年，你心态的变化是非常令人惊异的。我们并不能完全准确地说明你现在的思想状况和心理状态，但是我们可以和你分享一下我们这个年龄段的青春感受。记得爸爸在上初中的时候，会开始积极地思考未来的理想是什么。当然，尽管我想过未来从事各种行业的可能，比如说，当科学家，这个概念只限于读科幻小说得来的印象；或者当作家，写出好多有趣的吸引众多读者的书，想得最多的可能是

* 2014 级 4 班单文泓的家长。

像金庸、梁羽生那样成为写江湖大侠的畅销书作家；或者成为国家行政管理人员，努力做治国安邦的大事。但我从来也没有想过会成为一名哲学老师，没有想过整天会和抽象的概念打交道。人总是会不断变化的，我们的目标会随着人生经历的曲曲折折不断进行着调整。但我还是感谢那个有梦想的时候，它让我觉得昂扬的斗志、奋进的精神是人最为宝贵的，它让人觉得拥有生活的内在价值，你的人生才会真正迸发出璀璨的生命的光芒。

但是，年轻时候的梦想又总是容易遇到各种困难的挑战和考验，甚至也常常发生梦想的风帆搁浅在慵懒的沙滩上的情况，因为阴晴不定的内心的天空并不总是鼓荡着勇者前行的好风。于是，我们也常有懈怠之心，常有拖延之意。在爸爸上初中的时候，英语一度成为拖后腿之科。烦琐的语法和脱离生活的课文语句，再加上当时教学根本不重视英语的使用和交流，而我根本没有理解学习英语的目的和意义，因此也就提不起学习的兴趣。自然，考试成绩不理想，也伤害了我当时小小的自尊心。结果恶性循环，我就更不喜欢学英语了。不得不说，当时我们的英语老师还是挺粗暴的。有一次，我因为糟糕的英语成绩，遭到了英语老师当着全班人的批评，甚至体罚。痛定思痛，我怀着一种恐惧而羞愧的心情重新在英语上下工夫，背单词、背课文、背语法，功夫不负苦心人，终于在后来的考试中打了翻身仗。今天想想，我仍然很感恩教我们的英语老师。

我举这个事例，目的在于说明，要想达到一个目标理想，首先必须有刻苦的努力，有崇高的理想作为人生前行的灯塔，肯定会让自己有明确的方向感和动力感。我们不妨把理想作一个小小的转换，转换成自己日常努力的目标。比如，在各科成绩上向本学科前五名同学看齐，他们就是努力的榜样，这样你努力的目标就具体化了，不再总是摸不着头脑。再比如，对于自己日常积累下的小经验，要及时总结，并坚持下去；对于积累起来的容易懒散、容易懈怠的习惯，要慢慢有计划、有步骤地改正。有人说，要养成一个习惯，需要 21 天的坚持，我觉得这是一个不算太难的挑战。说是挑战，因为往往人能够坚持的时间是一周，过个周六、周天，思想和身体稍微开小差，往往就实行不下去了。所以，你首先要坚持一周的时间以上。人生往往就是这样，积小胜为大胜，积小败为大败。中国古代的哲学家老子说过："图难于其易，为大于其细。天下难事必作于易，天下大事必作于细。是以圣人终不为大，故能成其大。"又说："九层之台，起于累土。千里之行，始于足下。"而另一位晚些时候的儒家大师荀子也说过："骐骥一跃，不能十步；驽马十驾，功在不舍。锲而不舍，金石可镂；锲而舍之，朽木不折。”这些金玉良言，千百年来反复为人们的实践所验证，成为颠扑不破的真理。成就大事的人，往往不是那些特别聪明的人，而往往是那些抱定目标，有毅力一直做下去的人。爸爸妈妈希望与你共勉，共同进步！

第二个问题：修养问题。爸爸妈妈愿意在这一个问题上与你讨论得更深一点。修养不等于性格。性格是先天遗传造成的，几乎由不得个人选择。还记得妈妈说过“孩子往往会遗传父母的全部缺点，但优点却需要后天努力习得”的话吗？这句话说得可能有些夸张，但从警醒人的角度来说，是非常有可取之处的。我们的古代文化也有类似的话，但说得更为含蓄、委婉。《诗经》上说：“如切如磋，如琢如磨。”就是说，人的天性好比是一块璞玉，内在的本性虽然是好的，但外边却被不相干的杂质包围着，需要雕琢和打磨，才能把晶莹剔透的本质给显现出来。这是一个多美的教育比喻啊！孔子也强调说：“质胜文则野，文胜质则史。文质彬彬，然后君子。”意思是说，一个人，如果质朴多过文采，那么就显得粗俗；但如果文采多过质朴，那么就变得浮华，不厚道。一个人，只有质朴厚道和文采斐然相辅相成，这样而后才能够算得上君子（受人尊重的人）。所以，注重修养是古人特别强调的后天努力的功课！今天的教育，在学识上给予我们很多的启发，但在个人修养上，却只是给你一些指点，那是你必须用一辈子身体力行的功课！可以说个人的修养是永远不能停歇的功课，它必将与我们的生命同休止。与一个有较高修养的人交往，是非常令人愉快的，古人曾经用“如坐春风”来形容这种感觉。我们暂时不需要奢求这种境界，但是尊重师长、团结同学、广交朋友，将会为我们赢得更好的成长环境和自由发展空间。

第三，体育问题。有健康的体魄才能胜任做一番大事业的担当。但是，初中阶段的紧张学习，让你把体育锻炼的时间一再减少，现在时间更是少得可怜。毛泽东在青少年求学时期，曾经长期坚持冷水浴，坚持锻炼身体，提出“野蛮其体魄，文明其精神”的口号，并坚持不懈地践行这一宗旨，因此才得以在以后的革命生涯中历经磨难，完成艰苦卓绝的功业。以爸爸的经验来说，如果求学时代体育成绩不够好，对体育锻炼也不够重视，到中年后，就能意识到健康的身体对工作和学习是多么重要。我跑步锻炼身体，已经坚持一年有余了，感觉到颇有收获，希望也能给你做一个好的表率，培养热爱体育、强身健体的好习惯。当然，之所以把体育作为一个专门的问题来谈，还有一个重要的原因就是，体育锻炼对好性格的养成是非常有裨益的，热爱体育、积极锻炼的人，往往会性格开朗、朝气蓬勃，给人非常阳光的感觉。同时，体育锻炼也是减轻思想压力的良好手段，一段时间心情压抑了，或者学习紧张了，去跑跑步，出出汗，开阔一下心胸，拓展一下视野，就什么烦恼也没有了，说不定转换一下思路，会把脑海中的学习难题突然化解开呢！当然了，跑跑步，坚持中长跑，会很有效地塑造你的形体，使得你更协调灵活，变得更加美丽而自信！

这三个问题，虽然是分开来谈的，但是它们又是有机统一在一起的。简言之，就是爸爸妈妈希望和你好好沟通，做好充分的准备，要进行青春闯关了！“年年岁岁花相似，岁岁年年人不同。”面对成长的你，面对你那慢慢褪去稚气的脸孔，换成洋溢着青春活力的笑靥，真的会有万千感慨！第一次给你写这么长的信，唠唠叨叨，却感觉还有好多好多的话没有说到。想起我们一起啃西瓜的场景；想起你第一次写“吃年糕”、写“打枣”的场景；想起你和我，还有你的好朋友凯凯和他爸爸一起到公园里玩雪、打雪仗的情景；想起你和好朋友魏伯阳照相，小脸冻得通红的场景；还想起你和姥姥一起逛早市的情景；想起我们一家三口在我的北大博士毕业典礼上照相的情景，真的历历在目，清晰如见……

我们的小姑娘长大了，在十四岁生日到来的这个特别日子里，爸爸妈妈和你谈一次心，送上真诚温馨的祝福！

祝：健康快乐，梦想成真！

爸爸妈妈

2015 年 10 月 18 日

十四岁来敲门了

陈 凯*

心爱的孩子：

你即将迎来自己的十四岁，即将从一个懵懂稚子成长为翩翩的少年，即

* 2013 级 7 班陈泽瑞的家长。

将步入人生一段最美好的时光，即将告别懵懂迈向自信，爸爸妈妈由衷地祝贺你！人生之所以精彩是因为有爱，我们之所以精彩是因为有你。

爸爸妈妈最疼爱的就是你。

记得你小时候不小心把手指卷入电动车链条中，指尖几乎脱落，爸爸妈妈抱着你一晚上在医院各检查科室飞跑了好几个来回，听主治医师的诊断简直就像听法庭的宣判，生怕手指留下残疾，当最后一位老医师看了半晌你的手指，说了一句"清创缝合"时，心中石头才落了地。你要知道，在爸爸妈妈心中，你是最珍贵的无价之宝。

爸爸妈妈最关爱的也是你。

每当你上学出门，妈妈总是提醒你多穿衣服抵御风寒；每当你放学回家，妈妈总会为你做好一顿丰盛的晚餐；每当雨天雪天，妈妈总会为你撑起遮风挡雨的伞……一点一滴，爱像水，而你像小树。爸爸为学习可以连续半小时地批评你，爸爸开车送你上学的路上还会喋喋不休地给你讲期中考试的得失，爸爸每天夜深时都会为你盖一次你蹬开的被子……一桩一件，爱依然是水，你依然是小树。父母的爱，似涓涓细流，滋养着你，润物无声。如果有一天你长成大树了，在感受到独立的轻松和自由时，偶尔体会到莫名的孤单，开始想家，想你的爸爸妈妈了，那是因为这里有水，你的根在这里。

爸爸妈妈最骄傲的还是你。

你最大的优点就是重感情。有次爸爸妈妈为了琐事拌嘴，你在一旁悄悄落泪。爸爸妈妈不禁愕然，你对家的珍爱让爸爸妈妈自愧，有什么比拥有一个和美的家更重要呢？于是，我们停止了争吵，阳光又暖暖地照进家里，温暖着我们每个人的心。而那一年你才十岁。

爸爸妈妈最期待的依然是你。

现在，十四岁向你跑来。十四岁为什么是一个里程碑式的年龄？仅仅是身高已超过了妈妈？人生其实最重要的成长是心智的成长，爸爸妈妈希望你善良而不懦弱，自立而不独行，逐渐学会观察和解析人生。学习不是人生的全部，但却是很重要的一部分。如果把人生比作网游，你就是侠客，知识就是必备的武器，你是愿意装备一把青铜剑，还是一把寒钢剑呢？不升级装备怎么打 Boss 呢！

你是幸福的，因为你有幸进入了一所名校山大附中，而这所名校还给你们举办了隆重的十四岁生日庆典，让你和爸爸妈妈之间有了这次弥足珍贵的用书信沟通的机会，让我们全家一起在生活的点滴中拾贝。如果你不仅能懂得爸爸妈妈的爱，还能体会到老师和家委会家长的爱，那，你的心也十四岁了。

孩子，十四岁来敲门了，你听到了吗？

爱你的爸爸

2014 年 10 月 20 日

十四岁生日庆典感言

邵永祥*

旋进寥廓的银河星空，
转入太阳系中孕育了亿万年生命的蓝色地球，
巍巍岱脉北川、滚滚黄河南岸，
一群激情澎湃的齐鲁精英，
正在百年山大的怀抱里，
定格着他们生命中一个庄严而神圣的时刻：
十四岁集体生日庆典！

这一刻将他们从天真烂漫的儿童蜕为朝气蓬勃的少年；

这一刻让每位父母心撼神动地品尝着自己生命延续过程中拔节长筋的滋味；

这一刻让每位老师透过幸福的泪光享受着辛苦汗水滋养出来的每一点成长；

这一刻让他们在对“道德天地国亲师”的自然敬畏中把各自的使命扛在肩上。

这一刻给他们注入了扬帆出征的力量！

---

* 2014 级 6 班邵曦程的家长。

这一刻让爹娘们如“鹰的再生”一般，再次陪伴儿女起航！
这一刻让老师们展望到每个孩子而立成才时的模样！
这一刻，随星移斗转，一去不复返！
但！它将会，让我们在对明天的无限珍惜中迎来：
孩子们齐家治国平天下的豪壮！

爸爸作于你十四岁生日集体庆典之际
2015年10月20日

送你一双飞翔的翅膀

张 靖*

乐鲲：

我们亲爱的儿子，今天是你的十四岁生日庆典，我们想把埋藏在心里的话说给你听……

2001年9月6日上午11点25分，上帝把一份最美妙的礼物送到了我们手中，白白的、嫩嫩的、柔柔的你让我们无比惊喜。你的每一声啼哭，每一声欢笑，在我们听来都是悦耳的音符，看着你熟睡的样子，我们默默感谢上天的恩赐。

转瞬间，时光已划过十四年，你从一个五十四厘米长的小婴儿成长为一个一米七高的小男子汉。回想你这一路上的点点滴滴，说不尽的欢乐、欣喜、痛苦、感动、酸楚，五味杂陈，一幕幕情景像电影一样在我眼前闪过……

满月那天，我们拿出印手脚印的印泥，想留下你最初的痕迹留作纪念，你看到那个装着绿色印泥的小框框，特别感兴趣，小手不停地抓啊、抠啊，就是不肯平摊开手掌，费了好大劲，结果印了个不成形的小手印。印小脚印时我们就谨慎多了，趁你睡着的时候悄悄地拿着你的小脚清晰地按上了，脚掌上的细纹清楚极了。这就是咱家现在摆着的那对手脚印的制作过程。你总问为什么手印是那样的，怪怪的，以上就是向你揭晓的答案，这是多么珍贵

* 2013年级14班王乐鲲的家长。

的纪念和记忆啊！

一岁半的时候，你爱上了楼下修路的挖掘机，每天坐在窗台边眼睛一眨不眨地看着它工作，看完就画，画一阵儿就再去看。小区里的路修完了，你也认识了推土机、搅拌机、拆墙机。不久后，它们都变成了你笔下的画作。从那时起，你天天有空儿就画画，十几年从不停歇，画画成了你最大的兴趣爱好。现在你娴熟的绘画本领，是十几年苦练得到的，加之上中学你又幸运地遇到了孙明宇老师，有他那样高尚敬业的老师带领，坚持下去吧，孩子，那将是你人生中一笔宝贵的财富。

一年级作文，你写你的班主任宋老师，严厉而又慈祥，写她的眼睛会说话，仿佛用后脑勺也能看得见。那篇文章精彩极了，让宋老师夸赞不已。不久，这篇文章在《小学生作文》杂志上发表了，宋老师开心得不得了，鼓励你多读多写，是她发掘了你的写作才能。同时，请不要忘记你的启蒙老师——姥姥，虽然她不是妈妈的亲生母亲，但她对你的呵护和教导倾尽心力，是很多亲姥姥都做不到的。是她真正把你领进文学的大门，从你咿呀学语时就引导你读书、背诗、认字。还记得"离离原上草，一岁一窟窿"吧，哈哈，现在想起来那一幕还让人忍俊不禁。功夫不负有心人，你有好多篇习作都变成了铅字，前不久得知你的诗歌《黄河古韵》收录进了《全国青少年诗歌选》，姥姥激动地大声朗读，不时发出赞叹，仿佛看到自己的努力结出了硕果。

阳光、帅气、刻苦、豪爽、有担当，这些是家人、朋友、老师、长辈眼中的你，你一直是我们的骄傲，我和爸爸都是平凡的人，但有时你的出色表现会令我们感觉"很不一般"，谢谢你带给我们的自信。

现在你长大成人了，好像鸟儿羽翼丰满，要离开巢穴独自飞翔了。尽管我们心中有几分不舍，但爸爸妈妈清醒地意识到，过度的保护只会束缚你，父母的怀抱只会让你变得懦弱、抵抗力差，所以我们要做的事是教你学会飞翔的本领，让你有能力、有魄力、充满希望地飞向蓝天。

做一个充满自信、乐观向上的人。自信会让你对你所从事的工作充满兴趣，有积极的动力和爆发力，头脑中的灵感就会不断闪现。传统教育总是要求人要谦虚，中国人总爱说自己不行，这个观点可以从这个角度解读，理解为"低调做人，高调做事"，做事的时候不要谦虚，要相信自己。初一上学期，你的成绩平平，你羡慕班里的"学霸"，你暗自努力，每天复习到很晚，对稍微弱一点的生物、数学等等科目整理错题，默画系统图……通过不懈的努力，期末你也考到了理想的成绩，而且还总结出了一套复习经验，这个过程虽然很辛苦，但也品尝了收获的快乐。类似的事情在你身上发生过很多，比如钢琴考级、参加美术比赛和作文大赛等等，所以，你要相信，任何事情只要想做，没有做不到的，大声地告诉自己："我能行！"

做一个独立、敢于担当的人。十四岁的你已经成为一名青少年，除了学习，还要逐渐担负起很多学校和家庭的责任，你完全有这个能力，还需要更多的魄力。从今天起，在家庭生活中，爸爸妈妈要把你当成一个大人，锻炼你的独立生活能力，让你承担你应该承担的责任，自己的生活要学着打理，从最简单的收拾书桌、叠被子，到打扫地面、做简单的饭菜，我们决心要放手，你也要积极配合。在学校里，要积极为班级、同学们服务，老师交办的事情要尽心尽力，负责到底，还要学会合理安排人力、物力资源，学着考虑怎样用最短的时间达到最好的效果。在做事的时候要多与老师、同学沟通，大胆地表达你自己的想法，同时倾听老师、同学们的建议，相信从中会得到很多好的经验。放手去做吧，你能行！

做一个学会管理时间的人。时钟滴滴答答，时间不停流逝，不同的人管理时间的能力不同，时间给他的回报也不同。同样是一小时，同样是一份作业，有的人看看电脑，玩玩手机，喝点水，时间很快就过去了，作业却一点没做，内心十分纠结和懊悔，在不安中勉强应付完作业。但有的人善于规划时间，利用半小时集中精力做作业，剩下的半小时打篮球健身，既完成了作业又锻炼了身体，玩的时候毫无负担，身心愉悦。显而易见，后者是人们眼中的高效人士，他们总是精力充沛，头脑清晰，秘诀就是他们善于管理和规划时间，他们在高效工作中获得内心的满足，继而对学习、生活充满希望，充满正能量，内心的感受是良性循环，完全没有压力和负担。爸爸妈妈希望你能在日常生活、学习中思考，学着管理你的时间，从每天列一张学习计划开始，从规划半小时、一小时开始，摸索一套适合自己的方法。OK，开始吧，试着做一名时间达人，你能行！

收拾好行囊，带着爸爸妈妈的嘱托，开始你的青春之旅吧！前路可能有荆棘、坎坷，但更多的是成长的快乐、惊喜和收获。迈开大步、展开翅膀，向着蓝天和远方飞翔吧！祝你好运！

爱你的爸爸妈妈

2014年10月25日

为你撑起爱的天空

荀耿生　李宝琴*

亲爱的儿子：

再过不久你就满十四周岁了，这意味着你成长到了人生的一个新的阶段，从此以后，你不再是个少年儿童，而是向着一个青年、一个成人进发，这是人生的一个新高度。

十四年前一个下着雪的清晨，你来到这个世界，来到我们的怀抱，从此，你便是这世上我们最亲最爱的人，你给我们带来了无数的喜悦和数不清的小烦恼。

你还记不记得，上幼儿园时我带你去报名课外兴趣班，有跆拳道、儿童画、各种乐器……这么多兴趣班里你坚定不移、毫不动摇地选择了围棋，并且一学就是六年。不管你学的是什么，我们想你已经在做人生的重要一事——选择与坚持。

你还记不记得，在升围棋一段的那次比赛中，决定胜负的那盘棋你下了整整两个小时，整个赛场最后只剩下了你、对手和裁判，你赢了，把对手下哭了。不管输赢，我们想你已经在做人生的重要一事——努力和拼搏。

你还记不记得，小学三年级的一个傍晚，你强烈要求爸爸带你学滑板，你无数次从滑板上摔下，又无数次重新站上去，一次次，一遍遍，浑身是汗你也不休息，直到一个小时后你终于能自如掌控滑板。不管你学没学会，我们想你已经在做人生的重要一事——顽强与坚韧。

你还记不记得，小学四年级时你沉溺于游戏“三国杀”，为了让你从游戏中解脱出来，我们买来一本厚厚的原版《三国演义》，从此你小小年纪，每天一有空就抱着它，直到几个月后，你看了三遍，对故事、人物如数家珍，后来又看《三国志》和其他一切有关的三国的艺术作品，现在又开始看裴松之注

---

* 2014 级 12 班荀书航的家长。

的《三国志》。我想你已经在做人生的重要一事——痴迷和钻研。

你还记不记得，奶奶津津乐道的关于你的一个个小笑话，诸如模仿大爹、模仿村里老奶奶，我亦犹记你惟妙惟肖地模仿赵本山、宋丹丹的经典段子，可以说从小尽显逗比本色。我想你已经在做人生的重要一事——幽默与风趣。

你还记不记得，你从小喜欢交朋友，不管是在幼儿园、小学还是在棋院、赛场、羽毛球队，你总是很快就和小伙伴甚至小对手打成一片，小学毕业季我更看见了你对六年同窗好友的不舍和留恋。不管你们是否一直是朋友，我想你已经品尝到了一点人生滋味——友情和离别……

关于你，还有很多、很多，点点滴滴，都是我们的美好回忆。关于未来，你将会经历更多、更多，美好的，不美好的，都将是人生的必修课。

眨眼，你已十四岁。

如果把人生比作一场戏剧，你的人生大幕正在徐徐拉开。人生如戏，但又与之不同，因为这出戏怎么写，怎么演，全靠你自己。在人生戏剧中，自己积极充当主角、积极书写剧本的人，与缺乏目标意识、懒散庸碌混日子的人之间，会产生巨大的差距。

如果把人生比作一次旅行，那么在人生的旅途中没有捷径，没有轻轻松松就能一步登天的魔梯，只能用自己的双脚一步接一步向前进。或许你认为，如此缓慢而谨慎，似乎无法走完漫长的旅程，根本不可能成就伟大的事业。但是不必焦躁，一小步一小步的不断积累，定会孕育出“乘数效应”。每一天扎扎实实的努力所产生的小小成果，将成为继续努力的动力，而不停顿的努力又会带来更大的成果。不言放弃，再接再厉，在不知不觉中我们就会攀登上连我们自己也无法想象的高峰。

作为父母，我们愿意陪伴你长大，为你撑起一片爱的天空，让你的羽翼在我们的温暖与爱中渐渐丰满，直至翱翔远方。

亲爱的儿子，在你十四岁之际，我们还要送上最美好的祝福与期待，愿你成为一个健康快乐、阳光善良、果敢坚毅、有担当的男子汉！

永远爱你的爸爸妈妈

2015 年 10 月 24 日

为你写下最美丽的诗

高增丽*

宝贝，不觉，就到了你十四岁的生日，
总想，用最美丽的笔，给你，写一首最美丽的诗！
然，爸妈的笔是笨拙的，只有匆匆地码下几个字，
为你这一次隆重的生日，留下简单念记！

至今还清楚地记得你出生时的样子，
蹬着小腿，嘟着小嘴，哭声是那么有力！
你的脸蛋像红红的果，你的眼睛像弯弯的月，
连你啼哭时的眼泪，都像清清的小溪。

你的到来，给我们的家带来无限希望，
你的到来，给我们的家带来无尽欢喜！
你是爸妈生命中至爱的宝贝，
你是爸妈世界中至美的天使！

爸爸怀了激动的心，费了心思，
为你取名高大的“冕”字，
就是想衷心地祝愿你呀，
向着太阳，健康成长，如诗如花，永远美丽！

还记得，你上幼儿园时跳过的舞，
还记得，你在少年宫中学过的笛，

---

* 2013级6班贾冕的家长。

还记得，你小学六年里下过的棋，
还记得，你含泪吹完十级葫芦丝。

你虽然执拗，但你选择了开始，
你虽然哭泣，但你选择了学习，
你虽然倔强，但你选择了磨砺，
你虽然委屈，但你选择了坚持！

你没有抱怨爸妈的嗔言，
你没有责怪爸妈的紧逼，
你知道，要想高傲飞翔，
一定要练就无比坚实的利翅！

虽然外表文静，其实你最活泼最爱笑最开心最调皮！
蹒跚学步时，每每爸爸归家来兮，
你总是欢欣雀跃，张开小手，
迫不及待投进爸爸温暖的怀抱，娇笑嘻嘻……

十四年，弹指一挥、白马过隙，
你已是豆蔻年华，婷婷玉立，
极少再靠爸爸的胸膛，
极少再依妈妈的双臂。

是呵，不知不觉你就长大了，
甩掉往昔的柔弱，
脱去曾经的稚气，
像一只欲击长空的小鹰，铮然自强自立。

有幸升入山大附中，有缘加入六班班级，
融入到这个更大更团结的集体，
用你的刻苦、勤勉、汗水和努力，
去书写新的人生篇章，挥洒更强更多的活力！

前行的途中总有风雨，
远方的道路总有泞泥，
成长的历程总有挫折，
而你，满怀着巨大勇气，不再怕那重重荆棘！

就像在 2014 秋季运动会 1500 米的竞赛上，
起跑时你摔倒了，可是你用一秒的速度就崛然而起！
是啊，敬爱的老师给你切切鼓励，亲爱的同学给你声声加油，
爸爸妈妈也会永远站在你背后，给你坚盾般的支持！

抛了略略的浮躁，弃了点点的潦草，
做得更好，飞得更高，行得更正，站得更直，
除了美好的心灵，健康的身体，
更重要的，还有自觉自知自省的宝贵品质。

一支浅陋的笔，描写不出你个性的可爱，
两张薄薄的纸，描写不出你本性的聪俐，
几句简单的话，描写不出你特性的独异，
再多苍白的诗，也描写不出你成长中的青春痕迹！

热烈地祝贺你，宝贝，怀着感恩的心，参加十四岁生日盛礼，
真心地祝福你，宝贝，怀着幸福的心，与爸爸妈妈一生相依，
诚挚地祝愿你，宝贝，怀着快乐的心，和老师同学共同进步，
虔意地祝祷你，宝贝，怀着谦逊的心，去创造属于你的奇迹！

陪伴你、疼惜你的爸爸妈妈

2014 年 10 月 30 日

温暖的感觉

孙 岩*

亲爱的儿子：

过一个多月你就十四岁了，在爸爸妈妈无比欣慰的目光中，你成长为一个阳光、自信的帅小伙，爸爸妈妈为你感到高兴，感到幸福。

在学校要为你和你的同学们举办十四岁生日庆典之际，妈妈提前给你写这封信，祝你生日快乐！你们这一代是幸福的，生长在这个美好的时代，有这么好的学校，有尊敬的老师，有疼爱你们的父母，要知道感恩，感谢学校，感谢老师，感谢父母。

从你一岁开始，每年你的生日，妈妈都要给你写一封信，记录你的成长，记录我们家的快乐生活。每写一个字都倾注了妈妈对你浓浓的爱，每写一句话都流淌着妈妈对你深深的挂念，在写的过程中，心中的感觉一直是温暖的，妈妈喜欢这种美好温馨的感觉。

回首十四年的时光，恍如昨日，历历在目。你的咿呀学语，你的蹒跚学步，你的哭，你的笑，你的举手投足，你的天真无邪，你依偎在妈妈怀里撒娇的小样，晚上睡前讲故事、唱儿歌的情景，你的一切的一切，全部都在妈妈眼前晃动，记忆犹新，心里感觉很温暖、很幸福。

儿子，妈妈亲历你每天的成长，尽管在陪伴你的过程中，付出了很多，也很劳累，但妈妈累并快乐着。妈妈的生命因为有你才更加丰富多彩，我们家的生活因为有你才更加幸福快乐，你是上天赐予妈妈最好的礼物。

看着你一天天长大懂事，妈妈感到欣慰。你是一个有上进心、有责任感、心地善良的孩子。你学到的知识越来越多，懂的也越来越多，独立性和自主性也越来越强，能够明辨是非，心态是阳光积极的。妈妈希望你胆子再大一些，即使做错了也没什么，错了就改，积累经验。无论怎样，妈妈都理解

---

* 2013级5班曹皓然的家长。

你，并一如既往地支持你。

在这一年多的初中学习生活中，你由开始的不太适应到快速的适应，并融入其中，这期间虽然有妈妈的鼓励，但更多是你自己努力的结果，每学期你都获得优秀学生和奖学金，妈妈真为你高兴。

儿子，十四岁是朝气蓬勃的年龄，也是青春期的叛逆阶段，尽管你有时发点小脾气，有时出现烦闷的心理，这都是正常的，是你这个年龄段必须经历的。妈妈理解你，同样也会给你足够的自由空间，你有什么想不通的，随时可以向妈妈诉说，我是你的倾听者，有可能还会给你一些开导和建议。我既是你的妈妈，也是你的朋友，相信你会顺利度过这一阶段的。

借此机会，妈妈也跟你说说对你的期望：

要乐观自信。从小学到初中你跨出了精彩的一步，你的认真努力已经证明了你能行，相信未来你也能行！只要相信自己，勤奋努力，就会激发你的智慧和潜能，创造属于你的奇迹。

要坚强勇敢。人生的道路不会一帆风顺，会遇到这样那样的困难，在学习生活中也会有烦恼和困惑，可能还会有诸多不如意，但无论遇到什么情况都要勇敢地面对，不逃避，不懦弱，用你坚强的内心、男子汉的品行，发挥你的智慧，困难总会过去的。

要学会适应。有时候生活是不公平的，有些环境你可能看不惯，我们又不能改变，怎么办？就要学会适应。尽管生活中出现了一些不和谐的音符，但主旋律是美好的、动人的，想到这些，心里会很温暖，做事也会有责任心，也会激发你的潜在能力。

要加强锻炼。身体健康是学习和做好一切事情的保障，愿你每天抽出一定的时间锻炼身体，比如跑步、做俯卧撑等，关键是要坚持，贵在坚持。

要保持读书的好习惯。你喜欢读书，喜欢读各种类型的书，也从中受益匪浅。今后还要多读精品书，思考性地去读，这样会更有收获，摸索掌握适合自己的学习方法，提高学习效率。

要有自己的爱好。你喜欢绘画、手工制作、书法，不要丢弃，爱好能充实你的生活，使生活丰富多彩，享受其中，能提高修养，陶冶性情。

儿子，在以后的学习生活中，妈妈只是给你提一些建议，给你全力的支持，最重要的还是要靠你自己的努力和坚持。你踏实沉稳，也要大胆表达，有了好的想法就付诸行动。大胆尝试，经受考验，使自己的内心强大起来，定会有你意想不到的收获，经历就是财富。

学生时期重要的还是学习，要学的知识还很多。你是一个有理想、有抱负的孩子，要立志做一个对社会有用的人，妈妈相信你一定会实现自己的理想。

儿子，祝你健康快乐！妈妈爱你！

爱你的妈妈

2014 年 10 月 22 日

为了梦想

孙淑静*

亲爱的彤宝：

还记得你小时候憨憨胖胖的样子，所有人都说你像个小男孩儿，可是一转眼十三年就过去了，你已不是妈妈怀中那个小小的你，你已经出落成亭亭玉立的少女了。跟妈妈并肩走在一起，你只需要一抬手就轻松、潇洒地搭在妈妈的肩头，妈妈好温暖、好骄傲！

从小，你就是妈妈最贴心的小棉袄，还记得吗？在你两岁多的时候，还不能理解“你、我、他”的区别，有一天我在午睡，迷迷糊糊中听到你对姥爷说：“姥爷，给你妈妈盖上毛巾被！”把姥爷给逗乐了。那时的你就已经会心疼妈妈了！体贴人的乖宝贝儿啊，妈妈好幸福、好骄傲！

妈妈庆幸一直陪伴在你的身边，并记录下了你成长的点点滴滴。你第一次戴上红领巾的骄傲，你第一次获得三好学生，你第一次成为值勤队员，你第一次表演节目……当然，这中间还有你被男同桌打哭了，你被高年级的男生欺负，你被同小组的同学排挤，你被同班的女生吓哭……欢笑伴着泪水，却都是成长的足迹。你一天天地长高、长大，由胆小、不自信慢慢变得阳光、开朗，妈妈好自豪、好骄傲！

升入初中，成为一名附中人，你多么的自豪。你参加了学校的英语社

* 2014 级 13 班郑雨彤的家长。

团，你说社团的老师夸你发音特别的好；每次作业想偷懒的时候，你就想起数学老师在黑板上写的比较 0.99 的 365 次方与 1.01 的 365 次方的大小，你说这个算式让你不敢再偷懒了；在路口等红灯的时候，你骄傲地说我们附中的学生没有人会闯红灯；一次数学小测验你得了高分，你说你的好朋友们不约而同地为你鼓掌、喝彩……越来越优秀的你渐渐拥有了很多优秀的好朋友，每天都过得那么开心。你爱上了读书，对生活和身边的人和事有了更好的观察力与领悟力，你的作文写得越来越棒，文采越来越好，这都不是凭空而来的，都是你一点一滴努力的结果。你看，有付出一定会有收获的，妈妈好开心、好骄傲！

谈起梦想，妈妈很高兴地看到你从小就是一个有梦想的女孩儿，虽然伴随着你的成长，你的梦想不断在变化：小时候你的梦想是长大做一名服装设计师，长大一点你的梦想是做一名造型师，后来你又梦想将来做一名糕点师……你所有的梦想都与“美”有关。为了你美美的梦想，这些年你一直坚持在学画，在这过程中我看到了你的努力与坚持，老师总是说你的画完成得又快又好。升入附中后你加入了学校“小水滴”工作室，尽管孙老师的要求非常严格，但在梦想的指引下，你认真完成每一幅画作，积极参加每一次写生和参观活动，顺利通过了层层筛选，直到结业。

你曾经说，感觉中国的校服样式和颜色过于单调，远不及许多其他国家的校服更能展现青少年的阳光与风采，为此还立志说如果中国的学生一定要穿校服，那么将来希望自己能设计一系列漂亮、舒适又展现青少年风采的校服，让学生们不再讨厌穿校服、爱上穿校服。

你曾经说，你十分喜欢有两三层的独立小屋，就像现在的小别墅。你说，喜欢那些房子不是因为它们显得很富贵，而是因为自己有一套独立的、远离喧闹的房屋，感觉很美好、很幸福、有安全感。你说你的小屋要完全由自己来设计，建好后要把爸爸妈妈、好朋友们都接进来住，大家一起分享这种美好。你知道吗？沉浸在梦想中的宝贝，你仿佛身上围绕着五彩光环，那么明亮耀眼，那么魅力非凡！

宝贝，你是一个多么爱做梦、爱幻想的小小梦想家啊！在你的梦想中，风是那么的柔，天是那么的蓝，一切都是那么的和谐与美好。但是妈妈想告诉你的是，虽然梦想是美好的，但是实现梦想的道路是漫长、艰辛甚至有时是痛苦的。几乎每个人都曾经有过梦想，但有些人让梦想悄然绝灭，有些人则细心培育、维护，直到它安然度过困境，迎来光明和希望。我们要坚定信念,坚定地梦想着未来,去攻克一道道难关,克服自身的懒散和惰性,在每一次觉得累、想要偷懒放弃的时候,要坚定地告诉自己:光明和希望总是降临在那些永不放弃、孜孜以求的人身上。为了梦想,我要再坚持一次!

宝贝儿,妈妈最后想对你说的是,我们都不是完美的人,要学会用感恩的心态听取别人善意的意见和忠告,正确看待自己的缺点和弱点,不断修正自己,使自己更加优秀,做最棒的自己!无论何时何地,你都要记住:你永远是父母最爱的宝贝儿!我们永远是你最坚强的后盾!我们会一直深深地,深深地,爱着你!我们会一直深深地,深深地,祝福你!宝贝儿,朝着梦想的方向,前进!

永远爱你的妈妈

2015年10月22日

我们为你感到骄傲

周冬生*

雯雯:

我亲爱的女儿,当你再一次过生日的时候,你就要年满十四周岁了,这封信是爸爸妈妈送给你十四岁青春的寄语。每年的6月23日,在常人眼里是普通得不能再普通的日子,但在我和你妈妈看来,却因为你的出生而赋予了它特殊的意义。这一天,随着一声响亮的啼哭,你来到了这个世界。第一次把你抱在怀中,看着你睁开了乌黑而清澈的眼睛,我和妈妈心里满是初为人父、初为人母的喜悦和激动。今天,爸爸和妈妈想对你说,雯雯,我们亲爱的女儿,谢谢你!在陪伴你成长的这十四年,你让我们收获了无数的快乐和幸福!!

我们永远记得教你学说话、学走路的那段日子。

那段日子,爸爸妈妈真的好累。妈妈的奶水不太足,而你胃口又不错,

* 2014级9班周小雯的家长。

于是妈妈每天晚上都要醒来四五次给你喂奶，你还是吃不饱，爸爸就每天晚上起来几次给你准备奶粉。爸爸妈妈那个时候最盼望的事情就是可以美美地睡一觉。

那段日子，爸爸妈妈也真的好担心。还记得你出生两个月的时候感冒引发肺炎，不得不到医院去住院输液；还记得在你学会走路从床上一头栽到水泥地上的沉闷声音；还记得你在学步车里从三楼楼梯连人带车翻滚下去；还记得袜子的一根线头缠住了你的小脚指头，由于长时间供血不足，已经发紫变黑……我们为此事后怕和自责了好几天。

那段日子，爸爸妈妈更多的是感到快乐和幸福。我们把毛巾放到你腹部下面轻轻托起你，让你很快就学会了爬；虽然爸爸摔了你，可你仍然“顽强”地学会了走，当你挣脱我们的手，摇摇晃晃走出你人生第一步的时候，爸爸和妈妈为你流下了喜悦的泪水；一岁多的时候，你学会了说话，从开始的“妈妈”“爸爸”到更多的两字词、三字词，最后到完整的句子，我和妈妈的心一直是喜悦满满、自豪满满！还有，你从小就表现出了对音乐的感觉和喜爱，在你不到一岁的时候，有一天晚上，你竟然无师自通地用电子琴弹奏出了一首“曲子”，你这人生第一首“音乐作品”爸爸妈妈录了下来，一直珍藏着。

我们也永远记得你上幼儿园、小学以及初中的欢乐时光。

初次上幼儿园的一个月里，每天早上送你是一件“痛苦”的事情，不过没过多久，你就喜欢上幼儿园了。当我把你送到幼儿园门口，你会笑着对爸爸说：“爸爸，再见！”知道吗？我的心醉了！爸爸妈妈喜欢幼儿园组织的亲子活动，能和你一起游戏，一起去完成任务，一起见证你的成长，爸爸妈妈觉得自己是最幸福的人。

小学六年是你成长进步比较大的六年，你不但学习了课本上的知识，也养成了较好的学习习惯，还培养了各种能力，你学习了古筝，学习了书法，参加了学校组织的各种活动。我们至今还清晰地记得你参加学校运动会第一次获奖，虽然只是个第三名，但我们还是特别感动，因为这个项目是我们一家三口团结协作、认真努力而得到的！

后来，你升入了山大附中，这是我们目前为止最为自豪的一件事情，也证明了只要你刻苦努力，只要你认真付出，就总会有所收获。现在你已经上初二了，你上初中以来的成长变化，我和妈妈看在眼里，喜在心上。山大附中有济南数一数二的学习条件和学习环境，有济南最为优秀的老师，相信你在山大附中读书的三年，一定是你人生中非常重要的一个阶段。这段经历，会让你收获终生受益无穷的精神财富，会给你的一生留下重重的一笔。

雯雯，我亲爱的女儿，当我和妈妈回忆过去十四年你成长过程中点点滴滴的时候，我们心里是满满的幸福和感动。知道吗？雯雯，爸爸妈妈为你而感到骄傲。

我们为你感到骄傲，因为你是一个正直善良的孩子。还记得吗？小学四年级的时候，你和好朋友李依珊为受伤小鸡四处求医，先到第二门诊部，然后又到幼儿园附近的另一个门诊部，哀求医生救救受伤的小鸡。这件小事说明你有一颗爱心、善心，这是一个人正直善良的基础。我们为你的正直和善良感到欣慰。

我们为你感到骄傲，因为你是一个诚实守信的孩子。是否记得，小学二年级，你和好朋友李亚萌放学回家，刚走进宿舍院，你们从地上捡到一部手机，你们两人用这部手机拨打电话，辗转告知了失主，并想方设法把手机还给了失主，丢失手机的王阿姨对你们赞不绝口。诚实守信是一个人在社会上立身的根本，我们庆幸你从小就能够做到这一点。

我们为你感到骄傲，因为你是一个懂事孝顺的孩子。从上幼儿园开始，每年的母亲节、妈妈的生日，你都有小小的礼物送给妈妈，当然也经常给爸爸做小礼物；很小的时候，家中好吃的、好玩的东西你舍得分给左邻右舍的小朋友们，会大方地拿出来跟他们分享，从来不会吝啬；和爷爷奶奶、姥姥姥爷在一起的时候，你总是想着他们，会把好吃的东西让他们先吃，等等。所有这些都说明了你很懂事、很孝顺。

我们为你感到骄傲，因为你是一个勇敢坚强的孩子。在六岁之前，你经常感冒生病，每次到门诊部打针你从来不哭，爸爸佩服你的勇敢。当然，你的勇敢坚强也表现在其他一些事情上。比如，积极参加烈士陵园扫墓活动，在膝盖疼痛没有完全好的情况下，坚持步行 10 公里不叫苦；前几天的运动会，你报了 800 米项目，虽然那天你身体状态不是太好，但你仍然坚持跑完全程。

我们为你感到骄傲，因为你是一个认真细心的孩子。你的作业完成比较认真，写字工整；小学时，你每次的手工科技制作都是认认真真地完成；好几次得到科技老师的表扬；前一段时间，生物老师让每个同学制作花朵的解剖标本，你依旧是一丝不苟地完成；爸爸打心里为你这种做事认真的精神感到高兴。

我们为你感到骄傲，因为你是一个自立勤快的孩子。也许是爸爸妈妈工作忙的原因，或者是你本性使然，爸爸妈妈觉得你是一个生活自理能力比较强，又比较勤快的孩子。比如你会洗衣服，会帮爸爸妈妈做一些力所能及的家务。最让我感动的就是你上小学六年级时，曾经和好朋友李依珊给我们大人做了一顿饭，实在是出乎我们家长的预料，我们真的没有想到你的动手能力这么好。

我们为你感到骄傲，因为你是一个机智有担当的孩子。那是你刚上小学二年级的时候，我们到大明湖游玩，一不小心，你和上小学三年级的小伙伴佳佳与我们大人走散了，我们家长分头找你们，两位妈妈都快急哭了。忽然，爸爸的手机响了，一个陌生的号码打了过来，手机里传来了你说话的声音。原来与家长走散后，你急中生智地向一位游玩的叔叔求助，用叔叔的手机给爸爸打了个电话。这件事情让我和妈妈感到了你的机智，你关键时刻的担当，以及你良好的沟通协调能力。

我们为你感到骄傲，因为你是一个幽默乐观的孩子。还记得你小学三年级曾经画过的漫画作品吗？名字叫“爸爸的电话”，是一本自己画的只有几页的漫画书。你的漫画是这样的：爸爸很晚还没有回家，妈妈非常生气，小火苗直冒。妈妈让你给爸爸打电话，你拨通了电话，对妈妈说：“是一个阿姨接的电话。”妈妈一听火冒三丈：“那个女的说什么？”你笑着说：“你拨打的用户已关机。”班主任老师后来告诉我们，办公室的几个老师看了你的漫画书，笑得肚子都疼了。我们以为，你这种幽默乐观的生活态度和精神，是非常可贵的。

我们为你感到骄傲，因为你是一个多才多艺的孩子。你从小就喜欢画画，直到现在，你仍然保持对绘画的热爱，积极参加学校“小水滴”课外班；你学会了弹古筝，经常在各种场合表演节目；你学会了书法，现在仍然坚持每周上一次书法课，你给百岁的老姥姥写的那幅“寿”字，老姥姥喜欢得不得了；你喜欢舞蹈，参加过多次舞蹈演出；姥爷过六十五岁生日时，你当家庭节目小主持人，有声有色，欢快多多；上次学校艺术节你参加了动漫社的演出，节目非常精彩，全场为你们高呼。

爸爸妈妈列举上面的优点是大多数孩子都具备的，我们之所以详细地写出来，是想让你知道，你的点滴成绩、点滴进步，爸爸妈妈都看在眼里，记在心上，都觉得非常珍贵。希望你能一直保持下去，坚持下去，把这些优点固化为你一生的优秀品质。

爸爸妈妈在这里也要向你道歉。在你成长过程中，有些事情爸爸妈妈也有误解你的时候，也有错怪你的时候。在教育方式方法上，我们也有做得不对的地方，希望你能原谅爸爸妈妈。

十四岁，是青春期的开始，意味着从少年跨入青年，是一个人从幼稚走向成熟的转折点。你将告别稚嫩的少年时光，进入充满诗情画意的青春岁月。未来的十年、二十年，将是你人生中最精彩、最灿烂的时光。这是人生最美的时期，也是需要好好把握的时期。我和妈妈在祝福你的同时，也想给你一些忠告：

第一，希望我们可以成为无话不谈的朋友。青春的成长是一件幸福的事情，但成长中不仅有快乐、幸福，还有烦恼、困惑和迷茫。你以后的生活和感情会变得复杂，你在学会自己独立面对的同时，在无法作出决断的时候，我们希望你能坦率真诚地向爸妈说出所遇到的难题，你的困惑。无论什么问题，只要你信任我们，我们都只会帮助而不会指责。你要记住：家，永远是你停泊的港湾。无论发生什么事，爸爸妈妈一样爱你、包容你！有什么不开心，有什么烦恼，一定要敞开心扉和爸爸妈妈说，我们愿意和你分担，我们不仅是你的父母，也是你最值得信赖的朋友。

第二，希望你能够多读书、读好书。我们现在感觉，你的阅读还不够。要养成读书的好习惯，多读书、读好书，不仅仅是为了你可以考试多得几分。俗话说，书是知识的海洋，书是人类进步的阶梯。书看得多了，眼界也就越来越宽阔，思维也就越来越开阔，你将来的发展也就越开阔。多读书还可以培养你的气质，"腹有诗书气自华"，读书多的人与读书少的人，形象气质大不相同。希望你能更进一步养成多读书、读好书的习惯，哪怕每天只看一个小时，也能逐渐使你变得知识渊博，逐渐让自己内在气质更美。

第三，希望你能更加大胆自信。爸爸妈妈感觉有时候你过于文静了，对自己的要求不够高，对自己的信心不是太足。老师和同学都说其实你可以做得更好，要相信自己可以更棒更好。只有自信，才可以战胜恐惧。如果一个人对自己都不相信，那又能如何去努力呢？你要时刻不忘对自己说：我能！人生的敌人，不是别人而是自己。只有自己相信自己，前进的动力才能无穷无尽。

第四，希望你能做事更有计划性。你现在最主要的任务是学习，这是学生的天职，也是你成长过程中必须要做的事情。爸爸妈妈感到你在学习上有一个挺大的不足，就是做事的计划性不强，目标不太坚定明确，主动性不够。提高学习成绩、学习效果的措施方法是很多的,其中,加强计划性也是非常重要的一个方面。比如:你要根据自己的理想,制定远期目标和远期计划;你要根据自己当前的实际情况,制定近期目标和近期计划;对于每一门课程而言,你要制定这门课程的目标和计划,对每一天而言,你要制定一天的目标和计划,等等。这些目标和计划不是被动的,而应该是主动的。比如,自己某一门功课的某个知识点掌握得不够好,那么就有针对性地制定目标和计划,然后想方设法完成。这个从制定目标计划到完成目标计划的过程,需要你不断地反思和总结。

第五,希望你在学习上再刻苦一些。古人说:“天将降大任于斯人也,必先苦其心志,劳其筋骨。”学习不是一件轻松的事情,你还要在学习上更加刻苦一些。希望你可以更刻苦,不是要求你做更多的作业,花更多的时间,而是希望你在掌握学习方法、提高学习效率上要多动脑子,多想想办法。方法对头了,用功做到了,那么学习效率会提高;学习效果提高了,学习成绩自然也就提高了。

当然,这些忠告仅仅是针对你目前的一些具体情况来说的。如果就人的一生来说,我和妈妈给你的忠告就只有八个字:正直善良,勤奋努力!最后,爸爸想用至今读来还热血沸腾的《少年中国说》来结束“唠叨”:“……故今日之责任,不在他人,而全在我少年。少年智则国智,少年富则国富,少年强则国强,少年独立则国独立,少年自由则国自由,少年进步则国进步,少年胜于欧洲,则国胜于欧洲,少年雄于地球,则国雄于地球……”孩子,希望你能够真正了解和明白“责任”两个字的分量,并且能够身体力行,努力出色完成自己目前的学业和将来的工作。那么,所有关心你、爱护你的人都会和爸爸妈妈一样,由衷地为你骄傲和自豪!

爸爸妈妈永远爱你!!

代爸爸妈妈向你的老师和同学们问好,感谢他们对你的关心和帮助!

爱你的爸爸

2015 年 10 月 15 日

我们一起成长

王 刚　许 莉*

亲爱的王许昌：

在你即将迎来十四岁生日的前夕，爸爸妈妈第一次提笔给你写信。十四年了，你童年的一幕幕情景，就像一幅幅彩色的动画，时常在我们脑海里浮起。我们常常感觉冥冥之中有一种无形的力量，把爸爸妈妈和你紧紧地系在了一起，这种关系除了血缘以外，还有一种浓浓的亲情。我们为你的到来、为你的健康、为你的快乐成长而兴奋不已，让我们感到幸福甜蜜，让我们觉得有很多话要对你说。作为你的父母，在十四周岁成年礼的时刻，我们想和你一起探讨三个问题：

第一，我们为什么不叫你的名字？王许昌，叫你的名字真的感到有些别扭，十四年来，我们很少叫你的名字。给你起名字，是为了和别的孩子区别开来，在我们心里、嘴上一直以来就是一个很普通很没有新意，但是蕴含了爸爸妈妈无限爱意的名字——儿子，你是我们唯一的孩子，你是我们爱情的结晶，你是我们生命的延续；儿子，你是上苍给我们此生最好的礼物；儿子，这个名字最普通，也最真挚。十四年来，我叫你的时候，从来没有叫错过，别的孩子也从来没有错答应过，这就是我们和你之间独有的信息密码，你说呢？儿子。

第二，什么是家？古代以为，屋里有猪才叫家。可以见得，猪在人们心目中的地位，因为它是人们生活的保障和希望，也就是说，有希望的地方才是家。所以一直以来，我是这么认为的，有孩子的地方才有家，两个男女相爱，组建家庭，目的是什么呢，当然是生儿育女。有了孩子，屋里才有了生机、活力和快乐，人们心里才有了希望，才会有家。所以说，有了你，我们才有了真正的家，我们和你三个人组成一个家。怎么样经营我们的家，这是我们三个人一起面对的问题。家，不是父母的，不是你的，而是我们三个人的。

---

* 2013 级 9 班王许昌的家长。

作为你的父母，我们还需要抚养你，照料我们的父母，所以我们需要好好工作，勤俭持家。作为十四岁的你，如果有时间，你是不是也应该想一想，我们如何经营我们的家，你有什么想法呢？儿子。

第三，什么是男人？古人以为，男人是用来耕田的，相对的“女”就像是织布的梭。作为十四岁的你，在古代就是成人了，所以今天我想和你说一说什么是男人，就是说男人的责任。当然，当今的社会，十四岁的你不可能娶妻生子，除了这一点，我想古今是相通的。你一天天长大，父母不可避免地一天天衰老，我们能陪伴你的日子，一天天在减少，现在我们希望你能认识到如何做一个男人，再多的语言无法表达我们的心里话，只有两个字我觉得是比较妥帖的——担当。男人要有所担当，关键是要有能力担当，能力不是与生俱来的，是你自己一天天学习得来的。在你成年礼之际，我们只希望你能够成长为一个有担当的男人。相信你也有信心，但是光有信心是不够的，关键是要有行动。从现在、此时、此刻就拿出行动来，做一个有担当的男人，行吗？儿子。

儿子，弹指一挥间，十四年了，我们十分感谢你降生到我们家，跟我们一起生活，一起学习，一起成长；感谢你给我们带来幸运和幸福，感谢你给我们带来欢声和笑语，感谢你给我们带来希望和自豪。因为有了你，我们才感到家庭的温暖、生活的充实、工作的顺利！你是什么感觉？儿子。

永远爱你的妈妈爸爸

2014 年 10 月 28 日

写给十四岁的你

戚 利*

亲爱的儿子：

你好！首先，祝你生日快乐！

按照虚岁来算，今年你也十四岁了。十四岁为豆蔻华年，在古代，十四

---

* 2012 级 11 班戚晓睿的家长。

岁已经成年。这标志着人从这个年龄开始，思想已经慢慢地从懵懂走向清晰，从幼稚走向成熟，开始根据自己掌握的知识形成自己独特的思维见解和处事能力，开始有意识且独立地去尝试做一些事情。

无论是动物还是人，在成长的特殊阶段总要有个仪式，英格兰丛林里的白鹱会集体步行两个小时从藏身的丛林深处走到悬崖边，开始它们的第一次飞翔尝试；洪氏环企鹅成羽后会徒步10公里从沙漠去海岸，然后集体潜入水中猎食。十四岁也该有个仪式，这个仪式应该能让你的内力觉醒，明确学习的目的，知道人生的意义，能提醒你要更好地获取知识。

小翠鸟长到一定阶段的时候，翠鸟妈妈就不再捕鱼喂食它们。翠鸟妈妈会捉几条小鱼回来，然后故意把鱼弄伤，丢到小翠鸟停落的树下的流水里，让小翠鸟挨饿，用自然的生理需求逼迫它去尝试着捉鱼。所以，从现在开始，爸爸不会再手把手地教你写作文了，除非你主动要求。

八年的学习生涯已经为你累积了很多知识，你也养成了自己的学习习惯。但是这些知识还构不成体系，如湿地的湖泊零散地分布在你的脑海里形不成滔滔合力，所以这个时候的你还不具备足够的分析问题、解决问题的能力，如写作文，零散的素材需要一个主线才能串起来表达出更有生命力的命题。十四岁的孩子需要得到一个指引，一个有关于世界观、人生观和价值观的指引，一个有关于如何把知识融会贯通、凝聚合力的指引，一个正确引导十四岁该履行的社会行为的指引。

爸爸是个普通人，没有巧舌如簧的口才，没有堆积如山的财富，没有显赫的社会地位。而在急功近利的当代社会，这些却普遍为人们所倾羡和景仰。我不敢保证自己在“三观”上是否持有了正确的见解，基于此，这封信我只陈述我个人在某些问题上的看法。这些看法所表述的只是我对事物的思考，它不是定理，不是公式，更不是什么至理名言。但我坚信，如果你能在每一件事情结束以后，结合我所说的认真反思总结，你会收获更多。

一个人看世界，眼光大了，这个世界就小；眼光小了，这个世界就大。停步十四岁的人生不会收获完美的盛开，专注个体利益的人眼睛里不会有集体，没有一个比世界还大的眼光，就无法驾驭整个世界。这有点像下象棋，楚河汉界的战火一旦燃起，作为指挥若定的将军，眼光要是只盯住战场的一角，不能随时眺望整个局势，就不能运筹帷幄，决胜千里。

二十多年前，我独自站在甘肃天水连绵起伏的山顶向东眺望家乡，我的眼前是一望无尽的荒芜。我看到，山的那边还是山，我的目光翻越不了那重重灰黄的山脊，我感受到一种被大自然渺小了的恐惧和孤独。离开那种境遇的今天，我从记忆里回望，我的目光却很容易就翻越了那层荒凉，我看到山的那边是广袤的平原，是层叠的丘陵，是五彩缤纷，是海天一色，是我们美丽的中国。因为二十年后的今天，我的心里装下了一整个地球。

三十五岁以后，我开始思考：人活着的意义是什么？我们的祖先从原始丛林勇敢地走出来，将一种卑微走向高尚，将一种愚昧走向文明，在这个世界上构建起了强大的帝国。而这个帝国一直在做的却是看似复杂却又再简单不过的事情：探索自然，改造社会，幸福他人。

人们通过实践，创造经验，形成了丰富的知识体系，然后把这个体系纳入人类发展的微循环，来武装一代又一代的个体，以完成对世界认知和改造的永恒行为目标。人们设置激励机制来鼓励创新，设置惩罚机制来鞭策懒惰，发明法制来约束行为，形成精神以维系源动力。

学习是武装个体，使自己在社会改造中变得更加强大的最好的途径，学习的最终目的是提升自己认识问题的能力，并通过这种既有的能力去学会改造这个世界：当个美工师创造游戏角色，让更多人在工作之余能得到身心的愉悦；当个建筑师去美化这个世界，使人类可以避风挡雨，适应更恶劣的生存环境；从事商业运作以满足人们对于日用品的个性化需求；从事教育以继承和传播前人既有的知识体系……

学习是为了应付家长严厉苛刻的要求，还是为了完成老师布置的陈杂的作业？抑或是人云亦云，只是机械地完成这个年龄大家都在做的事情？都不是。学习是为了自己，为了他人，为了整个人类，很难懂，不是吗？不过我相信你能解读出其中我要向你表达的。如果学不好语文，在改造社会中就无法与他人更好地交流沟通；如果不亲自去做生物播种实验，让你一个人带着一粒种子去野外生存，你就很难自救；如果不学好数学，你就不会有计算和推理的能力，不知道水泥和沙子的比例，盖不成高楼大厦；如果不学好物理，你就很难把握事物的内在规律，在改造世界的时候就不能得心应手……如果你不明白为了什么而学习，你的眼光就会很狭隘，你就会抵触学习甚至逃避学习，更谈不上学好了。

要培养一个世界性的眼光，不仅需要学校和家庭的合力，更需要自省。一直以来，学校和家长竭尽所能地为你创造各种机会，让你出国游学，参加社会实践活动，让你参加家务劳动，从培育一粒种子，到田间收获庄稼，再到车站维持社会秩序，打扫社区卫生……我们希望你能从你所生活的小世界着眼，认真观察这个世界上的人、事、物，体验人类改造社会的过程，发现这个社会存在的美好和幸福，学会热爱生活。只有唤醒你对生活的深度热爱，才能最终唤醒你内心深处热爱世界和改造世界的兴趣、动力和决心，进而意识到自己在知识和能力上的不足，学会主动学习。

爸爸生在上世纪70年代，那个时候，爷爷奶奶所做的事情就是要努力维系整个家庭的生计，根本无暇顾及我们的教育问题。所有的这些没有人会告诉我，在我十四岁的时候，我的眼光很局促，我的整个世界就是我生活的那个村子，我甚至会在午休的时间躺在阳光透过洋槐的罅隙里，无知地想象离村子很远的地方的小狗会是什么模样。所以，十四岁的我读书的时候根本不知道为了什么而读书，以至于大学毕业前的学习只是被动地应付。

一种眼光决定一个视野，一个视野决定一个高度。站在自己的角度去思考问题，你永远逃离不出自己思想的桎梏，站在世界的角度去思考问题，你收获的就是一个完整的世界。工作以后，我才慢慢地意识到了知识的重要性，比如在做远程视频传输的时候，视频数据必须要经过压缩才能保证画面流畅，而好的压缩算法都使用了高等数学的知识，我面临着生平以来遇到的最大的尴尬：大学里每次数学都考满分的我，居然看不懂大学教科书里最简单的哈夫曼编码和傅里叶变换了。学的时候不知道用在哪里，当需要用所学知识的时候，却发现那些东西早就被忘得一干二净了。早知今日，何必当初？

人是社会上的动物，这个社会无时无刻不在通过各种途径考验你的适应能力和生存能力。当你在交友上碰到问题，你问一下自己，是否你的理解能力和沟通能力欠缺？为什么自己的做法得不到别人的认可？当你听课状态出现问题时，你问一下自己，你是否认真在听？你为什么要听课？当你主动去竞聘某个职位时，你想到了什么？是这个职位给自己带来的名声上的利益，还是这个职位有助于你提升某一方面的能力？抑或是它能帮助你实现自己的人生目标？

佛语有云："大肚能容容天下难容之事，笑口常开笑天下可笑之人。"我常将其解读为乐观和包容。这是一种良好的心态，小肚鸡肠之人不能有，眼光至浅之人不能有，心胸狭隘之人不能有。试着把距离拉远，才能看清整体；把心胸放大，才能容下万物；把心态摆正，才能在诸般事物上应对自如。

刚出生的孩子是一个没有太多精神世界的肉体，他所拥有和展现的只是族群基因所携带的一些人性的本能。人的生命过程就是一个不断学习和改造的过程。通过不断的学习，丰裕自己的知识，壮大自己的精神世界，形成一种改造社会的能力，并在改造中完成自己对社会发展的贡献。这些精神上的或者物质上的贡献，在肉体消亡以后将持续产生对社会的有益影响，完成一代人在整个社会历史过程中应尽的义务。人生是一个轰轰烈烈化茧成蝶的过程，也是一个凤凰涅槃浴火重生的过程，艰辛而又精彩。

十四岁变得特立独行，变得异常敏感，变得有些失去方向，在某些问题的认识上会存在偏颇，比如在对待前人经验的态度上。你曾经对我说过这样一句话："看似你给我指出了很多条明路，可是你是否意识到，你指出的路越多，属于我自己的路就越少。"在你不满的言语里，我明显地感受到你想展翅高飞的强烈欲望，你用你的婉拒奏响属于十四岁的最强音。你渴求一个人在这条陌生的路上前突后撞，哪怕这条路上荆棘密布，哪怕自己会撞得头破血流，会弄得遍体鳞伤。每个人十四岁都会怀有这种年少轻狂的梦想，会有些许的冲动，会抵触家长指出的捷径，抵触任何基于美好的建议，我只能说这是一种很自然的生理现象，我不否认通过这样一种方式可以让人从苦难中学到很多东西，并且这注定已经成为每个人成长的一部分。

大人们总不会拒绝孩子对新鲜事物的各种尝试，"世间本无路，走的人多了，也就成了路"。我们支持你们选择自己的路，但是请不要因为这条路是大人曾经为你指出的你就不去作为，仅凭这条路上存在大人的烙印就排拒在外的做法略显幼稚。人生总是在不断地尝试，而且是站在有益的前人的结论基础之上。物理学家牛顿曾经说过："如果我比别人看得远，那是因为我站在巨人的肩膀上。"学习也是如此，教科书上的知识是前人经验的陈述，对这些陈述应该怀有敬畏之心。

书上的任何一个定理，哪怕只是短短几行字，都经历过一个也许是惊天动地、可歌可泣、曲折迂回的过程，这个过程或艰辛漫长，或生动有趣。比如勾股定理，我们从课本上看到的只是前人总结出来的结论，长不过三行，记住无需三天。然而勾股定理的产生过程以及背后的故事，却持续存在并作用了几千年。你知道吗？勾股定理的证明方法有四百种，无论是外国人还是中国人，无论是首相还是平民，无论是男人还是女人，都曾对这个结论产生过浓厚的学习兴趣、探索兴趣和使用兴趣。

正是因为人们对经验怀有的敬畏之心，打心眼里接受它、认可它，所以勾股定理才在数学、建筑、测量等诸多的社会实践中得到了广泛的应用。试想一下，如果你拒绝接受别人的经验，所有的知识你都要自己去证明。在现在这个社会，很明显是不切实际的。比如，你去 KFC，吃完了要结账的时候，告诉收银员说:“等一下,我先推理证明一下 1+1 是否等于 2。”岂不是会很可笑?

经验是你完成目标的一个捷径。只要怀有敬畏之心,认可并接受这个捷径,人生就会少走很多弯路。有很多事情,不一定非要亲自去尝试,去碰壁。因为相对于大自然而言,人类是极其渺小的,人的生命在历史长河中也只是闪光的一瞬。在有限的时间里要想提升生命的质量,有两个途径:一是增加生命的厚重感和密度。在有生之年,把任何事情都尽量做到尽善尽美,诸事皆追求完美,不随意浪费生命的点滴。二是通过价值延伸生命长度,让它的影响力贯穿整个时间维度,当个体在这个社会中消亡后,你创造的价值依然左右着这个社会的发展。乔布斯属于前者,而雷锋属于后者。增加生命厚重感和密度要求你要重视在历史舞台上的每一次出场;延伸生命长度的最好方法就是要多读书,丰裕自己的思想,多做有意义的事情,提高生命的质量。

大自然中还存在很多人类所不能揭示的规律和认识,作为一个聪明人,我们应该学会接受前人(包括老师和家长)的正确的结论和建议,不能因为它带有某些明显的特征而抵触它。在掌握前人的结论和知识的基础之上,更要勇于尝试那些人类尚未完全涉猎的崭新领域的东西,如果我们把精力消耗在一些被大众普遍认知的事物上,并不是很明智的举措。给你一个方向,你也许会走得更快,更有效率。而你未来需要真正解决的不是去探究那些已经存在定理的准确性,你应该有更广阔的发展空间,去探索更陌生的天地。从幼稚到成熟需要经过一段很长的时间,就如同大学生毕业前最好要经过职业规划培训一样,有过职业规划的人生就会相对圆满一点。

“价值观是一个人对周围客观事物的意义、重要性的总评价和总看法”,这是价值观的宏观定义,是对个人存在意义的一个衡量。我的看法是:幸福是人类存在的最大意义,这种幸福更多意义上是因为你创造了世界价值,幸福了他人而获得的一种满足感和成就感。狭隘的幸福感被解读为自己的快乐,高尚的幸福感解读为他人的快乐。后者最难培养,却是持续时间最久、影响力最大的。人类改造社会的主要目的是为了反哺自己和万物,使生存在同一个自然空间的万物和谐共处,共同分享地球带给我们的每一个资源,让每一个生命个体都收获到滋养、成长和尊重,获得幸福。而在这个终极目的实现的过程中,总会发生利益的冲突。如何定义幸福取决于人类对于价值的追求,“赠人玫瑰,手有余香”,如果你的努力使更多人获得了幸福,也许这个过程有快乐也有痛苦,但想想如果确实值得这样做,那一定会收获另外一种幸福,那是一种鼓励,那是一种勇气,那更是一种高尚。

在学习知识阶段，个人的幸福来源于内心深处对事物的认可度，也就是兴趣。十四岁，学着做自己感兴趣的事情总是幸福的。兴趣是一个人对于自己内心趋向的一种认同，所以兴趣是最好的老师。我一直坚信这一点，如果没有兴趣，爸爸不会为了一个程序在电脑前熬夜；如果没有兴趣，爸爸在写书的时候会知难而退；如果没有兴趣，当面对每天要从事的烦琐的工作时，效率不会高，效果不会好，甚至人还会疯掉。

所以说，如果你在十四岁时突然发现了自己在某一方面的兴趣，你应该庆幸，你也可以骄傲，屏息凝神，尝试着往纵深里发展一下。我总认为，任何形式和内容的学习都将有助于你智力的快速提高。

当然，也不能过分地夸大兴趣在十四岁的作用。在知识面较窄，所学内容相对匮乏的年龄，多角度、大视野地接受知识是必需的，这与兴趣无关。知识是为社会实践服务，学习的最终目的是改造世界，所以知识是相通的，零散知识聚合产生的能量是无穷的，不要排拒任何未知的知识。听过这样一句话："人要有所为，有所不为，有所不欲而为之。"大致的意思就是应做到三点：有些事情要躬身亲历，做出成就；有些事情要坚决避之；还有一些事情虽然自己不想做，可必须要做。这句话对处在叛逆年龄的你而言算是总结得很到位了。

首先，学习是学生首当其冲的大事，这种事要有所为，不仅要为还要为出精彩，为出成效。学习不仅包括课本知识的学习，还包括课外特长班的学习，包括生活能力的学习，包括良好个人品质的学习。单就课本知识的学习，不仅要把分数考好，还要学会将知识用到生活中。如果你学了物理机械，却修不好坏了的抽水马桶，如果你连个灯泡都不会换，连双袜子都不会洗，连顿饭都不会做，社会的教育就是失败的。其次，有些事情不能为。比如游戏，我个人是极力排斥你玩游戏的，唯美的画面、无限的生命力、刻意构造的情节只是为了满足你某一方面的欲望而设计的一种数字游戏。玩游戏时间过长会导致性格畸形，易暴躁，思维能力迟钝，这种事情不可做。还有社会不允许你们这个年龄去接触和尝试的，比如早恋、吸毒、暴力、恶俗等。最后是有所不欲而为，是指某些你现在想不通不想做，但是却对你有好处的事情，你必须去做。这是强制性的部分，这一部分经常是学校、家庭、社会为了约束你们的行为、提高你们的素质而必须要去做的。虽然有悖于"兴趣是最好的老师"之说，但我却认同它。所以，你通常用作业多的理由来推拒课外班作业，这也是不对的。人可以追求自由，但本身不能自由化。处在一个复杂有序的社会里，要明白哪些必须做，哪些可以做，哪些不能做。如果有可能，想办法把要必须做的转化为自己的兴趣，尊重并有效地利用前人的经验，激发自身内在力，趁年轻，脑子好使，多学知识。莫负了韶华的时光，似水的流年。

最后梳理一下我的观点：

一个世界性的眼光，可以帮助你解释生命历程中的诸多困惑，让你从生命的低谷走向巅峰。

一个世界性的眼光，会对未来的事物产生预见性，让你意识到当前学习的正确的目的和意义。

“探索自然，改造社会，幸福他人”，是人生最重要的意义、最崇高的理想和最难得的幸福。

对经验怀有敬畏之心，是你能更快到达成功彼岸的有效途径。

兴趣是最好的老师。

已是秋中，鸽子从深深的巷子里飞走了，远处传来工地上叮叮当当的敲打声，黄叶从探出墙外的邻家枝头悠然地飘落了，书房窗外的那棵梧桐树，尽管让做墙体保温的师傅砍断了所有的枝干，却又顽强地生出了一树的新芽。在我的眼睛里，这个世界是那么温暖，积蓄着无穷的力量，每一个生命都活得如此精彩，包括你和你的十四岁。

加油，孩子！

爸爸

2013 年 10 月 20 日

写给十四岁庆典的你

胡顺红*

亲爱的瀚：

我和爸爸都很高兴迎来你的十四岁生日集体庆典，你能够和同学们、好

---

* 2014 级 3 班尤瀚的家长。

朋友们、老师们一起过这样一个隆重的生日庆典，这是一件多么幸福的事啊！

爸爸妈妈都为你开心，我们愿意和你一起参加这个庆典仪式，陪伴你从这个庄严的时刻迈入明亮的青春大门。

这几天，为给你写这封庆祝生日的信，给你做照片 PPT，我和爸爸翻看了许许多多你小时候的照片。我们一边看，一边回忆起很多你小时候的趣事。我们惊叹时光的匆匆，惊叹你成长的快速，仿佛一眨眼的工夫，你已经从那个可爱的、聪明的“孙悟空”小男孩变成了现在高高壮壮、沉稳智慧的小伙子。我们觉得既幸福，又欣慰！

翻看这些照片，把我和爸爸又带回了你的童年，看着这些有趣的照片，我们有时忍不住地笑，有时又忍不住地眼湿。看，你在冬天“吃雪”，你在玉米场里打滚，你在小树林里踩落叶，你和小猫咪玩耍，你拿着“金箍棒”爬树，你在象棋班认真地下棋，你在阳台上入神地看书，你在画室恣意地画画，你和小伙伴们在动物园喂小羊，你和小伙伴们坐滑梯，你……

瀚，你的童年好丰富、好开心啊！你的童年比爸爸妈妈的都要丰富、有趣，你是一个在爱里长大的孩子，也是一个在大自然中长大的孩子。你，是一个幸运的孩子！

透过这些照片，我又一次感受到，这十四年来，你秉承了大自然的灵性和气息，在爸爸妈妈及亲朋好友爱的润泽下，每一天你都在快乐成长，每一天都变得更智慧、更优秀，爸爸妈妈为今天沉稳智慧的你感到自豪、开心！

瀚，在你的十四岁生日庆典这个隆重的日子里，妈妈要特别地对你说：谢谢！

谢谢你愿意成为我的孩子！我相信，每个孩子都是自己选择要谁作为自己的妈妈的。他喜欢谁，信任谁，就住到谁的身体里，发育，成长，出生，成为那个人的孩子，成为那个家庭的一员。瀚，谢谢你选择了我们，信任我们，成为我们的孩子！也因此，我一直在不断地学习，让自己变得更优秀、更可爱、更称职，这样才不会辜负了你的信任，成为你喜欢的好妈妈。

谢谢你让我做了妈妈！因为做了你的妈妈，因为爱你，我才知道原来我有这么多的爱，原来我会如此宠爱、深爱一个孩子。同样，因为做了妈妈，我才更加地理解了我的妈妈，也就是你的姥姥，我知道了原来我的妈妈爱我，就像我爱你一样的多、一样的深。因为做了妈妈，我也懂得了一个人任何时候都要爱自己的妈妈，尊重自己的妈妈。因为，这个世界上，只有妈妈的爱，是最最厚重、无私的。所以，瀚，我要谢谢你，谢谢你让我成为妈妈！

谢谢你让我又过了一次童年！为了让你成长得更健康、快乐，我和爸爸主张多让你接触大自然，所以经常带你到农科院老院部玩，到咱们老家前面的小树林玩，还到农科院的玉米试验田、小麦试验田、蔬菜所玩，我们捡树叶、观察小蜗牛、爬树、捉蚂蚱、采野花……陪伴你一起玩耍。妈妈的童年是在老姥姥家度过的，小伙伴很少、很孤单，但这次，和你一起度过的这个童年，我有了一个最重要的伙伴——你，这是多么开心的事情。所以，我要谢谢你，因为陪伴你，让我再一次重温了童年，又过了一次快乐的童年！

谢谢你让我变得更宽容！因为你的到来，我和爸爸的小家变完整了。因为爱你，所以我和爸爸要好好地相爱，共同营造一个充满爱的家，让你在这个幸福的家庭里快乐成长。同时，在这个小家庭之外还有和这个家庭相关的爷爷奶奶、姥爷姥姥，还有很多的亲戚。因此，我和爸爸都要学会更多的宽容、忍让、体谅，去友善地爱对方的家人。当我们这个小家庭背后的大家庭和谐温暖了，我们的小家也就更幸福美满了。这些年，因为内心充满对你的爱，所以我变得更加宽容地去爱身边的亲人、朋友，我付出了爱，也收获到了爱，我觉得我很幸福，也很幸运，谢谢你，瀚，因为有你，生活更美满！

谢谢你让我学会感恩！这十四年来，在我们这个有爱的家庭里，你成长得非常健康、快乐。你友善、诚恳、厚重、智慧，你不仅受到爸爸妈妈的喜爱，还受到爷爷奶奶、姥姥姥爷的疼爱，以及亲戚朋友的喜欢。同时，因为你有这样好的品性，你的同学、朋友、老师，也都喜欢你。我常常觉得，我是如此幸运，拥有你这样一个优秀的孩子，因此我常怀感恩之心。我感恩命运对我的眷顾，感恩父母的养育，感恩生活给予我的一切的欢乐和磨难，正是这些让我越来越真诚地面对生活，踏踏实实地生活，认认真真地工作，老老实实地学习，从而让我拥有了这样一个幸福的家。

是的，我是在真心地感谢你，感谢你为我们带来的很多很多的美好。

同时，我想，你也需要感谢很多人，首先要感谢爸爸妈妈的抚养和教育，感谢爷爷奶奶的看护，感谢亲朋好友的关爱，还有感谢你从小到大遇到的所有的伙伴、老师、同学。因为在你十四年的成长中，你的进步和优秀除了你自身的努力和执着，也和所有这些人的支持、付出、爱护有关，他们也是你生命中不同阶段的重要的人，对他们也要心存感恩。

其实，妈妈一直觉得，每一个走进我们生命中的人，不管他是让我们开心快乐了，还是让我们为难伤心了，他们都是在以他们的方式，来帮助我们，提醒我们，祝福我们的。只要我们怀有一颗宽容、豁达、感恩的心，我们总能从他们身上找到他们带给我们的帮助、提醒和祝福，这些都是他们送给我们的礼物。

你知道吗，孩子，不是每个礼物都是包装精美的。有一些特别的礼物，从外表看很糟糕，很不好看，被一层层地包裹着，甚至我们根本分辨不出它是礼物还是垃圾。比如严厉的批评，或是故意的刁难，或是冷落、误解，甚至是背叛。总之，不管它以什么样的方式出现，孩子，都请你不要急着去排斥或是拒绝，更不要恼怒。记住，先静下心来，怀着一颗感恩的心，接受这份礼物，然后慢慢打开那看起来并不美好的包装，去发现里面真实隐藏的“礼物”，找到他们真正想送给你的东西，可能是给你的帮助，也可能是对你的督促，或是一个提醒，请接纳，并真诚地向他们致谢，因为你收获到了一份爱的礼物。

在你十四岁以后的人生中，你还会遇到各种各样的人，同学、老师、朋友等等，只要你时刻怀有一颗宽容、豁达、感恩的心，欣赏你所遇到的每一个人的优点，如同欣赏一处美好的风景，你就会和身边的人相处得越来越和谐，你也会发现这个世界很美好，值得信赖。

瀚，过了十四岁生日庆典，你就告别了童年，进入意气风发的青年行列了。祝贺你，我的孩子！面对即将步入青春大门的你，面对正处在学习的黄金时代的你，爸爸妈妈送给你四个字：认真、条理。

认真是一个好习惯，也是一种优秀品质。认真是做好一切事情的首要条件。认真，不分大事小事，认真地写每一个字，认真地审读每一道题，认真地读每一篇课文，认真地默写每一个单词……当我们认真地把这些小事做好了，我们就拥有了认真的能力，具备了做大事的素质。

条理是分清事情的先后顺序、轻重缓急，高效率地做事。随着年级的升高，你面对的学习内容会越来越多，你想要学习的新东西也会越来越多，这时尤其需要合理地规划时间，安排计划，让你的生活既紧张有序，又松弛有度。该高效时高效，该放松时放松，这样你才能既体验到学习的充实，又享受到放松的愉悦。

对你，爸爸妈妈一直是非常放心、非常信任的。因为爸爸妈妈非常了解你，你有着宽厚、友善的品德，你有着好学、执着的钻研探究精神，你有着自己的兴趣爱好，这些都是你的优秀品质，会帮助你进入你喜欢的学校，实现你的人生梦想。

回看你进入初中的这一年，我们看到了你非常大的变化和进步。在学习上，你越来越自律、稳定，乐于探究，深爱着你喜欢的学科，并乐此不疲地深入学习着。在交往上，你的友善、宽厚，已经得到同学们的认可和喜爱，你拥有了一大群优秀的朋友。这些，都让我们放心，而且欣慰，我们知道，你拥有的这些品质，会让你的人生路走得稳而且远。

爸爸妈妈相信，你是有能力管理自己的，有能力做好你自己的事情的。当你跨过中考、高考这两扇大门，你会发现一个崭新的、宽阔的平台铺展在你的面前，一个瑰丽、多彩的世界在等待着你，孩子，那——就是你的世界。我们相信，只要你肯，你就会在这个世界上找到你喜欢的事情，去探究，去钻研，去了解它的奥秘和神奇。

祝福你，我的孩子，有梦就去追！

爸爸妈妈祝福你拥有你想要的美好人生！

请你记住，无论什么时候，无论发生什么事情，爸爸妈妈永远会支持你、爱你，爸爸妈妈永远是你身后最坚强的支撑！

永远爱你的爸爸妈妈

2015 年 10 月 10 日

写给儿子的信

周晓东*

亲爱的儿子：

你马上就十四岁了！

十四，这个嘴唇轻启，轻松就能发出的数字，在我和你妈妈的心中，是一段漫长的时光，在养育你的过程中，我们经受了多少精神和身体的煎熬！在你还是婴儿的时候，我们经常盼着你快快长大。而现在，我们却觉得美好的时光太快，希望它慢下来，再慢一点，让我们细细品味你成长的每一个阶段，

---

* 2014 级 4 班周子涵的家长。

享受你给我们带来的快乐和期待。英国作家史蒂文森有一首诗：

You too, my mother, read my rhymes,
For love of unforgotten times,
And you may chance to hear once more,
The little feet along the floor.

在你长成大小伙子，用粗粗的嗓音和我们说话时，我们觉得，十年前那小小儿的童音是那么美！十年二十年后的某一天，回忆起你变声期的嗓音，也会觉得那青春长大的声音是那么动听！

从你来到世界的那一天起，你就是我们快乐幸福的源泉。护士抱着你出来，一遍一遍地说："从来没见过这么干净的小孩！"爸爸第一眼看到白白胖胖的你，眼泪马上就流了出来，那是幸福的眼泪。我知道，有一个人，从此改变了我的生活，使我更有生活的动力和勇气，他需要我的怀抱，同时也是我的依靠。

你从小就显露出不平凡的特质：说话很早，开口就是整句整句地说。一岁半的时候，你可以一字不差地背诵《逍遥游》。四五岁的时候，通过自学，可以读书看报。上小学的第一天，班里同学都在打闹喧哗，你安静地在读一本军事杂志。你的班主任对这个细节记忆深刻，从这个细节，我确信，你会毫不费力地成为学业出色的学生。你在小学的表现是极为出色的：二年级时，在全校六个年级中第一个背完接近六百首古诗文；三年级，获得新东方泡泡英语济南赛区第一名；四年级，成为期末考试全年级唯一一个语文、数学、英语全部满分的学生；六年级，在没有家长指导、没有辅导班帮助的情况下，通过自己的努力升入山大附中。你从来没有炫耀这些成绩，没有觉得自己多了不起，但是作为家长，我们知道这些成绩是多么难得。

我更欣慰的是，你从没有过于看重考试成绩，你的主要兴趣在运动、玩耍和读书上。每天放学后都是我们的运动时间。艺术学院，警察学院，山师大，每一所高校的运动场上都留下了我们的欢声笑语。我们常常运动到天色完全暗下来，才恋恋不舍地回家吃饭。家里的地板见证了我们的坦克大战、僵尸大战，甚至是室内篮球比赛。我感到欣慰的是，你的童年，始终是在快乐的游戏和运动中度过，爸爸妈妈始终陪伴在你身边。

儿子，你身上具备许许多多的优点，我最欣赏的是你的快乐，你的幽默。走到哪里，你都是最具有感染力的开心果。爸爸特别喜欢听你说话，别人眼里普通的事情，你常常能够发现笑点。幽默快乐是一个人最好的品质，有了这样的特质，你的人生无论如何都不会差到哪去。

这些年，爸爸见证了你的成长，尤其是这几年，你的长大就像夏天的庄稼，突然猛烈地拔节，迅猛得让人吃惊。爸爸离开中国的时候，你刚刚一米五，不到两年的时间，你已经长成一米七的大小伙子了。还记得在 city park market，小贩问你多大，你说十四岁，他们都吃惊地摇头，表示不相信。在 KU 操场，你和两个黑人孩子打篮球，你指挥他们传球、投篮，看起来你比他们大好几岁，最后一问，才知道他们比你大一两岁。你的长大，还表现在行动上。你和妈妈往返肯尼亚，一路上都是你跑来跑去了解情况。你真的长大了，可以照顾妈妈了。

正因为你长大了，你的世界应该接受更多的新东西。身体的长大是自然而然的，而精神的长大，没有艰苦的探索，没有对前人精神养分的主动吸收，绝对不可能完成。很多人一辈子没有长大，在精神上始终是一个孩子，就是因为缺失了对人类伟大精神遗产的吸收。精神上没有得到滋养，只能是精神上的侏儒，永远不能顶天立地。

从你上了初中，爸爸有意识地让你接触有思想深度的著作。《萤火虫之墓》，让你感受战争给人类带来的苦难，苦难激发你对整个人类的同情心。钱穆的《国史大纲》、黄仁宇的《万历十五年》，让你了解中国传统社会的结构和特质，明白其优点和缺点。容闳的《西学东渐记》、钟叔河的《走向世界丛书序言》，让你明白中国人走向世界多么艰难，主动培养世界性的眼光和意识。

《白轮船》让你思考善与恶的对立。在你长大成人以后，在你未来的生活中，你不可避免地要面临善与恶的选择，是牺牲自己的利益为善，还是为了一己之私作恶，答案不会那么显而易见，很多时候要考验你的智慧。在《白轮船》的结尾，作者写道："现在我只能说一点：你摒弃了你那孩子的心不能容忍的东西。这就是我的安慰。你短暂的一生，就像闪电，亮了一下，就熄灭了。但闪电是能照亮天空的，而天空是永恒的。这也是我的安慰。使我感到安慰的还有，人是有童心的，就像种子有胚芽一样。没有胚芽，种子是不能生长的。不管世界上有什么在等待着我们，只要有人出生和死亡，真理就永远同在……"每次我读到这里，眼泪都会流下来。你没有和我交流你读这部小说的感受，我觉得你读得太快了，也许还没有体会到小说的精髓。小学的时候，你经常把一本书翻来覆去看上十多遍，这是非常好的习惯，以后还要继续保持。

我不担心你的考试成绩，而担心你没有培养读好书的习惯。课程内的东西，给你的多为纯粹性知识，而思想体系，必须靠课外大量阅读思考才能建立。这比考试成绩重要得多！建立思想体系，你需要思考生命是什么，人活着的意义，人与社会的关系，什么是幸福……你在六七岁的时候已经表现出哲学思考的特质。有一次，你认真地告诉我，人为什么要活着，我记不清你说的具体内容了，但我惊叹你小小年纪，已经进行很有深度的哲学思考了。有了深厚的人文基础，哲学的，历史的，文学的，艺术的，甚至经济学、心理学的，你就建立起高高的人生导航灯塔，风浪再大，也不会迷路。到了十四岁，这就是你人生主要的任务，爸爸相信你会走好这一步的。

儿子，你是经历过大风大浪的人。你有过死里逃生的惊险，有过重重受伤的经历。这些让你的人生变得更有价值，让你的内在变得更加强大。但是，你还需要经受更多的磨砺。你还存在一些小问题，比如说主动学习动力还不够足，吃苦精神还要提高等。爸爸相信你会一步一步改善这些问题的。去年夏天，在桑岛，咱们在海边，躺在软床上吹海风，印度洋耀眼的蓝天、轻柔的风让人有些恍惚。你感慨：这是天堂一般的生活。儿子，我相信，你终会真正明白：天堂般的生活必须靠自己去争取，没有奋斗，天堂般的生活只能是梦想。

儿子，以你的资质，如果加上刻苦努力，没有实现不了的目标。十四岁，你要像大鹏一样展翅高飞，九万里而风斯在下。再过十年，回忆这段生活，我相信，我们听到的不是小小儿轻轻的足音，而是一个有为少年阔步向前强健的足音。

永远爱你的爸爸

2015 年 10 月

写给儿子十四岁生日庆典

权　栋*

亲爱的儿子：

十四岁是花的季节，你和朝夕相处的好朋友们在金秋十月，在收获的季

* 2012 级 4 班权威宇的家长。

节一起迎来你们共同的十四岁生日集体庆典，儿子，十四岁生日快乐！

儿子，你来到爸爸妈妈的世界是个偶然，是上帝不经意间送给我们的礼物，怀上你一个月的时候妈妈还浑然不觉，到处出差，有时还喝酒。儿子，怀上你的时候妈妈妊娠反应很厉害，两个月就开始吐，厨房做饭的时候我们关上三道门妈妈都能闻到做菜的油烟味道，闻到了就要呕吐，啥都吃不进去，为了你的营养只好输液补充能量。你在妈妈肚里七个月的时候，常常拳打脚踢地动来动去。儿子，你出生那天爸爸已经买好了去哈尔滨的机票，为了不耽误迎接你来到这个世界上，我还订好了 2 月 25 日的回程。23 号一大早，妈妈开始肚子疼，我还对你妈妈开玩笑说，不想让我出差用不着用儿子来吓唬我吧，结果一会儿妈妈的羊水就破了，你要急急地来到这个世界上了。我们慌手慌脚地来到济南市中心医院，我和爷爷、姥姥、姥爷在外面焦急地等待，奶奶在产房守护着你和妈妈，隐约中我听到了婴儿的啼哭声，问他们却都说没听到。没过几分钟，护士阿姨出来报告母子平安，那我听到的一定是你来到这个世界的第一声宣告，父子连心，天性使然，从那一刻起，我将担负起父亲的职责，与你相守相爱、相亲相近。

儿子，你学龄前的照片都是洗印出来的，那时候爸爸妈妈还没有数码相机。你出生在二环东路 3362 号医药公司宿舍，那是爸爸妈妈在济南分到的第二套房子，爸爸妈妈从偏远的县城走出来，能在两年内落脚省会，有了崭新的栖身之所，家里不能给我们提供多少支持，我们也从没打算能从父母处要些什么，用自己的双手创造出来的幸福才真正坦荡和无愧。儿子，爸爸妈妈值得骄傲的是给了你一个人生美好的开端，你身体健康、相貌英俊、智商上乘，我们又用爱和呵护给了你一个温暖的家和心灵安全的港湾，余下的，儿子，要靠你的努力去书写你未来的人生了。

儿子，你在我们改善后的房子里出生，又一直上到小学三年级。初到咱家的日子里，你那么小还那么黑，整天不睁眼睛，小小又无助地裹在棉被里，小嘴天生地会四处探寻找可吃的东西。你用哭声表达着你的渴、你的饿和你一切不舒服。后来，你一天天长大，皮肤白了，皱纹没了，头发密了，眼睛亮了，还常常会对着我们笑。我伸出一个手指，你就会把我的手指抓得紧紧的，看着你天使般纯净的眼睛，闻着你带着奶香味的气息，感知着你柔嫩的肌肤，听着你天籁般的咿咿呀呀声，我觉得上天真的厚待我，让我拥有了这份为人父的幸福，带着满怀责任感的幸福，从此后我的生命和一切都将和这个小小的人儿联系在一起，永不分离。

儿子，后来你咿呀学语，蹒跚学步，会叫"爸爸妈妈"，会被姥姥扯着跌跌撞撞地跑，自己还常常被自己绊倒。你一岁不到就在楼下和姥姥姥爷一起值班看传达，那时你除了晚上睡觉，一天到晚待在院子里不肯上楼，每天伴着朝霞送爸爸妈妈公司的全体同事上班，又映着晚霞接大伙儿回家。你跟姥姥去赶集买菜，跟姥爷遛弯看花灯，爸爸妈妈下了班也会在值班室里吃过晚饭再回家。傍晚时分，爸爸把你夹在腿中间，骑着咱们家的白色大踏板摩托车楼前楼后地转圈，你把小手放在爸爸的大手上，做出驾驶状，"咯咯"的笑声回荡在黄昏夹杂着饭菜香味的空气中，也深深印在爸爸妈妈的脑海中。

儿子，你冬天里主要的服装是姥姥手工制作的棉袄棉裤，有蓝花花和红花花的，舒服却不美观。爸爸从上海给你买了一套丽婴房的童装，印象中花了三百多块，灰白色调，毛绒布料，你穿在身上格外精神，我们带着你为这身新衣服拍了不少的照片。你一岁多的时候我们还去拍了一组艺术照，摄影师把你这样摆弄那样摆弄，你一脸的不高兴和不配合，费了好大劲好容易才拍下来一组。后来你三岁半上了幼儿园，兴奋没几天就哭着闹着不想去，每一次送你上幼儿园都要哭上一阵子。当然，没多久你就适应了幼儿园的集体生活，和小朋友们一起娱乐游戏玩耍，而且认识了杜晓琳老师，她教你英语，毕业以后又成为你的家教老师，成为我们家的好朋友。我们带你去日照去威海去三亚，你第一次看到大海，乘坐飞机，你那时穿一身红色的衣服，再扣上一顶椰壳做的帽子，活脱脱一个小哪吒。你喜欢把各种各样的水果堆在桌子上，搞成一座水果山，菠萝、草莓、苹果、梨子，好大一盘子，然后一家人大快朵颐把它们消灭掉。儿子，你快乐地成长，我们幸福地生活在一起，每次回家抱起你，一天的疲劳甚至不快都会烟消云散。夜里当你沉沉睡去，望着你天使般纯洁的面孔，爸爸会时常鼻子发酸，感谢上苍送你到我们身边，让我们懂得责任，感知到爱，生命的延续如此奇妙，血脉的传承这般神圣，油然而生的是无尽的敬畏和感激。

儿子，你来到我们生命里五千多个日子，每一天都给爸爸妈妈留下最美好、最珍贵的记忆。你上小学了，你当中队长了，你考第一了，你组织雏鹰小队活动了，你竞选大队委了，你去学校广播站了，你每天执勤了，你学会轮滑了，你学会滑雪了，你竞赛一等奖了，你获得"故事大王"称号了，你参加全市比赛了，你去电视台小记者营了，你去军训了……你的每一次努力都得到回报，每一次付出都换来成长，你用自己的努力赢得尊重和自信，也为爸爸妈妈换来更多不期而遇的惊喜。我们一起去北京、承德和坝上，一起去上海、西安和青海，我们一起去香港和澳门，我独自带你去开封、洛阳、少林寺，我们一家去宝岛台湾、去北欧四国，你跟随学校访问澳洲和日本，又连续三年去往大洋彼岸的美利坚。你的步子愈行愈远，视野越来越宽，我们一家人一起旅游收获的不仅仅是怡人景色和风土人情，还有更多的相亲相爱、不弃不离。

儿子，想对你说的许多话都写在给你生日的每一封信里，起初我不小心把它们弄丢了几封，但在爸爸可以陪伴你、指导你的日子里，每一个生日你都会收到爸爸的祝福。十四岁了，不一样的日子。“娉娉袅袅十三余，豆蔻梢头二月初”，虽说“豆蔻”指的是少女十三岁多些的年龄，但正是你现在这么大，一个含苞欲放的年龄，一个值得爱也容易去爱的年龄。关于爱情我们今天不去探讨，记得我十三四岁的时候最爱看席慕蓉的诗，许多无法言表的心意在她诗句的字里行间如隐秘的小溪缓缓流淌。许多年后才真正理解那句话：年少时我们不懂爱情。原来啊，我们那时爱的不仅仅是某个美好的人，而是爱上爱恋这件美好事物本身。儿子，你长大了，爸爸没有权利剥夺你对任何美好事物的追寻。我只要求你做一个懂事理的孩子，懂事不等同于听话，我一直会努力去做那样的爸爸：我可能不赞同你的观点，但我不能剥夺你表达的权利。我说的不一定对，但是你要有你自己对好恶对是非的判断，在理智的人生里度过激情的青春：“没有激情，任何伟业都不可能善始；没有理智，任何壮举都不能善终。”我一直要你做最好的自己，你也一直知道自己的主业是什么，这是我们一家和睦团结的基础。爸爸妈妈恩爱，给你营造一个和谐的家庭环境；爸爸妈妈敬业，为你创建一个做任何事情都不必缩手缩脚的经济条件。你回报我们好的品质、好的成绩，这也是你为我们这个幸福家庭的付出。谢谢你，儿子！加油，让我们一起继续！

儿子，有好长一段日子，我晚上愿意早早回家，不去娱乐应酬，更愿意在你读书学习的书桌旁，端一杯茗茶，捧一本小书，静静地看，小口地饮；或者玩玩弱智的游戏，或者小憩一会儿。甚至我什么都不做，就愿意看着你。许多年了，我把你从小小的怀抱之间的婴孩看成了比我还高的竹一般挺拔的男子汉，我陪伴你从懵懂无知到如此优异。想想不久后的将来，当你天涯海角地远游，即使我愿意，也再不能像现在这般守护着你，陪伴着你，用爱恋的眼光抚摸着你了。每当这时我既伤感又珍惜，伤感我们隔山隔水的离别，珍惜当下这静谧的好时光。儿子，十四岁是一个仪式，告诉你也告诉我们你长大了，告别了童年最无邪也最快乐的时光，长大有时候也会意味着烦恼、意味着责任。那天看到了三本书的书名，我把它们连起来送给你：因为痛所以才叫青春，千万次的摇摆才能长大成人，没有翅膀所以要努力奔跑。儿子，青春时光的痛楚是带着甜蜜的，挫折是让你成长而不是颓废的，继续努力地奔跑吧，在最最美好的年华里，爸爸妈妈的牵挂祝福一生一世，与日月同在，与天地同在，与你同在！

深爱你的爸爸

2013年10月

写给女儿的一封信

顾金荣*

牛牛，最最亲爱的女儿：

你好！

时光荏苒，岁月如梭，真的到了十四岁生日庆典之际，爸妈才意识到你真的长大了，已经由一个不明世事的孩童长成了一位婷婷玉立的美少女。虽然在我们的潜意识里，希望你长得慢一些，再慢一些，能够在我们怀中撒娇的时间再长一些，但事实是你已由一棵小苗长成了一棵小树，渐渐地不再需要在我们的庇护下成长，相反，慢慢地你已经尝试着给我们遮风挡雨……所以我们由衷地谢谢你，谢谢你带给了我们欢乐，带给了我们幸福，让我们有了为人父母的责任，也让我们因有了出色的你而产生强烈的自豪感！

在这个特殊的日子里，我们和你一样高兴，为你的过去和现在！虽然你已经出落成一个大姑娘了，但你小时候的趣事、成长的过程却仍然历历在目：

在你出生的头几天，护士阿姨推着你去洗澡，爸爸怕你被别人抱错抱走，偷偷地跟在护士后面目不转睛地看着你……呵呵，你小时候比妹妹乖多了，很少哭闹，总是在床上一个人玩，玩累了就睡。妈妈一边照顾你一边学

---

* 2013级6班牛康倪的家长。

习，那年妈妈考上了助理会计师，而且三门都在90分以上。你五个月后妈妈就上班了，每天中午妈妈顶着炎炎烈日骑自行车回家给你喂奶。虽然又热又累又辛苦，但妈妈感觉很幸福！那时咱家过得不富裕，没钱买条件好的房子，我们住的六楼是顶楼，夏天晚上很热，怕空调把你吹着，不敢开，爸爸妈妈总是每晚轮流给你打蒲扇。虽然上班一天已经很累，晚上又休息不好，但看你睡得香甜，爸妈再累再困心里也非常的高兴。奶奶因为白天家里太热，总是抱你到楼下树荫里乘凉和睡觉。为了让你睡得舒服些，奶奶总是一个姿势坚持两三个小时直到你睡醒。那时的你又聪明又调皮，总是偷偷尿到沙发上，尿完后再告诉大人你尿沙发角里了，所以有段时间咱家里总是"臭味熏天"，那都是你的杰作！为了改善生活条件，爸爸妈妈努力工作，在你两岁多的时候，咱家搬到了十里河。那里的条件要好很多，小朋友也多，你总是和小男孩们一起疯跑，有时还在别人家吃饭，小区里的健身器械上到处都有你的身影……那时的你无忧无虑，幸福而快乐，看到你健康快乐地成长，我们感觉日子过得充实而有成就感。

渐渐地，你长大了，你上了幼儿园，在幼儿园里与老师和小朋友们相处得很好，过得很开心，每天都高高兴兴去上学，快快乐乐地回家。在幼儿园，你学会了轮滑，学会了认字、写字，学会了自己读书，学会了国画。

转眼间几年过去了，你上小学了，在学校里你是好学生，每学期都有好几张奖状。在老师眼中你文静、懂事，写字漂亮，学习认真，积极向上；在父母心里你是个乖巧、懂事、极富爱心的好孩子。每天放学后你总是把学校里的事情告诉妈妈，看到你兴高采烈、神采飞扬，像个小鸟似的叽叽喳喳说个不停，爸爸妈妈一天的劳累也就烟消云散了。一晃六年，你小学毕业了，我们为你小学毕业做的鉴定是优秀，你也为自己的成长打下了良好的基础。你开始有了自己的主张，有了自己的审美观。你学会了选择，选择善良，选择优秀，选择尊重和疼爱家人，也选择好的朋友。对了，你也选择偶像，只是他们被你不时地热爱又不时地抛弃，呜呜！当然，你也学会了"臭美"！

现在有了妹妹，你也能看到和感觉到做父母的不容易，其实抚养孩子的确是一件很辛苦的事情，你们的一切都成为我们担忧的焦点——成长、健康、饮食、安全、交友、学习，还有以后的专业、工作、婚姻，虽然很艰辛，但你们带给我们的快乐，带给我们生活的意义，远远超过了我们付出的辛苦。孩子们，爸妈衷心地感谢你们！

现在你长大了，成了一名中学生，而且是济南素质教育最好的山大附中的一员。在这所学校里你学到了很多，你变得识大体、顾大局。在刚结束的运动会项目 4×400 米接力赛中，你挺身而出跑第四棒，而且使成绩上升了一名，这是一个多么值得骄傲的成就啊！你能为班级着想，替他人分忧，说明你有着强烈的班级荣誉感。记得你刚上初中时，爸爸妈妈对你的要求是：健康快乐，不刻意要求学习必须拔尖，但要努力用心，中等偏上就行，并且要全面发展，多参加课外实践活动。现在看看你正在出色地完成着这个目标，而且超越了自己。现在你的学习已不用我们操心，因为你自己知道学习，也愿学习，随着功课越来越深奥，有些我们已经辅导不了你了，以后更要靠你自己了，我们相信你——你会更出色也会更优秀！我们因你而骄傲，宝贝闺女！

在学习出色的同时，我们还深切希望你能全面发展，能养成良好的习惯，比如锻炼身体和学习一些特长，比如改掉拖拖拉拉的坏毛病（这点很重要）。另外，你还肩负着为妹妹做榜样的重担，等她大点了，她会不大听爸妈的话，但会听你的话，现在都是你的小跟屁虫，你说什么她听什么，将来她会时时以你为榜样。所以孩子，你必须要不断改善自己，做个优秀的表率。

孩子，现在你已经十四岁了，成为一位少年，这对于你来说是个承前启后的日子。在这以前，你是个儿童，你可能稚气未脱，可能有很多不成熟的想法和做法；但在这以后，你就是个青少年了，就会越来越有思想——当然，现在你已经很有思想了，做事有自己的主意。但要学会对自己负责任，要对自己的所作所为进行甄别，要分得清是非曲直，要远离不好的一切。现在社会上各种诱惑太多，你要强迫自己抵制，增强自制力，特别是交友一定要慎重，不交有恶习不务正业的同学，要选择有正能量的同学作为好友和榜样，因为正能量能激励自己前进，能让自己对生活充满激情，能感知世界的美好，即便遇到挫折和坎坷也能积极面对和解决。再说生活从来都不是一帆风顺的，总会遇到各种各样的困难和困惑，小小少年，几多烦恼，只有经历了，才能体会到。但对困难的态度必须是积极的，不能有畏难情绪，更不能逃避，要勇敢面对，只要思想不滑坡，办法总比困难多，困难总会被克服的，不妥协就好。

在你渴望能独自高飞但又心存忐忑的时候，在你这个青春叛逆的特殊时段，我们希望你能知道并好好记住以下几点，与你共勉：

1. 没有什么人是不可替代的，没有什么东西是必须拥有的。看透了这一点，将来你身边的人离开你，或失去了你认为最爱的东西时，也应该明白，这并不是什么大不了的事，只要坚强，一切都会过去的。

2. 对你不好的人，你不要太介怀。在你一生中，除了爸爸和妈妈，没有人有义务必须要对你好。至于那些对你好的人，你除了要珍惜，更多的是要感恩。不管社会怎样变化，时代怎样发展，老祖宗几千年遗留下来的一些美德还是要保留，比如尊老爱幼等，不能丢弃。爸妈希望你将来能孝敬父母，照顾妹妹，但我们不会依赖你，不会给你太多负担。

3. 相比于荣华富贵，人的一生平安、健康、快乐才是最重要的，没了健康和快乐，再多的金钱和荣誉都是浮云。对于你现阶段而言，健康快乐成长才是最重要的，只管过好你的花样年华，其他都不必去过多地考虑，只要现在努力了，大方向对了，将来怎样你都不会后悔。

4. 爱情总是要来的，现在给你说这个问题好像还为时过早，但我们不想让你在这个事情上受到伤害，所以你要知道：爱情只是某个特定阶段的一种朦胧美好的感觉，而这感觉会随时间、环境、心境而经常改变。爱情不只是美好，它还会有背叛、欺骗甚至是伤害。所以，既不要过分憧憬爱情的美，也不要过分夸大失恋的痛，当爱情来临时，要理智地面对。

5. 虽然有一些有成就的人士没有受过很多教育，但都有其特殊时代背景或原因，所以还是要通过正常途径和自身的努力，去争取和创造机会，获得成功和晋升。爸妈现在并不富裕，也没有太多的社会关系，不会给你们两个留下太多财富，也不敢且不会保证为你们铺平将来的生活道路。所以孩子，不要想着靠父母，你现在还是要用功读书，解读社会，依靠自身的努力，去获取成功，这才是你今后在社会上的立足之本，为人之道！

6. 做人做事要讲诚信，但你只能要求自己守信。不能强求别人守信。你可以要求自己对人好，但不能期待人家对你好。你怎样对人，并不代表人家就会怎样对你，所以要看透看开看清。否则，你只会徒添不必要的烦恼，承受因为轻信而带来的损失和痛苦。

7. 人生不是不能失败，但人生确实不可能从头再来，我们只能给你指指方向，提提建议，真正把握、决定你命运的，只能是你自己，别人无法替代，更不能主宰，关键的几步，一定要慎重，一定要走好！

亲爱的女儿，在这个特殊的日子，我们满怀深情地告诉你：爸妈爱你，永远爱你！

爱你的老爸老妈

2014 年 10 月 22 日

写给如如

刘廷波　张 莉*

如如：

孩子，转眼你已十四岁。2001 年的一场漫天大雪带给了我们生命中最大的一份礼物。一家人在产房外等了一夜，爸爸急得在走廊上直转圈，听到你的哭声才放下心来。妈妈躺在床上扭头看你：光滑的小脸儿，哭声不大，倒也有劲儿，黑黑的皮肤像爸爸。孩子，初次见面，你没让妈妈受太多的痛楚，自己顺顺利利，在一家人的欣喜中来到我们身边。爸爸妈妈看着小小的、软软的、粉嘟嘟一团儿的你，很幸福！

小时候的你像个小皮猴儿，叽叽喳喳，上高爬梯，无所畏惧；小学时的你文文静静，努力刻苦；现在的你能够独立思考解决遇到的问题。爸爸妈妈看着一天天长大的你，很欣慰！

从咿呀学语到亭亭少女，除了良多感慨，我们更多的是期待和叮嘱。你的人生才刚刚扬帆起航，虽然有着大把青春时光，可光阴总在不经意间悄然流逝，珍惜年少时，别荒废这些美好的年华，待回首青春，希望你能笑着对自己说："我的青春很充实、很精彩！"责任、感恩、拼搏……这些需要你用一生的时光去慢慢体会其真正含义。鸟欲高飞先振翅，穿梭云霄的苍鹰，尚有磨掉指甲的悲壮，凌空起舞的蝴蝶，亦有着破茧成蝶时的艰辛。这些蜕变的背后，是一颗坚韧不拔的心和永不放弃的勇气。爸爸妈妈看着步入青春的你，很期待！

"志于道，据于德，依于仁，游于艺。"这是我们对你的期望。"志"下有"心"，是心之所向。认清本心，找到自己想要的，树立一个清晰的目标，让这个目标指引着你人生的道路。"道"是你的理想、你的信念。人生路上遇到困难想要放弃的时候，取得成绩沾沾自喜的时候，享乐中迷失人生方向的时候，理想和信念是你实现人生目标的强大动力。

---

* 2013 级 4 班刘晋如的家长。

不管目标在哪里，都要建立在重德求善的基础之上。“德”是你的立身之本。小德川流，大德敦化。就像金文“德”字所表达的那样，左为行走，右边眼睛上一直线，喻为眼正，心上一直线，喻为心正。我们希望你在生活中能谨记“德”之喻意，做到行正、目正、心正。

生活中虽不用做到怀揣天下的博爱，但也需仁爱。“仁”并不远，就在你的心中。虽然对“仁”的理解各有不同，但爸爸妈妈认为“仁”的根本是爱，是爱心，是要尊重人、关心人。但这份爱也是要有理性的。学会理性地对待生活，正确认识事物的两个方面，从多个角度看待问题，分清事情的善恶，善为之，恶去之。原谅那些伤害过你的人，它让你在挫折中吸取经验教训，从而学会保护自己。将心比心，由己及人，由亲及疏，仁爱时刻伴你左右，你的人生因爱而精彩。

科学知识是你的精神食粮，“礼、乐、射、御、书、数”，虽不能涵盖其所有，但丰富的知识是社会生活立足之本。在学习中体会乐趣，扩大自己的知识范围，提高个人素养，体会生活之“乐”。

孩子，无“道”人生没有目标，无“德”人无根，无“仁”心不静，无“艺”人生乏味。人生未必有博学洽闻之才，却需正心、修身、齐家。我们知道，要做到这些并非易事。但无论怎样，爸爸妈妈会在身旁为你保驾护航。让青春与欢乐一起飞扬，志向和奋斗共舞，谱写一首属于你的，华丽的七彩乐章！

爸爸妈妈

2014 年 10 月 22 日

写给十四岁的你

陈晓晖*

出差途中回顾与你共同成长的五千多个日日夜夜，感慨万千，欣喜于你的不断成长，也不断自省自己作为父亲的成长历程。夜深人静时，

* 2013 级 1 班陈柏霖的家长。

任凭思绪流淌，未曾刻意琢饰，用这样一种形式，作为生日礼物，呈现给十四岁的你，希望对你今后的成长能有所启发。

生于“千禧年”世纪之交的你，
如今已年满十四岁，
想对你说的话很多……

2000 年对于 70 年代的我们，
是一个伟大、绚丽、充满希望和梦想的年代，
我和你妈妈正是怀揣着这个美丽的梦想，
从蹒跚学步、咿呀学语走向求学、谋职之路。
我们见证了改革开放三十年的历史变革，
经历十年寒窗苦读、近十年职场打拼，
在那个梦想逐渐从脑海中淡化，
那个年代如约而至之时，
已没有当初梦想那样绚丽，
世界的飞速变化让我们应接不暇，
你的到来，却是上天给我们最大的礼物。

我们出身布衣，
农民和工薪阶层是我们的精准定位。
没有显赫的门楣、富贵的家世，
独不缺传统、友善和亲情，
家庭和睦、睦邻友好、为人本分、学习刻苦，
工作努力、处世稳妥、热爱生活。

回想当年，
我不远千里、连夜奔袭为迎接你的到来，
产房门前接过护士手中在襁褓中瘦弱的你，
望着病榻上你妈妈虚弱的脸庞，
“父亲”这伟大的称号实实在在地冠在我的头上。
不善表达的我，

任凭泪水模糊双眼，
忘情拥吻你妈妈苍白的脸颊，
任何誓言都无法表达那一刻的心情，
夫妻的恩爱、父子的深情在那一刻得到升华，
变得那么真实、那么令人心颤。
只在心中默念：
“要用我的一辈子去呵护怀中的两个人。”
这也许是一个父亲与生俱来的本能反应，
现在回想起来还是那么历历在目。

二十一年前我只身来到这座城市，
势单力薄、举目无亲，
自己的梦想、家人的期望激励我不断前行，
正当筋疲力尽时遇到了你的妈妈。
我和你妈妈的相遇尽管是经媒妁之约，
但情投意合，
你妈妈是我能在这座城市扎根的贵人。
我们相约于举世瞩目的“香港回归”之年
携手走进神圣的婚姻殿堂，
幸运地在千禧之年的金秋十月收获了你。

尽管我们做了充分的准备，
你的到来，
还是让我们手忙脚乱。
如果没有姥姥姥爷、爷爷奶奶的大力帮助，
我们真不知如何面对。
初为人父母，
我们要学的太多、太多，
正像你初识这个世界一样。
你的诞生，
让我们的情感重新分配，
更多的感情聚焦到你的身上。

你的到来，
让我们家族迎来“四世同堂”的荣耀。
我们为你喜、为你忧，
为你的点滴进步欣喜若狂，
为你的小不如意忧心忡忡。
回顾你十四年的成长之路，
也是我和妈妈不断成长之路，
妈妈经过十月怀胎，
做出巨大牺牲孕育了你，
妈妈变得更富爱心和宽容，
爸爸也因你的到来变得更坚强、更有担当。

你长大了，
时间——
在妈妈的怀抱里荡漾，
在爸爸的电话里流淌，
在爷爷奶奶的惦念中穿梭，
在姥姥的缝补、烹饪中回味，
在姥爷的自行车上滚动，
在校园里歌唱，
在课堂上诵读，
在球场上沸腾，
在友谊中永恒，
在梦想里飞驰，
在懈怠时虚度，
在拼搏时升值。
你的羽翼渐渐丰满，
你用优异的成绩回报着周围每一个人，
有时也用小小的叛逆刺痛着我们。
你读的书甚至超过了父母，
你的足迹已远涉大洋彼岸。
我们期待你，

跳得更高、飞得更远。
每个人的一生都会有沟沟坎坎，
面对困难和挫折，
你学会了坚强，平淡对待输赢，理性面对得失。
十四年里，你两次走进手术室，
用超乎我们想象的毅力坚持下来，
没有因此耽误丁点儿学业。
作为父母的我们，恨不得替你承担病痛，
曾躺在病床上的你失去了一些快乐，
但收获了友情和爱心，变得更加坚强，
这些历练必将是你终生的财富。
你能为班级、为同学热心地付出，
我们看在眼里，喜在心里；
你能在姥姥进手术室前鼓励姥姥坚强，
我们看在眼里，暖在心里；
你平日不再烦于妈妈的唠叨、爸爸的说教，
我们看在眼里，乐在心里；
你在参赛作文里用对姥姥姥爷不敬的忏悔打动评委，
我们看在眼里，美在心里；
你在给爷爷的信里关心的话语，
我们看在眼里，感动在心里；
你在骑行队伍里、运动场上矫健的身姿，
我们看在眼里，骄傲在心里。

如果说我们生于一个变革的时代，
那你出生的时代就是一个伟大的时代。
十四岁的你，
准备好了吗？
要成为时代的弄潮儿，
需要我们共同努力，一起进步。
作为父母的我们，
可能跟不上时代的步伐，

但我们希望追逐时代的潮流，
与你一起，
共同拥抱这伟大的时代，
你愿意带我们前行吗？

十四岁的你，心智不断成熟，
人生之路漫长，需要一步一个脚印；
生命之树常青，离不开泥土的滋养，
更需阳光的照耀、雨露的滋润；
勇攀高峰、搏击风雨，
人生方显精彩。
我们，
甘做你坚强的后盾，
默默目送你前行，
每天进步一点点，
精彩度过每一天！

写给十四岁女儿的信

李　新*

坤坤：

你好。如今你们班的很多同学已经步入十四岁了，和你的同学们相比，虽显有些稚嫩的你也正在向十四岁迈进。在这一特殊的年龄阶段，爸爸妈妈也和其他家长一样，为你提前祝贺、送上祝福，和全班同学一起享受这一美好时刻！

首先，我们要和你探讨的是十四岁对于一个人来讲，意味着什么。在我

* 2013 级 2 班李育坤的家长。

们眼中，它意味着你将从一个小姑娘成长为一位亭亭玉立的大姑娘。同时，十四岁也是花的年龄，是歌的岁月，是青春的风铃。更重要的是，它是人生成熟的开始，是人生的转折点，是走向成功的关键！吹响十四岁的号角，既是浪漫的开始，也是艰辛岁月的起步；既是学习的黄金时期，也是易受干扰的时刻；既是易接受新事物的年龄，也是由于人生阅历和知识不足，容易良莠不分的时候。十四岁，人生便踏起了青春的脚步，肩负着对自己、对家庭、对社会的些许责任。我们就是怀揣着这样的思绪迎来了你十四岁的喜悦！

回眸我们共同走过的春夏秋冬，桩桩往事历历在目，有高兴、激情，也有遗憾、懵懂。2001 年 10 月 9 日中午，你大声来到这个世界；三岁时的你在爸爸的肩膀上进入幼儿园的大门，难忘妈妈在窗外落泪的一幕；不到六岁进入燕山小学学习，每学期被评为“三好学生”时的喜悦浮现眼前；刚刚进入初一时的小小叛逆，就像是发生在昨天。

每天接送你上学，全家人早晨、晚上聚在饭桌前，互相倾诉，听你讲述你一天的得与失、同学和老师们的在校趣事，这种交流已渐渐成为我每天最开心的时刻，也是一种莫大的享受，真想让时光在此时永久停歇。

每天在客厅里听到你从书房传送出的琴声，虽然爸爸不懂音乐，但也不由得学会欣赏，我知道这里面凝聚了你的喜爱、你的汗水、你的毅力，是你付出的回报。

最近有一次语文作文考试你得了 43 分，跃居学习小组第一名，爸爸为你高兴，因为爸爸知道，你是一个具有进取心的好孩子，从中爸爸也看到了你的自信，相信有第一次就一定会有第二次，甚至更多。目前你的学习主动性有明显提高，能在受挫时自己意识到并总结原因，找准方法，例如在英语单词记忆的认识方面；生活自觉性也不断加强，例如在时间管理方面；良好的习惯在逐步养成，例如对酷爱看电视的你能有效控制乃至杜绝电视节目的诱惑。以上这些同样是对自我的挑战，也是对自我管理、自我约束最好的诠释。完整的人生不全是多姿多彩，背后一定会有苦、有乐，但如何对待才是关键。乐，不可得意忘形；苦，更要坚强面对！人生长河没有捷径，每一步，都要自己踏踏实实地走下去。现在你已迈开青春的第一步，在生机勃勃的年代、风华正茂的年龄，从此生命开始别样的精彩。

爸爸知道：过高的期望，会带来孩子的无望；过分的溺爱，会带来孩子的无情；过频的干预，会带来孩子的无奈；过度的保护，会带来孩子的无能；过多的指责，会带来孩子的无措。自然是孩子们的天性，自由是孩子们的本性，扼杀天性和本性，就是扼杀成长的活力和动力。如何把握尺度，也是爸爸终日苦思的重大问题之一。同时，爸爸也知道上苍不会让所有幸福集中到某个人身上，付出爱心未必会有回报，拥有金钱未必会得到快乐，得到快乐未必会拥有健康，拥有健康也未必一切都会如愿以偿，但保持知足常乐的健康心态一定是淬炼心智、净化心灵的最佳途径。一切快乐的享受都属于精神，这种快乐把忍受变为了享受，这便是人生的哲学之一。就如心态决定思想、思想决定态度、态度决定行动、行动决定习惯、习惯决定命运的道理一样。

生活的步伐是有节奏的，每个年龄段都应有其使命，现在学业是你生活的主流，学习力会代表着你的未来。有人曾说：虽然很多有成就的人没有受过太多的教育，但并不等于不用功读书，也可以成功。你学到的知识，就是你拥有的武器。人可以白手起家，但不可以手无寸铁。曾经也有人习惯性地抱怨自己的生活怎么会如此坎坷，但是他是否用心去思考了？有规划了吗？去行动了吗？但愿这些话，能让你明白，成功不是一步登天，而是慢慢积累的过程，在别人都要放弃的时候，你再坚持一下、冲到最后。从现在开始，摒弃你的惰性、不自信、偶尔的冲动、急躁等情绪，自己的事情不要留待别人去解决，逐渐地你会发现，自己的综合能力会不断地得到提升。适时挑战一下你的情商，学着并学会有效地控制自己，每天提醒自己：不要忘记目标，不要忘记学习，不要忘记看书，不要忘记身体，不要忘记锻炼，不要忘记快乐，不要忘记爸妈，不要忘记亲人和他们对你的叮嘱，随时对自己的规划进行有针对性的调整和补充。尤其要固守你的自信，它能挺直你的脊梁，就算背负千钧亦不弯腰；它能坚毅你的眼神，哪怕前景烟尘弥漫也不会迷茫。自信的人即使看不见远方，但他心中一定会有远方的模样；即使看不到希望，但他一定知道只要努力就会慢慢地靠近自己的梦想。挤时间多看些书，这会使自己沉静下来，生活就会渐渐少一些迷茫，多一些追求，添一些励志。遇到心烦意乱或者无助、疑惑的时候，更要多到图书馆去“泡一泡”，与书为伴，书中会有现实中难得的纯明和清静，在书中你一定会找到自己想要的答案。

要具有持之以恒的毅力；要能不断地挑战自我，不怕艰、不畏难，具备从一个山峰向另一个高峰迈进的勇气和执着；要有在障碍面前，面对挫折不服输的精神；还要有对“优秀”一词的准确理解和评判，包括做人。相信通过教育一定可以扭转乾坤。这些观点和建议来源于爸爸平时的心得和感悟，我愿意倾尽所能同你在人生的旅程中不断地分享、交流和探讨！

生活中，爸爸希望你拥有健康、善良、自爱、教养、温柔、耐心、宽容、热情、阳光、主见等等，因为一个人的健康是立身之本、善良是美貌之源、自爱是传家之宝、教养是修身之气、温柔是气质之基、耐心是定力之现、宽容是容身之所，热情的反义词是冷漠，阳光的反义词是阴暗，主见的反义词是盲从，这些相信你会作出选择。要同欣赏你、有正能量、为你领路、肯指点你的人做朋友，他们会安慰你、帮助你、提醒你、监督你、陪伴你、鼓励你，及时发现你的不足，为你拨开迷雾，带你走出泥泞。你要学会回报，懂得感恩，你的路才会越走越宽。父母永远都是你坚强的后盾！那些真正富有的人，从不炫耀他所拥有的一切，因为他们没有自卑感，智慧的人也一定是能够战胜自己的人。

想知道爸爸眼中的你吗？女孩子都喜欢被称赞为漂亮、靓丽，其实外表上漂亮不错，不漂亮也不太重要，我总是觉得一位女孩儿能对任何事情都有一个不焦不躁、平淡从容的态度和一颗耐得住寂寞的心，本身就是一种极具吸引力的气质和一种内里的力量。随着年龄的增长，希望你会成为内里越来越丰富的知性女孩，乐天向上。相信“明天永远比今天好”，相信属于你的自信和快乐一定会随着岁月的增长而弥增。

亲爱的女儿，就要十四岁了，人生之旅，你已扬帆启航，我相信你的未来一定会比我们更精彩、更灿烂！

问候你所有的老师，为他们付出的辛劳，致以最崇高的敬礼！

问候你所有的同学及其家长，祝愿所有的孩子快乐成长！

祝你进步，并安康、幸福、快乐永伴！

永远爱你的爸爸

写于 2014 年 10 月 20 日夜

写给我最最亲爱的女儿

尹升华[*]

群群：

妈妈本来有好多好多想对你说的话，可一坐到电脑前，忽然不知该从何

---

* 2013 级 8 班王逸群的家长。

说起。于是，我信手翻开了博文日记，打开了尘封已久的相册。记忆的闸门骤然打开，Yesterday once more...

2001年的那个母亲节，我收到了这一生最棒的礼物—— 一个粉嘟嘟的小女孩儿，你。随之，我便有了种种牵挂。晚上睡觉不敢睡得太沉，要时不时看看你是否尿床了，是否把被子蹬掉了。出门的时候总会想，你在家有没有哭呢？或者想起你粉嘟嘟的小脸儿，独自傻笑。从此，生活多了一种色彩——美，多了一种滋味——甜，多了一种感觉——累。但是，孩子，我告诉你，那绝对是甜蜜的负担！

仿佛是眨眼之间，你就到了入托的年龄。你喜欢涂涂画画，你喜欢看图书，你喜欢跟小朋友一起玩儿，你羡慕背着书包的小孩儿，你天天念叨着要上学要找老师。从两岁多入园到六岁多入学，短短几年，你的变化却是巨大的。不仅仅是个子长高了，会识字读书了，会帮妈妈做点小家务了，懂事了，而且你会有很多很多的小想法了。我感慨，我窃喜。还记得那个夜晚，我晚上九点多下班回家时，你已经独自在家睡着了。洗手间里，有你帮我准备好的牙刷和漱口水。看着还不到六岁的你安然熟睡的小脸儿，妈妈心里是既愧疚又欣慰。你是老师眼里的好学生，更是妈妈眼里懂事体贴的乖乖女。一颗有爱的心，比什么都重要。

步入小学，你的表现依然让妈妈感到放心。你成绩优异，还担任班长和大队长，每学期都被评为特优生和优秀班干部。六年来，你的各种荣誉证书占据了相当的空间。可是，孩子，妈妈想告诉你，这些还不是最重要的。

我更喜欢阳光、豁达、宽容、积极向上、求知若渴、困难面前不低头的你。现在的你，是否还保留着这些品质呢？

那个时候，咱俩经常一起晚上散步、聊天。你好多好多的想法让我惊异。你告诉我在学校里发生的很多有趣的事儿，很多你感到疑惑的事儿，很多不知道如何处理的事儿。记得有一次，大约是在你上三年级的时候，刚出门，你就很严肃地跟我说，要讨论一个问题。你问我，为什么你想看电视，我却让你写作业，你想出去玩儿，我又让你看书。这样你岂不是没有了自由？你第一次跟我谈到了关于自由的问题。咱俩在软件园走了好几圈，一直在聊这个话题。最后，你终于承认，自由是有条件的。宝贝儿，现在你是否更懂得自由的含义了？记得有句话说得挺好——自由，不是你想干什么就干什么，而是你有资格不想干什么就可以不干什么。

2012年9月26日，又一个惊喜，是你给我的。那段时间，上班很忙很累，下班回来的路上想到回家还不知做什么晚饭好。但是当我推开门的一霎间，满身的疲惫立刻烟消云散。正对门的隔断上放着你精心制作的生日贺卡！伴随着关门声一起响起的是一声甜甜的“妈妈，生日快乐！”当然还有一个大大的拥抱。更令我激动的是，餐桌上已摆好了饭菜：清炒青椒和土豆片，还有煮好的稀饭。饭菜上飘着的热气，告诉我它们刚出锅不久。说实话，我都忙得忘了那天是我的生日。而你，我的宝贝，居然给了我这样好的生日礼物！虽然是家常便饭，但在我心里它胜过山珍海味。

不知道啥时候你的个头儿就超过了我。听到那首歌儿《时间都去哪儿了》，忽然自己就有些感慨，真的仿佛是一瞬间的事儿，我怎么就老了呢？于是，你就经常哄我说，妈妈你一点都不老，你看你皮肤多好。其实，我的宝贝儿，妈妈不怕老。在医院工作的缘故，也见多了生老病死。只是，我好担心，不知道我哪一天会不能陪你了。你的羽翼还不够丰满，能够独立翱翔的时候未到，我不能老，也不敢老。

个头儿在长，年龄在长，你通身透着勃勃生机，像一棵小树在向着天空伸展。通过自己的努力，你进入了自己心仪的山大附中。优秀的学校里有优秀的老师，有优秀的同学，被一群优秀的人包围着，无疑是一件幸运的事儿。但，这也给你带来了相当的压力，你不再是第一。于是你在一片片小叶子上写下“我要当学霸”压在书桌的透明板下。宝贝儿，妈妈跟你说，只要你有这样的决心，然后付诸行动，你的目标会实现的。即使不能如愿，也别沮丧。从小的时候，我就时常跟你说，结果不是最重要的，重要的是，你是否努力了。如果你尽了 100 分的力气，仍然只得到 99 分，不会后悔。凡事能做到自己不后悔不遗憾就够了。

相较于很多妈妈，可能我并不是那么无微不至地照顾你。很多时候很多事我让你自己处理，还不时地让你帮我个小忙。还记得第一次让你去帮我买馒头，第一次买酱油，第一次包水饺；记得你四年级时科学书找不到之后的大哭，然后自己想办法解决；记得你八岁的暑假，第一次自己拖着大大的旅行箱远行；记得你独自去上海世博会归来时的疲惫；记得你去北京参加语文比赛的身影……我的孩子，我的身也许没有与你同行，但我的心却是无时无刻地不在你的身旁。我能一直地照顾你，固然很好；但我知道，不知道哪一天，我终究是会离开的。我最最最大的愿望就是，没有妈妈的照顾，你依然会过得幸福，活得精彩。

群群，妈妈说了这么多，你是不是又嫌我唠叨了呢？我知道我的话有点儿多。对于妈妈的唠叨，你也不时地有点儿小脾气。即使这样，妈妈还是打算一直唠叨下去。因为你是我的孩子，我有责任让你这棵小树茁壮地成长，将来的人生路上多一些选择。经常会听到有人说："我这份工作真的真的干够了！"干够了，为什么不换一份工作呢？答案当然是没有选择。足够优秀的人才有足够的机会去选择自己的生活方式。能力有限的人只能被迫地接受生活的安排。现在你的年龄，正是为将来打基础的时候，会觉得苦一些累一些。想想泰戈尔的话吧："你的负担将变成礼物，你受的苦将照亮你的路！"

群群，我的孩子，你以前是，你现在是，你将来也会是，一个阳光快乐、有爱心、肯努力、思进取的女孩儿。将来的你，一定会感谢现在拼命努力的你。妈妈祝福你，并在你不远的背后悄悄观望，默默支持！

你的不大优秀、有点儿爱唠叨的妈妈

2014 年 10 月 23 日

谢谢，我的宝贝！

高　梅*

亲爱的女儿：

当你打开这封信的时候，应该是在十四岁生日集体庆典上。"妈妈，我们下周五要举行十四岁生日庆典，你提前回来参加吧！"妈妈知道，此时此刻女儿多么希望和其他同学一样有妈妈陪伴在身边，此时此刻妈妈多想飞到你身边，陪伴我的宝贝女儿度过这个难忘的时刻。可是就连这个算不上要求的要求妈妈都满足不了你。对不起，我的宝贝！妈妈的眼睛湿润了，带着对你深深的愧疚！在你步入初中，进入青春期的关键时刻，妈妈不得不离开你来到美国，在这一年中妈妈错过了太多本该与你共同分享的精彩时刻，带着遗憾，带着愧疚。我的宝贝女儿，请你相信，尽管妈妈和你相隔万

---

* 2012 级 4 班王童瑶的家长。

里，但是在大洋彼岸依然关注着你的点点滴滴，妈妈的心永远和你在一起，永远爱着你！

转眼间我的宝贝女儿将要迎来十四岁生日，已经成长为亭亭玉立的青春少女，可十四年来你带给我们的精彩片段历历在目，就像发生在昨天。1999 年 12 月 26 日 7 时 40 分，是爸爸亲手把你迎接到这个世界，你的第一声啼哭并不像电视上演的那样迫不及待，清脆嘹亮，而是足足沉静了十几秒才不急不慢地哭了一声，莫非从一出生就注定了你是一个安静、温和的乖乖女？

十四年，你带给爸爸妈妈太多的惊喜，妈妈还清楚地记得你第一天穿上校服时那神气活现的样子。七岁时多才多艺的你参加了山东卫视“五一”长假的“老少乐翻天”；八岁时即在济南市“小名士”杯民乐大赛中获得二等奖；九岁时你过五关斩六将，小小年纪就到香港参加“奥数之星”总决赛并取得优异成绩；十岁时你获得中国芯计算机大赛二等奖；十一岁时获得奥林匹克数学精英赛特等奖；在日照海滩的篝火晚会上，你的新疆舞也使大家折服；十二岁顺利进入了你梦寐以求的中学——山大附中。我亲爱的女儿，回想你过去成长中的童言趣语和点点滴滴，都历历在目，实在太多太多，不是这一封信能写完的。女儿，你带给爸爸妈妈太多的快乐和骄傲，在此，我们衷心地向你道一声：“谢谢！我的宝贝！”

宝贝，要说前面十二年你带给妈妈的是快乐，那你的十三岁带给妈妈的是更多的感动和欣喜。因为这一年是妈妈不在你身边陪伴的一年，而恰恰是在这一年里，我的女儿长大了，懂事了。还记得妈妈刚离开时的情景吗？尽管坚强的女儿怕妈妈担心故作镇静，尽管内心有强烈的不安和不舍却强作欢颜。妈妈走后一周，你就在作文《母爱・繁星》中写道：“原来以为，一年，365 天，只是稍纵即逝。但如今，仅仅一个星期，我的世界便已破损倾斜。”女儿，每次看到这篇文章，妈妈都被深深地打动。宝贝，感谢你对妈妈事业的支持和理解。记得妈妈走前，你快乐地生活在那个大集体中，学习成绩优异，被称为“考神”。可妈妈走后的两个月内，由于妈妈不能在你身边及时排解，青春期萌动的你出现了一些问题，再加上和爸爸相处不是很愉快，学习成绩出现下滑，“考神”不见了。宝贝，知道妈妈当时的心情吗？妈妈除了担心，更多的是深深的自责，后悔不该在这个阶段离开你来到美国，妈妈事业再成功，把宝贝耽误了，也是失败的，这是妈妈在过去的书信中不曾和你提到的感受。然而是你，我的宝贝女儿，依靠强大的内心，短时间内就找回了迷失的自己，战胜了自己并从困扰中走了出来，和爸爸的相处也越来越融洽，成绩也有了大幅提高。妈妈真的为你感到骄傲，谢谢你，宝贝，是你抚平了妈妈躁动不安的心灵，让妈妈能安心修完学业。过去的两次书信中，妈妈和你做过深入的交流，对于你给妈妈带来的欣喜就不再重复了，只想把你从暑假来美到目前这段时间的表现再和你沟通一下。

我想你会告诉我你最大的收获是独立。这个暑假你独自往返美国来看望妈妈，我想其中的成就感你已经深有体会了吧！妈妈对于让你自己经历入关、转机独自飞行二十多个小时也存在着担心，但是为了锻炼你的独立能力，增加你的自信，还是和你一起作出了共同的选择！可是由于爸爸妈妈的疏忽，你带的手机功能太差，以至于在芝加哥转机时一直和你联系不上，知道妈妈有多着急吗？妈妈考虑了各种可能发生的情况，也想到可能是手机出了问题，于是更加担心。入关顺利吗？行李能搬动吗？顺利过安检了吗？找到转机的登机口了吗？当你的身影进入妈妈的视野，可怜的宝贝因天气不好飞机颠簸造成晕机，面色苍白的女儿还没忘记调侃着对妈妈说："终于着地了，尽管这片土地不是我的祖国，但我真的很爱很爱大地！"返程回国对你来说更像是轻车熟路，没有了来时的丝毫畏惧！记得你和我说过这样一段话："在飞机上身边全是老外，经过这次飞行，我体会到成长和独立不是一个过程，而是一种感受，突然感觉自己好强大！"女儿，你的勇敢让妈妈感动，正是你的勇敢让你收获了独立、自信，更让妈妈欣慰！

这次暑假我们一起度过了快乐的时光，我们一起去教堂感受西方文化，一起荡秋千感受大自然，一起做美食享受生活。妈妈还带你到美东旅游，感受了真正的国际大都市纽约，参观了哈佛、耶鲁和麻省理工大学。妈妈至今还记得你漫步在哈佛校园时坚定的神情，妈妈欣喜地看到回到驻地后你开始上网查询常青藤的学校，了解包括哈佛、耶鲁等十几所院校的专业，我的女儿，这次旅行莫非让你锁定了奋斗目标？

还记得离开 OKC 前一天的聚会吗？你居然和男主人成了忘年交，两人互通有无，了解中西方教育的差异，并很快克服了语言障碍，融入到美语孩子们中一起交流、玩耍。通过交流，男主人得出结论，和那几个同龄孩子相比，你的知识面、成熟度远远超过了他们，这不由得让那些美籍华人们担忧起美国的教育以及美国的未来。宝贝，你的优秀不仅在国内，到美国你依然流露出你优秀的特质，你的文章也得到了同行几位华人叔叔和姐姐的大力赞赏。还记得叔叔阿姨和你的约定吗？大家可都关注着你呢！后院里种下的苹果树结果实后还等着你来品尝呢！

宝贝，我亲爱的女儿，这次美国之行你一定收获很大吧！

谈完暑假，妈妈想再和你分析一下升入初二后的状况，但是时间已到凌晨五点半了，妈妈还有一天的实验，就留到以后有机会再聊。妈妈想强调一点，就是你的英语学习，那是你将来走向世界的重要工具，一定好好掌握，因为时间关系妈妈就不再罗嗦了。现在你已经搬到学校附近，就能省下路上的时间，你可以利用这段时间尝试一下妈妈的建议，通过多做练习来巩固语法和固定搭配等知识点，妈妈相信你一定能把英语成绩提上来。我的女儿，进入初二了，很多科目要会考，你一定要好好分配时间，把弱项加强，提高效率，学会主动自学。我们三个人一起加油好吗？

宝贝，我亲爱的女儿，不知不觉你已经陪伴我们十四年了，转眼间你也由一个五十厘米的小不点长成了一米六五的亭亭玉立的美少女。十四年来，我们激动——为你的每一次登台；我们雀跃——为你的每一个进步；我们骄傲——为你的每一点荣耀……我们的家因你而精彩，因你而幸福！你给我们带来了这美好的一切。在这里，爸爸妈妈又要说：谢谢，我的宝贝！最后祝你十四岁生日快乐！

妈妈

2013 年 10 月 21 日于美国

心总向阳，何惧风雨

冉大强　王海兰*

亲爱的昕平：

你好！这是爸爸妈妈共同给你写的一封信，送给即将十四岁的你。

时光的脚步总是那么匆匆，童年唱过的儿歌还在耳畔回响，稚嫩的小手画出的墨迹还未干透，穿小的鞋子还在鞋柜中静静地等待，而你——已经是

---

* 2013 级 7 班冉昕平的家长。

十四岁亭亭玉立的少女了。

爸爸妈妈的十四岁已经淹没在岁月的长河中，连零星的片段都那么模糊了。而我们却清晰地记得你十四年的点点滴滴，相册中一万多张照片记录了你成长的每个精彩瞬间，翻看着那本黑皮的成长日记，展开那一封封叠得方方正正的，漂亮的，还带着岁月沉香的信盏，一幕幕在脑海中徐徐浮现。

看，那是你还在妈妈肚子里的时候，妈妈的脸上洋溢着满满的幸福；这是你刚刚出生，全家人争着目睹你的小模样；这是你刚出生的小手和小脚丫的印记，以后每过一两个月就会有一次记录；这是你熟睡的样子，那是你刚学会爬行的照片；这是你画的小草，那是你画的小毛驴；这是你上幼儿园了，那是你上学了第一次参加开学典礼；这是你戴上红领巾，成为一名少先队员；这是你参加小升初的考试走进考场的背影，也是你面对的人生的第一次竞争；这是你走进向往已久的山大附中，那是你戴上团徽成为一名共青团员……十四年，一万多张照片，曾经每一张照片都是一次幸福快乐的见证，而今天，爸爸妈妈再次翻看这些照片，眼里却是莹莹的泪光。因为这些都是我们曾经一起走过的日子，虽然平凡，却是值得我们一生珍藏的。它们是你再也回不去的幼年和童年，也是我们再也留不住的青春岁月。

感谢你的到来，给了爸爸妈妈那么多的幸福和快乐。陪伴你的成长有辛苦，亦有泪水；有喜悦，亦有疲惫。但更多的是一种责任，是一种爱的升华。是你，让我们看到了生命成长的神奇，让我们感受到生活原来充满了那么多的感动。是你，用一双纯真闪亮的双眼看着这个世界，教会我们要善待生命，永远善良；是你，用一双稚嫩的小手学会劳动自理，告诉我们要耐心细致，静待花开；是你，迈着蹒跚的双脚学会走路和奔跑，诠释了什么是坚强勇敢，永不放弃……我们仅仅做了力所能及的事情，而你却给了我们那么多的骄傲和自豪。

还记得么？没有上幼儿园之前，你都是自己跟保姆在家，保姆要做饭打扫卫生，你就安静地玩拼图排积木，换了几个保姆都夸没有见过这么省心的孩子；上幼儿园了，你天天拿回老师奖励的小粘贴、小奖励如获珍宝，郑重地贴在家里的墙上，老师见面就表扬你真是聪明懂事；上小学了，虽然跟妈妈在一个学校，但从没有因为妈妈是在校老师搞过一次特殊，反而以更高的标准要求自己，以自己的出色赢得所有同学的认可；参加小升初，同样以自己的实力走进了自己心仪的初中，开始了自己全新的初中生活，并稳稳地走在第一梯队。

昕平，十四岁，是一个转折点，过往的每一天因为有爸爸妈妈的牵手，你走得坚定而有力量。十四岁以后，爸爸妈妈将不得不慢慢放手，很多事情你都要自己去体验和面对，因为成长是不能替代的，爸爸妈妈唯有一如既往地爱你、支持你、关注你。不论今后发生什么，爸爸妈妈都会是你坚强的后盾。十四岁以前，我们彼此没有预约，没有彩排，我们很庆幸拥有了彼此的幸福。十四岁以后，相信我们依然能相互信任，相互理解，共同面对生活中的快乐和挫折。你有信心么？

不想对你说太多人生的道理，因为面对丰富多彩的生活，语言有时真的显得很乏力。面对生活，我们唯有用心，踏实做事，认真做人，做一个大写的、大气的、不被生活打倒的人。记得学习不是生活的全部，做一个能快乐生活的人，发现生活中的美好，心总向阳，何惧风雨！

今天在这样一个特殊的日子，爸爸妈妈为你骄傲，为你的自律上进、为你的善良细腻、为你的严谨刻苦……当然，你的成长更离不开身边那么多人的关心和呵护，要做一个感恩的人，不要忘记他们：疼你的爷爷奶奶、姥姥姥爷，爱你的亲戚朋友、老师同学。在你享受爱的阳光雨露的同时，也要学会播撒爱的种子，相信她会长成一棵参天大树，为你前行的道路遮风挡雨。

祝每天都有一份好心情！

永远支持你的爸爸妈妈

2014 年 10 月 23 日

幸福的时光

杨秀华*

亲爱的然然：

转眼之间你都上初中二年级了，也长成了一个亭亭玉立的大姑娘。时

---

* 2014 级 1 班曹欣然的家长。

间过得太快了，再有一年多的时间你就要升入高中步入一个新的环境，到时候要住校，最少两周时间才能回一次家，想想还真有点不舍。剩下的这一年多的时间，我可要好好珍惜和我宝贝闺女在一起的时光，就算是吵架也是幸福的，对吧！我们之间很少用写信的方式交流，这次就让妈妈好好和你聊聊天吧！

不知道该从何开始说起，就先说下你的成长经历吧。这些年，包括现在，我和你爸一直是两地分居状态。他前些年在国内，两三个月还能回一次家，现在在国外，最少半年才回来一次。从小他很少陪伴你，可以说算不上称职的父亲，但这是工作性质所致，也是没办法的事情，你不要责怪他，好吗？这些年是我自己一个人把你带大，苦累自然很多，但是我觉得再累也是值得的，陪着你慢慢长大是我最大的快乐。

你从一岁多就跟着姥姥在农村生活，一直长到五岁半，那几年的时光对我来说真是痛苦的煎熬。记得每次回家时第一眼看到你，那种陌生的眼神和那村妞的形象让我心里总是酸酸的。那时候我全国各地到处跑工地，工地上条件艰苦没法把你带在身边，而你小时候又体弱多病，只好忍痛把你放在农村的姥姥家。每次回家看你都要坐上十来个小时的车才能到达你的身边，住上短短的几天就又要回到忙碌的工地。虽然人在工地上，但是心里却一直牵挂着你，纵然每次对你万般不舍，可是又不能放弃工作，真的难以两全。每次回家都特地去超市买上一大包你爱吃的零食，什么贵买什么，好像这样能够弥补一下我对你的牵挂。每次看到你开心地翻开我的包，拿着零食炫耀的样子心里才稍有安慰……每次相聚只有短短的几天，每一次的离开都是那么的心痛，早上不到五点就爬起来，生怕惊醒了沉睡中的你，可是你这个小家伙总像是早早预料到妈妈又要走了一样，平时睡到八九点，唯独那会我一翻身你就醒了，那撕心裂肺的哭声让我每次离开的脚步都那么沉重，那么心酸，那么自责。我虽然给了你生命，却给不了你关爱，在该爱你的时候、该陪伴你成长的时候不能陪在你的身边，这是多大的遗憾！值得庆幸的是，把你放在老家的那几年，姥姥把你照顾得特别好，所以你并不缺少爱，而且周围有那么多的人关心你，在农村还能呼吸到那么新鲜的空气，认识那么多的农作物，体会最质朴的邻里感情，你其实得到了更多呢！

后来，快到了该上小学的年龄，我下定决心就算是放弃工作也要把你带在自己身边。那段日子，我还要上班，早上送你去幼儿园，下了班再去接你，虽然你经常是最后一个离开幼儿园，但你从未埋怨过，是你理解妈妈的不容易吧，还是来到了新的环境感到特别满足。短短一个月的时间，你一口的农村方言就改成了标准的普通话，真的让人好欣慰。那时候的你五岁半，就很懂事了。假期里，我经常把你一个人放在家里一天，告诉你不要乱动家里危险的东西，你特别听话，还经常给我惊喜，把碗洗了，把地拖了，把被子叠好了，多么懂事的小姑娘啊，妈妈心里好开心、好满足。

这几年我们一起生活，天天我接送你上学放学，给你洗衣做饭，照顾你的生活和学习。快八年了，风雨无阻啊，是什么能让我如此坚持，就是因为我想把我所有的爱都给你，把原来感觉亏欠你的都弥补给你。虽然有时候上班为了赶时间让你提前近半个小时到校，晚上你又比其他的孩子晚到家近一个小时，但是你从未埋怨过，你的理解让妈妈一直很愧疚，你陪着妈妈早出晚归让妈妈好感动。上小学的那几年，我们最怕的就是过节，因为每次过节都是我们两个人，一家人两个地方，好孤单的感觉。记得有一年过中秋，懂事的你还专门为我烙了个菜饼，你说圆圆的饼也代表了团圆，我们就这样吃饼赏月，好不惬意。在妈妈眼里你是好孩子，小小的年纪就能帮妈妈分担一些家务，心灵手巧的你总是能折一些漂亮的小玩意，做一些漂亮的手工，好贴心的小棉袄。妈妈为你骄傲，感谢这些年有你的陪伴。

当然，我们两个也有好多不开心的时候。你现在长大了，有自己的思想了，我们还经常为了一些事情吵架，有时甚至感觉那个听话懂事的小女孩不见了，好伤心呢！我天生是个急性子，而你呢，做事比较慢，尤其吃饭慢，或许是从小养成的习惯，我帮你纠正了这么多年还是没纠正过来。我们两个最近经常吵架，就是因为你做事太磨叽，浪费了太多的时间，每天我都在千方百计地给你节约时间，你可曾珍惜？我们吵架有时候还因为你的学习态度，小学的时候我从来不管你的成绩，因为我感觉健康的成长比什么都重要，只要你开心快乐就好。我不是要求你必须有一个好的成绩，将来必须要上一个好大学，而是希望你从小有一个好的习惯、好的态度，做事情要尽自己的最大努力，不要虚度了光阴，等长大了才知道后悔。

你凭自己的努力考上了山大附中这么好的学校，有这么多优秀的老师和同学，希望你能珍惜现在的学习和生活环境，不要浪费了自己美好的时光。你的成绩比第一学期有所下降，可能是因为情绪不好，或者因为其他的原因，在此，妈妈对自己做得不好的地方向你道歉，也希望我们两个人能像朋友一样坦诚地进行交流，你能继续做最好的自己。现在的你有时候听不进去家长的意见，坚持自己的想法，有时做了错事还推卸责任。这是在咱自己家里，家里不是讲理的地方，没有绝对的谁对谁错，家里人讲的是亲情，如果确实自己做错了，就要承认错误，这也是一种担当。有些事情也许成长以后才能明白，就像我现在自己当了母亲才能理解一个做父母的不容易，等你长大了，你也会明白的，对吧？其实我们俩吵架以后我都非常后悔，我为什么要对你严格要求呢，为什么想要你做最好的自己，为什么总是提醒你学习要认真细心，每天要喝足够的水，每天吃饭要有营养，每天要早睡觉保证睡眠，感觉自己就像个老太婆天天叨叨这些，这些全都是因为一个字，那就是爱，因为妈妈爱你。记得你上小学的时候写过一段话："每天听妈妈的唠叨也是一种幸福，那是因为妈妈爱我……"现在你长大了，也懂事了，妈妈希望你能做妈妈的小帮手，做家里的顶梁柱，我们一起来面对生活中的困难，好不好？妈妈想提一点小小的要求，咱从此刻起，提高一下效率可好？节省下浪费掉的时间，补上咱的睡眠可好？

另外，说一下你爸爸，小的时候他没时间关心你，现在一直心存愧疚，你不要埋怨他好吗？别再和他那么疏远，他想和你聊聊天的时候能够满足一下他小小的愿望，好不好？他工作忙，在国外那种陌生的环境里也很孤单，也很累，也很想念你。妈妈知道两地分居的生活对你影响很大，我也一直担心你的性格会受到影响，这些都是大环境无法改变的，我们只能尽量弥补做到最好，让我们一起努力改变吧！

在你十四岁生日之际，妈妈写下这些话，是想感谢你的成长带给我们的快乐，陪你一起成长是我们做父母的最幸福的事！也希望你能改变一些不好的习惯，提高自己的效率，充分利用好剩余的这一年多的时间，完成在附中的学业，让自己的初中生涯不留遗憾！

祝生日快乐！

爱你的妈妈

2015 年 10 月 10 日

幸福的味道

孙亭刚*

亲爱的建羽吾儿：

记忆中这是爸爸第二次给你写信了。写信交流是一种很好的陪伴成长方式，可因为交流渠道方式的增多以及爸爸工作的忙碌，与你这种交流的方式太少了。

为何今天又拿起笔写信给你呢？因为你即将年满十四岁，正如我给你起的名字“建羽”，到了你羽翼丰满、展翅高飞的时候了，爸爸想陪你一起回忆，品味幸福的味道；想同你好好地沟通交流今后人生的路如何去走，分享我的人生感悟助你去追逐美好的梦想；想送你满满的祝福、深深的嘱托和殷殷的期望，以十四岁为新的起点，为你今后的风雨彩虹人生注满动力。

时间过得真快，转眼你已快满十四岁了。十四个春华秋实的更迭延续，让我对幸福的理解变得不再那么浅薄片面。幸福到底是什么？幸福的味道又是怎样的呢？今天，爸爸要将自己的真切感悟告诉你，并与你共同地细细体会。

建羽，爸爸感悟到的幸福不是索取也不是获得，而是你和爸妈的相互陪伴。我们陪伴你成长到现在，你陪伴我们走过了近十四年的风风雨雨，对我们而言，这就是满满的幸福。幸福的本义该是与自己最亲最爱的人在一起，相互牵挂、相互关心、相互无私无悔地照顾与付出。今后，不管你飞多高、行多远，爸爸就想让你知道并慢慢品味出家是幸福的港湾，有家才有幸福。家在哪里？所亲所爱的人在哪里，家就在哪里。这不也正表明了陪伴所亲所爱的人才是幸福的吗？建羽，十四岁前后，爸爸想让你明白，陪伴就是幸福的道理，相信爸妈的幸福就是一直陪伴你成长下去。

幸福是有味道的，幸福的味道像极了鸡尾酒，它不是一种单纯的味道，

---

* 2014 级 10 班孙健羽的家长。

也不是只有甜才会幸福。孩子，这是有你以后爸爸才体会到的。原先我一直认为甜蜜才是幸福的味道，将近十四年的人生相伴，我品出了酸甜苦辣都是幸福的味道。

建羽，还记得这些年来因为你在不用心、不自立、言行不一致时，妈妈给予的唠唠叨叨和爸爸对你的批评甚至是呵斥吗？能从中品味出我们心酸不已的味道吗？记得有一次，我与你妈外出，临行前与你商定我们归来时你把作业做完，听到你干脆利落的承诺，爸妈是多么的高兴欣慰，可我们回来后，你支吾搪塞地说你做完作业了。孩子，其实我一眼就看出你没有做完作业，我多么希望你能勇敢地承认，同我们讲真话，并自觉改正啊！当时心酸至极手都发抖了。好在你自己慢慢长大了，相信你让父母心酸的事会越来越少了。现在回头去想，正是因为爱你关心你才会有酸痛的味道，时间久了，忽地明白，也只有幸福的人，才能体会出这种味道。

我永远都忘不掉，你从小就表现出的勤奋好学，从小就流露出的淳朴友善。你小的时候是多么好学呀，记得你才两三岁时，推你上街，眼睛总是盯着路旁的门店招牌看，总是用小手指着上面的字去念。每当遇到不认识的字，闭上嘴巴，使劲扭头看向我们，小手指着字，流露出求知的渴望。当我们告诉你时，你口中重复着，还用小手欢快地拍打小车上的平板。到现在我仍感觉那一幕就在眼前，还不到四岁的你坐在卧室的床上，身旁放着厚厚的《西游记》，手里拿着《齐鲁晚报》认真阅读的样子。还有就是小时候喂你饭菜的时候，你总是用胖乎乎的小手把盛有饭菜的小勺推到我们的口边，那一刻的甜蜜塞满了爸妈的心间，甜蜜到醉了。

建羽，还记得学天童美语的那段日子吗？咱们两个骑着电动车曾经被雨淋得成了“落汤鸡”，你穿着湿透的衣服去上课；曾经在雪后光滑的路上人仰车翻，你爬起后又继续踏上求学的路；曾经顶着刺骨的寒风去上课，我们的手脚都冻红冻裂，疼痛是真切的，可每次问你却总说不冷……说实话，孩子，这些年来看你吃过的苦以及与你一同经历过的苦，我心情还是很复杂：一方面，我多想给你春风和煦、阳光灿烂、花香四溢的日子；另一方面，我又特乐于和你一起去直面艰难困苦，因为见你在风雨历练中变得自立自强同时更加自信起来，我是多么的幸福。记得莎士比亚曾论及戏剧中苦与乐相比，悲苦的生命力、艺术感染力更强更持久，伟大的戏剧更多的是充满跌宕起伏的苦难的悲剧。孩子，多希望你能明白：人生的路上，直面困苦是一种可以浴火涅槃的幸福，在它们面前要变得更加坚强自信，要有更多的勇气。

如果你还能从中品出幸福的味道，爸爸会为你击掌喝彩！

爸爸品出辣也是幸福的味道，是近两年的感悟心得。自从你上了初中，我慢慢发现你与爸妈交流少了，在言行上抵触得更强烈了，仿佛一夜间温顺的乖男孩变成了火辣的小野兽了。起初，你辣爸妈也辣，大家的争吵越来越多，后来我们逐渐认识到，你辣有辣的道理，辣说明你要长大，你正在长大，正在逐步向男子汉华丽变身。让我高兴的是，现在我们的交流又多了，虽然有时也有擦出火花的辣，但不再震天动地、电闪雷鸣了，这说明你能掌握辣的火候了。在你青春成长的独立期、叛逆期，在你特想留有隐私，特别需要一个自以为封闭安全的个人空间时，你没有对父母关上心扉，能让我们一直辣辣地走下去，这何尝不也是幸福的味道呢？

孩子，信中讲这些，是希望你能明白人生百味的道理，体会出人生百味皆是幸福的心得。

当你明白了幸福是什么和幸福的味道后，爸爸很想与你谈一下如何创造幸福。记得有一次参加你们班集体活动时，你的一位同学曾说过：当我们回首青春时，那应当成为让我们自己都引以为自豪的岁月。所以，创造幸福要趁青春年少时意气风发、激扬文字、挥斥方遒；要趁着青春年少时中流击水、百舸争流、浪遏飞舟。千万记住，“莫等闲，白了少年头，空悲切”。作为快满十四岁的孩子，创造幸福就要把握好当下，正可谓展翅高飞正当时，莫让困惑与惰性迷茫了本该飞扬的青春脚步。

将满十四岁之际，爸爸送建羽几句期许祝愿的话，盼着你：健康快乐，阳光自信，诚实担当。

孩子，请记住，之于身体，健康永远是第一位，这也是人生起航远行的根基，没有强健的体魄，如何去乘风破浪、战天斗地？这就要求你更加热爱运动，培养更加科学合理的生活习惯，摒弃诸如晚睡、偏食、坐姿不正以及宅而不出等不良的生活习惯。之于心灵，快乐是成长的动力、幸福的源泉，人生的路上不会总是风平浪静、一帆风顺，要强大自己的内心，要让自己的小宇宙无论面对怎样的风霜雪雨，都迸发快乐的无尽力量，唯此，你才会变得异常强大，敢于面对并能战胜一切困难。总之，爸爸希望你始终有健康的状态和快乐的心态。

孩子，请记住，太阳的美好在于遍洒光芒。你要做阳光男孩，要在和家人、老师、同学以及其他朋友的沟通交流中，让他们真切感受到你的洒脱、温暖、快乐以及爱的付出。要用你的所有美好感染身边所有的人，要走出一个人的世界，要打破孤独、阴暗的羁绊，要用无私开放的心胸去释放阳光和爱的力量。十四岁到了该成长为男子汉的年龄了，男子汉要自信而绝不能自卑，要成为别人的臂膀依靠而绝不能成为只会依赖别人的累赘；要面对一切敢于挑战、敢于说“我能”，而绝不能畏首畏尾、胆怯害怕而止步不前甚至不断退缩。建羽，爸爸相信你能行，你要自信满满地一直往前走，朝着美好去逐梦！

孩子，请记住，人格魅力的恒久在于诚信和善，一定要待人诚实、做事诚实，要胸怀坦荡、光明磊落、言行一致。唯此你才能立于世而交四面八方的良师益友，唯此你才能近君子而远小人。人生成就的高低，与担当与否休戚相关，以何为己任考验一个人的担当程度。孩子，要做一个敢于担当的人，就不能心中只有自己、只有小家，要心中有社会、有事业、有国家。好男儿志在四方，希望孩子能自觉以敢于担当的英豪为榜样，做一个更加敢于和乐于担当和奉献的人。

路漫漫其修远兮，汝当上下而求索。在十四岁这个人生的小站台上驻足、聆听、回首、展望，只为更坚定地背起行囊前行。爸爸始终会用掌声为你喝彩，并愿一直随你左右伴你成长。

祝愿建羽学业有成，永远快乐幸福！爸妈永远爱你，你是我们的幸福与骄傲！

爱你的爸爸

2015 年 10 月 17 日

阳光成长

翟占安　曹晓静*

亲爱的女儿：

这是爸爸和妈妈在你十四岁生日时写给你的一封信，里面是我们对你的爱和祝福。

---

* 2014 级 4 班翟怡宁的家长。

我们很少对你讲述，我们爱你。但是孩子，不用怀疑，我们是爱你的，爱你超过爱我们自己。今天你十四岁了，十四年前的今天是我们这辈子最高兴的一天，因为，你来了！从那一天起，我们的生活就因为你的出现而变得更加有意义，我们决定好好抚养你，给你安全的家和幸福。孩子，你真的让我们很欣慰。你知道吗？你很出色，你让我们感觉踏实。

将你抱在怀中的情景就像还在昨日，没想到一眨眼你已像个小大人啦，个子比妈妈还要高，现在我们走在路上，偶尔你会搂着妈妈的肩膀，妈妈就感觉靠着女儿的臂弯，真好！妈妈总是说："可不要再长啦，女孩儿家不要太高啦。"其实，在妈妈心里，感觉怎么还没抱够你、带够你，不商量一下，你就长大了……

记得你小时候经常生病，有时晚上发高烧温度降不下来，怕烧坏了，深夜里我们疲惫又焦急地抱你去医院找大夫，抽血、化验、输液。还记得刚去幼儿园的情景，你与小朋友相处得很是开心，老师都夸你是个聪明、懂事的孩子。

孩子，你知道吗？每次我们回想起陪你走过的一点一滴都是无比的幸福，我们感谢上天赐给我们一个你这样的孩子。过去只能当作美好的回忆，我们更应思索未来。未来由自己主宰，自信、大度、阳光、睿智等良好的生活品性绝不是与生俱来的，是自己成长锻炼的积累，更离不开老师、家长的培养和教导。

十四岁，意味着什么？让我们作为走过青春岁月，对人生历程有一定感悟的过来人，来谈一下对十四岁青春的看法和认识。

十四岁是开启青春岁月、书写人生华章的年纪。这个年纪，才是书写人生华章的真正开始。以前的小升初、补习班都是准备阶段，以前的或者辉煌或者平庸，都只代表过去。富有意义、绚丽多姿的人生从这个时候真正开始，这个时候的努力与放纵对今后的人生影响巨大。有的人就是在这个阶段没有走好，成年后可能平庸无为，甚至贫困潦倒。最后只能发出"少小不努力，老大徒伤悲"的叹息。

十四岁是个性趋向独立、理性与冲动矛盾的年纪。这个年纪，形成了一定的价值判断，每个人都渴望独立，对外界又充满新奇，内心深处充满叛逆，但家长管得又严，充满了理性与冲动的矛盾。在你们看来，外界的一切仿佛都是美好的，理性的力量还相对薄弱，所以这个时候特别需要理性的约束。家长的教育和约束也主要从理性的角度出发，因为寻找新奇和刺激，往往会让人堕入泥沼，迷失自我。

十四岁是情窦初开、对异性感受强烈的年纪。“哪个少男不善钟情，哪个少女不善怀春?”这个年纪是荷尔蒙分泌较多，情窦初开，特别喜欢空想的年纪。少男少女间的相对好感，只是一种自然生理现象，没有太深层的意义，距离爱情更相隔遥远。把这些美好的情愫珍藏在心，是一份美好的回忆，如果越雷池一步，就是青春的苦涩了。

十四岁是向更高目标冲击、把握人生关键的年纪。十四岁一般在初中二年级到来，而初二正是决定能否在中考挑战中过关的关键年度，决定了未来能否升入理想的高中。在中国以及东亚地区，初中决定高中，高中决定大学，这是人生的关键阶段，是书写人生壮丽篇章的关键时期。这时一步走错了，今后要走回正路，要付出更多的艰辛。

十四岁是明确方向、坚定理想的年纪。这个年纪是明确自己的努力方向、树立理想的重要时刻了。大凡成功人士，很多都是在这个时候树立了明确的方向，坚定了理想，然后通过不懈努力，一步一步坚实走来，实现了人生的理想。如果你想拥有成功的人生，塑造自己的幸福人生，就要从现在起树立明确的目标和理想。

十四岁是锤炼意志、提升自制力的年纪。这个年纪要为自己的人生负责，为自己的青春做主，坚强的意志、较强的自制力是不可缺少的。坚强的意志和较强的自制力，构成人类理性的重要部分，它远远比成绩更重要。只有拥有它，“为青春做主”才不是一句空话。所以在这个年纪，必须要注意锻炼意志，提升自制力。

女儿，这是我对十四岁的一些认识，供你参考。

青春岁月又是绚丽多彩、朝气蓬勃的，如果一味钻进书本，成为作业的奴隶，也会有负青春。所以，还要在尽可能的情况下，参加一些课外活动，有节制地参加社会活动。更重要的是，在这些社会实践活动中，认识社会、体验社会、丰富阅历、感悟人生。很庆幸你能进入附中这个大家庭，每学期的活动丰富多彩，这也是你自己努力的结果，请珍惜在附中的美好时光。

加油，小宁同学，奔着自己的目标努力吧!

祝你用自己的能力、意志、才智书写美好的青春画卷。拥有一个幸福成功的人生!

永远爱你的爸爸妈妈

2015 年 10 月 22 日

阳光照靓青春之路

黄振辉*

Hi,亲爱的宝贝:

当你收到这封信的时候,正在参加十四岁生日集体庆典,而爸爸还在出差途中。很抱歉,爸爸因工作不能亲自参加你的庆典,但请宝贝相信,不在现场的爸爸依旧深深地爱你,依旧默默地关注着你。

不经意间女儿来到这个世界已经十四年了。十四年,岁月长河中也就是弹指一挥间,而对你则意味着五千多个的成长日夜。回想这十四年来的点点滴滴,事事皆历历在目,恍如昨天。记得你出生在一个初春的雨天,春雨贵如油,你的到来就像是久旱的大地迎来了异常珍贵的及时雨,瞬间给几个家庭带来了幸福。奶奶终于抱上了孙女,姥姥第一次成为姥姥,而你的爸爸更是第一次感受到了满满的幸福和沉甸甸的责任。

清爽的外表,粉嫩的小脸,可爱的睡姿,这便是第一眼看见你时的模样,现在回想起来尤为清晰。岁月不等人,转瞬间我最爱的女儿已经快十四岁了,而爸爸也年届不惑。这十四年来,你给爸爸带来太多的第一次,太多的惊喜,给爸爸带来巨大的力量。曾记得你第一次哭时的声嘶力竭,曾记得你第一次笑时的悦耳动听,曾记得你迈出独立行走第一步的憨态可掬,更记得你第一次喊出爸爸时我激动的泪花。跟着这封信的思路,我记起了第一次送你去幼儿园的情景,记起了第一次到幼儿园参加你们集体活动的场景,想起了第一次去小学开家长会的过程,也想起了你连年获得三好学生给我带来的自豪感。

由于工作的原因,在你成长的十四年中,爸爸并未给予你足够的陪伴时间,但是爸爸对你的爱丝毫没有因为陪伴时间的缩短而减少,在这个世界上,爸爸和妈妈一样爱你。由于性格的原因,咱俩之间的交流并不深,但不

---

* 2014级7班黄鑫睿的家长。

论你说什么、做什么，爸爸对你从来都是信任的。今天是你们学校十四岁生日庆典，不知你是否意识到，随着快乐无忧的童年时代的消失，你将又要开启一段人生路上全新的旅程，伴着你胸前鲜艳的红领巾被熠熠生辉的共青团团徽代替，你将更为独立地应对更多的人生考验。在你即将开启人生最精彩、最璀璨、最重要的青春之旅时，爸爸也想跟你说说心里话。

一要学会热爱生活。生命是珍贵的，而生活应该是五彩斑斓的。在我们生活的时时处处都有美的因素，发现美、享受美才是青春的本质，而这必须学会热爱生活。自觉学习是生活，运动健身也是生活，书店及图书馆里饱览群书是生活，走进大自然阅尽人间美色也是生活。尽管爸爸很关注你的学习成绩，但绝不也从未唯成绩是从，爸爸更关心你对生活的热爱，更关心你全面发展。或许，在这方面爸爸与你妈妈有些分歧，但是你得坚信，不管爸爸也好，妈妈也罢，其动机和出发点都是为你好。十四岁是个美好开始的年龄，热爱生活会让你更轻松、更快乐。

二要学会独立思考。亲爱的宝贝，十四岁是个充满希望的年龄，同时，又是个十分敏感的年龄，而这个阶段容易让你产生困惑和迷茫。回想一下自己，爸爸当年也是从十四岁走过来的，那时还没有“青春叛逆期”这个概念，那时的自己虽不叛逆，但也给你的奶奶惹过诸多麻烦。对你现在这个年龄，爸爸十分了解也理解。这个时候最关键的是个人思维能力的培养，一定要养成遇事独立思考的习惯。遇到事情先不急于求助于大人，自己先行判断，提出自己的观点，然后求助于别人。当然，独立思考要求你有独立的观点和自己的思想，并不是一味地固执与自大，更不是以我为中心的自以为是。记得咱俩曾多次为你的作业或学习题目激辩过，爸爸很欣赏你的认真和独立观点，但有些时候你也要考虑大人为何跟你激辩，是否因为是你的观点出了问题呢？青春不应受到世俗的羁绊，青春应该因为个性而多彩。

三要学会积极乐观。亲爱的宝贝，爸爸好想问你，青春在你心中应该是怎样的。青春应该是积极的，青春应该是乐观的，青春应该是充满无限活力的。遥想当年，爸爸在你这个年龄时，眼前无困难，心中无畏惧，从来都是自信满满，这都源于积极乐观的生活态度。在你成长的过程中，难免会有曲折，也一定会有困难，不管是学习也好、生活也好。遇到困难曲折，你自己的态度尤为重要。根据爸爸对你的了解，你在这方面还存在不足。遇到难事难题表现得信心不足，悲观消极的情绪比较重。其实，青春路上没啥过不去的坎，只要你以积极的心态、乐观的态度去勇敢地面对。

四要学会科学方法。亲爱的宝贝，青春之路就是成长之路，青春之路也是坎坷之路，没有谁的青春是一帆风顺的。你，也是一样，青春的路上注定有春风，有酷暑，有秋雨，也有寒雪。青春之路你会遇见无数的美丽风景，当然或许也会遇到其他意外。掌握科学的方法，合理地去对待所遇之事，你会少走弯路，会有更大胜算。记得以前爸爸经常提醒你，遇事先冷静分析，明确自己的动机目标，然后根据环境形势选择最佳方法去做才最容易达成目的。有几次你想参加小学同学聚会，而你妈妈以作业未完成的借口不允许，你就跟她着急，最后两人都生气心烦，既影响了情绪，又没达到自己的目的。这其中就有一个方法是否科学的问题，方法得当，你妈妈既不生气，你也能顺利出行。小学同学聚会是你的目的，而优质完成作业是必要条件，良好的沟通是催化剂，爸爸是你的关系协调人，如何充分平衡这些资源取得最佳效果，就需要你去研究了。假如你先积极主动地完成自己的作业，然后去跟妈妈沟通汇报你的作业完成情况，并请爸爸从旁帮助，最后提出要求，事情就顺理成章，结果就是水到渠成。类似的例子很多，你未来的学业、你的生活都会遇到优化组合方法论的问题，所以一定要学会善用科学方法。

五要学会冷对得失。亲爱的宝贝，青春之路是长远之路，青春之路也是辉煌之路，青春路上会有好多诱惑，会有好多得失轮换的机会，面对这些一定要保持长远眼光、宽广胸怀，冷静地对待得失成败。爸爸常跟你说，物质方面咱家虽然不富裕，但是你的一切需求基本都会满足，精神方面爸爸提醒你强化独立人格，就是要对得失看得轻放得下。比如，在学校期间可能有很多种荣誉评选等事项，得到是自己的幸运，得不到并不是自己真的不好，而是有其他个别方面还不够优秀，把这种失去当作自己进步提升的机会。记得你小时候学过古文《塞翁失马》，其主要思想就是冷静地对待得与失，你要好好体会。

六要学会锻炼身体。亲爱的宝贝，青春之路是强身健体之路，十四岁是花一般年龄，更要重视锻炼身体。俗话说“身体是革命的本钱”，我说身体是学习的本钱，身体是生活的本钱，身体也是幸福的本钱。没有健康的身体，一切都成空谈。根据爸爸的观察，你有点小懒，对体育运动不是很喜欢。其实从你基因来讲，你绝对不缺少运动细胞，只是尚未激活。爸爸像你这么大时，体育锻炼是每天的必修课，学校的运动会爸爸能连续几年都拿好几个冠军，其中跳高、跳远、三级跳爸爸曾创造过初中、高中的运动会纪录。以至于现在工作繁忙、业务琐碎的环境下，依然精力充沛地从容应付。所以，这点你应该向爸爸学习，在紧张的学习之余，积极主动地参加体育锻炼，把身体练得健健康康的，学习成绩也会越来越好，青春之路才会精彩无悔。

亲爱的宝贝，十四岁是花季的起始之年，十四岁是青春的起步之年，爸爸衷心祝愿你抓住青春，绽放青春，在成长的道路上体验五彩的青春。

最后，祝我最爱的女儿茁壮成长、幸福快乐！

永远爱你的老爸

2015 年 10 月

一封家书

潘旭东[*]

念念：

你好！十四年前，你刚出生时，我给你取的名字叫“念念”。这个名字有两层含义：一是我天天想你，父亲对女儿的思念是牵肠挂肚的；二是希望你好好念书，成为学识渊博的人。那时候，我在石家庄的空军部队工作，你妈妈在济南老家。人隔两地，不能天天相见，书信是我们交流的桥梁。你成长的点点滴滴，都是我和你妈妈信中的话题。每封信的字里行间，饱含着我对你的思念。我转业回到济南后，那一封封家书被你妈妈珍藏，放在了书房的一个红色盒子里。闲暇时，我们会拿出来仔细阅读，重温那段鸿雁频飞的岁月。

过几天，你们学校要为你们举办十四岁生日庆典活动，你将从童年步入少年。十四岁的豆蔻年华，美好而珍贵。作为父亲，我真是为你高兴，在这里写下对你的祝福，作为一份特殊的礼物送给你。

内心纯净坦荡，不被外界浮华所扰。自从你有了手机后，上网比较频繁，同学发表的帖子、QQ 空间的交流、当红影视明星偶像的新闻，被你时常关注，津津乐道，分散了你的心思，干扰了你的学习，不利于你的身心健康，

---

* 2013 级 10 班潘秀慧的家长。

所以要有所节制。“乱花渐欲迷人眼”，网络中的信息有好有坏，要学会分清对错，不可盲从轻信。在纷繁嘈杂、竞争激烈的信息社会，心地纯净，宁静致远，从容淡定，视野寥廓，多亲近大自然，多关注现实生活中的真善美，心无旁骛做好份内的事，给自己留一方清新优雅的心灵花园，才会自在洒脱，其乐融融。

完善自我，多交益友，在互帮互学中提升自身素养品位。山大附中有优秀的老师和同学，有浓郁深厚的文化底蕴，有朝气蓬勃的学习氛围。“气有浩然，学无止境。”平时多注意观察老师和同学的优点和特长，从优秀的人身上汲取精神营养。“借他山之石，润我心灵之玉”，在互帮互学中“赠人玫瑰，手有余香”，培养和建立健康真诚的友谊，会让你变得高贵优雅，受人欢迎。当你取得进步时，和朋友分享喜悦；当你遇到烦恼时，和好友分担你的忧愁。良师益友是人生的宝贵财富，愿你有三五个知己，同学好友伴你一起成长，共度中学时光。

每天清晨，我伫立在窗前，看着你背起书包，信心满满地走出小区，你的身影渐行渐远，我的心头涌动的是喜悦和快乐。“恰同学少年，风华正茂，书生意气，挥斥方遒”，学生时代，学习是你生活的主要内容，诚如上班忙碌工作是我的生活一样。人生的不同年龄段，会有不同的内容。该学习的年龄，一定要认真学。读书学习虽然是艰苦的脑力劳动，但只要用心，多下工夫，“一分辛劳一分甜”，在书的世界里和知识亲密交流，在数理化的解题计算中训练自己的逻辑能力，和那些所谓的“难题”斗智斗勇，这何尝不是一种乐趣？记住，一个人付出的越多越强大！“眉毛上的汗水，眉毛下的泪水，总得选一样啊。”聪明的头脑，加脚踏实地的勤奋刻苦，等于“学霸”的笑傲群雄。

念念，进入山大附中一年来，你各方面有很大提高。你的老师很优秀，你的同学很可爱，“与善人居，如入芝兰之室，久而不闻其香”，山大附中浓郁深厚的文化底蕴，朝气蓬勃的学习氛围，是你成长的沃土。希望你在附中快乐学习，健康成长，度过美好的中学时光！

祝你天天开心！

爸爸

2014 年 10 月 22 日清晨

永远最爱你

王宝利　王美琴*

睿雨：

作为你的父母，我们有很多话要对你说。如果真一起坐下来交流，往往演变成说教，你不胜其烦。作为你的父母，我们永远是最爱你的，那种爱是在许多年以后，你在承担了生活压力，有了自己的孩子以后才会恍然明白，生活的阅历是任何一个老师无法教会的。

说一个小故事，你就会明白。爸爸小时候爱去卧虎山水库游泳，你奶奶中午宁肯不睡觉，也要看着爸爸。有时，当发现爸爸不在家时，奶奶就跑七八里路追到水库去。奶奶清晰地记得爸爸曾写了一封抗争的信贴到墙上……可是，如果今天有类似的事情发生，爸爸肯定会和奶奶做的一样，最多的让步是陪着你一起去。就像现在我们不放心你单独坐公共汽车去陌生的地方，单独骑自行车在城市里穿行一样。

爸爸妈妈是在重复做一些爷爷奶奶曾对爸爸妈妈做过的事，而那些事在爸爸妈妈小时候也同样不认可。爱是无私的，我们做的每一件事出发点都是爱你的，但你并不一定要全部理解，记住就好了。将来，也许你会陷入同样的循环，呵呵！

爸爸妈妈清晰地记着你的每一件事，无论好的还是坏的。你是位心地善良的女孩，时不时去超市买了火腿去给街上的一只流浪狗送去；每次到新华书店都会给门口的乞丐投上一元硬币，虽然自己花钱时非常节俭，算计着午饭不能超过多少；妈妈给你买衣服，你看到标价贵就绝对放弃，即使是你很心仪的；小时候，亲戚小孩来之前，你总将心爱的小东西藏起来，担心给损坏；我们在清理房间时，总会发现你藏起来、忘掉的零食；你爱探索善思考，在你上一年级的时候就自己捧着妈妈的讲义研究起了密码学，居然还学会

---

* 2013 级 7 班王睿雨的家长。

了密码的应用，后来把它们用在了你的练习册答案上；你是好强的但又是急性子，清楚地记得你边哭边学滑板车的一幕……你给了我们许多欢乐、许多回忆，还有许多感动，那些，我们会记一辈子。

你从小比较羞涩，不愿意和别人打交道，路上遇见熟人躲避不打招呼，喜欢沉浸在书的世界里。偶尔冒出感伤世事的话让我们惊异和担心，我们曾为此很忧虑。也许是我们多虑了，最近发生的一些事情，让我们看到你改变了很多，虽然依然外出吃饭害怕被老师和同学看到，有客人来时会藏在房间里不出来，但是我们还是看到变化的迹象：和同学的交往增多了，对参加学校活动变得热心起来。我们希望你继续朝这个方向发展，希望你更加自信一些，早日成为一名落落大方的女孩。

如果说我们在娇惯你，也就是近几年关于你的饮食。由于你小学四五年级妈妈出国，没有给你很多的照顾，你个子和其他同学差了一大截。因此，为了你快快长高，妈妈还是坚持按照你的口味来做饭，这看上去确实有点儿纵容你了，为了将来不给你留下遗憾，我们就暂时不讲原则了，等你长高后，再开始让你锻炼饮食方面的吃苦精神。没有这种吃苦精神，一旦到了艰苦的环境，你很难应对。让我们最欣喜的是，你最近身高变化很快，已经超过妈妈了，希望你早日成长为一名亭亭玉立的女孩。

无法不说起你的学习，与其他父母一样，我们一直殷切地希望自己的孩子最优秀。从小到大，我们一直希望你比周围的孩子强一些，比班里的孩子强一些，比同年级的孩子强一些。每次有了考试，我们总是忍不住追问考了多少，比你分高的有多少，最高分是多少。我们总是忍不住衡量你在班级、年级里的位置，盘算着升入哪所重点初中、高中，能否考上好大学。总体来说，当下的分数并不是特别重要，但是我们每个人都容易被当下的分数给揪着。孩子，人的成功与否跟他的智商和毅力有巨大的关系，你的智商是父母给予的，已经难以改变，不过感觉我们传给你的智商基因还不差，那么可以改变的就是毅力，只有那些能够持之以恒的人才可以取得成功。

学习成绩不是最终目标，却是获得学校和老师认可的一个刻度；学习成绩不能决定将来能否成功，却是获得成功最好的一个起点。好成绩更容易获得成功，我们希望你走最好的路。所以，我们希望你取得好成绩，是希望你有机会获得更好的生活。

你会很有技巧地报告你的成绩：“今天考的比上次多了几分。”“上 90 分的不多，我考了 89 分。”“某某考的还没有我多。”你不觉得我们最近不大对你的考试分数作评价了吗？孩子，你已经长大了，马上就十四岁了，有自己的分析和判断能力了。渐渐地，我们会放手让你自己决定将来的路。最近你不让我们辅导数学作业了，为此，我们还私底下商量过，决定还是不打扰你了。这并不意味着我们不关注你，只要你需要，爸爸妈妈永远是你坚强的后盾。

在这个世界上，除了父母，好朋友对你来说也是非常重要的，无论是心里的喜悦还是烦恼，要主动和好朋友分享，也许很多事情你是不愿意和父母谈的，可能会感觉谈了后父母给你的回答索然无味，没有好朋友对你的那种同年龄同环境的理解。因此，将心中的喜悦分享给好朋友，有利于你进一步认清自己的状态，使自己变得更为理智；向朋友倾诉自己的烦恼，有利于尽快排解心中的不悦，调整自己的心情。你虽然喜欢安静，喜欢读书和思考，但你做最快乐的自己才是我们希望的。

我们是爱你的，但不希望这种爱成为你永远的束缚，就像你爷爷说的一样，树苗小的时候，要杆子绑着支撑，防止长歪了，等小树长成大树，就不需要支撑了。孩子，你马上就要十四岁了，爸爸妈妈会逐渐放开束缚，让你长得更高、更加茁壮。而我们的爱，会永远陪伴在你左右！

爱你的爸爸妈妈

2014 年 10 月 18 日星期六

勇敢出发，笑对生活

杨 风　李翠玲*

亲爱的睿儿：

学校要举行十四岁生日庆典了，给爸爸妈妈创造了一个给你写信的机会。提起笔，才真的感觉光阴似箭，感觉时间是个魔术师，眨眼间把嗷嗷待哺的小宝宝变成了比妈妈还高大的女孩，望着你的笑脸，妈妈心中的幸福如

---

* 2013 级 7 班杨睿的家长。

喷泉般自由地喷涌……

当我第一眼看到你娇嫩的脸蛋，生产的痛苦便烟消云散；当我看到你第一次对我笑，我为自己的付出而满足；当我第一次面对你生病时，简直手足无措；当我第一次给你灌药时，和你一起流泪。好在有奶奶和姥姥的细心照顾，你一天天在健康成长。

四五岁后，你便跟随爸爸妈妈频繁搬迁，也使你接连失去好几个儿时的玩伴，这是爸妈挺对不住你的地方。好在你找到了另一个好朋友——书。妈妈渐渐发现，胆小的你却敢抓来小虫子玩上半天，不喜欢唱歌跳舞的你却能把复杂的拼图轻松地拼好，不喜欢运动的你却能长时间安静地读书、画画。所以爸爸妈妈没有逼着你去上各种兴趣班、辅导班，因为爸爸妈妈更希望女儿快乐地成长。

令爸爸妈妈高兴的是，从上小学一年级开始，每天早上闹钟响第一遍你就按时起床，从没让大人叫过，学习上更是没让爸爸妈妈操心。你喜欢阅读，家里的报纸杂志和各种书籍，你都翻一翻。记得有一段时间，你一下子成了"《哈》迷"，因为妈妈当时没有给你买，你跑到书店去一读就是大半天，再后来一有时间就给妈妈讲《哈利波特》，为此还写了好几首诗，写过不少《哈利波特》同人文，妈妈骄傲地成为你的第一位读者，欣赏着你日渐流畅的文笔和小脑袋里的奇思妙想。妈妈在心里感谢上苍给了我一个不完美，但不断进步的孩子。

自从进入山大附中，你仿佛长大了许多，你更加有上进心，知道学习是自己的事情。你积极参加班级活动，有了自己的好朋友，有自己的主见而很少随波逐流。你慢慢学习尊重、理解、欣赏。你有了自己的兴趣爱好，自从学习古琴以来，每天写完作业，坚持练习，从未让妈妈催促，娇嫩的手指被硬硬的钢丝磨破了，你没有叫苦，更没有放弃，妈妈看着又心疼又欣喜。你喜欢读古文，上下册的《嵇康集》，妈妈都觉得枯燥艰涩，你却认真阅读、饶有趣味，甚至连西安出行游玩也带在身边，有空时便翻看背诵。看看你密密麻麻的圈点标注，妈妈不禁有些佩服你呢！妈妈还欣赏你对金钱的态度，虽然我们给你的零花钱不多，但你从不吝啬，面对可怜的乞丐，你大方地救济。虽然你也喜欢美味的零食、时尚的玩具，特别是书籍，但你从不乱花钱。

十四年来，你带给妈妈太多的骄傲与幸福。在爸爸妈妈心中，你一直是个听话、懂事、好学、上进、善良的好孩子。我们也坚信，你永远都是我们的好女儿。尽管你也有一点小脾气、小缺点，但这都阻挡不了我们对你的爱，阻挡不了你是我们最亲爱的女儿。

十四岁，是你向少先队和红领巾挥手道别的年龄，是你一生中重要的转折点，爸爸妈妈向你祝贺，同时也想给你写几点真诚的建议：

首先，希望你多点运动。拥有健美的身体和充沛的精力，是今后学习和工作的基础。再说，健康美丽、朝气蓬勃的女孩，是生活中美丽的风景，如果再加上优秀的品格和丰厚的学识，那定是个气质高雅的女子。如果你愿意进行某项运动和锻炼，妈妈愿意和你一起，好吗？

其次，别怕失败，笑对生活。学习的目的不仅仅是为了考试，哪怕偶尔考试失利，也是正常的，这为你提供发现和改正错误的机会。但爸爸妈妈相信你不会让自己一直失利，而是会勇往直前。当然，生活中难免会有些烦恼，有时候也有些诱惑。命运不是我们能选择的，但责任必须扛起；结局不是我们能把握的，但必须做到努力。困难时常有，只有穿过荆棘满地的小道，驶过险象环生的险滩，你才会看到大海的壮阔和天空的蔚蓝。不经历风雨的青春是苍白的，要用拼搏和意志来捍卫青春的誓言。爸爸妈妈虽已青春不再，但永远是你坚强的后盾和避风的港湾。

再次，学会感恩。千万不要忘记，在你的成长的道路上，奶奶为你缝的棉衣，姥姥为你做的荷包，那密密麻麻的针脚里面，是她们的慈爱！不要忘记爸妈的疼爱，不要忘记老师的谆谆教导和真诚关爱，不要忘记同学朋友的信任、鼓励、祝愿、友爱，不要忘记所有爱你、给你帮助的人。要知恩图报，要关爱弱小，要用你的方式、你的行动，让他们觉得你可以做带来温暖的“小太阳”。

最后，希望你给自己一个人生规划。给自己制定短期、中期、长期的目标。有了目标，就有了奋斗的方向，有了生活和学习的动力，向目标迈进的每一步都是一种无比的愉悦。妈妈知道你长大想成为一名精神病医师，妈妈为你捏着一把汗。因为这种职业可不一般，可不是仅仅掌握专业知识就能胜任的，更需要你有一颗坚定、强大、包容接纳一切的心。要用你博大的爱心去接纳并包容精神病患者，用坚定的信念、科学的方法去治疗和疏导。妈妈希望你通过多种渠道多加了解，并试着锻炼、提高自己的修养，拥有一颗博大的爱心，为实现自己的理想不断积淀。

亲爱的女儿，你已经渐渐长大，相信你会在学习之余，做些力所能及的家务，学会打理自己的生活，养成良好的生活习惯。在不远的明天，在你“独自出发”时，你会觉得这些基本的生活技能对你有很大的帮助。

亲爱的女儿，你已经渐渐长大，学习和生活中会遇到各种问题和挑战，相信你会勇敢迎接困难，笑对生活。记住：爸爸妈妈永远是你坚强的后盾，永远支持你。在你成长的道路上，永远有我们的爱、祝福和牵挂！

永远爱你的爸爸妈妈

2014 年 10 月 21 日

《媛媛成长日记》之序言

孟照静*

亲爱的小孩：

一直想把这些文字整理整理，集结成一本书送给我的小媛，现在恰有了这样一个机会，就安下心来做文字修改和编辑。本书分成两个部分：第一部分是自你出生到今天与你成长有关的碎碎念；第二部分是附录部分，由抚养你而引发我感悟的一些文字（发表在好孩子育儿网和 E 度空间两个论坛中的帖子），自己觉得写得还不错，分享给你。当时的疑惑，今天有了答案；当时以为在理的观点，今天有所变化。这些变化，我放在了附录后面。

这是个序，又是我给你的一封信，因为我很难跳出你的圈子来写东西。当我写时，感觉你在对面，你调皮地坏笑，我不得不对你说话。

前几天与你一起看了 *Boyhood*，之前我先看了一遍。一部非常平淡、几乎找不到高潮和冲突点的电影，时光就像流水一样缓缓地变换着季节、前行着。梅森离开家的那一段，母亲坐在空间有点狭小的客厅里（孩子们都离开了，母亲换了一套小公寓住），梅森再次从行李中拿出他的第一张摄影作品时（原本已舍弃而妈妈又放回去），还抱怨了妈妈一句，这时的母亲突然放声哭起来，梅森以成年人才有的平静语气说："你怎么一下子就快到四十了？"看到这里，我的眼泪一下子就涌了出来。做母亲的人，完全能找到共鸣啊！

整理这十三年的文字，也有一种恍如磁带快进的感觉。那些记忆涌上

* 2013 级 12 班石卓兰的家长。

来，也只是记忆罢了，抓不住什么实实在在的东西。生活还在向前走着，过去成为记忆，今天也将成为过去，留下的是记忆，还有一缕柔软的胎发、一个带标签的手环、一个手印和脚印、一件粉色的棉布裙、一些稚嫩的涂鸦……还好有这些呀。

你长大了，是实实在在的呀，我怎么忽略了呢？

“你将要成为一个什么样的人？”在 *Boyhood* 出现过两次。一次是姐姐忘记接弟弟回家而和女伴在家中玩，妈妈敲门后，像机关枪一样喷出好多话来，其中谈到了“你将成为什么样的人：一个自私、自以为是的人，还是有责任心、合作精神……的人？”你我马上对号入座起来。是的，我在里面看到了自己，不过我还是应该学学她的涵养——即使愤怒了，还相当有理有据。另一个桥段，当梅森沉迷于摄影而整日待在暗室，甚至没有完成功课时，他的老师进来提醒他，并说了一通关于未来的话。将自己喜欢做的事情发展成未来的事业，是多么美妙的状态，但还要做好眼前的事情，今天的准备是为了迎接明天的考验。

成为一个什么样的人，事关你的人生观、价值观这些精神层面，也事关自立、就业这些现实层面。再过两三年，你要面临这些思考。我们在你身边，可以为你提供参考，可以为你做一些铺垫，但最终要做决定的是你自己。梅森小时候和爸爸、姐姐打保龄球时，抱怨不能使用儿童护栏道，他爸爸说儿童护栏不能一直保护着你，长大就只有与这些告别。

没有什么东西可以保护你一辈子，你要掌握自己的人生道路。雏海燕在第一次飞翔时，是被母鸟轻轻推出悬壁上的窝的，雏鸟们一旦飞起来，整个悬崖上母鸟与雏鸟的呼应声不绝于耳……我们也是同样，怀着欣慰而复杂的心情接受你的成长。以终为始，成为一个正直、有智慧、有勇气的人，如果以此作为最终的做人目标，我们应该从现在开始，学好功课、锻炼好身体、读好书、做事专注持久、懂得要事优先、发展你的人格和思维、独立且多元化地思考、学会反省、不断更新、完善自我……

我又在说教了，所以在预备长篇大论的时候，赶紧画一个小小的句点打住，留有空白才对。

谢谢你，亲爱的小孩！有了你，我的生命更宽、更长，我又重新成长了一次。

爱你，深深地爱你。

妈妈

2014 年 10 月 22 日

与青春握手，让爱伴你成长

王元民*

亲爱的闺女：

你好！从你出生到现在，快十四年了。这么多年来，老爸还是第一次给你写信。有这样一个机会，爸爸妈妈和你说说话，挺好，要知道，读信是一件多么美妙的事情啊！

你知道吗，闺女，你是爸妈的掌上明珠，是爸妈永远的宝贝啊！出生两个月，你感染了肺炎，每次给你打头皮针，你的哭叫让妈妈心疼得直掉眼泪。还记得五年级时你不小心用玻璃划破了手吗？妈妈抱着你哭了一路，我们在内心一遍遍祈祷你能平平安安、健健康康。

人们都说孩子是父母生命的延续，没错，你就是爸爸妈妈生命的延续！你的到来为我们的生活增添了无限的乐趣。你出生那天，下着小雨，妈妈被推进产房，我在外面焦急地等待你的降临。随着一声啼哭，你来到这个美好的世界，六斤四两，一个小天使来到爸爸妈妈身边，你是上天给我们的最好的礼物！

看着襁褓中的你，我想我将会用我的全部去呵护你，让你快乐健康地成长。有了你，爸爸感到了一种前所未有的责任，那时想的就是，一定要好好努力，将来让我们的小天使过上幸福的生活。那时我们家在农村，你的到来更坚定了爸爸要努力改变命运的决心，于是我一边努力工作，一遍拼命学习，从一个普通的中专生自学到研究生，换了工作，把我的宝贝带到了济南，在济南安了一个家，让你有了一个更好的成长环境。

你的婴儿期几乎是在淘气和病中度过的。小时候你经常生病，也不好好睡觉，我们看了好多医生，效果不是很好，甚至用了好多迷信的方法，后来才知道这个小宝贝是个小淘气啊。于是，天天抱着你在房间来回踱步成了

* 2014 级 3 班王润雨的家长。

每天的必修课。只有躺在爸爸妈妈的怀里，你才能安安静静地入睡。那时候，爸爸一边抱着你，一边看书学习到深夜，直到你睡熟才把你放到床上，尽管这样，你还是会醒来好多次，把我们累得筋疲力尽。但看着你一天天慢慢长大，所有的艰辛都抛之脑后了，爸妈心中充满的是成功的喜悦。

从咿呀学语到长成一个亭亭玉立的大姑娘，这十多年来，爸爸和妈妈倾注了所有的心力，我们能感受到你的每个变化，也为你的点滴进步而惊喜。

上幼儿园，你活泼伶俐，整天蹦蹦跳跳，回到家里给我们唱儿歌，晚上睡觉前缠着爸爸给你讲故事。那时你胖嘟嘟的，四方的笑脸，细细的头发直竖着，像个小男孩，活泼大方，人见人爱。

上小学了，学校没什么负担，几乎没有课后作业，我们给你报了几个特长班——游泳、书法、舞蹈、绘画、小提琴，你也从中收获了很多，还有了去韩国、新加坡学习游玩的机会。无论文化课还是特长班，你的优点逐渐展现出来：无论学什么总能后来居上，不动声色地去努力，靠着一股蜗牛精神，一步步攀升，从不起眼的丑小鸭，变成美丽的白天鹅！记得小升初时，因为小学刚从农村过来，你是择校生，为顺利考上好一点的中学，你每天都拼到很晚，爸爸也推掉晚上所有的应酬，陪你在家学习。有志者事竟成，在你和老师、爸妈的共同努力下，先后参加的几个学校的招生考试中，你都顺利过关，取得了优异成绩。你最终选择了山大附中这所有着深厚文化底蕴的优秀中学，爸爸妈妈真为你高兴、为你骄傲啊！

自从上了山大附中，你更加懂事了，也成熟了许多，知识面越来越广，对人对事也有更多的个人见解。任课老师和班里其他家长不止一次羡慕地说："你女儿干啥啥行，真是太优秀了！"是啊，听到这些话，我们由衷地为你骄傲！虽然你是爸爸妈妈的独苗苗，掌上明珠，但你不娇惯，爸妈最为欣慰的是你有了责任心，懂得了感恩。你身上有很多优秀品质：孝顺、聪明、好学、能吃苦、喜欢帮助人、意志坚强……参加学校运动会、骑行选拔5000米长跑、500多公里骑行，更是对意志品质的考验。但你都勇敢地去挑战，你也成功了。你的坚持、你的毅力让我们为你骄傲！国庆节骑行回来，看到你蜡黄的小脸妈妈心疼得流泪，更为你的坚强毅力感动得流泪！分别的几天爸爸妈妈想念你、牵挂你，接不到你的电话为你担心，看不到群里的消息更是焦急，经过四天的长途跋涉，你终于平安顺利归来！宝贝，你是最棒的！

眼看着你一天天长大，亭亭玉立，已经超过了妈妈的身高，快赶上爸爸高了，这是曾经我急切盼望的，当真正面对你的成长时，太多感慨掺杂在一起——

希望你健康、平安，这是最最基本的要求；

希望你独立、坚强，这是自由生长的前提；

希望你乐观、善良，这是获得幸福的钥匙；

希望你勤奋、进取，这是不能停止的脚步；

希望你诚信、谦虚，这是为人处世的根基……

爸妈也希望你能改正自己的一些坏毛病，比如粗心、效率低、做事拖沓等。

你要学会理解人、体谅人、关心人。有时候，爸爸妈妈为了你的学习和生活唠叨得多一点，你表现得很不耐烦，每当这时，妈妈总是很伤心。你大了，应该更多地理解爸妈，多与爸妈沟通，多理解爸妈的苦心。妈妈很细心，很容易发现你不对的苗头，想及时订正，让你少走弯路。你能这么优秀，是不是应该更多地感激爸妈呢？

你要学会感恩。一个人的成功，靠自己，也依靠大家的帮助。感恩妈妈爸爸，他们生下你、养育你，为了你的成长费尽了心血；感恩老师，他们无私地把知识传授给你，给你鼓励，教你求真；感恩你身边所有给过你帮助，给你提供学习和生活方便的人。要真诚待人，让善良、诚实成为陪伴自己一生的美德。

你要有一颗责任心。首先要对自己负责，要好好学习，把握好自己的未来。从现在起，用汗水和勤奋努力经营好自己的未来，这也是你最大的责任。还要对他人、对社会尽自己的责任。

闺女，十三年来，虽然爸爸妈妈给你营造的家不是富丽堂皇，也没有家财万贯，但它是温馨的、爱的港湾。这十三年来的每一天，爸爸妈妈无时无刻不在关心着你、呵护着你，尽自己的能力给你最好的关爱。无论你想学什么或者想买什么，只要是对你成长有利的、对你的学习有帮助的，爸爸妈妈都尽可能地满足你。孩子，这些你都感觉到了吧！

你是爸爸妈妈永远的宝贝。今天是你们学校的十四岁生日庆典，从此，你将步入美好的青春时光。每个人的青春只有一次，每个青春都值得我们用心去珍惜，用行动去把握，用心灵去感受，用梦想去充实。相信我们的宝贝一定能够把握好自己的青春时光，努力学习，健康成长，让梦想照亮现实，让现实更加美好！今后的路还很长，你要勇敢地面对任何挑战，爸爸妈妈是你坚实的后盾。爸爸妈妈始终坚信你是最棒的，你是最优秀的！

龙应台在《目送》中曾说过："所谓父女母子一场，只不过意味着，你和他的缘分就是今生今世不断地在目送他的背影渐行渐远。"是啊，从十四岁开始，你就像风筝开始放飞，无论你飞得多高多远，"爱"的长线始终会成为我们之间永远割不断的那份牵挂和依恋！

闺女，祝贺你的青春礼，祝贺你开始自己新的人生旅程！勇敢起飞吧，带着爸爸妈妈的鼓励和爱的期盼！我们衷心希望宝贝女儿能幸福、快乐地成长，无忧无虑地生活，成为一个自信、阳光、宽容、善良、勤奋、进取、自立、自强的人！

孩子，展翅高飞吧！那时，整个天空，都会因你而分外绚丽！

永远爱你的爸爸妈妈

2015 年 10 月 23 日

站在你能看到的地方

公立莉[*]

亲爱的儿子：

时间过得真快，转眼你已经十四岁了，咿呀学语、蹒跚学步仿佛就在昨天。曾几何时你还拉着妈妈的手，从幼儿园捧回小红旗，那个活泼开朗、爱跑爱跳的小淘气，转眼间长成一个阳光帅气的小伙子。

前几天读的《禅的黄金时代》一书中有个故事挺让人感动的，说的是有个男孩子很顽皮，小时候母亲打他不是哭而是露出高兴的表情，渐渐长大后，有一天妈妈又打他，他却哭了。妈妈很奇怪："以前打你不哭，怎么现在打你反而哭了？"他说："以前妈妈打我非常疼，我知道妈妈很健康，为妈妈高兴。但是现在妈妈打我不痛了，我知道妈妈渐渐老了，打不动我了……"

龙应台在《目送》中曾说过："所谓父女母子一场，只不过意味着，你和

* 2013 级 6 班周怡炜的家长。

他的缘分就是今生今世不断地在目送他的背影渐行渐远。”她的话深刻，但我更希望把它理解为，从十四岁开始，孩子和父母的关系更像是放飞的风筝，无论你飞得多高多远，“爱”始终会成为我们之间永远割不断的那个牵挂。

无悔的花季时光

初中是孩子青春期逆反心理最强的时期，一开始我还不以为然，但慢慢地我在你身上感觉到了。从小那么阳光、那么善良、那么听话体贴的你，现在整日眉头紧皱，失去了笑脸，活泼不再，让妈妈与你交流总是陪着小心，害怕哪一句又触动你，本就很少交流的我们更是如仇人般互相敌视。有时，我更愿意让时光倒流，还给妈妈那个活泼阳光、听话可爱的小孩子。

但时光不会倒流，现在的我也在不断地反思，我要怎样做，应该怎样做，才能让你顺利地度过青春期，当你成人后回忆过往，不会后悔今天的所作所为。即将来临的中考是高考的前奏，是对一个人意志力、体能、心态、智力、抗打击挫折能力、斗志等的全方位的磨炼过程，它会让你更成熟、更坚强、更睿智，更能学会去面对未来的一切挑战。人生肯定要经历几个大的转折阶段，而每个大的转折阶段总需要苦一阵子，才能甜一辈子，中考就是你面临的第一个人生转折点。摘《钢铁是怎样炼成的》中主人公保尔的一段话希望与你共勉：“生命属于人只有一次，一个人的生命是应该这样度过的，当他回首往事的时候，他不会因虚度年华而悔恨，也不会因碌碌无为而羞耻。”

妈妈希望你的青春也无悔！加油，儿子！

关于人生与挫折

老妈四十多岁了，其实我想借此机会跟你说的是，生活或许并不像你想象的那样美好与公平，人的一生也不会总是一帆风顺的，人生本身就是一种经历与体验，经历挫折和坎坷都很正常，这就是生活，重要的是不能被困难吓倒。无论遇到什么情况，都不能失去自信与希望。现阶段的学习并不可怕，可怕的是你失去了学习的动力，丧失了勇于承担的责任与义务。你的前程我不强求，只希望你能做自己想做的事情。拿出你的冲劲去绽放你年轻的激情，不要怕失败，不要害怕跌倒，不经历跌倒你永远不知道跌倒是什么滋味，因为年轻的你有失败的资本。你只需记住，在你遇到困难或者迷茫的时候，妈妈肯定会站在你一转身就能看到的地方，只要你一伸手就能抓到妈妈温暖的手，孩子，你什么也不用怕。

关于朋友

好朋友对你一生都影响重大，多个朋友多条路，多个朋友少份烦恼。妈妈非常鼓励你多交朋友，关键时候好朋友会是你坚强的后盾，朋友是陪伴你最久的一群人，但要记住一个原则，要交益友，不要交损友，损友会毁了你的一生。

在人生的每个阶段应该拥有三五个志同道合的朋友，不管他或者她现在是富贵或者贫穷。如果你的朋友有困难，请尽量帮助他。要珍惜中学的同学友谊，这里面一定有几个会成为你一生的知己。

你的人生道路才刚刚开始，一步一步需要你自己摸索前行，学着面对一切真实，接受一切不完美，承担一些责任，自己做一些决定，珍惜你所拥有的一切，感恩于曾经帮助过你的人，发现生命的美妙。这样，无论你成功还是迷惘，快乐还是痛苦，你都会有一个正确的观念，使自己永葆一份自信与坚强！

更要记住：人无完人，要学会接纳自己、善待自己，把心安顿好。

最后再补充说一句话：人要想拥有高品质的人生，享受生活，最基本的前提条件是要拥有强健的身体，因此要养成运动锻炼的习惯。有一个强壮的身体、健美的体魄，你将终身受益。

唠唠叨叨说了这么多，其实只想让你记住一句："儿子，爸爸妈妈永远爱你！"

爱你的妈妈

2014 年 10 月

最好的礼物

王善勇　王秋丽*

亲爱的点点：

此时你在自己的房间看着喜爱的书，我们在你的“旁边”给你写信，这封信会在你们十四岁生日集体庆典时交到你手里。

亲爱的点点，你在我们身边已有近五千个日夜！日子一天天从我们身边飞过，你一天天地长大。我们在陪伴你成长的日子里，幸福着你的幸福，快乐着你的快乐，追逐着你的追逐，也忧伤着你的忧伤！我们知道，你总有一天会离开家，走进更广阔的天地。无论你飞向何处，你总是爸爸妈妈手里紧紧拉着的一线风筝，永远也飞不出我们牵挂的视线。

亲爱的点点，你是上苍给予我们的最好恩赐。你像天使，带给我们满满的幸福和快乐。你又像圣诞老人，把一件件意想不到的礼物呈现在我们面前，让我们惊喜、让我们欣慰、让我们感动、让我们自豪！你的礼物将深深地珍藏在我们心里，直到永远！

你送我们的第一个礼物——温暖的家

咱们三个人的家源于2001年9月妈妈的一个梦。那一天，妈妈在出差去葫芦岛的火车上，做了一个神奇的梦，一匹雪白的骏马用嘴轻轻地咬住了妈妈的衣角，依偎在妈妈身边。回来以后，妈妈才知道，你就要来了！2002年5月7日中午，我们终于看到了你，小小的，黑黑的，不漂亮，但是爸爸妈妈第一眼看到你，就爱到了骨子里。妈妈第一次抱着你的时候，突然想到了那个神奇的梦，2002年正是农历的马年，那一匹雪白的骏马，就是你——点点，多么奇妙啊！

---

* 2014级5班王点的家长。

你的到来，使我们仨组成了一个完美的家，真的像童话里写的那样，爸爸妈妈和点点从此开心地生活在了一起！

爸爸妈妈为你制作了出生时的小脚丫铜印纹，作为永久的留念。那是你在世上留下的第一个脚印，我们希望你所有的日子，都能脚踏实地，走好人生的每一步！

那时我们的家很小，只有一间房子，一年365天都照不到阳光，但是那个小小的房间却是我们最温暖的港湾。在那里，你学会了走路，学会了说话，交上了最早的朋友。

那时，爸爸在河南工作，一年也难得在家住几天，平时电话就成了跟你和妈妈联系的最好工具。能在电话里时常听到点点的声音，即使远隔千里，却像生活在一起一样。现在爸爸回到了济南，咱们一家三口人朝夕相处，虽然偶尔有摩擦，但爸爸妈妈都感觉更加幸福了，咱们一家人生活在一起，这是最最珍贵的。

亲爱的点点，你在慢慢地长大，在不久的将来，你将离开我们，独自踏上人生的旅途，我们虽然有万般不舍，但会坚定地支持你走向远方！现在，咱们在一起的每一天，都值得我们珍惜，这是你送给我们的最好的礼物——温暖的家！

你送我们的第二个礼物——分享快乐

你从小就活泼开朗，爸爸妈妈还记得你给我们讲的第一个笑话。你刚上幼儿园不久，有一个周末，你说："爸爸妈妈，我给你们讲个笑话吧！小兔子到小商店，问：'老板，你这儿有萝卜吗？'老板说：'没有。'第二天小兔子又到商店，问：'老板，你这儿有萝卜吗？'老板说：'没有。'第三天，小兔子又到商店，问：'老板，你这儿有萝卜吗？'老板生气地说：'再问就用钳子把你的牙掰下来。'第四天，小兔子又来了，问：'老板，你这儿有钳子吗？'老板说：'没有。'小兔子赶紧又问：'那你这儿有萝卜吗？'"爸爸妈妈笑得好开心，这是我们听到的最好的笑话。那时你才三岁，却已懂得和别人一起分享快乐！

就在今天晚上吃饭的时候，你突然连续做出了好几个表情，喜怒苦悲愁呆……然后，你说："我这也可以做QQ表情！"我们大笑。

亲爱的点点，谢谢你带给我们这么多欢乐！我们希望你永远快乐，并用自己的快乐去感染身边的人！

你送我们的第三个礼物——浓浓爱心

亲爱的点点，你从小就是个富有爱心的孩子。四岁那年，有一天你和妈妈乘公交车，前面的一个小哥哥没有钱买票，你对妈妈说："妈妈，把你的公交卡给小哥哥用一下吧。"所有的人都看着你笑，都夸你是个好孩子！你小小的爱心，温暖了一车的人。"赠人玫瑰，手有余香。"帮助了别人，自己也是快乐的。

2008年5月12日，汶川发生特大地震，爸爸随部队参加抗震救灾，你和妈妈天天看新闻了解情况。幼儿园里组织小朋友捐东西，你拿出了自己最心爱的衣服和玩具，还专门画了一幅名为《在一起》的画，一起捐给了灾区的小朋友。周末的时候，你和妈妈又到泉城广场捐了钱。爸爸知道后既高兴又感动，我们的点点这么懂事，这么富有爱心。这也给了爸爸很大的动力，激励爸爸在一线更努力地工作，圆满地完成了任务。

你送我们的第四个礼物——爱上阅读

随着你慢慢长大，我们发现你对书有特殊的喜好。一本书，你总要让妈妈给你讲好多遍，直到你全部记住。你认字以后，最喜欢的就是一遍一遍地看书，直到自己能把整本书讲下来。

你爱上了阅读，这让爸爸妈妈欣喜不已。周末，泉城路新华书店是你最喜欢的去处。每次到了那里，你总是不愿意离开。每次问你想要什么礼物的时候，你总是给我们列出一串书单。从《福娃》《孔子》到《国学经典》，从《儿童文学书库》到《世界未解之迷》，从《世界一部历史》到《扬州画舫录》，从《汪曾祺小说选》到《国富论》，你如痴如醉，沉浸在阅读的快乐里。在五班这个汇集了众多优秀孩子的集体里，你也是同学们心目中读书最多的人之一。

我们希望你能保持阅读的高品味，以良书为友，与佳作同行。

你给我们的第五个礼物——执着精神

亲爱的点点，这几天因为你睡得很晚，我们很心疼，也很纠结。我们知道，你在做选修课的PPT。每天晚上，做完作业以后，你就在电脑前查资料，找图片，直到深夜，为的是把 PPT 做出最好的效果，你这种精益求精、力求完美的精神让爸爸妈妈很佩服。

在你很小的时候，我们就知道，你对自己喜欢的东西总是很执着。你喜欢各种书签和明信片，咱们每到一个地方游玩，你总会买一套最富有当地特色的明信片留作纪念，至今已收集了几十套，这都已成为你成长的记忆。

小学六年级上学期，妈妈问你喜欢哪所中学，你没有立刻回答妈妈，说要想一想。过了两天，你说喜欢山大附中。我们知道，每年附中只招收二百多名学生，而竞争者却有上千人，足见其难度。你定下了目标，就努力地向着自己的目标奋斗了，最后以优异的成绩进入了理想的学校，在这里快乐学习，快乐成长。定下目标，向着目标奋进，这种执着的精神是你最优秀的品格，爸爸妈妈从你的身上感受到了坚持的力量。

亲爱的点点，在你成长的路上会遇到更多更大的困难，你只要始终保持这种执着的精神，它会把你从一个成功带向另一个成功。

亲爱的点点，这就是你送给我们的五个礼物，这五个礼物值得我们永远珍藏。在咱们温暖的家里，分享相互的快乐，保持一颗爱心，以好书为友，向着自己的目标努力奋进，再大的困难我们都能克服，再高的山峰我们都能跨越。

亲爱的点点，学校为你们举办十四岁生日庆典活动，既是祝贺你们的成长，更是激励你们前进！告别儿童岁月，走进青春时光，你的视野会越来越广阔，思想越来越独立，学校和家庭都会为你们健康成长尽最大努力！

亲爱的点点，在这个重要的时刻，爸爸妈妈想送给你几句话，是祝福，是希望，也是我们的人生体验。希望你能更好地控制自己的情绪，努力保持平和的心态，这将有助于你解决任何问题；希望你为自己确立一个可行的目标，并向着目标努力前进；希望你在遇到困难的时候，不为逃避困难寻找理由，而是寻找解决的办法和途径；希望你有一个健康的身体，多参加运动，这是一切的基础，更能使你保持积极阳光的人生态度；希望你积极参加集体活动，进一步强化团队意识，真正理解团结就是力量；希望你始终保持一颗爱心，在自己的能力范围内帮助需要帮助的人，收获快乐；希望你能把我们当成你的朋友，让我们分享你的快乐与忧伤，帮助我们克服缺点，咱们共同进步！

爱你的爸爸妈妈

2015 年 10 月 19 日

祝成长快乐！

王利国*

亲爱的儿子：你好！

面对山大附中举行的十四岁生日庆典，让我们向成长的你表示热烈的祝贺！

新鲜生动活泼的初一已经匆匆而过，初二就像驶上正轨的高速列车，已经加油提速。“少年，少年，祖国的未来”，“你们是早上八九点钟的太阳”。在这个充满生机的黄金年龄，朝气蓬勃的时刻，我们有无尽的话语想对亲爱的儿子说。

孩子，你未来的路怎么走？归根结底是要你自己决定的。在人生的时间和空间组成的坐标图里，环境决定轨迹，速度决定高度。车在什么条件下能够跑得最快？答案是：刹车性能好的时候。只有其刹车灵敏，车主才敢也才可能把车跑得最快。在现代社会，最有自制力和自控力的孩子发展得最好。经受不住各种丰富多彩的外部诱惑，任由自我欲望和自我潜能横冲直撞，往往最终毁掉一个聪明孩子。每个人都有潜在的能量，只是很容易被习惯所掩盖，被时间所迷离，被惰性所消磨。规范行为，养成良好的学习生活习惯和行为，你的自控力会不断增强。一个小孩搬石头，父亲在旁边鼓励：“孩子，只要你全力以赴，一定搬得起来！”最终孩子未能搬起石头，他告诉父亲：“我已经拼全力了！”父亲答：“你没有拼尽全力，因为我在你旁边，你都没请求我的帮助！”——你全力以赴了吗？有责任才会有担当，有感恩包容才会多助。“勇者无敌，仁者亦无敌”，勇者是自强不息天下无敌，仁者是得道多助朋友遍天下，二者结合，你的路才会越走越宽阔。

孩子，我们想告诉你，“自强不息，厚德载物”的理念，会让一个人终生向前，会让一个家庭永葆兴旺，会让一个国家民族永远强盛。前段时间，你问

---

* 2012 级 7 班王熙鼎的家长。

我浇水“要给蔬菜发出什么信号”。我每次给每一棵菜所浇的水，都足够渗透到蔬菜的最深根系的末稍以下，就是让它确信，它的根只有不断向土壤的深处扎，才会有机会吸收到更多的营养，其生存力才会更强。相反，我如果每次只在土壤的表层浇一点水，天长日久，植物就会误认为向土壤的深处扎根是徒劳的，反而会对着地表层使劲。事实上，土壤的表层水分会很快就被蒸发掉的，只有土壤深处的水分才会保留得时间更久远。另外，不管是因为无意还是粗心，当我们把已经长成的蔬菜苗弄断了茎秆后，也就宣布了它到这个世上白走一遭，再也没机会产出果子来了（即使它活过，在秋天来以前给它留的长出果实的时间也不够了）。人有时候也一样，因为人活的时间是有限的，在有限的时间里只可能做出有限的事情。珍惜黄金时光，努力学本领，打好基础，“根深”才会“蒂固”。

孩子，我们想告诉你几个让你现在困惑的事。首先记住，放弃生活中的一些所谓的“第一”。不要因为现在的名次而焦躁，选择正确的方向和道路，勇往直前，哪怕没能成为第一，也不会有遗憾。其次，聪明和无知有时就是一步之遥，井底下的青蛙打死也不会明白井口外的天很大，是因为它一直就在井底。在知识的宇宙里，任何人都是从无知开始的，最值得让人类纪念的是那些不停地探索真知的人。再次，我们不会缺钱的，你已经很懂得节省了，你无时无刻不在为我们这个家庭着想，爸爸相信你的理财能力。最后，男女之间，喜欢是喜欢，恋爱是恋爱，友谊随时随地可能发生，恋爱的最高境界是单一的、排他的。恋爱的最终目的和结果是结婚组成家庭，两个人要对自己的亲人负责的同时，也要对对方及其亲朋负责。所以说，作为一个没有正式收入的学生谈婚论嫁，怎么谈得上对自己、对对方负责呢？你的后半生取决于对另一半的选择，务必三思而行啊！

我们在你眼前讲的最多的是你的缺点，但我们心中最愿意，也是事实上记住最多的是你的优点和进步。积极向上的心，冷静理智的头脑，许许多多的生活特长，都让你处于同龄人的前列。坚持优点，放弃毛病，学以致用，我们始终相信你的前途光明远大，你会是个能担当社会责任，对你周围的人永远有益的人！

对于在校学习，我们认为是你自己应该主动倾力而为的事。“爱学”是“会学”的前提，而“会学”是“爱学”的保证，“会学”才能“学好”。好好想想，怎样高效完成作业？怎样建错题库？到底怎么样才能写好字？最近，你和你的同学同样是对不满意的人或事写了一篇文章，你写出来的，却不是你理想的效果。这就需要你认真总结原因。把你看过的上百本书的知识融会贯通起来，从你的口里说出来，从你的笔下流出来，让他人与你共鸣，分享你的苦乐和真知灼见。

孩子，在中学这个年龄段，有几个观点要明确。各种大考、小考之类是证明你能力的东西，拿得好成绩才会让人对你刮目相看；千万别迷恋网络和游戏，时光会从那里不经意间流失；尊严最重要，让自己的尊严有足够大的承受力，莫要被人轻易打碎；个性的成功在于能吸引，而不是能排斥；人生中要胜利的唯一的方法永远只是一个，那就是实力。

还有很多的道理和问题，如果你愿意，我们愿与你一起在以后的日子里随时探讨。"修身、齐家、治国、平天下"的大道理；"格物、致知、诚意、正心"的小道理；"一粥一饭，当思来之不易；半丝半缕，恒念物力维艰"的生活道理；"处世戒多言，言多必失"的说话的道理；"宜未雨而绸缪，毋临渴而掘井"的做事的道理；"读书志在圣贤，非徒科第"的求学的道理；爱情与奉献宽容的家庭的道理……

高山收容每一块岩石，不论其大小，所以高山雄壮无比；大海收容每一朵浪花，不论其清浊，所以大海浩瀚无边。学生时期，是人生可以全身心地求知"收容"的最好阶段，珍惜如梭时光！孔子十五有志于学，加油，王熙鼎！明年的今天，你和现在的同学又会各在一方，求知于不同的高中了。你们都要告别初中生活，你会用什么来向身边的好同学、优秀老师告别？孩子，不论你走到哪里，不论你遇到成功还是失败，顺利还是挫折，我们都永远爱你，我们的心永远陪伴你、支持你、信任你！

最后借助一首歌词，让我们与你共勉：青春，是拥抱梦想。青春，是激情飞扬。青春，是敢于承担。青春，是展翅飞翔。青春，是抛开羁绊。青春，是不再彷徨。青春，是不惧危难。青春，是大声歌唱。我们，从不留遗憾。我们，要把握青春。我们，要拼搏向前。我们，要谱写傲人的青春，就像那东边初升的太阳。从不曾在茫茫晨雾中消失，而是要散发耀眼的光芒。

祝成长快乐！

爸爸妈妈

2013 年 10 月 21 日

做一个好人

徐茂强　胡铁*

盈盈：

爸爸妈妈的宝贝女儿！

“爱”字里面有很多方面的含义。但我体会最深的一层就是“爱”(爱)字的里面有一个“心”和“友”，我希望你和爸爸妈妈是用心去交的朋友，这个朋友不是一时的，是永远的、永久的！

时间仿佛如流水般地逝去，只是轻轻地一转身，那个不谙人事、嗷嗷待哺的小女婴，就长成与妈妈比肩的花季少女了，甚至母女俩的衣服、鞋子都能互换穿戴，妈妈曾惊喜地感叹：“我那些漂亮的衣服可有接班人了！”

每当看到你干净清澈的眼睛、花朵一样的笑容，爸爸和妈妈的心里便充满了感恩和欣喜。我们感恩上天赐与我们一个这么善良、懂事的女儿，也惊喜那个十四年前的小婴儿已经成长为一个大姑娘，我们感叹将近十四个春秋的辛苦与幸福！因为有了你，我们仨才组成了一个家。其实，我们仨是最平凡不过的，但是因为有了你，我们就有了无比的快乐和幸福；因为有了你，我们的每一个日子都是温暖和甜蜜的。至今，你八个月咿呀学语、一岁蹒跚学步的情景依然历历在目。这些事，你一定都不记得了，但爸爸妈妈永远不会忘记。当你第一次笑，第一次叫爸爸妈妈时，我们觉得，因为有你，我们的心肝宝贝，我们一天的辛苦和劳累都抛到了九霄云外，是你，给我们带来了无限的快乐和欣喜……

当然，为了你能健康地成长，我们也付出了你无法想象的辛苦和劳累！

你每次生病，不说爸爸妈妈，就连姥姥姥爷都齐上阵，看病、输液，日夜陪护着你。还记得你四岁半住院动手术吗？一周的时间，爸爸妈妈几乎未眠！

---

* 2014 级 4 班徐钰萱的家长。

为了让你掌握一技之长，我们从你五岁半开始带你学钢琴、舞蹈、声乐。爸爸妈妈每次都一起陪你去学习，光视频爸爸就录了五六盘，不管刮风、下雨、严寒、酷暑，我们陪着你走过了六个年头。多少次因为太辛苦了，想放弃了，但我们咬牙挺过来了！虽然你和我们共同度过了这些艰难岁月，但你终于有了自己的一技之长：当你学习累了，打开琴盖，弹奏出优美乐曲的时候，你不感到幸福吗？当你参加声乐比赛，获得一个个奖杯的时候，你不感到激动吗？当你曼妙的舞姿得到大家赞赏时，你不感到高兴吗？

我们不认为我们的女儿是天才，但我们却问心无愧地说，我们付出努力，把我们的女儿培养成了自觉学习而又全面发展的好孩子！

你善于理财、不乱花一分钱，得益于我们从你三四岁时就让你自己管理压岁钱的培养方式。

你学习刻苦自觉、计划周密，得益于我们从你上幼儿园开始对你的言传身教。

你性格开朗、处事大方，得益于我们从你两岁开始每年腾出时间带你到祖国各地旅游、参观。

你待人善良礼貌、乐于助人，得益于我们的传统教育。

先是三年的幼儿园生活，然后你背起书包进入了小学的课堂。在学校里，你一直是懂事、听话、门门功课都优秀的好学生，也是老师得力的小助手。参加各种比赛、演出，给我们拿回了无数的奖杯和奖状。是的，你一直都是爸爸妈妈的骄傲！宝贝，你可以做得最棒，只要你愿意！

一转眼，你成为一名初中生了；一转眼，你成为一个十四岁的大姑娘了。妈妈仿佛看到了十四岁的自己，那么美丽的、青春的容颜，那么饱满的、年轻的激情。有满怀的青涩怅惘和忧伤，有满心的粉红心事和向往。

人生，是一程又一程山高水远的漫漫长路，而关键的几步需要自己坚守理想和信念，不放弃，不言败。

站在十四岁的门槛，孩子，任重而道远。

爸爸妈妈的社会经验告诉你，做人智商高固然重要，但情商高更重要，没有高情商，智商再高也不会与人相处，也不能发挥作用。我们不需要我们的女儿变成麻木不仁的“书呆子”，我们支持你参加社会的各种公益活动，我们支持你参加学校内外的各项比赛，我们支持你竞选学生会和班级的干部，为更多的同学服务……希望你通过这些锻炼，将来成为对社会有用的人！

爸爸妈妈在你十四岁生日庆典这个重要的日子给你写这封信，要表达的意思相信你已经读明白了。丰富的人生之路你已经走到了十分重要的阶段，今后的人生风景逐渐增多，故事也逐渐增多，未来的人生之路，将是漫长而丰富的。宝贝，作为爸爸妈妈，我们对你有几条忠告。希望你在人生前行的路上，一直能够做到：

善良：对于一个人来说，善良就是你的底线，失去了善良，那一切都将黯淡失色。

感恩："滴水之恩当涌泉相报。"要学会感激那些帮助过你的人，也要学会感谢那些伤害过你的人，至少他能让你在挫折中吸取经验和教训，从而学会保护自己。

助人："赠人玫瑰，手有余香。"尽自己的能力去帮助他人，你会在帮助他人的同时从中获取快乐。

宽容：人活在世上必定会接触到许多的人和事，磕磕碰碰是避免不了的。要站在对方的角度考虑问题，尤其在与朋友相处中更应做到这一点。当然不能一味地宽容，失去做人的底线。

温柔：温柔是最美丽的衣裳，穿上它会给人一种舒心和美好的感觉。

知足：凡事不可走极端，无论任何事，都会找到满意的一点，这就是知足。

坚强：在漫长的人生旅途中，或许会经历意想不到的坎坷与荆棘，能劈荆斩棘到达理想彼岸的人，一定就是坚强的人。

此外，我们希望你可以终身与书为伴。古人云："读万卷书，行万里路。"我们的足迹不能抵达的地方，书可以给我们一双翅膀，让我们的灵魂自由飞翔。

我们还希望你做一个自信、乐观的人。相信你自己，不是因为有些事情难以做到，我们才失去自信，而是因为我们失去了自信，有些事情才难以做到。自信可以让你充满朝气，使你保持盎然向上的姿态，始终坚韧，富有尊严；自信可以让你敢于直面困难，敢于直面挫折，坦然应对生活的险境，掌握自己的命运。

写到这里，爸爸问妈妈，你还想对女儿说什么呢？妈妈说："希望我们的孩子懂得感恩！"是的，在前面已经提到了，"感恩"是一个人做人的基本准则，一个人只有做好人才能做好事。要感恩父母，给予你生命；感恩老师，传授你知识；感恩朋友，给予你友情；感恩困难，教给你坚强……感恩所有吧，我亲爱的孩子，你会觉得世间多么恩慈！世界多么美好！

嗯,还有,还有……其实,爸爸妈妈还有好多好多话想对你说,或许,成长的过程中更需要你自己的担当和勤勉,更需要你自己的领悟和辨析。

十四岁,亲爱的孩子,请好好珍惜最精彩的华年,不辜负,不虚度。

十四岁,亲爱的孩子,请努力学习,努力生活。

十四岁花季,加油!

爱你的爸爸妈妈

2015 年 10 月 20 日

做最好的自己

潘廷庆*

亲爱的阿健:

你好!用写信这种方式和你交流,在我的印象中还是第一次。其实不单是和你,自从有了手机、有了网络之后,我几乎从不写信,即便发个短信,也基本是草草了事。感谢你们学校老师的创意,使我终于可以静下心来,仔细回味思考一下咱们一起走过的日子,重温久违的写信的感觉。

时间过得真快,不知不觉间,还有不到两个月,你就满十四周岁了。望着眼前日渐高大、风华正茂的你,那咿呀学语、蹒跚学步的样子,仿佛就在昨天。回忆这十四年来你的一路成长,我心里是满满的欢喜、温馨和感动。因为你、你妈妈、还有我,咱们三个的心始终是贴得那么近,近得几乎都能听到彼此心的跳动,以至于咱们到现在还能无话不谈、滔滔不绝、开心沟通、坦诚交流,那份踏实和温暖充满心田。

十四年来,你的每一点成长,每一次进步,爸爸妈妈都看在眼里,记在心头。特别是当许多事情你做得比同龄的孩子都要好时,我们的心里更是感到骄傲和自豪。当时由于客观条件的限制,你从搬了新家之后,直到小学三年级才开始学习钢琴,起步较晚。但你学习进步很快,而且始终认真努力,

* 2014 级 8 班潘子健的家长。

五年多来从没有主动缺过一次课，就连初一课程紧张时也都坚持下来，终于在今年暑假顺利通过十级考试。我深切地知道，这个来之不易的成绩，是靠你的悟性、毅力和坚持得来的，是牺牲了许多玩的时间换来的。从学钢琴这件事身上，我看到了你目标明确、意志坚定、敢于吃苦、持之以恒的优秀品质。有了这种品质做基础，将来学习过程中无论遇到什么样的困难，相信你都能够把它克服掉、跨过去。

说到学习，我特别想说的是，你自上学期下半段以来的进步速度让我都感到吃惊。刚上初一时，骤然的课程变化和学习环境一时难以适应，你的成绩曾经很不理想，有的课目甚至出现了跟不上的现象。但在老师们的鼓励下，你能迅速调整状态，改进学习方法，在较短的时间内就让学习成绩有了大幅提升。而且从这个学期以来的情况看，你的学习目标更加明确，学习习惯和学习方法又有改进，成绩仍在稳步上升，这是我非常乐意看到的。其实，相比较学习成绩和班内名次，我和你妈妈更注重的是，你是否已经知道学习的重要性，是否有学习的主动性，是否已养成好的学习习惯。我们欣喜地看到，这三点在你身上都已经有了很好的体现。

除了学习之外，你生活中的变化也时时给我们惊喜。知道爸爸妈妈工作辛苦，你经常要求自己坐公交车到校或者回家，而不让我们接送。和姥姥姥爷生活在一起，有什么好吃的你会主动想着给他们留着。奶奶在乡下老家，你更是经常催着我们和你一起回去看望。爸妈给你的零花钱你虽中午在学校就餐却从不乱花。你待人接物很有礼貌，和同学们相处愉快，偶尔在家里玩电脑游戏也很自律，非常信守承诺。从这些点点滴滴中，我们能时时看到你身上的成长印记，一个更开朗活泼、积极向上的阳光少年正在逐步长成！

说了这么多优点，看到这儿你是否有点小骄傲有点飘飘然呢？的确，在过去的这十四年里，我们共同成长，共同经历风雨，共同见证进步，一步步走来着实不易。在你身上已经积累了这么多优秀品质，这些都是你以后人生道路上的宝贵财富，应当值得骄傲。爸爸妈妈向你十四岁生日的到来表示热烈祝贺！祝贺你由一个儿童顺利进入到青少年时期！

十四岁是人生的一个重要时间节点。告别懵懂的童年时期，马上进入更加绚丽多彩的花季时节，是乱花渐欲迷人眼随波逐流，还是目标坚定勇往直前？可以说无论你作出怎样的选择，未来你的人生道路包括性格特点、从事职业等都会打上这一个时期的深刻烙印。至于何去何从，相信已有独立思想的你一定会有自己的独到见解，但你人生阅历毕竟尚浅，在这里，爸爸以自己四十多年的人生经验，从一个过来人的角度，提几点建议，供你参考。

第一，始终把学习放在第一位。毫无疑问，你现在的首要任务是学习。其实不仅仅是现在，从现在到上大学甚至是工作后很长一段时间里，首要任务都是学习。经历这么多年，我明白一个道理，人与人最大的差别，不是身高相貌家庭背景的差别，而是学习能力的差别。一个人的人生高度很大程度上是由他的学习能力高低来决定的。而学习能力的养成，初中二、三年级也就是你现在这个年龄是最佳时期。在这方面你已经摸索出了一套行之有效的方法，还需继续坚持。这里有两点很重要：一是提高学习效率。要合理安排时间，不因发呆磨蹭玩电脑让时间悄悄溜走。二是肯下苦功夫。在大家都很优秀的前提下，谁下的工夫更多自然就会学习更好。须知，"宝剑锋从磨砺出，梅花香自苦寒来"。

第二，多参加体育活动，养成锻炼身体的好习惯。我说要重视学习提高成绩，是为了你在将来的人生道路上能有更高起点更多选择，但这一切的前提是必须要有一个好的身体。适当的体育运动不仅不会耽误学习，反而会劳逸结合，有利于提高学习效率。因此，在你的每日规划中，必须留出一定的锻炼时间，最好形成固定习惯坚持下来。可以是跑步，也可以是球类运动。当然，我更建议你多参加一些集体性的竞技性对抗性项目，既可以强身健体，又可以加强与人沟通，增强团队意识。

第三，积极参加班级活动，珍惜同学老师情谊。就在前几天，你毫不客气地拒绝了我的陪伴，自己约了同学骑自行车一起活动。除了对你们几个的安全有些许担心外，我心里是高兴的。人的成长经历中，唯有同龄人的陪伴是父母永远无法替代的，也是孩子们更需要的生活。正是在共同的学习生活中，同学的情谊才更加深厚。你可能已经看到，爸爸现在和很多以前的同学都保持着密切的来往，这不仅仅体现在关键时刻的互相帮助上，更是我自己的一块精神家园。所以请务必珍惜在一起的美好时光，互相学习，互相帮助，将来定是一段难忘的回忆。当然尤其需要珍惜的是陪伴你们即将走过三年初中时光的各位老师，他们传授你们文化知识，教会你们做人道理，循循善诱，谆谆教诲，一定要尊之敬之，悉心领会。

最后，我想说的是，在人生的道路上不只有鲜花和掌声，还遍布荆棘与杂草。即将成为花季少年的你，前行的过程中也许会遇到这样那样的困难，但请一定不要被眼前的困难所吓倒，而是把它当作磨炼自己的一次重要机遇。历史的经验屡次告诉我们，那些时代的强者，都是在克服一个又一个困难之后才变得更加强大的。任何时候，坚定的目标、钢铁般的意志和坚忍不拔的毅力，都是成功者的必备要素。我相信，有你自己的刻苦努力，有老师们的辛勤付出，有家人们的悉心呵护，你一定会迎来一个多姿多彩、成就非凡的青少年时期！

祝学习进步！

爱你的爸爸

2015 年 10 月 13 日

知行感恩宽容，养成良好习惯

刘秀红 *

行健：

你好！转眼间，你已经成了一个有思想、有观点、朝气蓬勃的少年了，爸妈更为你这一年来的成长进步感到高兴，对你的未来充满信心。我们虽为父母，但我们更渴望成为你知心的朋友，这样，一则我们可以分享你的成功、挫折、快乐、忧愁，因为成功顺利、欢歌笑语并不是生活的全部，各种情绪五味杂陈才是生活本来的面目；二则你长大独立后，不在父母身边了，我们可以经常分享你的点点滴滴，我们就会感到很幸福、很充实，不至于孤独。

一直以来，爸妈都想给你写封信，交流一下思想，但有时还担心你认为我们是在说教。爸妈商量，把我们的想法与思考，书面和你交流，供你今后作参考，希望能对你的学习、生活、为人处事有所帮助。儿子若有不同的想法，咱们可以深入探讨。

第一，相互理解，懂得感恩，懂得宽容。爸妈以前求学和生活的经历，你略有所知。我们生活在那个时代，因为生活拮据，生活上学习上吃了很多苦，但我们通过求学，最终从落后的农村考学走出来了。我们和许多人的经历证明：知识改变命运，刻苦勤奋方能成功，尤其是要把握好初中、高中这个

* 2014 级 3 班傅行健的家长。

关键的求学阶段！在学习上，所谓的聪明人仅逞一时，成功永远属于那些埋头苦干、刻苦勤奋、坚毅持久的人！这可不是讲大道理，而是一代代人的成长规律！

爱你越深，要求越严。我们爱你，你是我们生活的动力，给我们带来了快乐与希望。你的品行好，爸妈很放心，但我们觉得你还应当更深刻地理解感恩、平和、宽容。感恩并非要求你今后物质回报，而是希望你勤奋、刻苦、持之以恒地搞好自己的学习，认真地做好自己的事情，这是你做学生的责任与义务，也是对父母、对老师最好的回报。

要用一颗感恩的心，对待你的老师、同学、朋友，以及今后遇到的一切对你友好、帮助你的人；也要用一颗宽容的心，对待对你并不太友好或者并没有帮助你的人。他们或给你教益，或给你教训，这最终会有益于你的成功和成熟，毕竟他们或正面给你提供了帮助，或反面给你提供了帮助。不但做学生时是这样，就是在你学业有成、走上工作岗位之后，你会发现也是这样，这是一种人生的智慧。有些人处理不好，不但会伤了师友的心，有时还会给自己招来祸害。

第二，学习和生活要有目标、有计划性。自古英雄出少年，许多人长大能够成功，就是发端于你这个年龄、这个阶段。爸爸上初中时，看到村里那么穷，就萌生了考不上大学就回家做个村干部，带领全村人发家致富的想法。现在想来，爸爸最终从事现在的职业，或许还与初中时的理想和志向有一定的关系。因此，爸妈希望你给自己今后的发展做些规划，树立一个奋斗目标，现在最直接的奋斗目标，应当是准备考进山东省实验中学。围绕实现这一目标，还应当做好自己的学习计划。一学年有一学年的目标和计划，一学期有一学期的目标和计划，一个月有一个月的目标和计划，每一周、每一天都有自己的计划安排。每天合理安排好时间，独立自主地去学习，比如：完成各科作业，做好各科的预习与复习，自己有重点地加些课程来学习，这是超越别人、保证学习名列前矛的关键；坚持语文和英语课外大量阅读；坚持锻炼身体，发展自己的兴趣和爱好。如果每天坚持，即使坚持完成计划的百分之八九十，也会成为最好的学生！人能成功，贵在坚持不懈，贵在持之以恒！

第三，扎实、再扎实，坚持、再坚持。爸妈都曾开玩笑说，你有我们良好的基因，你不会存在偏科的问题。并且，你对乐器的爱好，你的口才与幽默，还是爸妈都不具备的呢！但你现在还有什么没有做到？你还缺扎实和坚持！你小时候学骑自行车，学不会不罢休！你练习吹陶笛，吹不好不罢休！你练习吹小号、练习拉二胡，都表现出了超越别人的扎实、坚持和毅力！你身上有不服输的韧劲，你身上有能够发扬的扎实和坚持的精神。希望你将这种特质发挥出来，用在各个学科上，儿子，你将会成为学习上的强者、生活上的强者。我们相信你会做得更好，儿子，做到了扎实就是成功，做到了坚持就是更成功！

第四，保持良好心态，与人和谐相处，全面发展。做人要心胸开阔，要有好的心态，不计较小事，不计较小矛盾。爸爸上高中时，为了语文高考，坚持说普通话，被身边不少同学嘲笑，这是为了学习，怕什么呢？最后，爸爸大学、研究生、博士都是上的中文，这缘于我的好心态和坚持。爸爸在做校研究生会副主席的时候，负责每月给大家发生活费，有同学认为我有好处，非议我，我不当回事，任劳任怨，坚持做我的事情，终究同学们会理解我。即使爸爸现在所从事的职业，是在做改革的事业，不可避免地要触动不同阶层、群体的利益，社会、民众对我们也会有不同的声音，但只要是对国家、对社会、对企业和公民有益的改革，我们毅然在坚持推动、坚持推进，我们有这种开放的心胸和心态，这就是事业成功的关键。当然，每个人有不愉快和痛苦的时候，要学会自己净化、自我排解，要坦然面对，保持良好心态，实事求是，有什么问题就解决什么问题，而且尽量不要与人发生矛盾，即使是在别人错、我们对的时候，要善于和解，勇于妥协，退一步，海阔天空！作为初中生，能够做到遇到矛盾和问题，会控制自己的情绪，不让矛盾激化，不让事情变得更糟，这就是一个心智健全的人、一个有胸怀的人、一个全面发展的人！

“天行健，君子以自强不息；地势坤，君子以厚德载物。”行健，爸妈希望你成为一个与你名字名符其实的人！

顺祝学安、康健！

爱你的爸爸妈妈

2015 年 10 月 11 日深夜

致十四岁女儿的信

李卫东　麻蕾蕾[*]

父亲篇

亲爱的阿溪：

祝贺你十四岁！

十四岁，你将告别儿童期迈向青春期！

十四岁，你从懵懂女生长成了妙龄少女！

十四岁，你从不知好歹的“小屁孩”成了要负部分法律责任的“半大人”！

在你十四岁即将到来之际，爸爸妈妈也感到激动和欣慰！因为我们前世的缘分，你十四年前诞生到这个世界上，来到我们家，成了我们唯一的孩子！因为父母对自己孩子的爱是无边无际的，所以在我们心里，你是且永远是最好的！在我们悉心呵护你成长的十四年里，你也带给我们不断的变化和惊喜！

在你即将长大成人之际，爸爸妈妈将把“五自”真言作为礼物送给你！

这世上的一切都因希望而成，希望我们内心的愿望能像一粒粒种子，促使你信念的幼芽蓬勃地萌发：

1. 自信：希望你时时刻刻把自信沉浸在生活中，相信自己可以做到，可以做好！有人说自信是成功的第一秘诀，任何事情都要由自信跨出第一步，必须相信你的天赋是用来做某些事情的，并且必须做到，把貌似“不可能”变成“可能”，有了自信，然后就可以全力以赴了。建立自信的最快最好的方法，就是去做那些你一开始害怕尝试的事，直到你获得经验，创造奇迹，再回头看看发现不过如此。世上的事无所谓失败，对于百折不挠、有着坚定意志

[*] 2013 级 7 班李溪子的家长。

的人只是暂时跌倒，可以立刻站起来，因为做成一切事情都源于自信，系于意志！

2. 自立：希望你可以随时听到你内心的召唤：我自己来！自己的事情自己做，不再依赖别人，不再等我们帮忙。其实人在独自一人时最有力量，世界上最坚强的人就是独立的人。这里我们是希望你要生活自理，你已经有了自己一人外出的经验，还要进一步在我们的指导下学会洗衣、做饭等家务活，这样你就可以像雏鹰一样自己单飞了，去觅食，去迎接风雨的考验。这样你就可以不论走到哪里，都不给别人添麻烦，还能帮助别人，成为对他人和群体有用的人！

3. 自学：希望你学会学习。记得我们跟你说过的话：一切学习都是自学！知识使一个人从本质上超越别人。在你现在最好的年龄，要保持好奇心、求知欲，要独立思考，去自己解决学习问题，自己寻找问题的答案，去学习所有的知识。你已经进入经典的宝库，那就要浸染其中，加入到人类精神探索的进程中，同时去体验、去感受那些美好的事物和情感，那同样也是学习！

4. 自律：希望你能自己管住自己。能自制的人，就是最强有力的人。小孩子可以为所欲为、不守规矩，但长大了就要约束自己，遵纪守法当然是必须的，这里还要说的是，要经得住诱惑，要安排自己的时间和计划，好吃的、好玩的不能没有节制。其实人最大的对手是自己，战胜自己是最难的！知人者智，自知者明；胜人者力，自胜者强。战胜懒惰、懦弱、自卑、拖拉、贪婪、骄傲、自欺等是很难的事情，需要足够强大的内心力量。除了严格地律己，还要真诚地待人，己所不欲，勿施于人，做一个不论在哪都受人欢迎的人！

5. 自尊：希望你将来做一个有尊严且受人尊敬的人。西哲们说，人应尊敬自己，并应自视能配得上最高尚的东西。人类的全部尊严，在于思想。人类有许多高尚的品格，但有一种高尚的品格是人性的顶点，这就是个人的自尊心。热爱生命，同情生命就是善良，做人有尊严有担当就是高贵。只有自尊与被人尊重，才是快乐的。自尊自爱，是一种力求完善的动力，塑造好的品格和形象，赢得别人的肯定，做一个对群体有贡献的人，才能自我实现，人活着的价值才能体现出来。

虽然人生的每个阶段都很重要，都有不可替代的价值，但青春期是身心生长最重要的阶段，也应是人生中最美妙的时光。我们希望给你一个幸福而有意义的童年和少年，尽量不把成人世界的功利目的强加给你，但仍然希望你——健康、幸福和优秀！

十四岁，来吧！

我们一起做好准备，迎接她！

母亲篇

阿溪，我们口中的“阿溪”，一晃，就来到了十四岁青少年的门前。脱去稚气，从童年走向少年，从少年走向青年。

回首望，爸爸妈妈一路陪伴你成长，我们共同经历你的成长，你学会的每一个本领，你获得的每一张奖状，你的第一次单飞夏令营，你第一次独自走出国门……

两岁前，你是在妈妈的怀抱里、背上长大的。

两岁以后，爸爸妈妈牵着你的小手，走遍大江南北，爬山、赏花、采摘、涉水。镜头里是爸爸和你，妈妈则通过镜头记录下所有。

我们一家三口几乎把小时候该玩的一百件事情一一玩过……

阿溪，爸爸妈妈会一直陪着你，跨过十四岁，去体验更加美好的未来生活。

爸爸妈妈会继续给你鼓励，给你加油。

在你人生阶段的每一个路口，都有爸爸妈妈的期盼陪伴着你。

在你遇到任何困难和挫折时，身后都有爸爸妈妈有力的手支持你。

记住：明天的你，会有多优秀，你自己可能都想象不到，但我们可以看到！

我们爱你！

爸爸妈妈

2014年10月20日

致十四岁生日庆典的儿子

周 莉*

亲爱的儿子：

妈妈从未像现在这样，手中的笔如此之重。遥想当年，参加高考，也没有如此紧张。千言万语涌上心头，却不知从何说起。

这几张信纸，背景是你画的骏马，选它，用它，是因为每当看到你的画，妈妈都由衷地自豪：瞧，这是我儿子画的，多么传神，多么有力！

是的，今天你要和同学们一起过十四岁的生日，庆祝你们即将成人，有能力承担一份责任。

如今，你已一米七几，比妈妈整整高出半头，半大小伙，阳光，帅气。十四年来，妈妈一直欣慰，没有错过你成长道路上的诸多第一次。

第一次哭。十三年前清秋的一个凌晨，一声响哨般的哭声划破长空，唤来黎明，我的宝贝降生了，伴着晨曦。从此，我多了一份牵挂。

第一次喊“妈妈”。刚满月，回姥姥家住。某天早晨，我刚去洗漱，突然你的卧室传来一声“妈妈”，着实吓了我一跳，心想，刚满月的娃娃怎么会喊妈妈？跑进房，你果真已醒，想是饿了，情急之下喊出的。仅此一次，成为我永久的珍惜。

第一次创作。是给唯一有过的一只布娃娃画像，当时未满两岁的你还给她取了个洋气的名字——丽莎。虽然把金发碧眼的丽莎画得惨不忍睹，却让妈妈兴奋了好几天，不亚于看到了“蒙娜丽莎”的画像。

第一次打针。那天妈妈刚到单位，接到电话，说你发烧了。没有经验，只能到医院，大夫说怎么办就怎么办。打针。值班的护士说我的孩子太胖，扎了三针才弄好，平常很少大声说话的妈妈当时差点就和她吵起来。

汽车曾经是你的最爱，奔驰尤甚。有次科技馆门口停了辆奔驰，你那个

---

* 2014 级 14 班辛彧泉的家长。

欲罢不能哟,催了 N 次才肯挪动脚步往家走。刚走出几步,又跑回去,再盯着看,反复多次。“长大了,我要给妈妈买辆奔驰!”那时,你还不满两岁。

还记得在幼儿园画的第一幅画吗?是一只圆滚滚的大萝卜。老师让你们涂色,多数小朋友了了几笔,里出外进,只有你画得饱满,涂色均匀。老师把这些画贴在教室外,去接你的时候,老师满心欢喜地跟我夸你:“泉泉真棒啊,画得认真又仔细,他有天赋呢!”

从此,我们坚定地选择了学画的道路,期间有波折,有荣誉,有坚持的泪水,有成功的喜悦。不管怎样,你有了自己喜欢的事,愿意为它付出你的努力。在书桌前一坐一两个小时,你的灵感,付诸笔端。你画的大公鸡,目光犀利,鸡冠挺立,鸡尾骄傲地弯曲,挺拔雄健,像一名不可一世的将军;你画的达摩,慈眉善目,颌首沉思,是大彻大悟的化身;你画的龙戏珠,金龙吐瑞,腾云驾雾,祥瑞天下……

当你的画作捧回第一个金奖,当你气定神闲地在竞选大队长的赛场泼墨挥毫,当你的字画挂在省博物馆的展台,特别是你用自己的专长,综合同学的原创,设计出属于十四班的班徽,妈妈心中不能用一个“骄傲”来形容,而是钦佩。我的孩子,他不再是那抓拽着我的腿,非抱不能走的撒娇的胖娃娃。他有自己的思想,他有自己的梦想,他有无数个奇思妙想,每一个都带给我惊喜。他不邀功,他谦和温润,是一位君子。他是一个内心世界极其丰富的天使。

认真、负责,是你身上突出的优点。上小学时,每天校门未开,你就早早守候在外。当小组长也当得有声有色,第一年就获得了济南市“小队之星”的称号。当妈妈想鼓动你竞选中队长时,你的一番话,让我刮目相看:“妈妈,中队长容易当,安排下活动,就没事了。小组长更累,每天要收作业、检查,更锻炼人。”我的儿子,你这么小,就甘于奉献,实在令我感动!直到五年级,你突然跟我说,班里推荐你竞争大队长,妈妈大大地吃了一惊,心中为你点了大大的赞!

小升初,让我们面临选择。直升二附中,有你相识六年的同学、好朋友,也是你最舍不得的原因;进入辅仁,近在咫尺,免去每天两三个小时的奔波。终于,我们如愿以偿,你来到新的学校,结识新的同学,遇到新的老师,他们都是优秀的,和你一样。你也得到了老师、同学们的认可,交到了好朋友,这是妈妈最开心看到的。

泉泉,你的善良,常常在不经意间打动妈妈。从很小很小,有好吃的,你总是先分给爷爷奶奶、姥姥姥爷、爸爸妈妈和在场的其他人，然后自己再吃；自你上学后，我们很少回老家，每次电话，每次回家，你总是先问爷爷身体怎么样，奶奶腿还疼吗，姥姥腰好点没，姥爷身体怎么样……一句句话暖人心窝。去年奶奶做手术，正是放暑假，又赶上我们搬家，诸多事务掺杂在一起，可你听说妈妈要回去照顾奶奶，坚持和妈妈一起直奔老家的医院，在病房待了四五天，陪伴我，陪伴奶奶。正是因为有你的陪伴，再苦再累，妈妈也甘之如饴。

感谢你在我发脾气的时候，没有顶嘴。

“妈妈，我已经进步了，为什么你没有看到?”

我看到了，孩子，都看到了。

不是吝惜表扬，虽然比起小时候，的确少了很多赞美，是因为你长大了，妈妈有时觉得这种赞美会让你觉得幼稚，今后我会注意。发现优点，赞美优点，让泉泉一直快乐，在快乐中成长，像小时候一样。

健康、快乐，是妈妈的期盼；不负青春年少，是你成长的方向；学会管理时间，让它为你所用；继续你爱读书的好习惯，让优美的文字充实你的思维；老师的苦口婆心，可能有时理解不了，没关系，慢慢来，按老师的要求去做，很多事情，是要时间来检验的。

比如练字，希望你能坚持，写一手漂亮洒脱的字，一如帅气的你。

比如口语，希望你能坚持，说一口流利的英语，一如迷人的你。

比如长跑，希望你能坚持，练就一副健硕有力的身板，一如阳光的你。

比如计划本，希望你能坚持，养成一种“万事俱备，只待东风”的谋略意识，一如沉稳的你。

比如画画，希望你能坚持，养成一种胸有成竹的气度，一如自若的你。

你现在所走的每一步，都在为将来的独立生活做准备。永远有多远?没有人能回答。活在当下，抓住今天，才是最大的收获!

放心去飞，勇敢去追，为你的梦想努力。

爸爸妈妈永远支持你、爱你!

妈妈

2015年10月20日

致禾雨十四岁

张 杰　王淑芳[*]

每当翻看你的儿时照片，
眼泪便不听话地溢出，
幸福油然而生，
骄傲填满心间。

你甜美的笑，
你伤心的泪，
你搞怪的样子，
你自豪的神情，
都深深刻于我们的脑海。

你的喜悦，
你的烦忧，
你的向往，
你的畏怯，
总时时牵动我们的心弦。

挚爱的女儿，
亲密的伙伴。
虽被你挖苦得劈头盖脸，
损得毫无脸面，
却也有些得意，

---

* 2013 级 3 班张禾雨的家长。

因为离你不算远。

亲爱的宝贝，
爸爸妈妈已至不惑之年，
回想从十四岁到四十岁的二十六年，
既漫长又短暂。
庆幸自己没有虚度光阴，
努力学习认真工作，
为社会做力所能及的奉献。

美好的十四岁，
青春大门已经敞开，
愉快欢迎与享受，
欣然接纳与承担。
我们和你一起成长，
手拉手，肩并肩。

我们心爱的禾雨，
祝愿你四十岁的时候，
芳华仍与你相伴。
在你孩子十四岁生日那天，
坐在明亮的月光下，
向他们讲述你的青春时光，
你对国家和社会的贡献。

深爱你的爸爸妈妈

2014 年 10 月 22 日

致难忘的十四岁

贾贻斌*

儿子,你好!

当你打开这封信时,肯定不知道这是我和妈妈字斟句酌、数易其稿的结果,希望你能从字里行间感受到我们对你的浓浓爱意、殷殷期望和深深的牵挂,更希望这封信能触动你内心的感动和思考,在你十四岁这个令人羡慕的青春年华,能更早地领悟快乐的真谛和奋斗的收获。我们期待你——我们引以为豪的儿子,能早日重拾曾经的阳光、自信,度过人生充实而难忘的青春岁月!

现在的你那么帅气、乐观、善良、聪慧,当你站到我面前,我偶尔会有片刻恍惚,记忆中那个蹒跚学步、咿呀学语的孩童怎么一下就长大了?每当我听到阎维文的《母亲》:"你入学的新书包有人给你拿,你雨中的花折伞有人为你打……"我的脑海中就会浮现出你小学入学第一天的情景。

那天,你用小小的身体背着那只早已为你准备好的"米老鼠"书包,头也不回地径直向校门走去,当那顶小黄帽消失在学校大门内的那一刻,我的内心升起一丝丝兴奋与失落。兴奋的是:那个稚嫩的小娃娃如今长大成为一名学生了。失落的是:下班回到家中,与你嬉笑打闹的时间将会被学习"占用"一部分了,我们要慢慢适应新的生活节奏了。

一晃七年匆匆而过,这七年的时光历历在目,记忆犹新。在这七年里,几乎每天早上都在不舍中将你送入校门,下午又在"漫长"的翘首等待之后迎接你那张快乐的笑脸。从开始的接送,到后来你坚持自己骑车,时间就这样一天天闪逝着。再过几年你即将步入大学,也许会到另一个城市,也许会远渡他国求学,总有一天你要远离父母独自闯荡,去过属于自己的生活。未来的时间,爸爸妈妈只能在一年中见你仅有的几面,再也不能像现在这样和你天天在一起。当你长大成人,我们已暮年白发,直到有一天我们还会永远离开你,一切只能靠你自己,一想到这,我的泪水就会忍不住夺眶而出……儿子,你也许现在还体会不到父母对子女的牵挂和不舍有多深,惟愿现在趁

* 2014 级 1 班贾诗豪的家长。

我们还身体健康、趁你还青春年少，珍惜与爸妈在一起生活的时光，让快乐充实我们相守的每一天，避免让青春的冲动和幼稚给父母增添伤心和痛苦，给你的青春增添烦恼和悔意。

每个人都走过青春，人生太多的变数就是在一个人青春时代埋下了萌芽的种子。而初中时期，是一个人告别童年走向少年的关键阶段，此时的你觉得父母不再是你崇拜的偶像，亦不再是你全部的依靠，你开始有自己的思想、自己的规划和自己的小秘密，总觉得父母所说的话都不如自己的对。孩子，我也曾经历过这个阶段，所以我会尽可能去理解你，也尽可能地多和你一起分享成长的烦恼和快乐。其实我和妈妈对你所有的感情的汇集，只是希望“快乐成长”是你永远拥有的历程和回忆。

快乐是每个人一生追求的目标，每个成长阶段应该感受不同的快乐。儿子，你一定也思考过如何让自己初中三年的时光充满快乐，那一定是耳边不再有爸爸的督促、妈妈的唠叨，学校里有情投意合的好友和善解人意的老师，能够自由地做一切自己喜欢做的事情。但是儿子，你可知道这样的短暂的快乐在你一生的成长中是多么渺小？未来的人生还有大大小小必经的挑战需要你独自去面对，以自身的实力和努力战胜挑战，以自我的担当和责任而令家人幸福开心，这样收获的快乐才更深远！

儿子，你一定不会忘记过去十三年你最快乐的时刻，当你因优秀而率先带上了红领巾，当你凭借自己的实力竞选上了班长，当你被评为济南市优秀班干部，当你在酷暑中学会了打网球，当你坚持着钢琴的练习，当你多次为学校获得了机器人大赛的奖项，当你用自己灵巧的双手绘出一幅幅优秀的美术作品，当你通过自己的努力一举考入山大附中，当你和家人一起开心出游，当你吃着妈妈精心准备的饭菜，当你带给爸爸妈妈开心的笑容时，所有这大大小小的快乐一定留给你太多难以磨灭的记忆。而相比每一次和家人的争执、每一次考试的落败、每一次面对网络游戏对自己的放纵，此刻的你是否会有些许悔意和懊恼？

我和妈妈像你这个年龄时，每个家庭都有几个子女，父母忙于工作无暇照顾每个孩子的感受，我们只能听自己哥哥姐姐的话，毕竟他们的经历比年幼的我们丰富，他们走过的弯路给了我们最好的警醒。现在的你比当时的我们条件优越太多，爸爸妈妈把全部的爱给了你。为了你，妈妈从以前被姥爷姥姥宠爱不染家务的娇娇女，成为现在每天不厌其烦变着花样给你做饭，苦口婆心引导你更加向上努力的好妈妈；爸爸每天不辞辛苦地工作，是为了给你提供更优越的生活，并揪心于你成长过程中每一点困惑和不快。所有我们无私的付出，只为和你共同成长，见证你成长的收获和快乐！

儿子，其实你最令我和妈妈自豪的不是你过去的光环和成绩，而是你身上所具备的坚持的毅力和钻研的精神。你对钢琴学习多年的坚持不放弃，你曾经对数学难题、对拼图、对绘画的那份认真，那份投入，都是我们感到欣慰的，这种刻苦努力的品质如果发挥在你记忆力最佳、生命力最旺盛的青春年华，体现在对理想的追求、对学业的研究、对正能量知识的渴求上，你一定会成为同龄人中的佼佼者！

人的一生将会面对许多坎坷，不趁青春年少时奋力拼搏，怎能面对将来的披荆斩棘？“年轻时挥洒的汗水将是你未来微笑的资本”，哪一个成功的人不是经历过风雨才收获了彩虹，未来快乐的生活一定要靠自己去争取。

前几天我和哥哥聊天，他非常担心你，起因是他看到几张妈妈无意拍下的照片，照片中的你目光都不离手机屏幕，他担心你迷恋网络而误了青春，其中还谈到他对自己曾经一段时间沉迷网络游戏和网络小说的悔意，真心希望你不要再走他的弯路。其实在我们和你的心目中，哥哥是优秀的，他从小就成绩优异，并考取了国外优秀的大学，但他现在仍后悔没有在最好的时光里多努力、多拼搏，想起在网络上虚度的时间懊悔不已，好在他很快清醒并及时调整了自己的状态，把精力投入到对知识的吸取、对学业的追求上。儿子，人的一生要获得快乐，有种种途径，当你攻克一道难题、读懂一本英文原版小说、看懂一部外语电影、了解更多未知领域知识的收获和成就，远比虚无缥缈的网络带给的快乐更强烈、更令你激动。儿子，激发你身体中优秀的品质，让我们看到一个自信而拼搏的你！

人生能有几回搏？现在的你马上要面对中考的检选，小升初那场“战役”你以自己的努力和积累打胜了，你做好准备迎接中考了吗？你想好怎样迎战了吗？在这个赛程中，表面上比拼的是学习成绩，其实内在比拼的是一个人的刻苦精神和坚不可摧的毅力，而这正是你所具备并能再次激发出更大能量的优势所在。没有人能永远领先，暂时的落后并不可怕，可怕的是落后以后的自暴自弃，更可怕的是青春年少斗志的缺失和沦陷。记得有一篇文章中说过：“每一个孩子都是一颗种子，有的开花，绚丽绽放；有的不开花，但他是一棵参天大树。”

儿子，最爱你的爸爸妈妈有好多话想和你说，也希望你能敞开心扉，再大的风雨和困难我们一起面对。让我们伴你走过青春，度过你飞扬的年华，让你远大的梦想在此时启航，历经奋斗的努力，收获人生的快乐！

儿子，我们希望你从此更加坚强，更加努力；学会用理智战胜情感，学会坚持，不轻言放弃；学会对自己的行为勇于承担责任，对自己的未来有明确的规划。我们相信逐步走向成熟的你一定更加勤奋，羽翼日益丰满的你，能更自信而坚强地去搏击长空，成长为一个在生活上勇于担当、事业上有所建树的男子汉！

爱你的爸爸

2015 年 10 月 20 日

致女儿的一封信

焦其波*

亲爱的女儿：

很少以这种方式和你说话，一提笔竟然不知道从哪说起，那就想到哪说到哪吧。

2001 年 12 月 13 日，雪后初晴的清晨，天空格外晴朗，空气格外清新，随着你的一声啼哭，我亲爱的女儿——雪晴来到了人间。你是上天赐给爸爸妈妈的小天使，3.75 公斤，好有分量的小天使，呵呵！从此，你来到了我的生命中，陪伴我一路前行。

婴幼儿时期的你是个小胖孩儿，厚厚的脂肪积蓄着成长发育的能量，也滋养了你健康的体格。你真的很少生病，偶尔感冒，也是今天吃点药，明天就差不多好了，你自己少了很多皮肉之苦，给我们省了不少钱，也让你妈省了不少眼泪，呵呵！

在你一周岁的时候，爸爸因工作原因去了济南南部山区的一个小山村，那时候，多数时间是妈妈一个人照顾你，很是辛苦！想到这些，爸爸心里就不好受，总觉得亏欠了你很多。

---

* 2014 级 8 班焦雪晴的家长。

爸爸有一点还是比较骄傲的，就是从幼儿园开始，一直到现在，给你提供了比较好的教育环境，济南军区司令部机关幼儿园，经十一路小学，尤其是现在的山大附中，是济南市最好的中学，有多少人想进进不来啊。回想你从小学到现在的学习成绩，也是让爸爸很骄傲的，老师们也都给了比较好的评价。不管今后如何，最令我欣慰的是，你一直在努力着！

乖巧、文静、内敛伴随着你的成长。作为一个女孩子，爸爸认为这也是一种不错的性格，但是任何一种性格都有不足的地方，随着年龄的增长，你也有了自己的观点和判断，要发扬好自己的优势和长处，尽量去弥补缺点和不足，做一个更好的自己。

十几年了，你的优秀，爸爸看在眼里喜在心里，不再表扬了；在你即将迎来十四周岁生日的时候，爸爸送你三个字吧，与你共勉。

时光过得好快，转眼你已快十四岁了，爸爸回想自己像你这么大，读初中时候的好多事还历历在目……时光真的如流水，一去不复回。孩子，一定要珍惜每一寸美好的光阴，珍爱每一刻宝贵的现在，珍藏每一份难忘的回忆。再平凡的现在，哪怕是身处逆境与挫折之中，将来都会成为你记忆中的一幅幅美丽画卷，这是你人生阅历的谈资，更是你增长才干的积淀。所以，这就总结出送你的第一个字："惜"。就是惜时，人生路漫漫，走过难复还，孩子，切记"惜时"！

送你的第二个字是"爱"。一定要有爱心，往小了说要爱自己的亲人、老师、朋友、同学，往大了说要爱这个社会，爱自己的国家。爸爸绝不是唱高调，一个充满爱心的人才会有幸福感，反之，一个冷漠的人是体会不到爱与被爱的温情的。一个充满爱心的人才会有充实感，反之，一个冷漠的人就会觉得什么都与自己无关，活得越来越封闭、越来越狭隘、越来越无聊。一个充满爱心的人才会有责任感，反之，一个冷漠的人常常会追求一己之私，凡事以自我为中心，难负家庭亲人之担，难堪国家社会之责。孩子，记住"爱人者，人恒爱之"。

送你的第三个字是"拼"。人生在世不容易，慢慢地你学习了生物知识，就会知道，每个人之所以能来到这个世上，就是"拼"命竞争的结果，从生物进化的角度来说也是优胜劣汰。人能做到"优"，不是想想就行的事，是靠拼出来的，要想学习好要拼，要想身体棒要拼，要想工作好要拼，要想生活得好，还是要拼。再小的一件事，要想做到尽可能的好，都是需要努力拼搏。就拿我给你写这封信来说，写多写少，写好写坏，没有严格的要求和标准，我自己如果无所谓了，就可以三言两语了事，但是当你看到这里，会不会想“老爸也是蛮拼的”？

孩子，记住：为了做好生活中最好的事，成就生命里最好的自己，拼吧！无论结果如何，你终究会拥有一个无怨无悔的人生。

孩子，你再想，正是因为每个人的拼，力争做最优秀的自己，干最漂亮的工作，才能汇聚起社会正能量，形成一股股推进社会发展的洪流，社会进步了，国家富强了，人类也就发展了。孩子，你的“拼”，意义蛮大的啊！

我四十一岁了，正进入人生的不惑之年，“惜时”“博爱”“拼搏”，是爸爸四十年的人生经历中，觉得最应该做好的三件事。你十四岁，即将迎来最美好的花季，人生的画卷正向你慢慢展开，或平凡或简单，或精彩或丰富，你想在上面留下点儿什么呢？爸爸认为，至少你要写上“惜”“爱”“拼”这三个字。

永远爱你的爸爸

2015 年 10 月

致亲爱的小贝

朱青莹*

亲爱的小贝，你好！

当我接到李老师布置的任务，要求给你写一封信，作为你年满十四岁的特殊礼物时，我其实是满心惶恐的，我们都没有意识到，我们朝夕相处已经有十四年了！让朝夕相处的妈妈给你郑重其事地写信，还真是没有想到过呢。该跟你说些什么呢？我和你爸爸想了很多，也私下里商量了很久，却迟迟没有下笔，因为我们十分珍惜这次和你书信交流的机会。

首先，我们想让你知道，你一直都是爸爸妈妈的骄傲！看你一路从一个人见人爱的小男孩长成了一米八的大帅哥，站在妈妈身边，实在是一件很幸福的

* 2014 级 9 班刘率然的家长。

事情呢！当然，爸爸妈妈骄傲的可不只是有个帅气的儿子，你在山师附小优异的学习成绩，你在羽毛球训练和比赛中展示的拼搏、努力的精神，你常年坚持书法练习取得的成果，你在同学和朋友中间的好口碑，都让我们为之骄傲！

其实，你从小一直都是让人省心的孩子。在取得这些成绩的背后，是你默默的付出。还记得小时候的训练吗？那时条件很艰苦，我们每周要跑很远的路到训练馆，训练馆里冬天没有暖气，夏天没有空调，但你一直坚持训练没有放弃。羽毛球训练带给你的丰厚的精神财富，在某种程度上说，比你取得优异的比赛成绩更加重要！当然，付出总有回报，你后来取得的一系列的好成绩都源于你从小坚持的刻苦训练。作为从事体育工作的爸爸妈妈而言，培养你锻炼身体的兴趣和习惯是个自然的过程，也有人说你的遗传因素好。其实，我们深知体育带给你的不只是身体的强健，更重要的是你能从中体会到拼搏的快乐、公平竞争的精神、团结协作的重要性，这些在你今后的生活中都是宝贵的财富，是受益终生的！

不可否认，你是个天资聪明的孩子。在小学的各科学习中，你没有上过课外辅导班，甚至很少做课外练习题，也不用爸爸妈妈天天督促，很轻松地就取得了优异的成绩。好成绩的背后，我想仅仅靠聪明是不够的，上课认真听讲，课后完成作业，课外多读书，这些好的学习习惯的养成为你完美的小学生活奠定了坚实的基础。在所有这些好的习惯中，最让妈妈欣慰的是，你爱上了阅读。"腹有诗书气自华"，从神奇校车的奇妙之旅，到文学生活馆的外国文学赏析，我想你一路走来，在书籍的海洋里一定受益良多。希望书籍能伴你一生，给你前行的动力和方向！

升入山大附中，是一个全新的开始。当时在选择初中学校时，我和爸爸也纠结了很久，因为你有便利的条件可以上山大附中和山师附中，山师附中也是历下区优秀的学校，那里有你熟悉的小学同学，直升对你而言是很轻松的选择。但是我们考虑再三，还是觉得山大附中的教育理念更符合你的特点，这里开放、包容、活泼的学习氛围更有利于你的成长，唯一的顾虑在于，我们也知道山大附中是全市尖子生集中的地方，而你没有经过残酷的考试竞争，所以我们担心你会不适应这种激烈的竞争。但是令我们欣慰的是，你的表现一直都很好！初中的学习和小学有了很大的不同，新的环境、新的同学，学习科目的增多，学习难度的加大，学习节奏的加快，所有这些不利的因素都被你一一克服了！虽然成绩在这一年中有起伏，也不是每一次考试都能达到优秀的标准，但是我们欣慰地看到，你适应了新的初中生活，结识了新的同学和朋友，参加了学校排球队，是老师信赖的好助手，被同学们戏称为“暖男”，这一切都说明，那个小时候优秀的孩子在强手如林的山大附中依然很优秀！

你知道吗？虽然你有许多的优点，但是爸妈毕竟是看着你长大的，熟知你的性格脾气，总的来说你的性格和学习习惯上还存在着一些需要提高的方面，如果不予以及时纠正，长此以往也许会影响到你今后的人生，所以爸妈想借此机会跟你提一提，希望你慢慢改正。

首先是关于学习，这无疑是我们每天都要谈论的话题，有时妈妈也觉得自己在你的学习这个问题上太过关注了，整天唠叨个不停，想必有时你也会不耐烦吧？为此妈妈要向你道歉，争取做一个不太唠叨的妈妈！前两天，我和你说过正在看的一本书——《中国教育病理》，它是北京大学一个有名的社会学教授郑也夫写的，书中他对中国现行的教育制度进行了猛烈的抨击，认为长期的高强度的学习不利于孩子的成长和成才。我看了也深受启发，也希望尽我们所能为你创设尽量宽松的学习环境。但是，我们都身处这个教育制度当中，短时间也无法改变它，所以有的时候你还必须向它妥协。所谓的妥协之一就是你在现阶段别无选择地要努力提高自己的学业成绩，以应对激烈的中考和高考竞争。虽然目前你的学习成绩在班级能够站到中上水平，但通过你平时的表现，我们还是隐隐有些担忧，我们觉着有必要和你一起分析一下初二的学习。初二是你初中生活的重中之重，有好多孩子在初二成绩出现了分化，所以分析一下初二的学习内容和方法对你的学习也许会有帮助。

一是要转变思维方式。

小学的学习是诸如看图识字类的比较简单直观，需要的思维方式是浅层次的，称之为“形象思维”，所以小学阶段靠死记硬背、凭“小聪明”仍然可以取得好成绩。初二的教学内容和以前相比有一个显著的变化，就是思维方式由以“形象思维”为主，变成了以“抽象思维”（逻辑思维）为主。因此要从根本上改变自己的思维方式，肯动脑筋，善于思考，善于提出问题，而不是简单地模仿。能够在预习时、课上、课下提出问题，往往是成功了一半。对于每次的考试、作业等不要只看分数，而要看分数是如何来的，是靠死记硬背，还是明白了道理？是独立思考，还是仅仅模仿而已？是“形象思维”取胜，还是“抽象思维”的结果？

二是要有克服困难的勇气和准备（目标建立——制订计划——长期坚持——终身习惯）。

对于初中学生来说，学习的积极性主要取决于学习兴趣和克服学习困难的毅力。但是，你要知道，初二一年的知识量要超过整个小学六年的两倍，这时不努力是绝对学不好的。常有人说“快乐学习”，当然学习中是可以体会到快乐的，当你解开一道难题时，当你背过一篇课文时，当你考试取得好成绩时……但是，由于知识量和难度的增加，更多的时候你面临的不是快乐的体验而是找不到解决问题方法的困惑，这时如果你自我放弃，或者产生应付的心态，就会造成学习的不扎实，长期下来，积累的问题越来越多，就无法解决，只能掉下队来。因此，对于初二的学习中的困难要有正确的认识和充分的思想准备，要有克服困难的勇气和意志力！

那么如何培养自己的意志力和毅力呢？我想首先你要有自己明确的目标和具体的计划，这个目标最好是跳一跳就能够得着的。比如，上次考试的总成绩是790分，那么我们就设定下次考试增加30分，然后根据具体学科的学习情况把这个增长的分数分配到各学科，这样各学科就有了一个具体而明确的目标。一旦有了这样一个目标，接下来你要切切实实地决定：为了达到这个目标，自己将会付出什么样的努力与代价，以及用什么样的行动确定实现这个目标的具体行动与计划（包括长期计划以及月计划、周计划和天计划，用白纸黑字写下来）。世界上既没有不劳而获这回事儿，也没有东游西荡就能达成目标的。计划有了就要凭借自己坚强的意志、信心、勇气和恒心，脚踏实地，一步一个脚印地践行自己所设定的计划，每天上床之前检查验收。当完成了当天的学习计划之后，你一定要给予肯定和褒扬。比如：今天我做的作业这么多，想不到我的效率如此高；今天完成了这么多作业，我又学到了很多知识，甚至比别人又多学了一些知识。这样就等于增加了自己的愉悦和快乐的情感体验，同时也会提高自己的自信心。如此每天反复，你的担心也就会被自己收获的满足所替代，当然学习和生活的热情也就会高涨起来。我们都熟悉那句话“不积跬步，无以至千里；不积小流，无以成江河”，说的就是要一步一个脚印地从每天的点滴努力做起，才能成就最终的伟大目标。

目标和计划都有了，经过长时间重复练习就会巩固下来形成稳定持久的条件反射和自然需要——这就是你受益终生的学习习惯。建立了良好的学习习惯，就会使自己学习感到有序而轻松。良好的学习习惯应是：耳、眼、脑、口、手并用，勤练习、多质疑、勤思考、重归纳、多应用，要注意总结规律性的东西，在学习过程中，要把教师所传授的知识翻译成为自己的特殊语言，并永久记忆在自己的脑海中。另外，还要保证每天有一定的自学时间，以便加宽知识面和培养自己再学习的能力。现代社会是一个瞬息万变的信息社会，学习新的知识是每个人一辈子都要坚持做的事情，而不是仅仅在求学期间。因此，自学能力的锻炼是会受益终生的，我们也希望你能在初中学习能力最好的时期尽快养成自学的好习惯。

其次是关于个性和人际交往。与同龄的孩子相比，你在这些方面做得应该很不错了，但在以后的学习和班级工作中要再大胆泼辣些，要放得开。此外，无论是工作中还是学习中要注意与同学们打成一片，多结交好朋友，多看到同学、朋友身上的闪光点和优良品质，并向他们学习。

还有一些私房话是关于你的青春期。我们一直相信你的判断力和眼光，所以对于你们班疯传的谁谁喜欢你呀，都没有放在心上，因为我们知道你会处理好这些关系。对于青春期朦朦胧胧的所谓“恋爱”，我和爸爸是理解的，因为我们也都年轻过呀！这种相互间的好感其实都算不上恋爱，是很美好的感觉，也是值得珍惜的。所以，我们希望你能把握好自己，不给自己的青春时光留遗憾！

最后，我们要告诉你的是：我们是多么爱你！中国人内敛的性格使我们在日常生活中很少说出“我爱你”，但是这份爱在心里却一点儿也没有减少。今天我们通过这种方式告诉你，就是希望你能理解，爸爸妈妈始终是你的后盾和依靠，你什么时候需要我们，我们都会在你身边。当你受到委屈、感到悲伤、遇到挫折时，如果你一时无法很好地自我调节，那么一定要在第一时间跟爸妈倾诉，爸妈会尽力帮助你一起走出困惑与彷徨，爸妈希望看到你每天都是快快乐乐的。

今天爸妈就对你说这么多，在以后的日子里，爸妈将更多地通过这种方式与你沟通，我们继续努力做一对开明的父母，尽可能给你提供一个宽松的学习环境，与你平等地对话，所有的努力都要让你明白，爸妈除了长辈的身份，更多地希望成为你心目中永远的朋友。你有什么想法或顾虑觉得不方便口头交流的，也可以跟爸妈写信哦。

最后祝你

学习进步、健康快乐！

永远爱你的爸妈

2015 年 10 月 7 日晚

致十四岁快乐的你

赵丽云*

亲爱的溪溪：

此刻，夜深人静。灯下，妈妈第一次给你写信。感慨万千。作为母亲，我对你总是有许多歉疚。相比较班里其他孩子，妈妈经常没有时间陪你聊天，陪你写作业，与你分享你的快乐与烦恼。一转眼，我还没有来得及好好抱一下我的女儿，我的女儿就长大了，有了自己的世界与思想。个头也高出妈妈好多，经常一下子就把妈妈抱了起来。无论从哪一方面来看，女儿都长大了。

仔细回想一下女儿的成长历程，尽管有着这样那样的不足，爸爸妈妈还是很为你骄傲。你的开朗，你的豁达，你的大气，你的努力，你的坚持，都让我们为你感到骄傲！

尤其是国庆节这次500多公里的骑行，让爸爸妈妈感到自豪。尽管一路有妈妈的陪伴，当你骑进校园的那一刻，妈妈还是流泪了。我的女儿真是好样的！女儿非常努力地完成了一件连爸爸妈妈都做不到的事情。这件事情，让爸爸和妈妈，还有你自己都永生难忘。这次骑行，你的坚持和努力让我们欣慰。其实，本来对于骑行这件事情，妈妈一开始是反对的，即使在你为此付出努力时，妈妈也在犹豫。作为一名医生，妈妈见到了太多的意外与伤害，总是担心会在路上出现这样或那样的意外，不愿意女儿去担这个风险。从入学知道这项活动，你就非常坚定地告诉妈妈，我要参加这项活动。为此妈妈也看到了你的努力。原来的你并不是一个特别爱运动的女孩子，但入了中学，每天下午都会到操场跑步，甚至整个暑假你都在为此做准备。终于能够坚持下来四天的骑行。妈妈非常骄傲，这不仅仅是体力的挑战，更是毅力、耐力的坚持。我的女儿做到了！妈妈很佩服你。

---

* 2014级1班郝悦溪的家长。

打开电脑，翻看着一张张你的照片，想一想你的成长，妈妈很感谢你带给了我们这么多的快乐，也带给了我们许多的感动，原来我们的女儿如此了不起。爸爸的工作决定了经常不在我们身边，妈妈也经常在医院里加班，我的女儿从小就非常懂事、独立，许多事情都是自己完成的。你的每一步的成长都给我们带来了快乐。

想起四岁那年，你参加省里的英语竞赛。在一两千人的会场里镇定自若。一个人在舞台上表演，唱唱跳跳，没想到中间唱错了一个单词时，你微笑着对大家说:“对不起，我唱错了，重新唱一遍吧!”场下为你的大方给予了热烈的掌声，妈妈都激动得哭了，为我们的女儿如此大方和勇敢。

想起五岁那年春节，我们带着你去长白山天池感受那种极端的天气。忍受着接近零下四十摄氏度的寒冷，我们一步一步往前走，眼镜都被白霜遮住了，风又特别大，我们走了很久。我的女儿，也跟在后面走了很长一段路，即使两条腿都冻得没有了知觉，你也都一直在坚持。

六岁那年，爸爸妈妈决定带你去高原，去藏区。我们从丽江出发到达了稻城亚丁。在丽江，爬玉龙雪山时你出现了高原反应，一度让我决定停止我们的前行，可爸爸坚持让我们到达目的地。尽管一路非常艰辛，头痛、头晕、失眠，你的嘴唇也因为缺氧变得青紫，最终我们努力到达了海拔4600米的亚丁，看到了绝世的美景。你是那一段时间去稻城亚丁的游客里面能够坚持上去的最小的小朋友。不仅仅是爸爸妈妈，每一个途中遇见的游客都为你高兴，为你加油鼓掌。

十一岁那年，我们决定去徒步。在云南德钦，我们从西当徒步到达雨崩。全程海拔3000米以上，最高到达了3800米。爸爸甚至把我们全家的行李都加到了你的身上，你都坚持下来了，高原徒步18公里。

所有这些磨炼，你都能坚持了下来。妈妈为你的坚持、坚韧感到欣慰。我们的女儿一直都是非常优秀的好孩子。

现在，你长大了，人生有了新的开始，有了你自己的想法和世界，爸爸妈妈还是想和你探讨一下，今后的路该如何走，怎样走得更远、更好。尽管妈妈知道你是一个非常有主见的孩子，妈妈还是想给你提几点建议。

首先，是你的学习。对于你的学习成绩，我们之前并没有给你太多的压力，只希望你能够全面发展，快乐成长。但是，看到你现在学习时漫不经心，缺乏热情，并没有什么学习动力时，我就想也许从前我们对你的教育是有些问题的。妈妈希望你能够认真学习，并且能够找到学习带来的快乐。就像妈妈，作为一名医生，我的职责是救死扶伤。你，作为学生，职责就是学习，这是你的责任，也是你将来的立身之本。

对于学习，我认为你不仅仅要去学习那些知识，更要学会能够认真学习的能力。这种能力是在点点滴滴的学习中自己总结、琢磨出来的，并且会受益终生。希望你能领悟这一点。妈妈希望你能够认真对待每一门功课，认真学习每一点知识。认真学习本身就是一种生活态度。希望你在以后的每一天都能认真生活。

其次，妈妈想与你谈谈你的阅读。小时候的你是非常喜欢读书的孩子。在你还不认识拼音和汉字的时候就经常拿着书让我读给你听。现在，你阅读的能力有了，怎么阅读量反而少了呢？以前，爸爸妈妈带你行万里路，现在你自己要读万卷书。近两年来，妈妈感觉网络和聊天占据了你太多的时间和精力，妈妈很担心。这些东西对你的今后、你的整个人生是起不到什么作用的，只是一时的欢愉，它让你虚度了太多的时光。还是把时间多用在阅读上吧，相信坚持阅读，你会发现更多的快乐。

再次，我发现你的阅读范围并不开阔，只有阅读的视野宽了，你才会找到真正的乐趣。女孩子在阅读上经常会很局限，希望你能认识到这一点。博览群书，才会提升你的修养和教养，“腹有诗书气自华”，说的就是这个道理，希望这一点上妈妈可以与你共勉。

在你即将行十四岁青春礼时，妈妈对你的做人品质也有几点要求。首先希望你正直、有担当，这是做人的基本原则。爸爸妈妈一直在努力做到这一点，也希望我们的宝贝女儿在今后的每一天都努力做到这一点。对于你的品性，妈妈希望你能够做到宽容大度，不抱怨。在生活中，我们总会遇到许多问题、许多不公平的事情。对于这些，有时你做得比妈妈好，但还是提醒一下，尽可能地做到宽容大度、善解人意。用微笑化解那些无奈，天地便会更加广阔。

溪溪，你一天天在长大，青春的活力在你的身上逐渐显现。你有了自己的朋友圈，也有非常好的人缘，这一点妈妈很羡慕你。好朋友是陪你一路成长的，在人生的各个阶段都会结交不同的朋友，你要有所选择。积极、阳光、智慧的人会让你受益一生。让朋友成为你的动力，而不是阻力，这是妈妈给你的劝告。青春期里，男女同学交往还是有一些敏感的话题。也许，会有一些优秀的男孩打动你，你的出色表现有时也会吸引男孩的目光，这说明你已有了自己的审美和判断，也有了吸引他人的亮点。这些都是你们这个年龄常有的事情，妈妈希望你能够把握好。有些感情埋在心里，默默喜欢或是淡淡忧伤，时间的细水流长会把一切抹得云淡风轻。女孩子自尊、自爱、自强、自立，才会拥有真正的友谊和爱情。

最重要的一点，爸爸妈妈希望你永远健康、快乐。快乐来自你的内心。希望你即使遇到不如意的事情，也能够做到乐观，积极、认真地学习和生活。

龙应台写过一段话，非常好，写下来，赠与你："孩子，我要求你读书用功，不是因为我要你跟别人比成绩，而是因为，我希望你将来会拥有选择的权利，选择有意义、有时间的工作，而不是被迫谋生。当你的工作在你心中有意义，你就有成就感。当你的工作给你时间，不剥夺你的生活，你就有尊严。成就感和尊严，给你快乐。"妈妈希望你能记住这些话。

最后，让妈妈拥抱一下我的女儿，愿我的女儿快乐。

爱你的妈妈

2015 年 10 月 10 日

致我的至爱

刘 谦*

我的至爱梦乔：

想想十四年前你在妈妈肚子里落脚的那一刻，说实话，我并没有欣喜。因为你的到来，打乱了我和你爸爸原本安排好的一切：我在哈市继续教书，你爸爸在济南工作，因为我不想放弃"教师"这个工作。对于一个女人来说，可以没有事业，但不能没有工作，可是你的到来让我们纠结。最后姥姥的一句话为我做了决定："孩子来了就是缘，尤其是第一个孩子，必须留下！"就这样一锤定音，就这样我们由纠结变为欣喜，于是妈妈也留在了济南。

十月怀胎，每一天都在期待，每一天你都带给妈妈惊喜，尤其是胎动的那一刻，妈妈终身难忘，永远铭记你给妈妈"打招呼"时带来的震撼！一路走

---

* 2012 级 4 班郑梦乔的家长。

来，惊喜不断：你胎动比别人早，走路、说话、模仿动作都比别的孩子略早。每次教你东西，你总是以最快的速度学会，从小你就是我们的骄傲。

一转眼，你已经十四岁了。从小早慧的你，学习上从不用我们特别费心。如今的你，已经不是那个随时让妈妈操心的小丫头了！你长大了，可以承担责任了，每每看到你自信的微笑，妈妈的心里总是被一种酸胀的情绪塞得满满的！尤其是目前爸爸不在济南，你的坚强、自立、懂事让妈妈很开心。爸爸工作调动之后，妈妈曾一度担心，怕你的疑问我解答不了，怕你的书法格子我不会画，怕我们沟通不畅……对此，妈妈一一落实，对于学习，妈妈尽量做到有问必答。对于书法画格子，在实践了两次之后，妈妈感觉真的挺累，要计算要设计，设计完还要落实到宣纸上，每每弯腰低头保持一种姿式一段时间后，再抬头都感觉头晕眼花。虽然累点儿，但看你在我设计的宣纸上挥毫泼墨，妙笔生花，妈妈还是很自豪的！我现在常常对自己说："相信自己，没有什么做不到！男人不在家，女人照样能为家人扛起一片天！"

亲爱的女儿，十四岁，如花的年纪，有大把的时光，有激昂的青春。同时十四岁，也是你人生画卷的重要一笔，首要任务还是学习。正如一位学者坦言："做一个优秀的学者，灵活的头脑和沉重的屁股是两个不可缺少的条件。"女儿，静能生慧，妈妈相信你，再多的活动、再多的事务也不会打乱你学习的计划，正像你书写的那样："动若脱兔，静若处子。"当你年迈时，回首身后，你会为你的行动感到欣慰，因为每一串脚印都是那么坚实！

我至爱的女儿，妈妈想把世间所有的美好呈现在你的面前，想把我的人生经验、社会阅历都教给你，让你少走弯路，多一些坦途。所以有时你会觉得妈妈好像要把意志强加给你，所以你很反感。我第一次当妈妈，第一回做家长，难免有不对的地方，希望你能理解。因为每一位妈妈都像老母鸡一样，想要保护她的小鸡娃不受伤害！

要说的话还有好多，妈妈希望你有一个健康的体魄，多运动，保持好身材！"腹有诗书气自华"，妈妈希望你气质优雅、端庄动人……

泰戈尔说过："只管走下去，不必逗留着，去采鲜花来保存，因为这一路上，花儿自然会继续开放。"所以我亲爱的宝贝儿，就让那些花儿继续开放吧！花香为伴，亲人在侧，微笑向前！

爱你的妈妈

2013 年 10 月 20 日

致我们的天使

葛新发　许　椿[*]

亲爱的女儿：

得知学校即将为你们举行十四岁生日集体庆典来告别童年，作为父母，我们感到非常欣慰。告别童年是你人生之中一座非常重要的里程牌！因为从此以后，意味着你将不再是可以躲在父母的羽翼下任性的孩子；意味着你将告别幼稚走向成熟；意味着你将克服依赖，走向独立；意味着你在拥有相对独立、自主权利的同时，也要承担青年应尽的义务和责任。这责任从小的方面说，是为自己，为父母，为家庭；从大的方面说，是为国家，为人民，为我们赖以生存的世界。

在这个特殊的日子里，爸爸妈妈把无限的期盼、祝福和鼓励送给你，希望它能带给你战胜困难、憧憬美好未来的力量！爸爸妈妈祝贺你，愿你快快成熟，快快成才！

写这封信的时候，爸爸妈妈有很多很多的话要对你说，想起你的小时候，那一幕幕从眼前掠过，仿佛还是昨天的事。在过去十四年的日子里，你有太多太多的故事，我们有太多太多的感叹，我们彼此有太多太多的甜酸苦辣，当然，也有太多太多的快乐和欢笑！一封短短的信又如何容纳得了呢？可我们还是要告诉你来自我们心里的话。

你是一个很幸运的孩子！当你还在你妈妈肚里的时候，我们就把你视为我们的宝贝！当你呱呱坠地第一声啼哭时，妈妈在你的出生纪念册上写道：希望你是这世上最幸福最快乐的女孩！爸爸则写道：希望你长大后成为一个对社会最有贡献的人！

十四年虽然过去了，你成长过程中的每一件事我们都历历在目，喂你吃饭、抱你兜风、扛你在肩上、陪你购买一本本喜爱的书籍、帮你挑选一件件华丽

* 2013级7班葛宸伶的家长。

的衣裙、为你举办一场场隆重的生日聚会、带你游历一个个美丽的景点、目送你参加一次次国外游学……一切的一切，我们都做得心甘情愿、乐在其中。

十四年虽然过去了，我们依然记得你的每个第一次，我们欣喜地期待你的每个第一次，我们在你的每个第一次中感动流泪……你第一次说话叫的是“妈妈”，妈妈喜极而泣；你第一次在卧室的地毯上站立，爸爸妈妈相拥而泣；你第一次走路，爸爸妈妈张大着手臂迎接着你；你第一次唱儿歌，爸爸妈妈仿佛听见了这世上的天籁之音；你第一次上幼儿园，爸爸妈妈为你不舍的哭声牵肠挂肚；你第一次走进小学的校门，爸爸妈妈的心就绊住在那传出琅琅书声的教室……

你是一个在蜜罐中长大的孩子！在你的成长过程中，爸爸妈妈呕心沥血，把培养你健康成长、全面发展当作家庭最重要的事业来经营。为了让你接受最好的启蒙教育，我们高薪请到优秀的幼儿园园长成汉菊妈妈到家里来带你；为了让你接受最好的幼儿教育，我们把你送到武汉市示范幼儿园——街道口幼儿园；为了让你接受最好的小学教育，我们把你送到济南最好的小学——山东师范大学附属小学；为了让你接受最好的初中教育，我们把你送到济南最好的中学——山东大学附属中学，我们送你学习钢琴、学习画画、学习游泳、学习网球……我们尽自己最大的努力给你最好的教育环境，我们尽自己最大的努力把你培养成一个优秀的女孩。

你是一个出类拔萃的孩子！你也没有辜负我们的期望。在成妈妈家，你跟着她们学到了很多的技艺，唱歌、跳舞、绘画、剪纸、手工，你样样学得有模有样；在幼儿园，你主持了你那一届的毕业典礼，老师们都夸奖你是主持得最棒的那一个；在小学，通过你自己的勤奋和努力，你当上了学校大队长，同时，你还荣获历下区十佳优秀少先队员、济南市十佳美德少年、山东省齐鲁小名士、全国优秀少先队员。特别是全国优秀少先队员这项荣誉是这一年龄层次里全国最高的荣誉，也是山师附小建校60年来唯一获此殊荣的学生。你不仅为学校争了光，也为我们父母争了光！在这一个个闪光的荣誉的背后，我们深知它的来之不易，它是你多年的刻苦、勤奋、努力而结出的丰硕的果实。当然，它的甜蜜也将伴随你的一生，足以让你为之骄傲和自豪！同时，它也将激励你一生，激励你在未来的岁月里创造更多优异的成绩和荣誉。

你是一个全面发展的孩子！你善良忠厚、聪明伶俐、好学上进，充满了正能量；策划、阅读、写作、绘画、钢琴、电脑、游泳样样都是你的强项……是的，这都是你的优点。当然，你也有一些小缺点，如爱睡懒觉，还有点贪玩，经常会思想不集中，有时候还丢三落四……不过没有关系，这些缺点，只要你愿意改，它都会转变成你的优点，我们有理由相信，你一定能做到！

我们从未奢望你是一个天才，我们也从未要求你当学霸。我们只希望你有快乐的天性、健全的人格和健康的身体。亲爱的女儿要记住：快乐是人生的动力，自信是智慧的源泉。面对任何事物我们都希望你会坚定地说："行！我能行！"当然，我们也相信你，你一定行！

有时候我们对你的要求有些严格，有时候我们的脾气有些暴躁，有时候我们的教育方法有些不妥，这一切必须请你谅解和理解，在你未成年前，这是我们父母的义务和责任，也是为了我们的女儿能健康茁壮地成长。我们想跟你说，从今天开始，从你告别童年开始，我们能够像朋友一样彼此真诚交流和沟通，我们会接受你的一些意见，也希望你多听听我们给你的谏言。让我们一家人彼此互相关心、互相帮助、互相爱护、互相促进。

你是上帝送给我们的一个天使！爸爸妈妈一直在尽职尽责地在完成养育和教育你的重任，尽管算不上完美，但我们已经竭尽全力。现在，我们感到欣慰的是：我们把你培养成了这样一名正直善良、亭亭玉立、孝顺懂事的好女孩！特别是你从小到大给我们带来的无尽的开心和快乐！还有你在成长中不断努力、不断成功带给我们的一次又一次的惊喜与感动。借今天之际，我们要对女儿你说声"谢谢"！由衷地谢谢！因为在你的身上，我们领略着做父母的责任，收获着做父母的快乐，憧憬着对生活的寄托，充满着对未来的希望！

亲爱的女儿，告别童年固然是件值得庆祝的事，但这也意味着你要开始承担一定的责任。如何规划自己今后的人生轨道还要靠你自己，爸爸妈妈在这里有几件事想嘱咐你：

第一，做一名热爱生活、健康快乐的阳光女孩！

养成良好的生活习惯。生活有规律、饮食要健康、经常参加体育锻炼等等，这是拥有一个健康的身体最基本的条件，但一生要认真做到，必须要有持之以恒的毅力。这些好的生活习惯不仅对你很重要，也直接影响着你的一生，希望你重视。

养成良好的学习习惯。好的学习习惯将为你的人生打下坚实的基础，只要你愿意，现在说培养学习习惯也为时不晚。对你而言，学习要专心，不能分心；学习要有毅力，不能见到困难绕着走；学习要有信心和决心，要相信自己不会比别人差；学习需要有破釜沉舟之决心，不给自己留后路；学习还需要严谨和细心，所有这些学习习惯都会让你受益终生！如果你能将这种日常行为沉淀为一种习惯，那么即便是枯燥的学习，也会成为一种乐趣并伴随终生！跨入初二后，你感受到了比以往更激烈的竞争滋味与压力，爸爸妈妈相信，你会用最大的努力、最好的状态去学好各门功课。我们希望你记住：付出与努力不一定有回报，但不付出不努力肯定没有回报。道理你都明白，算是与你共勉吧！

第二，做一名学会感恩的高尚女孩。你的每一个进步和荣誉，都凝聚着父母、亲人和老师的汗水和心血，所以你要记住和感谢在你成长道路上为你曾经付出过的每一位师长！记住和感谢陪伴你一起快乐成长的每一位同学！记住和感激这世上一切的真、善、美给你的滋养！当然，你更要感谢我们给你的养育之恩、无私奉献和一生的陪伴……"赠人玫瑰，手有余香"，学会帮助那些我们周围需要帮助的人，感谢曾经帮助过我们的人，你会从中得到别样的快乐。

第三，做一名自尊自爱自立的正能量女孩。你是女孩子，一定要保护好自己，不要受社会上不好风气的影响，只有自尊，才能赢得他人尊重，只有自爱，才能赢得他人之爱，这一点，女儿你到现在为止都做得很好，值得表扬。

第四，做一名积极上进、学业有成的优秀女孩。以后的学习任务会更加繁重，相信你会在知识上、身体上、心理上做好充分的准备迎来人生的一个个考验和挑战。为自己的理想去拼搏去奋斗。面对学习，你需全身心地投入，向着既定的目标前行，机会是给那些有准备的人准备的！你能在济南最好的初中——山大附中学习，都是你从认真、刻苦、勤奋中一步一步地走过来的。我们相信你的智慧，相信你的能力。要知道，你的努力能使你书写自己最美好、最灿烂甚至最辉煌的人生！

亲爱的女儿，不管你多大，不管走多远，你是我们永远的牵挂。我们希望你未来的学习、工作、生活一帆风顺、美好幸福，但人生不如意事常八九，当你遭遇挫折和不顺时，我们希望你能够正确面对、勇敢承担。我们希望你记住，爸爸妈妈的怀抱永远向你敞开，家里永远是你温暖的港湾。

亲爱的女儿，未来的路，要靠你自己一步一步去走，相信你能够"仰不愧于天，俯不怍于地"，成为一个对得起自己、对得起父母、对得起老师、对得起国家民族社会的人，成为一个自信、快乐、幸福的人。

亲爱的女儿，愿你好好享受十四岁生日庆典带给你的快乐！愿你一生平安、幸福、健康、快乐、自信、好运！

永远爱你的爸爸妈妈

2014 年 10 月 24 日

后记

“附中人”系列丛书之《青春校园》一书，曾引起了所有附中人的情感共鸣。大家广泛传阅，爱不释手。看着自己家的人，读着自己家的事，可敬的老师，可爱的学生，可亲的家长……既亲切又惊喜，宛如一幅“蓦然回首，她在丛中笑”的美景。

《致十四岁：写给初中生的100封家书》（以下简称《致十四岁》）是“附中人”系列丛书之二，它记录的是山东大学附属中学“十四岁集体生日庆典”活动中的一个重要环节——“家长致孩子的一封信”。十四岁生日庆典面向整个初二年级，以“成长、感恩、责任”为主题，承载着激励学生展翅翱翔、心怀感恩、承担责任的伟大使命。它是山大附中德育课程中的一个重要活动，是对山大附中教育理念的贯彻与落实，也是山大附中家校合作的实践与见证。

为了再现孩子们的成长故事，为了记录家长们的育子点滴，为了促进家长间的学习借鉴，为了增进亲子间的沟通理解，《致十四岁》的编写工作在“附中人”编委会的策划下正式启动了。

《致十四岁》的征稿工作，得到了广大家长的热烈响应和积极支持。我们从众多的稿件中精选出100封信，并把它们集结成册。在审阅中，我们时而开怀大笑，时而泪湿双眸，因为封封家书的字里行间饱含的都是父母对孩子的爱与期待，可怜天下父母心！

《致十四岁》是附中人集体智慧的结晶，凝聚了附中人的共同心血，在此向大家表示真诚的感谢！

感谢山大附中各级领导和老师们的辛勤付出！从活动策划到组织实施，他们一次次碰撞，无数次修订，保证了活动方案的详尽、周到。点赞！

感谢各级家委会的鼎力支持！特别感谢2013级会长许椿女士和“附中人”编写团队，是他们的热情与执着让《致十四岁》面世。点赞！

感谢家长们的真情奉献！情之深，意之切，惊天地，暖人心。点赞！

感谢可爱的孩子们，是你们让所有附中人的心连在了一起。赞！赞！赞！

谨以此书献给所有关怀孩子生命成长的朋友们！

山东大学附属中学家校合作项目组　周文清

2016年3月

△ 十四岁生日庆典

△ 十四岁生日庆典会场

△ 十四岁生日庆典主持人

△ 校本部董会丽校长致词

△ 第一篇章：成长——诗歌朗诵

△ 各班火炬传递

△ 第一篇章：成长——班级表演

△ 第二篇章：感恩——赵勇校长寄语

△ 第二篇章：感恩——老师们的祝福

△ 第二篇章：感恩——家长们的祝福

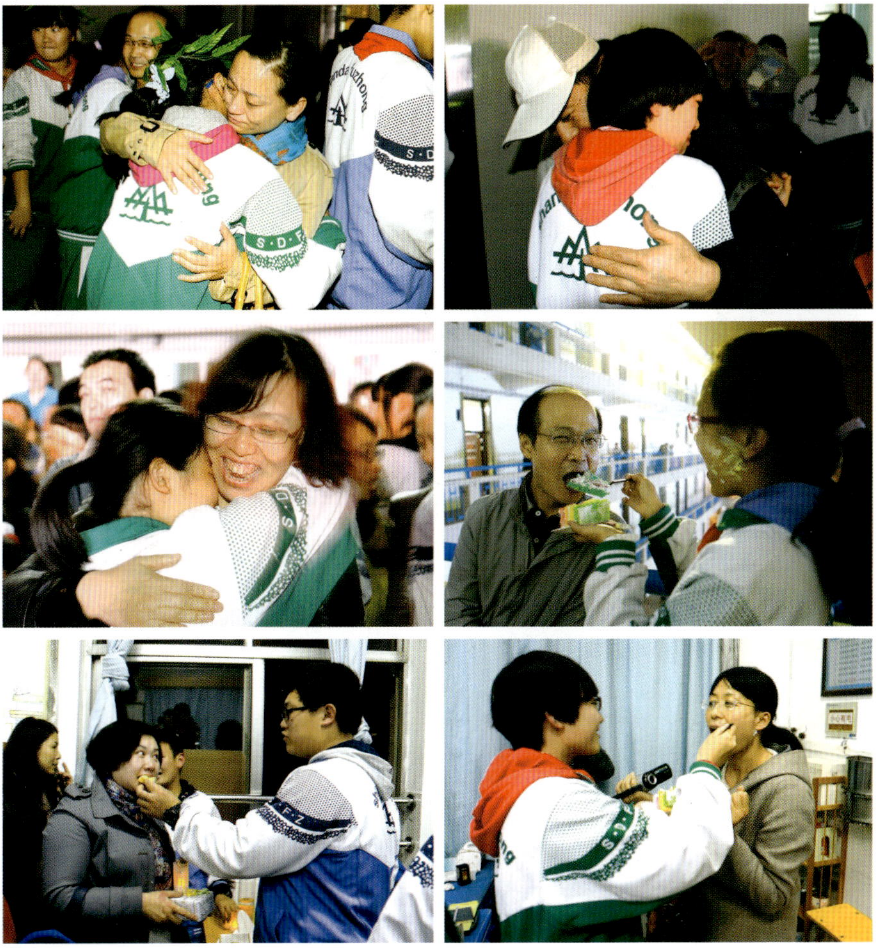

△ 第二篇章：感恩——亲情互动

△ 第三篇章：责任——青春颂歌“我十四岁”

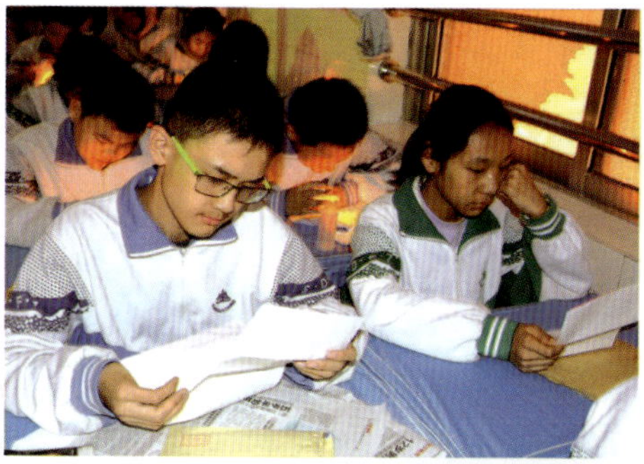

△ 第四篇章：分享——读家长的一封信

△ 各班集体合影

（文中照片由陈柏霖家长、葛宸伶家长、孙鉴茹家长、司晓博家长、黄士嵛家长、刘欣然家长提供）